KB125861

건 담   싸 부

건 담 싸 부

Chinese Restaurant From 1984

健啖師父

中華 健啖 科理

연회석 완비 T.338-8888

華商杜威光健啖

瑞氣雙喜萬...

김자령 장편소설

시월이일

두위광

70대 중반. 산둥 출신의 화교 요리사

40년 가까이 중국집 '건담'의 주방을 지켜왔다. '펑즈(미친 사람)'라 불릴 정도로 고집스럽고 괴팍하지만 평생 수도승처럼 요리에 정진하며 살아온 중식계의 전설. 중국식 냉면이란 말을 꺼내지도 못하게 하는데 사연이 있어 보이지만 누구도 이유를 묻지 못한다. 건담을 잃고 죽을 고비를 넘기면서 모든 것을 바꾸겠다고 결심하고 재기를 꿈꾼다.

도본경

20대 후반. 건담 입사 6개월 차의 신입 직원

거대한 체격에 잘 웃고, 긍정적이며 매사 심각할 거 하나 없는 단발머리의 청년이다. 설거지를 비롯한 온갖 잡일을 맡아 하는 싸완이면서 동시에 이러저러한 기술적 문제들을 담당하는 해결사이다. 중식 만드는 실력으로 봐서는 요리가 처음인 듯한데, 가끔 꺼내 드는 요리 핀셋이나 서양 조리용어가 정체를 의심하게 한다.

강나희

20대 후반. 건담의 튀김과 후식 담당

입사 1년을 훌쩍 넘어가지만 다들 그녀에 대해 아는 바가 없다. 다기 세트를 챙겨 다니며 항상 차를 마시고 찬바람이 쌩쌩 불 정도로 냉정한 말투와 표정 때문에 '차차'라는 별명이 있다. 흰 피부에 깡말랐고, 머리카락 한 올 빠짐없이 당겨 묶은 말총머리가 트레이드마크.

고창모

50대 중반. 지성과 교양을 갖춘 관악대 출신의 매니저

젊어서부터 손님으로 건담을 오가다가 어느 날 이력서를 내밀고 일하기 시작한 지가 20년이 넘었다. 말이 매니저지 홀 담당부터 바쁠 땐 설거지까지, 온갖 잡일을 하면서도 불평불만 한번 없다. 관악대, 대기업 출신인 그가 왜 건담에 머무르는지 누구나 궁금해한다.

주원신
40대 중반. 건담의 만년 실장 4년 차
중국집 실장보다는 배우가 더 어울리는 외모지만 요리학교를 졸업하고 호텔 부주방장을 거치는 등 요리계에서 잔뼈가 굵은 실력파 요리사다. 내리 3번의 폐업을 겪으며 만신창이가 된 채로 떠돌다 두위광의 요리에 반해 일을 시작했다. 초심으로 돌아가 뭐든 배워보겠다는 각오로 입사했지만 제대로 가르쳐주는 법이 없는데다 괴팍하기까지 한 위광과 사사건건 부딪친다. 구레나룻이 있고 맵거나 화가 나면 왼쪽 눈썹이 올라간다.

곡비소
50대 후반. 건담의 명동 시절, 주방에 불을 지르고 홀연히 사라졌던 옛 직원
2년 전 연희동에 나타나 곡씨반점을 열고 화교 행세를 하는 중이다. 중국식 냉면(그의 식으로 중화냉면)을 개발했다고 떠들고 다니는데 어느덧 사실처럼 받아들여지는 분위기. 위광이 '원숭이'라 부르며 눈앞에서 사라져 버리라고 노래를 부른다.

건담의 직원들
장만용 건담 주방의 칼판
이정판 건담 주방의 면판 겸 홀 담당
오선주 홀직원

그 외
하장식 유명 음식평론가. 음식점 평가 유튜브 '빛질'을 운영한다.
차금정 대기업 오리엔탈의 부사장으로 식음료부를 총괄한다.

중국집 주방의 업무별 직급과 화교용어

주방장

전체 요리를 책임지고 주방과 직원을 관리하는 사람. 업소에 따라 조리장, 실장으로 부르기도 한다. 화교가 운영하는 중식당 주방에서는 싸부(師傅)라 불렀다.

칼판

칼질로 재료를 다듬고 준비하는 사람. 과거에는 재료구입까지 도맡은 주방의 최고 서열자였다. 그 대장을 칼판장이라고 한다. 뚠얼(燉兒).

불판

불과 웍으로 조리하는 사람. 음식의 간을 담당하는 자리로 현재는 칼판보다 우위에 있다. 그 대장을 불판장이라 한다. 훠얼(火兒).

튀김장

기름으로 튀기는 일을 전담하는 사람. 짜훠얼(炸火兒).

면장

면에 관한 일을 하는 사람. 라면, 면판이라고도 한다. 멘얼(麵案兒).

면장 보조

면장을 보조하는 사람. 깐궈(看鍋).

점표

손님의 주문을 표에 적는 사람. 깐딴얼(看單兒).

싸완

설거지와 잡무를 담당하는 사람. 싸궈(刷鍋).

✦ 중국 요리명은 짜장면이나 탕수육과 같이 한국에서 일반적으로 통용되는 이름이 있는 경우, 그 명명을 따랐고 그 외에는 중국집에서 주로 사용된다고 여겨지는 순으로 한자어와 중국어로 혼용해 표기합니다. 예) 경장육사(京醬肉絲 징장러우쓰), 멘보샤(麵包蝦 면포하)

✦ 중국집 주방에서 사용하는 화교용어는 〈관행 중국〉에 실린 주희풍 선생님의 글 〈한국중화요리, 그 '식(食)'과 '설(說)'〉을 참조했습니다.

목차

그리운 아버지께
이 책을 바칩니다.

健啖師父

1장. 전(傳)

펑즈(疯子 미친 사람, 또라이)

"펑즈? 펑즈! 내가 펑즈라고? 어떤 놈이 그래? 응? 어느 미친놈이 날더러 펑즈래!"

앞치마를 벗어들고 소리치는 이는 전설의 청요리집 '건담'의 노주사(老廚師 나이 든 화교 요리사), 두위광이다.

"곡씨반점 원숭이 놈이야? 아님, 그 싸완 자식 정판이? 누구야? 누가 나더러 펑즈래!! 어? 어느 놈이냐고!"

위광은 빨간색 간이의자의 모서리에 엉덩이를 걸치고 앉아 고래고래 목청을 높인다. 바스러질 듯이 마른 흰머리에 눈이 퀭하다. 검게 드리워진 눈 그늘 아래 골이 깊은 눈주름과 팔자주름, 그 산등성이 사이사이 쳐진 거미줄 위로 세월의 검버섯과 기름에 댄 붉은 점들이 나무처럼 자랐다. 물고기 아가미처럼 늘어진 목주름 아래에는 주인을 닮은 티셔츠 목이 아래로 축 처졌고 드러난 가슴살과

15

어깨뼈, 무릎을 짚은 손등과 팔뚝에는 땅콩처럼 부푼 물집과 팔각의 화상 흉터가 온통 붉으락푸르락, 세월이 잡아 내리고 뜨거운 수증기가 밀어 올린 주름이 파도처럼 일렁인다.

"하! 펑즈!"

위광은 엉덩이를 들썩이며 실소를 터뜨리더니 결국 중얼중얼 중국욕을 뱉어낸다.

"얼바이우! 냐어워! 화이딴!!"

그래도 분이 풀리지 않는지 손에 쥔 앞치마를 살풀이하듯 펄럭이면서,

"내가 미친놈이라는 그놈들이 돌은 거지! 그것들이 또라이야!"

위광의 중얼거림은 화교의 청첩장과 함께 시작되었다.

"치궈, 샤오요우, 빠오샹(起锅, 烧油, 爆香 웍을 달구고 기름을 두르고 향을 낸다)… 기름은 떠우유를 쓰고, 달군 팬에 마늘을 넣고 보끄다가 해삼을… 아니, 아니지. 파기름을 먼저 내야지. 아이고, 샨뚱 총소해삼(蔥燒海蔘)에 대파가 빠지면 그게 무슨… 자, 보자. 파, 마늘, 생강, 저유에다… 그렇지, 돼지기름을 써야 고소하지. 잘게 썬 총심을 넣고 노릇하게 색이 날 때까지 꿔치(镬气 불맛, 열기)를 입히고…."

어느 늦가을, 녹슨 우편함 속에서 먼지 쌓인 봉투를 발견한 것은 본경이었다. 붉은색의 청첩장에는 복을 불러온다는 황금색 쌍희자(囍)가 크게 쓰여 있었다. 본경은 바구니의 햇감자 틈에 청첩장을 끼워 넣고 가게 안으로 들어갔다. 주방에서는 위광과 직원들 간에 고성이 오가는 싸움이 한창이었다.

며칠 후, 위광은 그 붉은색 희첩을 들고 어느 중국집에서 열린 화교의 결혼식에 갔다. 중국집 이름은 행운이 깃든 숫자 8이 들어 간 팔선생. 등려군의 노래가 흘렀고, 원탁 테이블 위로 제비집과 검은 해삼요리, 청증잉어(清蒸鯉魚)와 홍소전복(紅燒鮑魚) 같은 상서로 운 요리 향연이 펼쳐졌다. 부귀영화를 기원하는 이름의 연회장에 서 풍요를 부르는 만한전석에 버금가는 극진한 환대를 받고 온 그 가 왜 정신 나간 사람처럼 파, 마늘, 생강이니 꿔치를 입히고, 탕수 소스를 따로 내라는 둥의 소리를 중얼거리고 다니게 된 것일까?

혹시 그날 신부 측의 지인이 생선을 뒤집어 먹은 탓인가? 테이블 에서는 탄성이 흘렀다. 중국인들에게는 배가 뒤집히는 것과 같은 불운을 몰고 온다는 불경 중의 불경. 하지만 고작 그만한 일로?

어쩌면 그 중얼거림은 희첩이 도착하기 전, 말린 자두를 앞니로 쪼아 먹듯 조그맣게 옹알거리며 "식기 전에 드세요"라고 전하던 소 심한 당부의 말이 별안간 "천러얼츠, 천러얼츠(趁热吃 뜨거울 때 먹어 라)!!"라는 우렁찬 외침이 되어 터져 나왔던 그날, 서막이 열린 것인 지도 모른다.

아니, 어쩌면 그보다 이전, 오랜 단골 유교수가 찾아와 맛이 변 했네, 간귀신이 간을 못 맞추네, 온갖 비평을 늘어놓은 날 시작됐 을지도 모르겠다. 현장을 목격한 사람들은 위광의 얼이 빠져나가 는 게 눈에 보일 정도였다고 증언했다. 그러니까 얼빠진 위광이 온 주방을 뒤져 찾아낸 다 찌그러진 주걱으로 밤마다 요리 연습을 해 대던 그즈음, 저러면 잠은 언제 자냐는 직원들의 걱정 아닌 원성을 들었던 그즈음, 그 충격과 수면 부족으로 인해 중얼거림이 촉발됐을 수도 있다.

그러나 혹시 또 모를 일이다. 생전 처음 늦잠에 허리띠를 땅에 끌고 부랴부랴 식당 앞에 나타났던 날, 열쇠 꾸러미 속에서 현관 열쇠를 찾지 못해 여태 기다린 직원들을 주저앉힌 날, 점심을 거르고 사무실에 들어앉아 노트에 레시피를 기록하면서… 그래, 그런 것 같다. 그의 중얼거림은 그날이 시작인 듯하다. 그날부터 위광은 총기를 잃어갔고, 타들어가는 빈 웍 앞에 멍하니 서 있기만 했다.

37년이 넘은 중국집 건담의 내리막과 멸망 수준의 몰락, 벼락같은 재기와 결국의 파탄, 그리고 이상한 부활의 이야기는 모두 그 중얼거림에서 시작되었다.

전설의 청요리집 '건담'

건담(健啖).

1980년대 중반, 그 이름을 모르는 이가 없던 전설의 화상 두위광의 청요리집. 시간은 흘러 화려했던 위용은 어느덧, 아는 사람만 아는 은둔 무림고수의 중화반점이 되었고 어느새, 알던 사람도 잊어가는 그저 그런 중화요리집에서 어느 날, 갑자기 사라져 버린대도 아무도 모를 동네 중국집이 되어버렸다. 그럼에도 그곳 건담의 낡은 주방에는 매일같이 10호짜리 웍을 양손에 잡고 돌리며 불판을 지키는 중화요리 주사, 두위광이 있었다. 70대 중반의 나이가 무색하게 쩌렁쩌렁한 목청으로 쉬지 않고 욕설과 잔소리를 뱉어내는 그의 소리는 주방의 온갖 소음을 압도했다.

"언놈이 이랬냐? 언놈이냐고!!!"

그는 요리에 필요한 대화나 욕 말고는 별말이 없는 인물이었다.

"설탕을 가만두고 녹이랬지, 센 불 놓고 저은 놈 누구냐? 이것 봐라. 엿처럼 시커멓게 굳은 거, 눈 있으면 보라고!"

자신의 이야기는 일절 내놓지 않았고 그를 아는 이도 얼마 없는 듯했다.

"이것들아, 멘보샤 타잖아! 눈 감고 요리하냐? 코가 썩었어?"

20년 넘게 건담에서 매니저로 일해 온 고창모와 단골들의 이야기를 종합하면,

'중국 산둥성 출신의 아버지와 한국인 어머니 사이에서 1940년대 후반 산둥에서 출생, 돌쟁이 때 인천에 입국, 11살에 중국집에서 주문동이를 시작, 인천의 명보원, 서울 대형중국집 중화루, 샤모이 호텔, 아서원, 대서양, 명동의 로터리 호텔에서 근무. 단순한 재료와 조리법으로 깊은 맛을 내며, 칼판과 불판을 거치며 칼 쓰는 방식과 웍 기술을 다 갖춘 보기 드문 도공이자 화공에 심지어 수타까지 섭렵, 철인 3종의 전 종목 석권에 비견할 만한 실력을 소유, 대범하고 스케일이 큰 요리에 능하며 지독한 연습벌레에 타협을 모르는 '독종'에 '또라이'. 1980년, 겨우 이립을 넘긴 나이에 명동의 로터리 호텔 주방장에 올랐으며 3년 후 독립해 명동에 자신의 이름을 내건 청요리집 '건담'을 차렸음, 김대삼, 김영중 대통령을 비롯해

정·재계 인사들이 드나들었고 청와대에서 요리를 갖다 나를 정도로 문전성시를 이뤘으나 별과 관련된 어떤 사건(무릇 잘되는 중국집은 다들 비슷비슷하지만, 파리 날리는 중국집은 저마다 별별 사연이 있다고 했다. 건담은 진짜 '별'과 관련된 일이었다고 전해진다)으로 1987년 돌연 문을 닫았다가 3개월 후 연희동으로 이전해 영업을 재개, 오늘날에 이름. 결혼하지 않았고 가족은 없음.'

명동의 건담 시절은 대단했다. 3년여의 짧은 호시절이었지만 단골들은 아직도 그때의 화양연화를 기억한다. 80년대 건담을 드나들던 인사들을 나열하는 것은 무의미하다. 정치인들의 밀실회동과 담합, 회합이 이뤄지는 명동의 국회의사당이었던 곳, 재계 인사들의 비공식 상공회의소이자 있는 집 자식들의 돌잔치, 가진 집 부모들의 회갑연, 주부들의 친목모임, 심지어 연애사업에 이르기까지, 그 당시 사업이란 사업은 죄다 건담에서 이루어졌다고 해도 과언이 아니다. 미국에서 돌아온 김대삼 야당 대표가 동파육을 먹기 위해 제일 먼저 찾은 곳도 다름 아닌 건담이었다.

요리하는 수도승

그의 이름은 두씨 성에 위광(威光).
범하기 어려운 위엄의 기세를 가지라는 뜻으로 학자인 할아버지가 지어 준 이름이었다. 1949년, 공산당과 국민당의 일대 격전 속에 할아버지가 사라지자 위광의 아버지는 포대기에 싼 위광을 업고 산둥 옌타이에서 인천으로 건너왔다. 내전에서 승리한 공산당이 주민들의 해외 이전을 금지하기 직전, 대탈출 러시에 운 좋게 올라탄 것이다. 배움의 기회를 갖지 못한 아버지는 솥에 개가 누웠다, 당장 한 끼 해결이 갈급한 살림살이에 외경의 덕이 다 무슨 소용이냐며, 평생 배곯지 말고 실컷 먹고살라고 '대식가처럼 많이 먹는다'라는 뜻이 담긴 '찌엔딴(健啖 건담)'이라는 이름을 새로 지어 불렀고, 한국인 아내는 이에 질세라 그냥 '건담아', 나중엔 '대식아'라고 맘대로 불러버렸다. 위광은 11살, 학교를 관둘 때까지 자신의 이름이 '대식아'인 줄 알았다. 그렇게 어릴 적 이름은 위광의 중국집 이름이 된다.

위광은 연희동 주택가에 있는 오래된 단층집에 살았다. 철제 대문을 열고 들어가면 조그마한 마당에 집보다 오래된 목련나무가 있는 곳. 위광은 새벽 4시면 어김없이 일어나 낮은 불에 주전자를 올리고 욕실로 향했다. 그는 공들여 몸을 씻었다. 마치 수술을 앞둔 외과 의사처럼 몸에 밴 음식 흔적과 냄새를 닦아냈다. 몸을 말리며 데워진 물에 볶은 땅콩을 넣어 차를 우렸다. 재료는 향이 나는 찻잎일 때도 있고, 덖은 파나 양파, 남은 식재료를 말린 무엇일 때도 있었다. 의자 모서리에 비스듬히 몸을 걸친 채 심심한 향이 밴 차를 한 모금, 다시 한 모금 마셨다. 그는 좀체 의자 정중앙에 엉덩이를 온전히 얹지 않는다. 쉬는 게 죄스러운 이의 습성 때문일까. 끄트머리에 비스듬히 살짝 걸치듯. 그와 의자는 대체로 대각선의 관계다.

다음 행선지는 근처의 새벽시장. 발보다 앞서 나간 머리와 굽은 어깨에 걸음이 날쌔다. 위광은 걸으면서 날씨를 살폈다. 흐릴지, 맑을지, 흐리다 맑을지, 비가 내릴지 눈을 뿌릴지, 재료 구매를 위한 오랜 관찰은 이제 웬만해서는 틀리는 법이 없다.

"눈깔색이 왜 이래? 왜 이렇게 야위었어? 키만 삐죽 큰 걸 얻다 쓰라고?"

그는 까다로운 구매자였다. 40년이 되도록 봐 온 사이라도 좋은 게 좋다며 웃고 넘기는 법이 없었다.

"오늘 우럭이 좋아요."

"비가 올 거 같아. 오징어, 홍합을 넉넉히 줘요."

짬뽕에 넣을 양배추, 목이버섯, 애호박을 산 다음, 위광은 말없이 두부가게 앞에 섰다. 주인은 기다렸다는 듯 반듯하게 잘린 두부 중 가장 반듯한 두부를 정성스럽게 건넸다. 철따라, 날씨따라 재료가 변해도 연두부를 사는 일은 변함없다.

생선과 육류, 연두부를 손수 챙겨 건담으로 향한다. 그는 눈뜨는 순간부터 앞치마를 흔들며 퇴근하기까지 오직 요리만 생각하며, 요리를 위해 하루 일과를 묵묵히 수행하는 요리 수도승이다. 게으름을 피운 적도, 지친 기색을 보인 적도 없다. 그 매일의 수행이 반백 년이 넘도록 이어지고 있었다.

위광은 요리신을 믿었다. 요리의 구원을 경험한 그에게 요리가 또 다른 부모이자 형제요, 유일신이었다. 요리신은 이미 없는 신이 아니라 살아 숨 쉬는 생물, 생신이었다. 그의 교리는 먹는 이를 이롭게 하라. 그것은 허기를 채우고, 맛의 행복과 섭생을 전하는 일이다. 계율은 몰입과 정성, 그뿐이다. 무아무심의 마음으로 오직 만드는 것에 집중하면 된다.

신실한 수행자에게 요리신은 한없이 자비로웠다. 노동의 기쁨과 계절을 선물했고 땅과 바다와 하늘의 일을 알게 했다. 완성한 요리는 부드러워 씹기 쉽고, 소화하기 쉬웠으며 육즙과 단맛이 조화를 이뤄 천상의 맛을 선사했다. 그러나 율법을 배반한 결과는 처참했다. 요리신이 원하는 몰입과 정성 없이는 맛은 고사하고 노동과 재료를 새까맣게 태워버리는 철퇴를 맞는다. 구멍 난 솥단지를 껴안고 눈물을 보이거나 뻗대는 날엔 모든 게 끝이다. 그 자비 없음 또한 각성을 부추기는 가르침이라는 것을 깨달아야 참 도(道)에 이른다. 집중과 정성의 계율을 되찾아 영(零)에서부터 다시 시작한다.

그렇게 매일, 매요리를 되풀이하며 익힌 요리법은 위광의 육체와 하나가 되었다. 그는 몸이 기억하는 대로 요리했다. 손이 저울이었고 눈이 온도계였다. 새로운 것은 필요 없었기에 변화도 필요치 않았다. 그는 기도하듯 재료를 중얼거렸고 그분을 만나러 가는 수도승의 경건함으로 가게로 향했다. 오직 요리만 생각하며 평생 요리할 수 있기를 기도하면서.

곡비소

"저 포악한 놈! 저놈에 원숭이를 안 볼 수만 있다면…."

그 요리 일념을 방해하는 이가 건담의 길목에 있었다. 치파오를 입고 화교 행세를 하면서 3층짜리 대형 중국집 곡씨반점을 운영하는 곡비소. 그는 과거 명동의 건담에서 면을 뽑던 라면장 보조 깐꿔였다. 왼쪽 팔목이 살짝 굽었는데 건담에서 쫓겨나던 날, 위광이 집어던진 도마에 맞았다는 말을 하고 다녔다.

그가 연희동에 나타난 것은 2년 전. 의정부에 차린 중국집이 크게 성공하면서 2호점을 홍대 부근에 내고 연희동까지 진출했다. 곡비소는 사천식 매운 요리와 북경식 오리를 내는 곡씨반점을 산동식 전문의 한중식 식당이라고 광고했는데 매스컴을 타고 손님이 줄을 잇던 식당이 작년에 미슐랭 빕 구르망을 받자 기세가 하늘을 찔렀다.

곡비소는 여러 가지 '최초' 타이틀로 유명했다. 자신이 최초로 대만에서 청경채를 들여왔고, 동파육을 한국에 처음으로 소개했으며, 80년대 땅콩소스를 넣은 중국식 냉면을 개발한 최초의 장본인이라고 매스컴에서 떠들고 다녔다. 곡씨반점의 홀 벽에는 치파오를 입은 곡비소의 대형 초상화 밑으로 중화냉면 원조집이라는 팻말이 붙어 있었다. 사람들은 그 벽을 배경으로 사진을 찍으며 곡비소를 중화냉면의 원조, 중냉 셰프라고 불렀다.

본인의 주장이었지만 딱히 의심할 근거도 없었다. 누가 처음으로 한국에 청경채와 동파육을 소개했는지 남아 있는 기록도 없었고, 중국식 냉면의 경우도 짜장면이나 짬뽕처럼 한국식으로 변형되는 과정의 여러 '설'이 난무할 뿐이었다.

하루에 두 번, 아니라도 꼭 한 번은 위광과 곡비소가 마주쳤다. 대로변 초입에 위치한 곡씨반점을 지나야만 건담에 갈 수 있기 때문이었다. 물론 다른 길이 있었다. 골목길을 돌고 돌면 어떻게든 건담에 닿았다. 그러나 위광은 그놈 하나 때문에 그런 수고를 하고 싶지 않았다. 이른 아침, 위광이 장바구니를 들고 지날 때면 곡비소는 대형 트럭이나 탑차에서 대량의 재료를 받으며 짧은 목례를 건넸다.

"안녕허세요?"

'분명 기다리고 있다!' 위광은 그렇게 믿었다. 이쪽이든 저쪽이든, 비가 오나 눈이 오나, 어떤 상황에서도 곡비소는 인사를 거르는 법이 없다. 그러거나 말거나, 위광은 땅만 보며 걸었다. 손에 든 앞치마를 흔들며 상체를 앞으로 기울인 특유의 걸음으로 빠르게 앞을 지났다. 속력을 내면 목례가 끝나기 전에 그 앞을 벗어날 수도 있다. 퇴근길도 그랬다. 치파오 차림에 짧은 중국어로 손님들에게 중국과자를 나눠주는 그 꼴불견을 보지 않을 도리가 없었다. 그럴 때 위광은 마음속으로 노래를 불렀다. 저 망할 놈의 원숭이, 확 자빠져 버리라는 저주의 노래, 눈앞에서 영원히 사라지기를 바라는 염원의 노래를 중얼거렸다.

문사두부

음식점과 상가가 늘어선 큰길에서 골목으로 이어지는 초입에 건
담이 있었다.

오래된 1.5층 건물에 크게 '건담'이라고 쓴 옛 간판에는 켜켜이
쌓인 세월의 흔적이 고대로 묻어났다. 위광은 묵직한 열쇠 꾸러미
에서 찾아낸 열쇠로 문을 열고 안으로 들어갔다.

너른 홀에는 잿빛이 감돈다. 모란꽃에 복복자(福)와 금색 용이
그려진 벽, 높다란 천장 여기저기 달린 홍등이 선홍색으로 빛이 바
랬다. 구석에 놓인 고가구와 그 안에 장식된 중국식 도자기와 술
병들도 하나같이 세월의 때를 입었다. 커다란 원형 식탁과 등받이
가 높은 의자, 반지르르 윤이 나도록 탁해진 바닥은 이제는 퇴색해
버린 과거의 영화를 짐작케 한다. 위광은 홀에 불을 켜고 주방으로
들어갔다.

주방은 제법 규모가 있다. 긴 조리대와 여러 개의 화구가 줄지어
있고, 넓은 개수대와 큰 냉장고에 창고까지 갖췄다. 뒷문 앞에 놓
인 빨간색 간이의자를 치우고 문을 열자 새벽빛이 들어온다. 위광
이 화구에 불을 켰다. 화르륵, 대형 웍 안에서 불길이 천장까지 치
솟았다. 시장에서 돌아온 위광이 제일 먼저 하는 일은 웍 태우기였
다. 기름 바른 웍에 불을 붙여 잡내와 불순물을 날려 보낸다. 매일
아침, 이 불꽃 의식을 시작으로 잠든 주방을 깨웠다.

위광은 연두부를 조심스럽게 도마 위에 올리고 크고 넓적한 차

이따오로 얇게 채를 썰어 나간다. 도마를 두드리는 소리가 빠르고 경쾌하다. 온 정신을 집중해 얇게 편을 뜨고, 가지런히 정리한 두부편을 다시 채로 나눈다. 탁, 탁… 타닥닥닥… 칼날에 바람이 인다. 들고 난 지도 모르는 칼질에 두부들이 가닥가닥 누워 쌓인다.

면이 넓고 무거운 중식도는 두터운 칼등에 비해 칼날이 얇아 실처럼 가는 채썰기, 종잇장처럼 얇은 편썰기와 같은 대부분의 썰기 기술이 가능하다. 앞코과 뒷날을 이용해 미세한 조각 작품을 만들 수도 있고, 칼잡이 포정이 소를 잡을 때 그랬듯 묵직한 중량을 이용하면 힘을 들이지 않고도 뼈 새를 가르고 내장을 분리할 수도 있다. 그러나 이 모든 기술도 기나긴 연마와 칼에 대한 이해가 있어야 가능한 일이다.

그는 40년을 한결같이 아침마다 문사두부(文思豆腐)를 만들어왔다. 문사라는 스님이 만든 탕요리는 두부와 몇 가지 야채를 머리카락처럼 얇게 썰어 닭육수에 풀고 소금 이외에는 특별한 간을 하지 않는 슴슴한 맛이다. 단출한 재료와 조리법이지만 섬세한 칼질과 불 조절이 필요한 정진의 요리.

두부의 굵기는 일정해야 하며, 끊어져도 안 되고 으깨져도 안 된다. 썰기의 과정 다음에는 끓이기다. 물에 담가 콩비린내를 날린 두부채를 육수에 넣고 얇은 대꼬챙이나 주걱의 둥근면으로 섬세하게 저어가며 뭉친 두부를 풀어준다. 살짝 데울 정도로 끓인 다음 불을 끈다. 옮겨 담을 때에도 조심조심, 국자의 날이 두부를 상하게 하지 않도록 주의를 기울여야 한다. 칼질부터 담는 순간까지 한시라도 한눈을 팔거나 부주의해서는 제대로 된 문사두부를 완성할 수 없다.

웍 태우는 불꽃 의식에 이은 문사두부 만들기는 요리하는 수도
승이 요리신을 영접하기 위한 다음 단계의 의식이자 수행이다. 위
광은 닭육수 대신에 맹물을 쓰고 간을 하지 않은 탕을 조그마한
판완에 담아 후루룩 마신다. 정신을 가다듬고 입안을 깨끗이 할
목적이었고 허기를 가실 정도의 양이면 충분했다.

밤에 불려놓고 간 건화(乾貨 말린 식재료)를 삶기 시작하면서 본격
적인 아침 일과에 접어든다. 찐 전복과 해삼을 말려 보관했다가 다
시 불리는 작업이다. 통통하게 불어난 전복과 해삼을 각종 향신채
와 소흥주, 간장 육수에 넣고 뭉근하게 여러 시간 끓여내면 건담의
자랑인 통전복, 통해삼 요리가 완성된다. 건화가 다 삶아질 때 즈
음이면 직원들이 하나둘 도착한다. 보통 매니저 고창모와 튀김판
의 강나희가 가장 빠르다. 이어서 칼판 장만웅, 부주방장을 맡은 실
장 주원신과 면판 겸 주방보조 이정판이 도착하고 온갖 허드렛일
을 하는 입사 4개월 차 주방보조 겸 싸완 도본경과 홀직원 오선주
는 늘 마지막이다. 위광이 장을 가지러 옥상으로 올라가자 원신이
잽싸게 건화 삶는 육수를 맛본다. 수저에 그득 담은 간장 국물이
사라질 때까지 몇 번이나 입질을 해 보지만 고개를 갸우뚱, 영 모
르겠단 표정이다.

"오늘은 알아냈어요?"

원신은 다시 국물을 뜬다. 4년 동안 이어진 육수 간별이지만 마
지막 한 조각의 퍼즐을 맞추지 못한 것 같다며 애를 태웠다.

"쓰레기통까지 뒤졌는데도 못 찾았다는 건, 별 특별한 재료가 없거나 조미료라니까요?"

"아냐. 뭔가 있어. 그런 덜큰한 맛이 아니고 묘한 단맛이 난다니까?"

정판이 가슴께에 주먹을 모아 쥐고는,

"싸부! 건화 삶는 육수에 도대체 뭘 넣으신 겁니까? 하고 물어보시던가요."

정판의 개인기에 직원들이 쓰게 웃는다.

"말이 되는 소릴 해!"

"허기야, 우리 펑…."

인기척에 놀란 정판이 부리나케 밀가루 포대를 들고 자리로 돌아갔다. 위광이 다 삶은 전복과 해삼을 꺼내자 본경이 받아서 마판에 담아 만옹에게 다시 건넨다. 재료 준비가 끝났다.

"치궈, 샤오요우, 빠오샹!"

위광이 까오기를 흔들며 소리쳤다. 이제 중국집 주방의 본격적 하루가 시작되는 것이다.

주방의 독재자

_____

불이 춤춘다.

천장까지 치솟았다가 한순간에 사라진다. 현란한 불의 춤에 뭑이 화구에 걸친 엉덩이를 까불까불 흔들며 장단을 맞춘다. 탁탁 탁탁, 칼과 도마가 리듬을 더하고 그 장단에 까오기가 웍을 휘젓 자 파, 마늘, 생강이 기름벽을 타고 회오리를 돈다. 향이 퍼진다. 폭 발하듯 기름에 튀겨진 재료가 냄새를 뿜어낸다. 그 불의 한가운데 위광이 있다. 무거운 웍을 제 팔처럼 갖고 놀리며 불춤을 지휘한 다. 재료를 익히고 불맛을 입히는 위광의 손도 같이 익는다. 벌겋게 달아오른 손을 옆에 준비된 얼음통에 집어넣자 달궈진 쇠처럼, 치 직… 얼음물에 연기가 솟는다. 그 짧은 안식을 뒤로하고 위광은 이 내 웍의 손잡이를 잡아챈다. 열기를 가득 품은 채 식다 만 손이 군 데군데 붉고 희끗거린다.

위광은 산둥식을 기본으로 한국식이 가미된 요리를 냈다. 쉽게 구할 수 있는 재료를 쓰고 복잡한 조리법을 좋아하지 않았다. 젊은 시절 간신이라 불릴 만큼 혀가 정확했고, 센 불에서 단숨에 볶아 내는 바오(爆) 조리법에 능해 웍 돌리는 기술이 보는 이의 혀를 내 두르게 했다. 힘과 리듬감, 높낮이와 원심력을 이용한 기술로 볶음 밥의 밥알을 회오리 돌리고 자유자재로 띄워 올리며 불맛을 입혔 다. 위광은 해산물 쓰기를 좋아했다. 건해삼과 건전복은 직접 건화 를 만들어 썼고, 육수를 낼 때도 닭뼈와 돼지뼈에다 반드시 건패를 같이 넣었다. 통해삼 요리인 총소해삼, 생선을 통으로 찌는 청증(清 蒸)요리, 우럭을 통으로 튀기는 탕추위(糖水鱼)처럼 재료를 통으로 쓰기를 좋아했으며 낮은 불로 오랜 시간 조리하는 멘(燜 뜸 들이기) 과 웨이(煨 오래 삶기)의 방법도 위광이 좋아하는 조리법이었다.

오랜 단골들은 말린 해삼과 전복으로 만든 건화 요리를 단연 건담의 최고 요리로 쳤다. 해삼과 전복을 쪄서 말린 후, 다시 쪄서 불리는 시간과 정성을 담은 요리들. 식재료를 말리면 향이 증폭되고 맛이 응축된다. 수분을 날리고 진액 덩어리가 된 건재료를 다시 부활시킨 요리는 감칠맛과 쫄깃한 식감이 최고였다.

위광이 어디에서 무엇을 하든 그의 눈은 뒤를 보고 귀는 천 리 밖을 듣는다. 비늘을 벗기느라 생선을 주물럭거리는 정판의 손놀림이 위광은 성에 차지 않는다. 달려가 생선을 뺏어 든다. 일필휘지처럼 착, 칼등으로 비늘을 가르자 튀어 오른 생선 비늘이 영롱한 빗방울이 되어 떨어진다.

"이거 뭐 할 거냐?"

손질한 우럭을 들어 보이며 위광이 묻는다.

"쑹수위(松鼠鱼)요."

튀김판의 나희가 얼른 대답한다.

"다람쥐! 알았다."

위광은 생선살을 가르기 시작했다. 뼈를 밑에 두고 한 면의 살을 가른다. 꼬리에 가까워지자 칼의 속도를 줄인다. 살을 완전히 분리하는 게 아니라 꼬리에 붙여두어야 한다. 다시 반대편으로 뒤집어 칼을 뼈에 붙여 댄다. 칼날이 빠르게 살을 가르다가 어김없이 꼬리쪽에서 멈춘다. 우럭은 뼈를 중심으로 두 면이 분리되었다. 이번에는 칼을 눕혀 살에 칼집을 낸다. 튀겼을 때 솔방울 같은 모양을 내기 위해 마름모 모양을 넣어야 한다. 빠른 칼질에도 절대 껍질이 상하지 않는다. 귀신같은 칼놀림을 모두가 숨죽여 보고 있었다.

손질한 생선을 나희가 받아든다. 칼집에 골고루 전분을 바르고 몸통과 꼬리를 잡고 기름 웍에 넣자 생선의 몸이 활처럼 휜다. 요란한 빗소리를 내며 생선살이 포도알처럼 알알이 맺힌다. 튀기고 때리고 두드리는 주방의 불협화음은 리듬과 비트를 얹어가며 재즈의 즉흥연주처럼 절묘한 화음을 만들어간다. 그 열기와 소음이 극한으로 치닫는다. 불과 칼의 춤을 추며 요리의 수도승은 주방의 무법자가 된다.

"왜 단슈(單數 홀수)냐! 쌍슈(雙數 짝수)! 쌍슈로 얹어야지!"

"탄다 타. 불맛과 탄맛은 다르다고 내가 얼마나 말했냐!!"

한참 떨어진 곳에서 볶음밥을 볶고 있던 만웅에게 벼락같은 호통이 쏟아졌다.

"봐라. 봐라봐라. 떡이냐? 죽이냐? 눈 있으면 봐라 이놈아!"

만웅은 밥을 휘젓던 주걱을 멈춘 채 얼어붙었다. 곰 같이 큰 체격에 우락부락한 얼굴이지만 만웅은 위광의 말을 무서워했다. 존경은 아니었고, 괴팍한 성정을 좋아하지도 않았지만 자신을 받아준 것에 대한 보답으로 예의를 갖췄다.

"대답 왜 안 해? 떡이냐 죽이냐?"

"떡… 같습니다."

"밥알이 살아있어야지. 알알이, 제각각이 혼자 놀아야지! 이 떡밥을 어떻게 손님상에 낼 거야!! 니가 먹어. 니가 다 처먹어!"

결국 웍이 바닥을 나뒹굴었다. 위광의 고함 소리가 그치자 주방은 일순간 고요하다. 음식 만드는 소리만 남은 공간에 적막감이 감돈다. 위광의 주방에서는 일체의 잡담이나 잡음이 허용되지 않는다. 휴대폰 벨소리나 음악을 듣는 것은 상상도 할 수 없는 일.

"들어야 할 소리가 천지야! 끓는 소리, 튀기는 소리, 볶는 소리, 재료에 따라, 조리법에 따라 소리가 다르다. 타는 소리, 물이 졸아 드는 소리, 뼈를 내려치는 소리, 마늘 찧는 소리, 새우 짓이기는 소리… 다 다르다. 주방에서 음악 틀어놓고 일 하는 놈들은 정신 나간 놈들이지. 귀 막고 무슨 요리를 하겠단 말이야!"

위광에게는 주방의 모든 소리가 음악이고 신호다. 그는 때때로 웍 가까이 귀를 갖다 댄다. 마치 음식이 하는 말을 들으려는 것처럼.

"소금 더 달란다, 짜단다, 시다잖아!" 하며 음식의 말을 전하고, "알았다. 알았어. 이걸 더 넣어주마" 하고 음식을 달래는가 하면, "이놈아, 어딜 갔었냐. 옆에 딱 붙어 있어야지!" 라며 웍 뒤에서 찾아든 까오기에게 면박을 주더니 이내 폭향을 달리자느니, 오랜만에 띠산셴(地三鮮 땅에서 나는 세 가지 신선한 채소. 주로 감자, 피망, 가지를 일컫는다)을 만들어 보자면서 살살 어른다. 목격한 걸 전하는 정판이 보고도 못 믿겠다는 투로 얘길 했다.

"와, 진짜 펑즈 아니냐?"

비와 손님

그날 주방은 평소보다 바빴다.

돌잔치와 회갑연 팀에 연희동 개업 초부터 인연을 맺은 30년 단골 고검장이 갑자기 예약을 잡았다. 요리가 들어가고 짜장면과 짬뽕 주문이 정신없이 이어졌다.

"짬5, 짜4, 짬곱2, 탕3, 동파2, 룸일~"

"전가복1, 싱겁게, 류산슬2, 짬뽕 넷, 짜장 둘, 룸이~"

클래식한 체크무늬 양복을 입은 매니저 창모가 주문을 불러준다. 각각의 메뉴에 숫자도 다른 데다 도돌이표처럼 그 요리가 매 그 요리인 주문 내역을 위광은 기가 막히게 기억했다. 열 장 정도의 주문표는 너끈히 머릿속에 넣고 일했고 요리를 내어가는 순서나 모양을 매의 눈으로 정확하게 체크했다. 온갖 잡일을 맡은 주방보조 이정판이 완성된 짬뽕 그릇을 쟁반에 올렸다. 만사참견이 취미인 정판은 주문이 많을 때는 누가 시키지도 않았는데 요리를 들고 홀로 나갔다.

"저놈 잡아라. 저놈 잡아! 너 거기 안 서냐!"

위광이 웍을 돌리면서 정판을 향해 소리쳤다. 만웅이 뛰어가 정판의 목덜미를 잡아 세웠다.

"이놈아, 다 식은 걸 갖고 나가면 어쩌겠다는 거냐?"

정판은 그걸 도대체 어떻게 알았냐는 표정이다. 위광이 도리어 원신을 향해 꽥, 고함을 친다.

"뭐하냐? 다시 안 볶고!"

중식은 뜨거울 때 먹어야 한다는 게 위광의 중식지론이었다.

"중식은 기름에 녹말인데, 다 식어 빠지고 떡이 된 걸, 뭔 맛으로 먹어? 중국요리는 방금 만든 걸, 홀에서 받자마자 먹을 때가 가장 맛있다."

위광은 음식을 받아 놓고 딴짓하는 손님은 중식을 먹을 자격이 없다고 했다. 당연히 배달과 포장 판매도 하지 않았다. 원신은 시도 때도 없이 버럭 대는 위광의 호통에 익숙해지기는커녕, 갈수록 불만이 쌓여갔다. 사십 중반을 향해가는 나이에 주방의 싸완 같은 취급을 받고 있다고 생각하니 속이 터졌다.

"왜 그렇게 굼떠? 손님 기다리잖아!"

그새를 참지 못하고 위광이 또 소리쳤다. 원신은 화풀이하듯 짬뽕 국물을 웍에 쏟아붓고 화력을 확 끌어올렸다.

쏴….

거센 빗소리와 함께 비가 쏟아졌다. 직원들의 표정이 순식간에 굳었다. 누군가 "비 온다!"라는 단발의 비명을 질러대자 만옹이 튀김을 튀기다 말고, 정판이 면을 썰다 말고 주방을 튀어 나갔다. 건담에는 우천 시 행동 매뉴얼이 따로 있었다. 직원들의 분주한 움직임을 아는지 모르는지, 위광은 창을 열어 비를 확인하고는

"그렇지, 비가 와야지. 본경아, 돼지고기, 오징어, 홍합 더 내오고, 양파 갖고 와. 짬뽕 솥 큰 걸로 바꿔 걸어라!"

위광은 무서운 속도로 양파를 썰어 나갔다. 어수선한 상황에도 오직 칼질에만 정신을 집중했다. 빗소리가 더 거세진다. 원신이 완성한 요리를 접시에 다급하게 담아내고는 앞치마를 벗으면서 본경을 향해 말했다.

"가자!"

본경은 빈 그릇과 양동이, 막대 걸레를 챙겨 원신을 따라갔다. 주방에서 홀까지 이어지는 복도 끝에 원신이 양동이를 놓았다. 곧

장 똑, 물방울이 떨어졌다.

"닦아."

본경이 바닥을 닦는 사이 원신은 천장을 살피며 비가 새는 곳을 찾았다. 요리하다 말고 뛰쳐나갔던 정판이 오만상을 찌푸리며 다가오며,

"화장실 입구 쪽에 또 새요."

"거기 지난번에 잡았잖아."

"그렇게 바른다고 될 일이에요?"

"너, 빨리 가서 양동이 받치고, 주변 닦아."

"아, 매번 비 올 때마다 이게 뭔 짓이야?"

본경이 도착했을 때는 이미 창모가 수습을 한 다음이었다.

"어? 천장에서 물 떨어지는데?"

"비 샌다 여기! 아, 뭐야⋯."

돌잔치 중이던 근처 룸에서 신경질이 터져 나왔다. 창모가 기다렸다는 듯 양동이를 들고 움직였다. 룸으로 들어간 창모가 젖은 테이블 중앙을 닦으며 본경에게 손짓해 보이자 본경이 재빠르게 짬뽕 그릇을 받쳤다. 똑, 그릇 안으로 빗방울이 떨어졌다. 황당한 상황 수습에 손님들이 불만을 쏟아냈다.

"건물이 오래되다 보니, 이런저런 말썽이 있습니다. 우선 죄송한 말씀 올립니다. 너그러운 마음으로 양해를 부탁드립니다. 대신, 사과의 뜻으로 오늘 음식값은 받지 않겠습니다. 느긋하게 즐기다가 가십시오."

창모는 공손했지만 비굴하지 않았다. 손에 든 물걸레 자루가 호

위무사의 창처럼 늠름했고 목례는 기품 있었다. 그의 응대에 손님들은 비받이 그릇을 놓고도 대단한 대접을 받는 듯 느꼈다. 마지막으로 제일 큰 룸삼방의 차례. 창모가 앞장섰고 칼과 도마 대신 양동이와 막대 걸레를 든 본경이 뒤를 따랐다. 창모는 말아 올렸던 소매를 내리고 옆으로 돌아간 나비넥타이를 단정히, 눈을 감고 깊게 호흡한 다음 똑똑똑… 문을 두드리고 룸의 미닫이문을 연다.

룸 안으로 들어간 창모가 깍듯하게 허리를 구부리며 인사를 건넸다.

"오랜만입니다, 고검장님."

쭈안판(轉盤)이 있는 원형 테이블의 상석에 넥타이를 풀어 헤친 50대의 남자가 앉아 있었다. 불콰하게 주기가 도는 남자는 창모의 인사를 무시하며,

"늬들 해삼맛 모르지? 해삼은 쫀득한 식감, 감칠맛, 바다 내음으로 먹는 거야. 사실 여긴, 짜장, 짬뽕이 아니라, 정통 중화요리로 알려져야 돼. 이것 봐, 이거 해삼 돌기 살아있는 것 좀 보라구. 중식에서는 말린 해삼을 쓰거든? 잡아서 찌고 몇 달을 말린 다음에 다시 쪄서 불려. 얼마나 얼척없는 짓이야. 근데, 먹어 보면 달라. 맛이 다르고 식감이 달라. 말리는 동안 맛이 꽉 응축되…"

남자의 얼굴에 빗방울이 떨어졌다. 창모가 건네는 손수건을 거부하고 냅킨을 뽑아 얼굴을 닦으며,

"옛날엔 이래서 좋았는데 아직도 이러는 건, 좀 별로다."

고검장 강원식은 위광이 명동 가게를 정리하고 연희동에 자리잡은 첫해부터 건담의 단골이 되었다. 정권이 바뀔 때마다 서울과

지방을 오갔지만 적어도 한 달에 한 번은 꼭 건담을 찾았다. 그는 푸짐하게 놓고 먹는 중국요리가 최고라고 했다. 외할머니가 중식집을 해서 그를 키웠고, 돈 없는 사시 준비생에게 무한정 외상 음식을 준 것도 중국집 사장이었다. 그 많고 많은 중국집 중에 강원식이 가장 좋아하는 중국집이 건담이었다. 그는 서초동에 머물 때면 검찰청 직원들을 몰고 와서 행사를 했고 지인을 데려오는 경우도 여러 번. 그의 신뢰만큼 위광도 최선을 다했다. 미리 예약을 하는 날에는 탕수조기(糖醋黃魚)나 쓰시완쯔(四喜丸子) 같은 메뉴에 없는 잔치요리를 대접했다. 오늘같이 비가 떨어져도 별 얼척없는 가게라며 좋아하던 사람. 그의 돌변에 창모의 입이 닫혔다. 가족 안부까지 묻던 사이에 무서운 냉기가 돌자 창모가 말을 잊은 것이다. 어느새 나갔다 들어온 본경이 고검장에게 뭔가를 건넸다. 그의 옆에 앉은 검사가 엉겁결에 받아든 것은 서너 개의 장우산이었다. 본경의 엉뚱한 행동에 창모는 눈이 감겼다.

"살다, 살다…."

화통이 뒤집힌다.

"참… 나… 어처구니가 없어서… 고매니저!"

"네!"

창모가 눈을 감은 채 대답했다.

"이젠 비 좀 막자."

네, 하는 창모의 대답이 끝나기도 전에 고검장이 우산을 펼치며 화통하게 웃었다. 그 웃음을 신호로 다른 이들도 우산을 펼쳐 든다.

"이 친구, 재밌네."

실눈을 뜬 창모의 얼굴에 그제야 핏기가 돈다. 본경은 웃으며 목례한 뒤 다리가 굳어버린 창모를 데리고 룸삼방을 나갔다.

해결사 도본경

4개월 전, 본경이 처음 온 날도 비가 내렸다.

검은 사이클 복장에 검은 헬멧과 선글라스, 검은 자전거를 타고 온 청년은 비 맞은 단발머리를 털어내며,

"안녕하세요. 도본경입니다."

씩씩하게 인사를 건넸다.

"첫 출근에 타이즈라니…."

정판이 복장 불량을 지적하자,

"어차피 앞치마 할 거잖아요."

선주가 처음 본 본경을 감쌌다. 큰 키에 손발이 큰 청년은 사탕가게에 온 아이처럼 눈을 반짝이며 웃었다.

매니저 창모가 본경을 주방으로 데리고 갔다. 창모는 언제나처럼 빠른 걸음에 절도 있는 몸짓이 우아했다. 주방 근처에 다다르자 위광의 목소리가 쩌렁쩌렁 울렸다. 본경은 기합을 다지듯 크게 심호흡을 하고 안으로 따라 들어갔다. 채챙… 둔탁한 소음과 함께 바닥에는 웍이 나뒹굴었다. 주걱을 든 위광이 고래고래 고함을 질렀고 직원들은 일사불란하게 바닥에 쏟아진 음식을 수습하고 있

었다.

"저, 새 직원분이 왔습니다."

창모가 본경을 소개했다. 위광이 바로 뒤에 서 있던 크고 시커먼 본경에게 놀라 '너 뭐냐!'를 연발하며 주걱을 흔들어댔다. 주방 직원들은 재밌다고 낄낄대면서 꼴통이 하나 왔다며 의미심장한 눈빛을 교환했다.

"안녕하세요."

본경이 자신을 소개하는 순간이었다. 쏴, 하며 세찬 빗소리가 시작되었다. 빈 그릇을 들고 따라오라는 단발의 지시에 본경은 곧장 원신을 따라갔다. 그러니까 출근 첫날, 본경의 첫 임무는 비 새는 곳에 비받이 그릇 놓기였다.

"뽄! 양배추 다 썰었어?"

"야, 뽄! 큰 접시가 다 떨어졌잖아!"

"뽄아, 하수구 막혔다. 뚫자 얼른."

건담에서는 본경을 '뽄'이라고 불렀다. 직급은 싸완으로 건담의 온갖 허드렛일을 도맡아 했다. 처음엔 주방 일에 한정되었지만 점차 고장 난 기물을 고치고 죽은 식물을 살려내는 부활 신공을 부려, 모두들 그를 '해결사 뽄'이라고 부르기 시작했다. 본경은 붙임성이 있는 데다 잘 웃고 상냥했다.

"왜 그렇게 웃고 다녀?"

"아니면 너무 심각해져 버리거든요."

잘생긴 얼굴에 독특한 차림새, 여러 차원을 넘나드는 엉뚱한 말이나 행동을 하긴 했지만 머리 좋은 해결사라는 능력 덕분에 텃새도 가볍게 털고 갔다. 얼마 후 본경은 비를 잡는다. 직원들이 방수 페인트를 덧칠하고, 방수 기술자들이 시트 시공까지 하고도 못 잡은 누수를 본경이 혼자서 해결하게 된다.

게다가 위광에게 거리를 두지 않는 유일한 직원이 본경이었다. 아무리 욕과 호통을 들어도 불만이 없고 뒤끝이 없었다. 호되게 혼이 나고도 큰 눈을 말똥말똥 떠 보이며,

"싸부님, 시원한 거 한잔 드려요?"

그렇다고 버릇이 없진 않았다. 귀가 쫑긋거릴 정도로 위광의 말에 집중했고, 시킨 일을 잘 해내려고 애썼다. 노트북을 하거나 책을 보는 식으로 혼자 바빴고, 점심을 먹고 신촌까지 뛰어갔다 오거나 근처 시장을 구경하다가 중식당에는 쓸 일 없는 식재료를, 단지 너무 신선해서, 색이 좋아서, 혹은 제철이라 안 사면 손해, 라는 식으로 사 들고 왔다. 그렇게 사 온 쑥을 쪄서 쑥버무리를 만들어냈고, 오디를 갈아 건네고, 매실청을 담아 놓기도 했다.

그럼에도 자신의 이야기는 일절 않는 탓에, 잘 아는 사람 같은데 따져 보면 그다지 아는 게 없는, 묘한 미스터리를 간직한 인물이었다. 혼자 산다고 했고, 요리 실력으로 보아 중식 경험은 처음이라는 것 정도가 알고 보면 아는 정도.

아지트

비와 손님이 썰물처럼 빠져나간 홀에서 직원들은 늦은 점심을 먹었다. 메뉴는 그날의 점심 담당이 만드는 요리다. 특식을 다 같이 만드는 날도 있지만 대체로 만드는 사람이 주는 대로 먹는 시스템. 오늘은 특별히 무시러우(木犀肉 목서육)가 나왔다. 편으로 썬 돼지고기와 목이버섯, 오이, 당근을 계란과 같이 볶아낸 요리로 노란색의 계란이 계수나무꽃처럼 몽글몽글 피어있다고 해서 붙여진 이름이다. 위광은 가끔 직원들을 위해 요리했다. 메뉴판에도 없고, 다른 중국집에서도 본 적 없는 요리들이었는데 조리법을 잊지 않기 위해 연습 삼아 만든다고, 직원들은 그렇게 생각했다.

"와, 밥 먹는데, 비가 새. 나 노천식당 왔냐?"

비가 올 때마다 정판은 별별 농담으로 빈정거렸고 그때마다 직원들은 쓰게 터지는 웃음을 어쩔 수 없었다.

"수리로 될 일이 아냐. 건물 자체가 낡았어."

원신의 말을 만옹이 받으며,

"이래 봬도 땅값이 꽤 나가요. 연희동이 몇 년 새 얼마나 올랐는데요."

"여기 싸부 거예요?"

놀라서 묻는 정판의 질문에도 창모는 묵묵히 식사만 했다.

"바르면 새고, 또 바르면 또 새고… 수리 좀 하자니까… 쇠고집, 고래힘줄보다 질겨. 그러니까 펑…"

"야, 야! 너 싸부한테 자꾸 펑즈라 그럴래?"

만옹과 정판이 부딪쳤다. 면판 이정판은 말이 많았다. 불평불만을 속에 담아두는 법이 없었고 말이 비는 시간을 견디지 못했다. 작고 마른 데다 웃을 때 반달눈이 되는 정판은 몸짓이 크고 대머리에 다소 험상궂은 인상의 장만옹과 사사건건 부딪쳤다. 두 사람은 같은 나이에 입사도 비슷했지만 요리전문학교를 다닌 만옹에 비해 정판은 주방일이 처음이라 직급이 달랐다. 만옹은 칼을 잡고 재료를 다루는 칼판이었고 정판은 면을 삶고 나르는 면판과 온갖 잡일을 담당했다. 만옹이 정판을 부리는 상황인 데다 체격 차이 탓에 주로 궁시렁거리는 쪽은 정판. 만옹도 위광에게 불만이 있기는 마찬가지였지만 공공연히 위광을 웃음거리로 삼는 정판의 태도 역시 마음에 들지 않았다.

"맞는 말 아닌가? 우리가 방수 페인트칠 몇 번이나 했어요? 사람 불러서 시트도 깔았잖아. 그런데도 맨날 옥상에 물을 뿌려대니까 마를 날이 있어야지."

"물 새는 곳은 화단 있는 쪽이 아니잖어."

"어쨌거나, 음식 만들다가 뛰쳐나가는 게 말이 돼요?"

모두 정판의 말에 수긍했다.

"그만하고 밥 먹자."

원신이 구레나룻을 움찔거리자 정판이 곧장 입 끝을 오므렸다. 밖에서는 원신을 형이라 부르며 자주 어울리는 사이에, 위광보다 원신을 더 따르는 정판이었다.

"야, 너는 밥 먹을 때는 밥 먹어. 뭐 한다고 맨날 늦어?"

정판이 본경에게 괜히 신경질을 부린다. 본경은 접시에 밥과 반찬을 옮겨 담으며 그저 웃고 만다. 정판은 괜히 약이 오르는지,

"딱 봐도 중식은 첨이고, 일식집에 있었다면서?"

"네. 잠깐 있었어요."

"근데 중식당엔 웬일? 여기 끝날 때 다 됐는데…."

정판이 확 찬물을 끼얹었다. 즉각 만옹이 숟가락을 놓으며 만상을 찌푸린다.

"끝난다니 뭐가!"

"뭐가 끝나요?"

만옹과 본경이 동시에 질문을 던졌다.

"여기 어떻게 오게 된 거야? 그러고 보니 니가 누군지 아는 게 없네."

원신이 다른 질문으로 질문을 덮었다. 본경은 해맑은 눈빛으로,

"건담의 요리, 최고잖아요."

"그게 다야?"

"네. 뭐…."

"작년에 네 번 정도 왔었죠? 연속으로."

"네."

"매니저님 정말 대단하세요. 어떻게 그걸 다 기억하세요?"

선주가 젓가락 든 손으로 박수를 쳤다. 원신이 본경을 향해 "응?" 하고 고갯짓을 하며 답을 재촉한다.

"두위광 싸부님, 4대 문파 이전 진정한 고수로 알려졌던 분이시고, 인천 명보원, 서울 중화루, 아서원, 대서양에 근무, 30대에 명

동 로터리 호텔 주방장 되신 중식계의 살아있는 전설이고, 스케일 큰 요리, 산둥요리 전문에, 그 시절에 칼판 불판 다 거치셨고, 잔기술보다는 재료를 살리는 요리, 뭣보다 건화를 이용한 해산물 요리가 최고, 연희동 터줏대감, 시조 중국집 건담의 주방장이시죠. 게다가 다른 곳에서는 안 하는 정통 중국요리도 내고, 유니짜장은 서울 어느 집보다 잘하시고, 요즘 유행하는 꿔바로우, 멘보샤도 원래부터 해 오셨던 데다가 뭣보다, 개인적으로 기본 반찬인 땅콩을 찌고 볶고 튀기는 식으로 올 때마다 다르게 내시는 점에 감동했고, 자차이도 직접 만드시고, 통해삼, 통전복 요리 가격이 합리적인 거, 처음 와서 구수계(口水鸡), 총소해삼, 유니짜장 먹고 놀랬고, 요리에 향신료 쓰시는 방법 배우고 싶고… 그래서… 오게 됐어요."

모두들 그의 오타쿠 같은 설명에 혀를 내두르는데,

"옛날에야 그랬지…."

원신이 자조 섞인 원망을 내뱉었다. 그는 하고 싶은 말을 꾹꾹 눌렀다. 말을 뱉고서 후회할까봐 후퇴하는 게 아니었다. 원신은 할 말이 너무 많았다. 4년을 쌓아온 말을 어디서부터 풀어내야 할지 도무지 시작점을 찾을 수가 없었다.

"옛날은 무슨? 다 소문이지. 본 사람도 없는데…."

정판이 숟가락을 얹는다.

"거 자꾸 사실 부정하지 맙시다."

"내 말마다 부정하는 게 누군데요?"

만옹은 인상을 확 찌푸리면서,

"너 언제 관두냐?"

정판은 이직할 예정이었다. 유명한 셰프가 되고 싶었지 위광처럼 진지한 주방장이 되고 싶진 않았다. 게다가 요리 재능도 없다는 걸 건담에 와서 알았다. 그는 꿈을 바꿨다. 답답한 주방을 떠나 사람들 속을 누비는 식당 매니저가 되기로 했다. 타이밍 한번 기막히게도 개업 예정인 프랑스 식당에 웨이터로 가기로 말이 되었다. 그러나 한 달 후 관둘 거라는 사직 선언이 두 달이 넘어가고 있었다.

"그쪽 개업이 좀 밀려서 그래요. 알아서 갈게요."

그 와중에 본경은 목이버섯이 든 계란요리를 수색전 하듯 이리저리 살폈다. '이 고소한 맛의 정체가 뭐지?' 씹고 삼키고 냄새 맡으며 음미와 탐구를 하느라 본경의 온 감각이 바빴다. '라드나 참기름은 아닌 거 같고…' 정판과 만옹은 여전히 투닥거렸고 오늘은 원신까지 가세한 상황에, 본경은 차마 질문을 꺼내 놓을 수 없었다.

혼밥

"진짜 독특해…."

위광은 조리대 앞에 선 채로 혼자 점심을 먹었다. 직원들은 유난스럽다 수근대면서도 그 기행 덕에 식사 시간이나마 숨통을 트일수 있다며 그의 혼밥에 감사했다. 흰밥에 춘장과 대파가 점심 식단의 전부. 위광은 생파를 황색의 춘장에 찍어 베어 먹었다. 맑은 연두부탕이 밤새 잠든 혀를 조심스럽게 깨우기 위한 요기라면 점심은 맛을 보느라 혼탁해진 입안을 쌀밥과 파로 개운하게 헹구는 시간이다. 때때로 얇게 부친 젠빙(煎饼 전병)에 생대파를 돌돌 말아 춘장에 찍어 먹기도 한다. 메뉴가 바뀌어도, 아무리 식사가 간소해도 대파는 빠지지 않는다. 달고 시원하고 알싸한 맛에 겹겹이 씹는 질감이 살아있는 파는 대체불가의 채소. 산둥인들에게는 대파가 영혼의 짝이다. 생으로 베어 먹고, 전병에 싸먹고, 기름도 낸다. 마치 우리의 김치처럼 대파 생각에 타향살이가 힘든 사람들은 그들 키보다 훌쩍 큰 파를 길러냈다. 건담의 옥상에도, 집의 텃밭에도 삐죽이 푸른 대가 올라온 파를 볼 수 있었다. 위광은 포대기에 쌓인 채 황해를 건넜지만 집에서 먹던 중국식 끼니의 맛과 향을 기억했다. 인천항과 명동에서도 화교 무리에 섞여 지냈던 터라 입맛은 그대로 중국인. 두반장만 넣고 후루룩 볶아내 알을 까먹던 바지락볶음, 돼지고기보다 부추가 더 들어간 만두와 살캉살캉 심이 씹히던 감자무침의 새콤한 맛이 파와 함께 그의 온몸에 녹아 있었다.

위광은 점심을 먹은 후 건물 밖으로 난 계단을 통해 옥상에 올라갔다. 그곳에 위광의 보물들이 있었다. 상추와 대파 같은 채소가 심긴 화분들, 그 옆으로 장이 익어가는 장독대가 있고 작은 평상과 빨랫줄에는 찌고 말리는 과정을 지나가는 나물과 전복과 해삼 같은 건화가 사시사철 널려 있었다.

어릴 적 할머니와 엄마가 그랬던 것처럼 인천항 중국집의 마호 주방장, 명동의 주방장들도 모두 장을 만들어 썼다. 위광도 그들처럼 황장과 첨면장(甛麵醬), 두반장 등의 장류를 담갔다. 콩을 발효시킨 황장은 우리의 된장 같은 중국 전통장으로 짜고 고소한 감칠맛을 낸다. 옛날에는 마른 빵에 곰팡이를 피워 발효제를 직접 만들기도 했다. 첨면장은 밀에 약간의 콩을 섞어 소금과 효모를 넣어 발효시킨 장이다. 낮잠의 단맛이라는 이름처럼, 밀가루 덕에 갈색에 달달한 감칠맛이 돈다. 첨면장이 봄에 장을 가른다고 춘장(春醬), 파와 함께 먹는다고 총장(蔥醬)이 되었다가 다시 춘장이 되었다고들 하고, 익은 장을 흉내 내기 위해 캐러멜색소를 넣고 검게 만든 사자표 춘장이 전국 중국집을 평정하며 공식 춘장으로 쓰이기도 했다. 위광도 이제 그런 장들을 사다가 집장과 섞어 쓴다. 그래야 짜장 맛이 난다고들 하니 어쩔 수가 없다. 그래도 시간과 정성을 들이고 자연의 힘을 빌려 만든 장은 시판장과 비교가 안 되는 깊은 맛을 낸다. 위광은 이 장으로 경장육사(京醬肉絲)도 만들고 회과육(回鍋肉)도 만든다.

그는 장 담그는 일을 수고라고 여기지 않았다. 그것은 맛을 위한 일이었지만 유일한 취미기도 했다. 장은 살아 숨 쉬는 생물이다. 독 안에는 부지런히 발효를 해나가는 미생물들이 그득하다. 보이지 않는 고것들을 키우는 재미가 쏠쏠하다. 곡식이나 가축처럼 매일매일 먹이를 주며 돌보고, 날마다 뚜껑을 열어 바람과 햇빛을 쬐여준다. 겉과 속을 뒤섞어 구석구석 바람과 해를 만나게 하면 까다로운 녀석들은 단맛을 내며 점차 짙은 색으로 몸을 만들어 간다. 정성이 닿은 장은 때깔이 다를 수밖에. 그 정성에 보답 받는 기쁨, 자연의 섭리를 직접 보는 황홀감을 누가 알까.

장 담그기가 취미라면 건화 만들기는 위광의 특기이자 중독이었다. 위광은 말린 식재료가 중국요리의 정수라고 여겼다. 햇볕을 쬐고 눈, 비, 바람을 맞는 과정에서 맛이 모이고, 없던 맛이 붙고, 영양까지 풍부해진다. 재료에 천연 조미료를 입히는 작업이 바로 자연 건조다. 인간의 힘으로는 도저히 할 수 없는 희한한 일들이 이 과정에서 일어나게 된다. 이 작업에는 부지런함과 끈기 말고도 기나긴 작업의 묘미를 즐길 줄 아는 별난 소질이 있어야 한다. 반복이 지겨운 줄 모르는 중독의 습성이 피 속에 흘러야 하는 것이다. 위광은 이런 보물이 갖는 깊은 향과 응축된 맛을 요리에 이용할 줄 알았다. 오래 달여 국물을 내고, 통으로 조려 요리로 냈다. 말렸다가 다시 쪄낸 전복과 해삼은 별다른 간 없이도 감칠맛이 폭발하는 진미를 낸다. 오랜 기다림과 공든 수고가 빛을 발하는 순간이다.

옥상에는 혼자 점심 먹는 또 한 사람, 칼판 보조 겸 튀김을 맡은 강나희가 있었다. 한 올도 빠짐없이 끌어당겨 묶은 말총머리, 투명할 정도로 흰 피부에 깡마른 체격. 나희는 말이 없었다. 표정도 웃음도 별로 없었다. 건담에 온 지는 1년이 되어간다. 다른 직원들처럼 나희도 위광의 음식을 먹고 난 후, 일하고 싶다는 의사를 전했다. 위광의 전복이나 해삼 요리에 감동했거나 산둥요리를 배워보고 싶다는 이들과 달리 나희는 위광이 내어준 한 잔의 차 때문이었다.

나희가 처음으로 건담을 찾은 날이었다. 한참 동안 메뉴판을 들여다보는 나희를 향해 창모가 흰 종이를 내밀면서,

"원하는 요리를 말씀해 보세요."

말이 떨어지기 무섭게 나희가 해파리냉채와 간짜장을 주문했

다. 급하게 주문을 해치우는 식이다. 나희는 이내 다기 세트를 꺼내 개완과 찻잔을 하나씩 테이블 위에 올려놓았다. 익숙한 손놀림으로 차시로 뜬 찻잎을 개완에 담는다. 보온병에 담아온 뜨거운 물을 붓고 개완의 뚜껑을 손끝으로 가만히 누른 채 차가 우러나기를 기다린다. 잠시 후, 색이 짙어진 찻물을 잠시 응시하다가 두 잔의 찻잔에 옮겨 붓는다. 때맞춰 주문한 음식이 나왔지만 나희는 서두르지 않고 차를 음미했다. 그녀는 음식을 먹으러 온 사람 같지 않았다. 차 한 잔을 비우고 나서야 젓가락을 든다. 나희는 어떻게든 먹기를 유예하려고 했다. 느리게 짜장과 면을 섞어 둔 다음, 해파리와 야채를 섞고, 겨자소스를 부은 후 다시 천천히 섞어나갔다. 그리고는 고작 서너 젓가락, 맛보기에 가까운 식사를 끝냈다.

두 번째 방문, 그리고 세 번째에도 그녀는 똑같이 그랬다. 느리게 주문하고, 다기 세트를 꺼냈다. 하지만 마지막 방문 날에는 차통이 비어 있었다. 채워 넣는다는 것을 깜빡하다니… 처음 있는 일에 나희는 적잖이 당황했다. 가방을 챙겨 자리에서 곧장 일어나는데 창모가 찻주전자를 갖고 왔다.

"주방장님께서 이 차를 한번 마셔보시랍니다."

맑은 갈색의 차에서는 고소한 향이 올라왔다. 한 모금 마시니 몸이 따뜻해진다.

"이건 무슨 차인가요?"

"볶은 땅콩껍질과 땅콩을 우린 물이에요. 감초와 귤껍질을 조금 넣었다고 하시네요."

나희는 테이블 위에 있는 땅콩을 봤다. 땅콩이 차가 될 수 있다니…. 홍차나 녹차를 주로 마시던 나희는 달고 고소한 차가 주는 맛의 묘미를 알게 되었다. 이른 아침 나룻배를 타고 찬찬히 물길을 가르며 가는 길에 녹차가 있다면, 땅콩차는 햇살이 가득한 어느 오후의 공원으로 나희를 데리고 갔다. 차는 그렇게 공간이동의 비술을 부렸다.

"뭐든 물을 부어 마시면 그게 차다."

나희는 이후 모든 것이 차가 될 수 있다는 것을 위광에게 배웠다. 파를 말린 대파차, 호박꽃을 말린 호박차, 말린 우엉과 연근, 소금에 절인 당근도 차가 되었다. 그것들을 섞어 새로운 맛을 만들고 팔각과 정향, 후추 같은 향신료를 홍차와 조합했다. 나희의 공간은 어느덧 중국의 광활한 수수밭에서 히말라야의 만년설이 녹아내린 인도의 강가, 시골 담벼락 아래 강아지의 발자국이 난 꽃밭을 오가며 방안에 앉아 세상을 본다. 사냥에 나선 매의 눈빛처럼 푸른 기가 서린 명료함을 찾기도 하고 성가를 부르는 수도사의 고요를 느끼고 만화경의 세상 속으로 휘몰아쳐 들어가기도 한다.

"또 차 마시러 가?"

사람들은 그런 나희를 '차차'라고 불렀다. 늘 차를 마시기 때문이지만 실은 튀김웍의 기름이 식어버릴 만큼 차갑다는 의미기도 했다. 위광은 옥상에 올라오는 나희를 신경 쓰지 않았다. 그건 나희도 마찬가지였다. 위광은 독 안에 든 장을 살피고 건해물을 말리느라 바빴고, 나희는 책을 읽고 차를 마시는 데 집중했다.

물세례

"귀신이야 귀신, 뒷모습만 보고도 음식 식은 거 안다니까요?"

점심 식사를 마친 직원들이 뒷문에 모였다. 휴지통과 스티로폼 박스가 쌓여있는 담벼락 아래 조그만 공간이 그들의 아지트였다. 거기서 그들은 담배를 피고 잡담을 나눈다.

"그릇 쥐는 거 보면, 딱 온도 나오잖아."

"아니, 웍 돌리느라 정신없었는데 언제 뒤돌아봤냔 말이지."

그 와중에 본경은 아까부터 궁금하던 질문을 던졌다.

"아까 먹었던 계란요리 이름이 뭐죠?"

"무시러우. 계란을 계수나무꽃처럼 볶았단 말이야."

만옹이 친절한 설명을 곁들였다.

"그 고소한 맛이 뭐예요? 참기름은 아닌 거 같고… 저유도 아닌 것 같던데…."

"넌 맨날, 뭘 그렇게 묻냐?"

정판이 침을 날리듯 톡 쏘아붙였다.

"저유는 기본이고, 끝에 화생유를 살짝 두른 거 같아. 땅콩기름 말이야."

만옹의 대답이 끝나기도 전에 정판은 씩씩대며,

"맨날 혼자 만드는데 어떻게 알아? 새벽같이 나와서 몰래, 점심도 우리 없을 때 만들어서 '옜다, 먹어라!' 저렇게 맨날 도끼눈 뜨고 있는데, 물어볼 수도 없어. 못 물어! 자기가 무슨 피카소야? 그 레시피 만드는 데 60년 걸렸어?"

원신이 일어나면서 나지막하게 원망을 뱉어낸다.

"뭘 갈쳐 줘야 말이지…."

4년 전부터 해왔던 말, 술만 마시면, 담배를 피다가도 싸부의 이야기가 나올 때면 어김없이 불쑥불쑥 튀어나오는 한탄이었다.

"너 언제 관둔다고?"

험상궂은 말이 나올까봐 만옹이 딴소리를 한다.

"내 걱정 그만하시… 앗, 차가워!"

비가 내렸다. 매일 같은 시간, 옥상에서 떨어지는 수돗물 세례다. 점심시간이 끝날 즈음이면 어김없이 물줄기가 쏟아졌다. 위광이 채소 화분에 물을 주는 것 같았지만, 물줄기는 어김없이 옥상 밖으로 쭉쭉 뻗어 나왔다.

"웃, 차거라…."

"야야, 들어가자. 들어가."

직원들은 담뱃불을 끄고 주방 뒷문으로 뛰어 들어갔다. 언제 그랬냐는 듯 비 내리던 골목에 햇살이 쏟아졌다.

健啖師父

2장. 탈(頉)

견담에 없는 요리

중국집의 여름은 다른 계절과 별반 다르지 않다.

특히나 한중식을 하는 중국집에는 계절 메뉴의 개념이 따로 없다. 그곳에 가면 꼭 있어야 하는 요리를 중국집은 팔아야 한다. 손님들이 그것을 원하기 때문이다. 그중에 유일하게 계절 메뉴라고 불리는 요리가 있으니, 바로 중국식 냉면이다.

중식에서 말하는 냉(冷)한 면요리는 우리와 개념이 다르다. 한여름에도 찬물을 마다하는 중국인들에게 차가운 면요리란 찬물에 한 번 헹궈 먹는 정도로, 따뜻하지 않다는 말과 맥이 닿아있다. 살얼음이 깔리고 덩어리째 얼음이 떠다니는 우리의 냉면 요리가 그들에게는 괴식과 같을 것이다. 그러니까 짜장면처럼 원형을 규정하기 힘들 정도로 완전히 한국식으로 재탄생한 냉면 요리가 중화냉면, 혹은 중국식 냉면이다.

중국식 냉면은 직진의 맛이다. 숨기지 않고 대놓고 드러낸다. 모나리자의 미소처럼 우아한 평양냉면의 기품과는 달리 은유와 행간을 걷어찬 강렬한 미소를 대놓고 발산한다. 점잖은 무채색이 아니라 쨍한 형광색이다. 중국식 냉면은 매번 최선을 다한다. 온갖 장식이 매달린 크리스마스 트리처럼, 면 위에는 날고 걷고 헤엄치는 육해공의 고기와 각종 채소가 빼곡하게 들어앉았다. 화려한 모양새뿐만 아니라 맛 또한 그렇다. 어디 한 군데 빈구석이 없다. 달고 짜고 시고 맵고 고소한 맛을 모두 가졌다. 직진의 고수지만 급커브의 명수에 끼어들기도 잘한다. 혀가 얼어붙을 만큼 찬 육수, 그 차가운 공간을 맹렬히 파고드는 새콤달콤함, 그러면서 은은하게 다가오는 땅콩장의 고소미(味), 다시 순식간에 훅 하고 코를 찌르는 겨자의 매콤함은 하나의 맛으로 기억되지 않는 신공을 부린다. 정신없는 행로지만 밉지 않다. 솔직함은 언제나 통하는 법. 카페인계의 다방커피 같은 맛, 태양이 정수리에 아지랑이를 피어올리는 여름이면 그 감각의 기억을 찾아 나서게 하는 바로 그 중국식 냉면을 건담은 30년이 넘도록, 단 한 번도 내지 않았다.

늦잠

위광이 늦었다.
늦게 일어났고 늦게 집을 나서 시장에도 늦어버렸다.

"별일이네."

시장 상인들은 그의 늦은 출현이 불길했다. 새벽 5시면 어김없이 도착하는 이였다. 위광이 새벽장의 개시자이고 알람이었다.

"무슨 일이지…."

상황파악이 안 되는 건 건담의 직원들도 마찬가지. 처음으로 위광보다 일찍 출근한 직원들이 영문 모른 채 문 앞을 서성였다. 고리짝 시절처럼 열쇠로 열고 들어가야 하는 옛날 방식의 옛날 문. 자물쇠 꾸러미를 위광이 직접 챙겨 다녔기에 누구도 먼저 들어가거나 늦게 나오지 못했다.

어느 누구보다 당황한 것은 위광이었다. 늦잠은 여태 없었다. 설명 없이 출근 시간을 서너 시간 훌쩍 넘겨버린 것은 난생처음. 첫 늦잠에 당황해 아침부터 제대로 한 일이 하나도 없었다. 눈을 뜨니 6시가 훌쩍 지났다. 제대로 씻지도 못했고, 차를 마실 틈도 없었다. 시장에서는 손에 잡히는 대로 물건을 골라 값을 치렀고 가게에 도착해서도 마찬가지였다. 직원들의 쏠린 시선 가운데서 힘겹게 열쇠 구멍을 찾아 끼웠다. 불꽃 의식도 대충 해치웠고 문사두부를 끓여먹을 생각은 엄두도 내지 못했다. 맘이 급한 탓인지 갓 입사한 직원처럼 허둥대고 눈치를 봤다.

하필 낮부터 오랜 단골들이 멀리서 오는 날이었다. 사자두(獅子头), 용정하인(龙井虾仁), 루이자위(蘆衣加魚) 같이 메뉴에 없는 주문도 몇 가지가 있었다. 아침부터 허둥댄 탓인지, 그날따라 유독 음식의 간이 맞지 않았다. 수저로, 종지에 담아, 홀짝이고 들이키고 찍어 먹으며 위광은 몇 번이고 간을 봤다. 자꾸만 웍 가까이 얼굴을 갖다 대고 냄새를 맡았는데 자칫하다간 요리에 머리를 집어넣을 판이었다.

"아우, 짜. 누구야!"

원신이 알면서도 범인을 추궁하며 오만상을 찌푸렸다. 결국 그릇에 담긴 짬뽕은 나가지 못했고 나갔던 짬뽕들은 되돌아왔다. 모르는지 모르는 척인지, 위광은 계속 요리했다. 웍을 돌리는 위광의 이마에 땀방울이 맺혔다. 힘줄과 실핏줄이 팔뚝과 손등에 선명했고 웍과 화구가 부딪치는 소리도 평상시보다 요란했다.

"색을 좀 없어서 내보내라!"

위광은 완성한 요리를 접시에 담아 본경에게 건네고 불판으로 가버렸다. 본경의 주 업무는 온갖 잡일과 설거지였지만 바쁜 날에는 칼판을 돕고, 요리가 나가기 전 그릇 주변을 정돈하기도 했다. 본경은 난생처음 보는 요리에 당황해서는,

"이게 무슨 요리인가요?"

만옹에게 물었다.

"녹차새우!"

바쁘기는 만옹도 마찬가지. 나중에 보니 용정하인은 새우살을 계란흰자와 소금에 미리 절였다가 우린 용정찻물과 잎을 넣고 센불에 볶아낸 요리였다. 차향을 품은 하얀 새우살 위에 녹찻잎이 중간중간 보인다. 본경은 머뭇거릴 시간이 없었다. 녹색! 녹색이 필요하다! 조리과정에서 색을 잃은 녹색을 드러내기 위해 일단 완두콩을 접시 주변에 놓았다. 그리고 녹찻잎처럼 보이도록 오이껍질을 잘게 잘랐다. 본경은 자신도 모르게 윗주머니에서 핀셋을 꺼내 들

고 오이 조각을 새우 사이에 심기 시작했다. 정교한 작업에 온 신경을 집중했다.

"너 지금 뭐하냐?"

오이심기에 집중한 탓에 본경은 말이 들리지 않았다. 보다 못한 위광이 바짝 옆에 붙어 선 채로 다시 나긋하게 묻는다.

"뭐하냐 너…."

그제야 본경이,

"아, 다 됐습니다. 가니쉬 거의 끝나가요."

위광은 본경처럼 허리를 굽히고 오이심기 작업을 가까이서 지켜본다. 본경이 마지막 오이를 원하는 자리에 꽂아 넣을 때였다.

"지금 뭐하냐고! 이놈아!!"

위광이 빽, 소리를 지르며 본경의 핀셋을 뺏어 들었다.

"이 전쟁 통에 소꿉장난할 거냐?"

놀란 본경이 얼어붙었다. 위광은 완두콩을 한 줌 쥐더니 보란 듯이 새우 위에 확 뿌려버린다.

"얼른 갖고 나가!"

정판이 면을 썰다가 얼떨결에 새우접시를 들고 나갔다. 끙! 답답하다는 듯 본경을 째려보고는 돌아갈 때였다. 위광의 눈앞에 알 수 없는 광경이 펼쳐졌다. 불길이 오르는 화구, 웍 안에서 끓는 튀김, 도마 위에는 생선이 펄떡인다. 위광은 핀셋을 든 손을 꽉 움켜쥔다.

'여기가… 어디지? 이곳이… 내가 지금 어디에…'

위광은 길을 잃었다. 정신을 가다듬으려고 빠르게 주변을 살핀다. 불판 쪽을 한 번, 조리대 쪽을 한 번, 배식구를 봤다가 튀김판으

로. 눈알이 쉴 새 없이 굴러간다. 멈춰 선 위광을 곁눈질로 보던 만
옹이 원신의 옆구리를 쿡쿡 찔렀다. 이상한 낌새에 원신이 일부러
말을 붙인다.

"싸부님, 경장육사 있습니다."

빈 웍에서 연기가 피어오른다. 사방으로 푸른빛이 스멀스멀 번
져나갔다. 한껏 달궈진 웍을 향해 그제야 위광이 발걸음을 옮긴다.
웍에 물을 한 주걱 끼얹고는 위광은 곧장 요리에 들어갔다. 상황은
그렇게 진정되는 듯했다.

"짬뽕 세 그릇입니다."

주방으로 들어온 창모가 주문표를 꽂으며 외쳤다. 원신이 주문
을 처리하려는 찰나,

"짬뽕 셋!"

위광이 주문을 받았다. 꺼진 전원이 다시 들어온 기계처럼 위광
은 일을 해나간다. 속도는 그를 따를 자가 없다. 돼지고기에 밑간을
하고, 파기름을 내고, 고기와 야채를 볶다가 육수를 넣고 순식간
에 요리 하나를 뚝딱 만들어낸다. 어느새 완성한 짬뽕을 면기에 옮
겨 담는다. 한 국자, 두 국자, 그릇에 떠 넣다가 웍을 번쩍 들어 남은
육수를 들이붓는 순간이었다.

쿠당쾅쾅… 위광이 웍을 놓쳤다. 손을 떠난 웍이 그릇을 덮치고
아래로 곤두박질쳤다. 조리대와 바닥은 순식간에 벌건 짬뽕지옥
이다.

"괜찮으세요?"

원신의 질문에 위광은 대답하지 않았다. 늦잠을 자고, 간을 못

맞추는 자잘한 실수에 기어코 솥까지 엎었다. 괜찮다는 말이 도저히 입 밖으로 나오지 않았다. 직원들은 얼마 전부터 그의 변화를 감지하고 있었다. 혹시 어디 아프신 건가… 아리송한 의심이 쌓여가던 중이었다.

"어디 데인 데 없으세요?"

원신이 다시 물었다.

"됐어. 손이 미끌렸어."

위광의 신발이 짬뽕 국물로 그득했다.

"싸부님, 저쪽에 좀 앉으세요."

본경이 주방 한쪽에 있는 빨간 간이의자를 가리키며 위광을 부축하려고 했다.

"내가 괜찮다고 했잖냐!"

부먹 vs. 찍먹

위광은 본경의 손을 뿌리치고 벽을 짚은 채 숨 고르기를 했다.

양상추에 고추기름을 끼얹은 듯 주방이 가라앉았다. 낯선 광경에 직원들은 겁을 먹었다. 그 와중에 선주가 완성된 요리 중 하나를 빼먹고 나갔다. 아마도 늘어진 양상추를 본 모양이었다. 조리대 위에 덩그러니 남겨진 탕수육과 소스 그릇에서 김이 올랐다. 저벅저벅, 위광이 육수에 젖은 신발을 끌고 조리대로 가더니,

"이거 뭐냐? 왜 당초즙(糖醋汁 탕수육 소스)에 안 버무렸냐?"

또 그 얘기! 원신의 미간이 한순간에 일그러졌다.

"누구냐! 왜 소스를 왜 따로 내? 내가 열 번이고 백 번이고 안 된다고 했는데, 귀가 먹었냐?"

"손님들이 소스 따로 달라고 하시는데, 그럼 안 된다고 그래요?"

원신이 등을 돌린 채로 요리하면서 대답했다.

"탕수육은 원래 무침요리다. 튀긴 고기를 당초즙에다가 묻혀 내는 빤차이야. 해 달라는 대로 다 해주면, 그게 가정부지 요리사냐?"

"다른 데서는 다 이렇게 해요. 부먹, 찍먹, 이렇게 변한 지 10년도 넘었다고, 저도 얼마나 말씀드렸어요! 이제 중국 사람들도 따오츠, 짠츠(倒吃, 蘸吃) 해요!"

"남들 따라 하다가 가랑이 찢어진다. 빠스(拔丝)도 튀긴 고구마하고 설탕 졸인 즙을 따로 낼래? 그래서 손님더러 설탕물을 고구마에 부어 먹으라 그럴 거야? 왜, 불판하고 웍까지 가져다주지 그러냐! 고기튀김은 뜨거운 즙에 같이 버무려야 맛이 튀김 속으로 스미고 그래야 더…."

"손님들이 따로 달라고 그런다구요!"

원신이 몸을 돌리며 소리쳤다.

"그럴 거면, 덴푸라를 시키라 그래."

"덴푸라는 탕수소스가 안 나가잖아요!"

"그럼 탕수육을 주문하라고 해!"

이야기는 매 그렇듯, 같은 자리를 맴돌았다. 위광은 웍에 소스를 붓고 탕수육을 다시 볶았다. 원신은 머리끝까지 치밀어 오르는 화를 꾹꾹 눌렀다. 싸움은 개선이 가능할 때나 의미가 있다. 답 없는 싸움에 괜히 힘을 빼고 싶지 않았다.

위광이 완성한 탕수육을 직접 갖고 나갔다. 저벅저벅 발소리와 함께 짬뽕 발자국이 바닥에 그대로 남았다. 부아가 치밀 대로 치민 원신이 결국 주걱을 집어 던졌다.

"어이, 오랜만입니다 두사장."

탕수육 그릇을 들고 홀을 지나는 위광에게 노년의 부부가 정답게 인사를 건넸다. 위광은 꾸벅 목례를 했다.

"오셨어요. 어서 드세요. 식기 전에."

"그래야죠. 우리 두사장님 말 들어야죠."

"뜨거울 때 먹으면 삼선이에요."

"그게 무슨 말인가요?"

"음식이 뜨거우면 삼선요리처럼 맛있다, 그 말이에요."

위광은 음식사진을 찍고 있는 테이블을 지나가면서도 들릴 듯 말 듯 웅얼거린다.

"식기 전에 어여 들어요."

주문한 탕수육을 테이블에 내려놓으면서도 그는 같은 말을 했다.

"어? 저희 소스 따로 달라고 했는데요?"

"탕수육은 원래 이렇게 먹는 거예요. 이래야 더 맛있어요."

NO파!

"이상한데….'

점심준비를 마친 위광이 조리대 앞에 미동 없이 서 있었다. 그는 좀체 이해할 수 없다는 표정으로 차린 음식을 내려다보면서,

'뭔가 이상해….'

조리대 위에는 밥과 춘장이 놓여 있었다.

'확실히 이상한데… 뭐지?'

위광은 고개를 갸웃거렸다. 하지만 아무리 생각해도 이상하다는 것 말고는 답이 나오지 않는다. 위광은 생각을 멈추고 식사를 시작했다. 밥을 한술 크게 뜨고 숟가락째 밥을 춘장에 찍어 먹었다.

"노파?"

"노파!"

"노. 파??"

"노. 파!!"

"노!!!"

"예스!!!"

같은 시간, 직원들 사이에서 암호 같은 말이 오갔다. 원신이 웬 호들갑이냐는 얼굴로 자리 잡고 앉으며,

"뭔 말이야?"

"싸부 식사에 파가 없었답니다! 샨뚱 싸부가 생파를 빠뜨리다

니… 이게 무슨! 게다가, 밥을 춘장에 찍어 드시더랍니다."

정판이 호들갑을 떨며 상황을 중계했다.

"이제 파가 지겨우시겠죠."

선주는 이해한다는 표정이다.

"아니 파가 싫음, 양파라도 내던가. 어떻게 춘장에 밥을 찍어 먹어? 실장님, 싸부 진짜 좀 이상하지 않아요? 아우, 그날 탕수육 들고 홀에 나가시는데 얼마나 간이 쫄리던지…."

"좀… 그렇긴 하세요."

선주는 진심으로 걱정이 되었다.

"원래 이상하긴 했지. 주방만 들어가면 완전 펑즈…."

정판이 머리를 뱅글뱅글 돌리는 제스처를 하다가,

"더 이상한 건 간을 못 맞춘다는 거예요. 원래 감으로 하셨잖아요. 근데, 갑자기, 왜? 왜 간을 보냐구! 간의 신인데, 간신 어디 갔어? 응? 짜다가 달다가 싱겁다가 시다가, 아주 정신을 못 차리겠어. 실장님 없었으면 어쩔 뻔했어! 먹어 본다는 건, 이제 손도 못 믿는다는 거잖아. 그치 않아요?"

"계절 바뀔 때 감기하시잖아. 그러면 간 못 봐."

원신이 대화를 끝내려고 했다. 어색한 변명인 줄 알지만 왈가왈부 뒷얘기가 싫었다. 사실 싸부가 이상하다는 것을 누구보다 잘 아는 이가 원신이었다. 4년의 시간, 그림자가 되어버리겠단 맘으로 위광의 뒤를 좇으며 집요하게 그를 관찰했다. 두 손가락으로 소금 집는 양을 알아내느라 몇 달, 식초를 가늠하는 방법을 익히느라 또 몇 달, 위광의 주걱 계량법을 익히느라 또 몇몇 달. 그러나 이젠 지쳤다. 느린 진도에 진이 빠져버렸다. 미치도록 배우고 싶었던 그의 요리는 이제 훔치거나 부리는 것 말고는 방법이 없었다.

폐업의 달인

_____

주원신. 40대 중반을 향해가는 20년 차 요리사.

힐탑호텔 중식당 부주방장 출신이 왜 이런 곳에 있는 것일까? 원신은 4년 전 건담에 부주방장인 실장으로 왔고 줄곧 실장 자리를 지키고 있었다. 직위라고 해봤자 위로는 위광뿐이니 더 올라갈 데도 없는 만년 실장인 셈이다. 알고 보면 그는 나름 요식업계에서 잔뼈를 키운 인물이었다. 그건 스스로도 자부하는 바. 큰 키에 힘이 좋아 양손으로 웍을 자유자재로 부리고 불맛을 잘 입혀 주화공(火工)이라고 불리기도 했었다. 요리가 좋아 다니던 대학을 관두고 호텔 중식부 주방에 들어가 참고 버티고 벼르며 일하기를 10년 되던 해에 독립, 파인다이닝 중식 레스토랑을 개업했지만 2년 만에 폐업했다. 경험 부족과 마케팅의 전략 실패를 인정하고 중국 사천으로 갔다. 선배의 추천으로 조그만 지역 호텔에 일을 잡았지만, 말이 좋아 중식 공부지 다 버리고 가는 도망이었다. 사천의 삶은 굴러 내려온 돌을 다시 굴려 올리는 시시포스처럼 천근만근의 하루가 반복되었다. 그러던 어느 날, 소나기를 피하느라 허름한 국수집으로 뛰어들었다.

"쑤이비엔(隨便 아무거나)!"

말이 끝나기 무섭게 주인장이 국수 한 그릇을 말아왔다. 면 위에 간 고기와 파, 땅콩가루, 고추기름이 고명의 전부. 간소해도 너무 간소한 모양이었다. 그런데 첫입부터 느낌이 왔다. 즈마장(芝麻醬, 깨장)의 고소한 맛, 화자오의 얼얼함에 흑식초의 시큼함까지 제대로 갖췄다. 주인장은 원신의 표정을 읽었다. 어때, 그래 뵈도 맛있지?

"민쯔(名字 이름)?"

"딴딴미엔(担担面 탄탄면)!"

그 면요리는 맛을 넘어 영감을 줬다. 약간만 개량하면 짜장면처럼 토착화된 한중식을 만들 수 있겠다! 원신은 그날부터 '担担面' 글자를 적은 종이를 들고 다니며 온갖 종류의 탄탄면을 먹었다. 목표가 생기니 그제야 사천이 보였다. 먹고 마시고, 또 먹고 마시는 여유작작의 도시가 청두였다.

곧장 귀국해서 개업을 준비했다. 정통 중국식 탄탄면이 유일한 메뉴. 연이은 실패자의 낙인에 대출은 물론, 개업이 무슨 장난이냐며 친구들도 등을 돌렸다. 전셋집을 뺀 돈으로 간신히 시작했지만 가게를 찾는 이가 없었다. 정통 중국식 마라의 맛은 시기상조였다. 그때는 그랬다.

실패를 받아들이고 부심하다 고향으로 내려갔다. 부모님의 돈까지 끌어다 쓴 상황에 면목이 없었지만 얼굴마저 안 내보이면 인간도 아닐 것 같았다. 세월을 잊고 농사일을 도왔다. 모내기부터 추수에 이르기까지 닥치는 대로 일했고 새참과 식사까지 해 나르며 온몸을 불살랐다. 반년 만에 처음 나간 읍내에서 미국식 중국집을 발견했다. 이거구나, 하면서 무릎을 탁 쳤다.

상경하면서 반드시 면목 있게 돌아오겠다고 호기를 부렸지만 아메리칸 차이니스 식당을 개업하고 9개월 만에 폐업했다. 그리고 이혼했다. 갈 곳 없고 외로웠다. 부모님이 보고 싶었다. 엄마의 밥을 얻어먹고 아버지의 욕도 먹고 싶었다. 그러나 갈 수 없었다. 차라리 금수라 불릴망정, 내리 3개의 식당을 말아먹은 동네 얼간이로 낙향할 순 없었다. 그렇게 폐업 전문가로 떠돌던 시절, 오랜만에 만난 옛 동료가 데리고 간 곳이 건담이었다. 그는 원신의 밑에서 일하던 칼판으로 학교 후배이기도 했다.

"저 여기서 일하기로 했거든요. 호텔과는 비교도 안 되지만, 저도 이제 부주방장님처럼 어엿한 부주방장이에요."

그날, 원신은 통전복 요리와 깐풍기, 짬뽕, 고추잡채를 주문했다. '돈이 없어도 요리는 꼭 시킨다. 그것이 식당에 대한 예의다!'라고 원신이 요리사의 도(道)를 말했다. 호텔 근무 시절, 건전복을 만들라는 특명을 받고 주말마다 전국의 섬을 돌며 최상의 전복을 찾아 헤맸다. 건화의 장인들을 수소문해 만났고 한 마리에 백만 원이 넘어가는 홍콩의 건전복을 비롯해 일본과 호주, 뉴질랜드의 전복을 공수해서 연구했다. 완도를 집처럼 드나들며 완도산 전복으로 최종결정을 했지만 전복을 건화로 만들고, 다시 불려서 요리로 내는 것은 또 다른 장르였다. 종국엔 주방장과 호텔 사장, 호텔 식음료 전문 평가단이 만족하는 전복요리를 완성했지만 개인적으로는 아쉬움이 남았다. 그 헛헛함을 채워준 것이 위광의 전복요리였다.

건담에서 먹은 요리는 홍소포어(紅燒鮑魚)였다. 건전복을 불려서 볶은 다음 간장에 조려낸 요리다. 쫀득한 식감에 달큰한 감칠맛이 폭발했다. 어떻게 말린 것일까… 그걸 어떻게 다시 쪘기에 이런 맛과 질감이 나는 걸까….

"혹시, 전복 찜요리가 될까요?"

"네. 청증포어(清蒸鲍鱼) 말씀하시는 거죠?"

"지금 당장 아니라도 됩니다. 다음에 올 때…."

"주방에 확인해서 말씀드릴게요."

청증은 맑게 찐다는 뜻이다. 원신은 건전복의 본맛이 궁금했다. 어떻게 말리고 어떻게 다시 쪄낸 건지 그 속맛을 봐야 했다. 가능하다는 답을 하고 돌아갔던 매니저가 잠시 후 찐 전복요리를 갖고 나왔다.

세 마리의 통전복을 껍질 위에 올렸다. 파와 생강향이 살살 오른다. 소흥주를 넣고 찐 전복에 끓인 기름을 부어냈는데 청증어와 같은 조리법이다. 전복 한 점을 맛봤다. 바다냄새가 났다. 기분 좋은 비릿함이 풍겼다. 소흥주의 향이 밴 살은 활어와 찜의 중간 정도의 탄력에 단맛이 돈다.

"이거다."

그렇게 찾아 헤매던 맛이 거기 있었다. 한 점, 한 점 음미해가며 먹는 동안 미결의 질문에 답을 얻는 것 같았다.

첫 방문 후로 내리 세 번을 갔고, 그 후로도 운동 겸 걸어서, 시간이 남을 때마다, 중식이 생각날 때면 무조건 건담에 들렀다.

"탄탄면도 아빠가 보기 싫을 거야!"

딸과 함께 건담을 찾은 날이었다. 탄탄면의 체면을 구긴 건 아빠도 마찬가지라며, 딸이 과감하게 그 면요리를 주문했다. 인생의 우연은 그렇게 우연찮게 일어나버린다. 건담의 탄탄면은 두반장에 간고기와 자차이를 함께 볶았다. 착채(榨菜) 특유의 쌉쌀한 맛이 쿰쿰한 두반장에 풍미를 더했고 씹히는 질감도 꼬들꼬들 살아 있었다. 정통 탄탄면과 다른 듯, 어쩌면 더 정통일지도 모르는 맛. 3년 전 자신이 만들어야 했던 한국인의 입맛에 맞는 맛. 멋 부리지 않은 맛. 그럼에도 속이 깊은 맛.

"이건, 누가 만드셨나요?"

"두싸부님이시죠."

원신은 단순한 사람이었다. 개점과 폐업, 중국행, 귀향, 연거푸 바로바로 결정했고, 실행도 거침없었다. 사실 전복요리부터 결심은 서 있었다.

"여기서 일해야겠다!"

술의 힘을 빌려 결심을 꺼내 놓았다.

"너 그 자리, 나 주면 안 되겠냐?"

"네?"

동료 칼판이자 후배이기도 한 예비 부주방장의 눈이 뱅글뱅글 돌아간다.

"그게 도대체 무슨 말씀이신지…."

"율산호텔 칼판장 자리 마련해줄게."

"네!"

그렇게 그 자리를 낚아챘다.

"야, 호텔일 하던 놈이…."

요리 실력은 왜 유전이 안 되냐며 푸념하던 호텔 동료가 불쑥 입 바른 소리를 했다. 중식 스타 셰프를 아버지로 둔 그가 쓰게 웃는 원신을 향해,

"근데, 아버지가 그러는데, 그 두씨가 진짜래. 옛날에 우리 가족도 그 집에 자주 갔었어. 건화 요리 끝내주지? 그 지옥불에서 살아남으면 불사신 된다. 아버지가 그랬어."

그게 4년 전이었다. 원신은 위광이 시킨 대로 구레나룻을 자르고 다시 군대 가는 심정으로 부주방장 타이틀을 달았다. 하지만 불과 며칠 만에, 폐업이 차라리 속 편했다는 소리가 절로 나왔다. 진짜라던 위광은 괴팍한 독재자에다 비법은커녕 요리를 가르쳐주는 법도 없는 무법자였다. 원신은 며칠 만에 산화해 재가 되어버린 듯했다. 잘랐던 구레나룻에다가 턱수염까지 기르며 반항했지만 위광은 눈길 한번 주지 않았다.

무국적 볶음밥

"오늘 뽄, 그 녀석 봤어? 핀셋 빼 드는 게 엄청 자연스럽던데? 한두 번 해본 게 아니더라고!"

"저 봤어요. 로커에서 조리복으로 갈아입을 때 핀셋을 꺼내서 앞주머니에 꽂더라구요."

"아냐… 일식집에만 있었던 녀석, 절대 아냐. 기술공에, 식물 소

생사에….”

"식물 소생사라는 직업도 있어요?"

"죽은 화분 다 살려냈잖아! 내 말은, 도대체 뭘 하다 온 거냐는 거지. 정체가 뭐야?"

"옥상 누수도 잡았잖아!"

본경은 며칠간 옥상을 오가더니,

"제가 보니까, 물수평이 안 맞네요. 물 고이는 쪽 외벽에 갈라진 곳이 있던데, 거기도 보수해야 할 거 같아요. 옥상 배수구 크기도 좀 작고요."

"우리가 몇 번이나 손본 줄 알아? 방수에, 도포에… 사람들도 두 팀이나 불렀어. 그래도 안 잡히는 걸, 니가 잡겠다고?"

"한번 해 보죠, 뭐."

그러더니 시멘트로 외벽을 바르고, 페인트칠을 하고 직접 배수 구도 넓혔다. 두고 보자던 차에 비가 내렸고 건담은 무사했다. 누수 전문팀도 못 잡은 비를 중식집 주방의 싸완이 잡은 것이다.

본경과 나희가 식사를 갖다 나르자 모두가 입을 닫았다. 두 사람은 볶음밥과 된장국, 서너 개의 반찬을 준비했다. 볶음밥은 무조건이다. 누가 시작한지 모르는 점심 메뉴의 규칙. 초심자들에게는 밥알을 볶는 연습이자 솔직한 평가를 받을 기회였다. 어디 보자… 볶음밥을 한 입 퍼먹은 만옹이 면상을 구기며,

"엇, 이거 뭐노?"

뒤이어 정판이 오만상을 찌푸리며,

"늬들, 이 죽밥이 볶음밥이라고 우길 참이야? 중식주방 8개월 차에 빠에야인듯, 리조또 같은, 곤죽을 해왔네?"

본경은 혼자 다 먹어버리겠다는 심정으로 빠에야, 아니 축축한 볶음밥을 입 속으로 퍼 넣었다. 결국 원신이 볶음밥 그릇을 밀쳐냈다.

"손님 식사보다 더 중요한 게 직원들 식사야! 다음번에도 이러면, 제대로 볶을 때까지 식사당번 시킨다!"

원신의 목소리가 평소보다 높았다. 짜증스러운 표정에 직원들은 입을 다물고 그 국적불명의 진밥을 조용히 퍼먹었다.

요리가 엉망인 건 인정했다. 하지만 본경에게도 그럴 만한 이유가 있었다. 만옹이 벤 손가락을 꿰매러 병원에 가는 바람에 본경은 나희와 식사조가 되었다. 주방에 둘만 남게 되자 본경은 손이 떨렸다. 가슴이 울렁거리고 머리가 흔들렸다. 갑작스러운 이상 증세에 정신을 차리자, 왼손으로 오른손을 진정시키고, 다시 오른손으로 왼손을 잡았지만 속수무책.

'이 정도로 좋아하는 건 아니잖아!'

우격다짐이 하마터면 입 밖으로 튀어나올 뻔했다. 재료부터 요리 순서까지, 생각나는 게 없었다. 맛을 봐도 모르겠고 뜨거운지 차가운지도 오리무중. 나희가 뭐하는 거냐고 물어왔을 때 볶음밥에 육수를 붓고 있었다. 빠에야나 리조또처럼 보이는 정체불명의 무국적 요리는 그렇게 탄생했다. 나희는 별말 않고 된장을 끓였다. 본경이 망연자실한 표정으로 볶음밥이었어야 할 요리를 그릇에 담고 있을 때였다. 별안간 나희가 그 죽밥을 크게 한 숟가락 퍼먹었다. 본경은 뭌에다가 머리를 처박고 싶었다.

"잘했어."

나희에게서 의외의 말이 흘러나왔다.

"뭐…가?"

"저 사람들, 어떻게 해 줘도 맘에 안 들어 하잖아. 이렇게 망쳐버리는 것도 괜찮은 방법이야."

일부러 그런 게 아니란 말이 목구멍까지 차올랐지만 본경은 아무 말 못했다. 위로인지, 격려인지 구분도 가지 않는 말에 웃을지 울지 갈피도 잡을 수 없었다. 감각과 지각을 잃어버린 날, 울다 웃으며 젖은 볶음밥을 퍼먹은 그 혼돈의 날, 본경은 나희를 향한 마음의 실체를 제대로 마주했다.

'이 정도였다니….'

며칠 후 점심시간, 본경은 옥상에 올라가기로 했다. 어떻게든 '나희 상황'을 변화시켜야 했다. 그것이 동료든, 친구든, 그 이상의 관계든 간에 결정을 봐야 정상적인 생활이 가능할 거 같았다. 본경은 그날 아침 시장에서 사 온 살구를 집어 들었다.

강나희. 그녀를 처음 본 것은 사브로쏘라는 서촌의 한 스페인 음식점이었다. 본경이 앉은 바테이블의 옆자리에 나희가 있었다. 미슐랭이 발표 난 직후, 개업 1년 만에 원스타를 딴 그 레스토랑이 맛집 블로거들 사이에서 단연 화제였다. 그녀의 메뉴는 빠에야와 하몽 샐러드. 옆에는 보온병과 조그마한 중국식 찻잔이 놓여 있었다.

나희는 예뻤다. 오똑한 콧날에 당겨 묶은 머리가 눈에 띄었다. 조금씩 천천히 먹었고 혼자 먹는 데 익숙했다. 부탁한 뜨거운 물을 받아 보온병을 채우고 반쯤 먹은 식사를 끝으로 나희는 자리에서 일어났다. '말을 걸어볼까….' 본경은 잠깐 그런 생각을 했다. 어디서든, 누구와도 친구가 되는 능력이 본경에게 있었다. 넉살이 좋다거나 수완이 있다기보다는 상대를 편하게 하는 친화력 덕분이었다. 마력이라며 스스로 인정하는 부분. 그러나 무슨 일인지 그날은 입도 뻥끗 떼지 못했다.

한 달 뒤, 다시 나희를 봤다. 홍대 근처의 옛날 우동 가게. 김가루로 감칠맛 폭발에 후추로 매운맛을 내는 마이너 취향의 휴게소 우동집. 그 집 앞의 긴 줄 속에 나희가 있었다.

"저기, 저번에 사브로쏘에서…."

본경이 말을 거는 찰나,

"다음 손님 들어오세요!"

그 소리에 본경의 목소리는 무참히 묻혀버렸다.

"마력이라고? 괴력이구만!"

상황을 본 친구가 본경을 놀려댔다.

"또 만나겠네. 동선이 비슷해."

친구의 말에 마법이라도 있었던 걸까? 얼마 후 본경은 나희를 다시 만났다. 그곳은 건담이라는 중국집이었다.

차차 강나희

본경은 옥상으로 올라갔다. 위광과 나희가 옥상에 머무는 점심
시간에는 철계단에 앉아본 것이 전부였다. 본경이 한 발짝씩 위로
올랐다. 한 계단이 천리 같고 호흡까지 가빠오자 옥상 오르는 게
등반 같았다.

"누구냐?"

위광의 목소리가 칼날처럼 날아왔다.

"본경입니다."

"뭔 일이야?"

"배수구에 물 잘 빠지는지 좀 보려구요."

본경은 위광의 건화 옆으로 갖고 올라온 살구를 늘어놓으며,

"살구도 좀 말리구요."

하면서 웃는다. 그 선한 눈빛에 위광은 독기를 걷고 독 닦는 일
로 돌아갔다. 본경은 곧장 나희를 찾았다. 물탱크 아래의 그늘에
나희가 있다. 그녀는 본경에게 시선 한번 주지 않았다. 찻잔에 차를
부어 마시며 노트북 작업에 열중했다. 오늘은 아니라는 판단을 내
리고 본경은 작전을 바꿨다.

"저도 닦을까요?"

본경이 수건을 집어 들고 장독대를 문질렀다.

"어딜 만지냐?"

위광이 호통을 쳤다. 본경은 수건을 슬며시 내려놓고 뒤로 물러

섰다. 장독을 닦는 위광의 손길은 마치 아이의 얼굴을 어루만지듯 살갑다. 곱게 단장한 장독 뚜껑을 열자 짙은 장내와 함께 황금색 장이 모습을 드러냈다. 위광이 긴 주걱으로 장을 젓는다.

"뭐 하시는 거예요?"

멀찌감치 물러난 본경이 목을 빼고 보며 위광에게 물었다. 호통에 기가 죽었을 법도 한데 본경은 생그레 웃기까지 한다.

"보고도 몰라? 장 섞는 거?"

"골고루 섞어줘야 맛이 좋아지는 거죠?"

위광은 대답이 없다. 본경은 옆에 있는 빈 장독에 머리를 집어넣는다.

"장독이 숨을 쉰다던데…."

아아, 하고 소리를 지르다가 이내 머리를 들어 올리며,

"어떻게 숨을 쉰다는 거예요? 별로 모르겠는데요?"

위광이 장을 섞다 말고 본경을 확 째려본다.

"고놈, 참 귀찮게… 머리통을 처박고 숨이 쉬어질 정도면 그 구멍으로 장이 다 새어나가지!"

"그…러네요…."

"흙을 오래 구우면 작은 구멍이 생긴다. 거기로 공기만 드나드는 거야. 장을 섞는 건, 아래 있는 장을 끌어올려서 숨통을 틔어 주는 거다. 골고루 숨을 쉬고, 골고루 볕을 쬐라고. 숨을 쉬고 해를 봐야 잡맛, 잡내가 날아가고 맛이 모인다. 파는 춘장이 맛나도 그 맛이 그 맛이지. 내 맛이 있으려면 내 장이 있어야 해."

위광은 귀찮은 티를 내면서도 여태 없이 길게 답한다. 내 맛과 내

장… 자신의 요리가 갖는 특별함, 그 지난한 노고의 결과물에 긍지를 보여주는 말이다. 건조의 과정에서 맛이 응축되는 것을 위광은 '맛이 모인다'고 했다. 본경은 위광의 단어들이 좋았다.

"녀석이… 왜 웃냐?"

혼자서 싱긋 웃고 있는 본경에게 위광이 버럭 소리를 질렀다. 나희가 낯선 풍경에 고개를 들었다. 본경은 그 시선에 힘이 솟아서,

"싸부님, 장독 관리를 제가 맡아서 할까요? 매일매일 할 수 있는데…."

"됐다. 먼지 날리지 말고 저리 가."

위광이 칼집을 낸 전복에 실을 꿰어 말릴 준비를 했다. 본경이 조심스레 바늘에 꿴 실을 따라 들었다. 위광은 별말이 없다. 전복 하나를 들어 위광처럼 구멍 내어 실을 감았다. 위광이 다시 전복에 실을 꿴다. 본경도 또 하나를 꿴다. 위광이 실에 꿴 전복을 줄에 넌다. 본경이 따라 널었다. 실에 꿴 전복들이 곶감처럼 주렁주렁 줄에 열렸다.

유교수

건담에는 노년층 단골이 많았다. 몇 달에 한 번씩은 꼭 건담을 찾는 이들로 명동 시절부터 맺어 온 인연을 연희동까지 이어가고 있었다. 서로 아는 바 없어도 오래 낯을 익힌 사이라 홀에서 마주

치면 정다운 목례를 나눴다. 오가는 대화는 객쩍다. 그저 오셨어요, 식기 전에 드세요, 정도의 감사 표시가 전부. 그래서 좋았다. 성가신 알은 척이 없는 간소한 격식. 그런 부류가 그런 위광을 찾는 것이다.

그중 가평에서 오는 유하국 교수 부부가 있었다. 어린 자식들을 대동했던 중년의 부부는 어느 날 손녀딸을 안고 왔고, 아장걸음의 아이는 어느새 자라 남자친구를 데리고 왔다. 연희동 근처의 대학에서 일했던 유교수는 자신의 수필집에서 건담의 음식과 두위광의 요리솜씨에 대해 길게 언급한 적이 있었다. 찬사가 많았지만 지적도 있었다. 위광은 그의 글에 수긍했다. 많이 먹어 본 이가 제대로 알고서 쓴 글 같았다.

"오랜만에 오셨네요."

위광은 유교수가 식사 중인 룸에 찾아갔다. 별로 없던 일에 음식을 서빙하던 창모가 긴장했다. 유교수 부부는 왜 이렇게 오랜만에 들러주시냐며 반색했다. 테이블에는 미리 주문한 오향장육(五香醬肉)과 동파육, 마의상수(馬蟻上樹)를 비롯해 바지락볶음과 어향가지(魚香茄子)가 놓여있고 막 도착한 누룽지탕이 올라가고 있었다.

"이걸 먹으러 제가 오지요. 아마도 제가 이 누룽지탕을 전국구로 만드는 데 한몫을 했을 거예요."

"남편이 얼마 전에 건담의 자차이를 똑같이 만들어 보겠다며 착채를 어디서 구해 와서는 반나절을 꼬박 씨름하더니, 주방만 어지럽혀 놨네요."

웃음이 터지는 사이, 누룽지탕을 먹던 유교수가,

"근데 두사장님, 무슨 일 있으세요?"

위광의 머리털이 삐죽 섰다. 유교수는 누룽지 한 조각을 집어 올리며,

"이 누룽지가 말이죠, 다른 집이 이래요. 말만 누룽지지 그냥 밥을 말려 내요. 건담에선 찹쌀을 섞어 지은 밥을 눌려냈잖아요. 그래서 달랐는데, 누룽지탕에 누른 향이 감쪽같이 숨어버렸어요."

날카로운 화살촉이 위광을 향해 날아왔다.

"그리고 이 오향장육도 말이죠, 사실 이건 간장맛, 향신료 향으로 먹는 거 아닙니까? 근데 이 간장이… 뭔가 빠졌단 말이지요. 오향이라고 꼭 다섯 가지를 말하는 건 아니지만, 중요한 뭔가가 없어요. 그러니 이 짠슬도 같지요. 그 간장서 나온 그 짠슬 아닙니까. 설마 팔각을 까먹으셨을 리는 없고… 톡톡한 감미가 없어요. 제가 아는 한 우리 두요리사님이 향신료를 가장 잘 쓰시는 분인데, 이건 아니에요."

그는 단단히 화가 나 있었다. 지체 없이 젓가락 사이에 고기 조각을 집어 들더니,

"마의상수는 면에 간장이 덜 뱄고… 이 민찌도 말이죠…."

쏙! 화살촉이 위광의 심장에 박혔다. 날카로운 비수 끝에 찢어진 심장이 부풀어 오른다. 문어잡이 배에 매달린 문어단지처럼 볼록… 볼록볼록… 실연이다! 연인을 잃었을 때의 극심한 고통이자 슬픔이다. 턱에 경련이 인다. 가슴이 쪼여오고 호흡이 엉켰다.

"건담의 맛이… 변했어요."

쿵! 벼락을 맞은 듯 위광의 뒤통수가 울렸다. 맛이 변했다니…

달다, 짜다도 아니고 좋아했던 그 맛이 아니라니…. 사실 그는 칭찬을 들으러 갔었다. 맛이 여전하네요, 제가 이 맛에 여기 옵니다, 하는 익숙한 찬사를 듣고 싶었다. 어쩌면 전문적으로 말해 줄 수도 있을 것이다. 지적이 될 수도 있겠지. 그래도 개의치 않겠다. 그는 음식을 잘 아는 사람이니까. 방을 잘못 들었군! 차라리 모르는 이의 말이었다면 맛 모르는 입으로 여겼을 텐데… 위광이 후회를 하는 사이,

"혹시 아빠 입맛이 변해서 그런 게 아닐까요."

"맞아. 당신이 나이를 드신 거지…."

모녀는 상황을 수습하려고 했다. 위광은 지체할 틈이 없었다. 대화를 틈타 전광석화처럼 몸을 움직여야 했다.

"그러게. 내 입이 이상해진 걸 몰랐네. 가는 세월이 참 야속하지. 우리가 다 같이 늙어가네요. 두선…생…."

어느새 위광의 모습은 간곳없고 그림자도 이미 없었다.

계량 까오기

_____

'링, 이, 얼, 싼, 쓰, 우, 리우, 치, 빠, 지우, 싀….'

늦은 밤, 주방에서 홀로 위광은 칼을 갈았다. 쓱싹쓱싹… 수를 세면서 칼을 갈면 마음이 차분히 가라앉았다.

"저러다 배가 터지지…."

정판이 처음으로 위광을 걱정했다. 그날 후로 위광은 배가 터지도록 먹었다. 요리 중간중간 맛을 봤고, 완성한 요리도 다시 맛봤다. 손님이 되돌려 보낸 음식은 물론이고 개수대 그릇에 남은 음식도 먹었다. 문제를 찾아내겠다는 강박은 도리어 미각을 산만하게 했다. 죄다 헛수고에다 배만 불렀다.

'얼어 죽을 놈에 간신은 무슨. 맛을 봐도 모르면서.'

위광은 꼼짝없이 포로가 되어버린 듯했다. 쌓아둔 칼을 하나씩 갈다가 별안간 일어나 찬장 문에 머리를 집어넣는다. 물건을 죄다 밖으로 꺼내며 뭔가를 찾는다. 몸이 점점 찬장 안으로 들어갔다. 마치 그 안으로 사라져 버리려는 것처럼.

여태 하던 대로 하고 있었다. 몸이 기억하는 감, 평생을 틀리지 않고 맞춰 온 감이란 게 있었다. 위광은 계량을 믿지 않았다. 신선도와 강도, 계절에 따라 재료의 상태가 매번 다른데 정량이란 게 어딨냐고 했다. 자연히 양념의 양도 상태에 따라 다를 수밖에. 그 경우의 수를 머리가 알고 몸이 기억했다. 그게 비법이었다. 누구도 흉내 낼 수 없는 감. 그것은 그냥 얻어진 게 아니었다.

배달 소년은 주방장의 국자를 몰래 핥았다. 조리법을 훔쳐본다며 신발을 뺏겼고 어깨 너머로 요리 냄새를 맡다가 날아온 웍에 맞았다. 그렇게 익힌 것을 몸에 붙이기까지, 인고의 연습을 했다. 그 감을 지키고자 밤낮을 바쳤다. 어떻게 내 것으로 만든 것인데…. 안간힘은 이제 두려움이 되어간다.

불과 기름이 타오르고, 피 냄새와 비린내에 욕지기가 올라오는 곳, 눈길 닿는 곳곳마다 무기에 핏발선 눈과 상처투성이의 인간들이 도사리는 곳. 주방에서는 한시도 긴장을 풀 수 없었다. 그 외줄타기 속에서 아침마다 간 없는 국을 끓여 마셨고 혀가 다칠까 술한번 제대로 마신 적이 없었다. 그렇게 꽁꽁 싸매어 둔 비기가 봄날벚꽃 지듯 사라지고 있었다.

'쳇, 다 헛짓이었지.'

한참을 퉁탕대다가 이윽고 찾아든 것은 휘어지고 색 바랜 국자였다. 중화루에서 불판을 하던 20대의 위광은 남대문 시장을 뒤져주방장이 사용하는 국자와 똑같은 것을 손에 넣었다. 그 국자로 주방장을 따라 했다. 주방장이 하듯이 볶음밥을 만들고 간을 하고맛을 보고 국물을 퍼 담았다. 국자가 손이고 계량저울이었다. 휘어지고 구겨진 걸 두드려 펴고, 또 펴다가 구멍이 나기 일보 직전에야간신히 국자와 이별했다. 그 국자를 다시 꺼내 든 것이다. 위광은틈틈이 기록한 레시피 노트를 펴고 웍에 불을 붙였다. 불길이 천장까지 치솟았다. 처음으로 그 불길이 무서웠다.

넋두리

"손아귀에 힘이 없는 것도 아닌데 까오기고 솥이고 죄다 놓치네요. 잠이 많아진 건지, 몸시계가 망가진 건지 제시간에 일어나질못해요. 음식 맛이 변했다는데 뭐가 어떻단 건지… 하던 대로 하는데도 자꾸 맛이 변했다니… 어향육사를 하면요, 파기름에 돼지고기 넣고, 아, 고기 먼저 밑간을 해야지요. 소금 후추에 녹말… 계란 흰자를 넣고 저며 둬야 간이 배요. 그걸 보끄어 놨다가… 파기름에 채 썬 야채를 넣고, 어향소스를 넣고 보끄다가… 평생을 해온 일인 데… 갑자기 이러니… 60년을 웍에 불을 붙였어요. 불이 무서웠으면 어떻게 그리 오래 했겠습니까? 짠맛, 단맛 다 분간합니다. 근데 언제 맛보며 했나요. 하던 대로 해요. 근데도 맛이 변했다니… 싸아쫘, 뻔딴… 미칠 노릇이네요. 혀가 고장인 건지, 머리통이 문제인지… 하루아침에 지팡이를 잃어버린 노인이에요…."

의사에게 병증을 설명하는 위광의 말은 점차 넋두리로 변해갔다. 모니터를 보면서 기록하던 의사는 그대로 모니터를 보면서,

"검사를 몇 가지 하실게요. 결과 나오면 다시 뵙겠습니다."

위광은 종이에 적힌 숫자와 바닥의 화살표를 따라 병원을 돌았다. 주방 밖의 세상은 낯설고 복잡했다. 위광은 피검사와 몇 가지 테스트를 했고 뇌 사진도 찍어야 했다. 통 속에 들어가 머리통 속을 들여다본다니…. CT실을 못 찾아 헤매는 위광을 간호사가 안내했다. 앳된 간호사의 손에 이끌려가면서 위광은 갑자기 아이가 되어버린 것 같았다. 걸어서 병원에 왔지만 돌아갈 땐 택시를 탔다. 연희동이 생각나지 않아 택시기사가 한참 동안 병원 근처를 돌았다. 출발지가 정해지자 위광은 바로 잠들었다. 아이처럼 쌔근쌔근 숨소리를 내며 위광은 오랜만에 꿈을 꿨다.

대숲에 바람이 인다. 그 숲을 헤치고 나가니 호수가 나왔다. 잔잔한 물결 아래 붉은빛이 빠르게 지난다. 그 바람에 물결이 찰랑인다. 물고기인가…. 어느 틈에 배에 올랐다. 느린 물결을 타고 호수

를 지나 유유히 강으로 간다. 물고기가 위광을 따라온다.

금기어

주방 옆에는 간이침대와 작은 책상, 로커가 있는 조그마한 사무실이 있다. 그곳에서 위광은 레시피를 정리하거나 창모와 식당 운영을 의논했다. 얼마 전부터 옥상에서 머무는 시간이 늘어난 위광은 사무실에서도 오래 머물렀다. 병원에 다녀온 후로는 노트 정리에 많은 시간을 썼다. 레시피를 기록한다고들 알고 있지만 뭘 쓰는지 정작 본 사람은 없었다. 누군가 들어가면 노트를 덮어버리기 일쑤였고 개인 사물함에 열쇠까지 걸어 보관했다. 직원들은 그 노트에 모든 비법이 다 적혀있다고 봤다. 요리를 가르쳐주지 않는다며 불만을 토로하다가도 '그 노트만 손에 넣으면 다 끝난다'며 씁쓸한 농담을 주고받았다.

"오늘 저녁은 몇 팀이야?"

아침마다 창모는 그날의 예약상황을 전달하고 공과금 처리와 같은 회계 업무에 관련해 위광의 사인을 받아 갔다.

"한 팀 있습니다."

"한 팀?"

"…단체 손님이 많이 줄었습니다. 요즘엔 거의 회식을 안 하는 분위기에다가… 김영란법! 영향으로…."

"그 법이 언제 적 얘기야."

창모가 종이를 내밀자 위광은 묻지도 않고 동그라미가 된 부분에 또박또박 이름을 썼다.

"이번 달 어떻게 돼?"

"좀 모자랍니다."

창모는 어렵사리 말을 꺼냈다.

"저… 포장이나 배달을 시작해보는 게…."

"그 얘긴 왜 또 꺼내?"

위광의 요리 철학은 단순명료했다. 중화요리는 홀에서 뜨거울 때 바로 먹어야 한다는 것. 특히나 기름이 많은 짜장면이나 탕수육 같은 온도에 민감한 요리는 만든 직후에 바로 먹어야 한다는 게 위광의 지론이었다. 차가운 요리 역시 그랬다. 해파리냉채나 양장피 같은 전채 역시 시원한 청량감으로 먹는 요리. 미지근하게 식어서 아삭한 야채 본성을 잃으면 냉채도 아니라고 했다.

"그렇다면 올해는 중국식 냉…."

건담은 중국식 냉면을 내지 않았다. 중국집의 유일한 계절메뉴로 여름이면 찾는 손님이 많았지만 위광은 중국식 냉면의 냉자도 꺼내지 못하게 했다. 원신이 몇 번이나 제안하고 비슷한 종류의 차가운 면이라도 내자고 제안을 했지만, 위광은 뭔 헛소리냐는 듯 매섭게 눈을 치켜뜨면서,

"부요(不要 안 돼)!"

모두들 곡비소와 관련 있다고 추측했지만 누구도 정확한 이유를 알지 못했다.

"아니, 그 대목 메뉴를 안 하겠단 이유가 뭐예요?"

원신이 구레나룻을 움찔거리며 불평을 해댈 때마다 40년을 넘게 같이 한 창모는 입술에 힘을 준 채,

"싸부님이 싫다면 싫은 겁니다. 그게 끝이에요!"라고 항변할 뿐이었다.

고창모

위광이 돋보기 너머로 창모를 노려봤다. 금기어를 발설한 자를 향한 격노! 주방이었다면 국자가 날아갔을 것이다. 마침, 창모의 휴대폰 벨이 울렸다. 창모는 재빨리 주머니에서 휴대폰을 꺼내 통화거절 버튼을 누른다. 이내 벨이 다시 울렸다. 이번엔 주머니에 손을 넣어 소리를 껐다. 얼마 전부터 창모에게 걸려 오는 전화가 부쩍 늘었다. 난처한 전화 통화를 하는 듯한 모습도 여러 번. 창모는 교양 있는 남자였다. 단정하고 정직하며 맑은 사람이었다. 그는 불평을 꺼내 놓는 법이 없었다. 넘치게 예의 바르고 남에게 부담을 주는 것을 병적으로 싫어했다. 그는 관악대 독문과 출신이었다. 듣고도 안 믿겨서 까먹는 데다 들을 때마다 놀랍다고, 듣는 이들이 한결같이 입을 모았다.

"그런데 여기서 왜 이런 일을….."

"이런 일이 재밌네요. 적성에 맞아요."

"공부한 게 아깝지 않으신가요?"

"공부는 기술이에요. 외우는 재주 같은 거. 그건 참, 쉬웠는데…."

그는 대기업에 들어가 첫눈에 반한 사장의 비서와 연애했다. 그녀가 회사 공금을 유용하고 중졸 학력을 전문대 졸업으로 속인 게 들통 나서 회사에서 쫓겨났다. 그때 창모에게는 그녀에게 꿔 준 돈을 제외하고 집안에서 물려받은 산 하나가 달랑 남아 있었다.

"참, 배 속에 아이도 있었네요."

회사를 나온 창모는 그녀와 결혼했고 당시로선 보기 드물었던 을지로의 고급 프렌치 레스토랑에 들어가 2년간 총매니저로 일했다. 사장이 바뀌면서 레스토랑을 나와 사업도 하고, 회사도 들어갔지만 왠지 자리를 잡지 못했다. 명동 시절부터 단골이었던 창모는 연희동 건담에서도 단골이 되었고 그렇게 십수 년을 드나들던 어느 날 불쑥 이력서를 건넸다. 그때부터 위광과 20년 넘는 인연을 이어가고 있다.

"무슨 일이야?"

냉면을 언급한 불경죄는 휴대폰 벨소리에 묻혀버렸다. 창모는 대답 없이 입술만 옴짝거렸다. 답을 기다리던 위광이 돋보기를 콧잔등으로 내린다.

"아들 녀석이 사고를 쳤습니다. 걱정할 일은 아니구요."

"뭔 사고?"

"아닙니다. 걱정하실 거 없어요."

물어봤자 답을 안 할 거라는 걸 위광은 알았다.

"건담이 여기서 얼마나 됐지?"

"여기 연희동에 자리 잡은 건 87년부터니까 35년 정도 되네요. 그 전에 명동까지 계산하면…."

"30년이라… 오래 했어."

"네. 오래 하셨어요."

"가게도 오래됐고, 나도 그래…."

"아직 정정하신데요."

"…정리할 때가 된 거 같아."

창모는 예상치 못한 말에 어안이 벙벙했다.

"왜 갑자기."

"…마냥 할 수야 없잖아…."

"아휴, 20년은 충분히 더 하시겠어요. 추항려 요리사님도 여든 이후까지 쭉 하셨잖아요."

"그 양반이야, 강철이었지. 너는 아직도야?"

"네. 전… 가게를 꾸려갈 재목이 못 됩니다."

창모는 책임지는 일이 싫었다. 일거리가 늘고 몸이 바쁜 건 괜찮 았지만 정신이 바쁜 건 원치 않았다. 이담에 가게를 맡아 하겠냐고 위광이 물었지만 절대, 다시는 그런 부담 주지 말라며 못을 박은 게 2년 전, 그리고 또 작년이었다.

"원신이가 받으려고 할까?"

"주실장이요?"

창모는 주실장의 이름이 나올 줄 몰랐다. 위광과 원신은 서로 맞 지 않았다. 자기 요리에 대한 자부심이 강했고 타협을 몰랐다. 비슷 해도 너무 비슷한 사람들. 주방은 그 대결로 언제나 살얼음판이었다. 두 사람이 세게 부딪치기라도 하는 날엔 모두 다 같이 얼음강에 빠지고 말 거라고 창모는 늘 애를 태웠다.

"더 할 수 있음 좋지만… 욕심부리는 거지."

"그래도 지금은 아니에요. 충분히 더 하실 수 있으세요."

그날 저녁, 위광은 주방 뒷정리를 마친 후 어김없이 앞치마를 빨았다. 때가 빠져 하얗게 된 앞치마를 앞뒤로 흔들며 퇴근할 때면 발걸음이 날듯이 가벼웠다. 위광은 늘 하듯이 창문을 닫고, 주방 불을 끄고, 홀 불을 끄고 열쇠로 문을 잠그고 퇴근했다. 불 꺼진 주방의 조리대 위에는 뭉쳐진 앞치마가 덩그러니 놓여 있었다.

"가게를 정리하시겠단 생각을 하시네."

다음날 창모가 직원들에게 위광의 말을 전했다.

"와, 갑자기 이럼 어뜩하냐."

직원들은 갑작스러운 소식에 당황했다. 원신은 예상했던 상황이 생각보다 빨리 왔다고 느꼈다.

"뭘 또 당황하고 그래요? 오늘내일했던 거 같은데. 싸부님, 맛도 제대로 못 본다는 거 다들 알지 않아요?"

"그만해."

원신이 나지막이 타이른다.

"솔직히, 웍도 제대로 못 쥐고 형, 아니 실장님한테 넘기면 되는데 그것도 못 하잖아요."

"혹시, 몸이 어디 아프신가요?"

선주가 걱정스럽게 물었다. 얼떨결에 앞치마의 해묵은 때를 벗

겨낸 만옹이 앞치마를 흔들어대며,

"왜 남의 앞치마를 빨아놓냐고! 이것 봐. 이게 뭐야, 너무 하얗잖
어!"

그는 불평인지 걱정인지 스스로도 헷갈리는 말들을 쏟아내고
있었다.

의식동언?

"우리 샹뚱에는 '의식동언'이라는 말이 있지요. 의약과 음식은
본래가 같은 뿌리에서 나왔다. 계절 따라 이 기를 몸에 넣어줘야
하는데 바로 음식이 그 역할을 한다, 이 말이지요. 우리 곡씨반점
은 중국요리가 느끼하고 몸에 나쁘다는 편견을 무심히! 깨고 건강
한 중식을 보급해 드리기 위해 기름기와 열량은 확 낮추고, 단백
질은 확 높이는 '기저단고' 조리법으로 모든 요리를 만들고 있습니
다. 그 점에서 보자면, 중화냉면이야말로 건강과 맛! 두 마리 토끼
를 다 잡은 최고의 의식동언 요리지요. 우리집 중화냉면은 한 번도
내용이 같은 적이 없습니다. 왜냐, 그해에 가장 좋은 재료로 고명을
올리기 때문이지요. 그게 바로 이 중국식 량몐을 탄생시킨 장본인
으로서의 마음가짐입니다."

곡비소는 툭 하면 텔레비전에 나왔다. 계절이 변할 때마다, 무슨
기념일이나 공휴일이면 방송국에서 나와 곡비소를 인터뷰했다. 매

비슷한 내용이었지만 누구도 개의치 않았다. 그는 마치 화교 요리사의 대표라도 되는 듯 뉴스에 나와 짜장면 값의 변화나 화교의 삶에 대해 이야기했다.

"이름은 그래도 중화냉면은 본래가, 중국음식은 아닙니다. 우리 중국인들은 찬 것을 질색하죠. 찬물도 안 마시는데 얼음 띄운 국수라뇨. 제가 중국의 간반몐(乾拌麵)이라는 비빔면을 먹다가, 탁 하고 아이디어가 떠올라서 만들어냈던 거지요."

곡씨반점은 손님들로 호황이었다. 중화냉면이라고 적은 흰색 깃발 아래로 긴 줄이 늘어섰다. 건담 직원들에게는 이미 익숙한 풍경이었다.

"의식동언? 알고나 떠들지. 동파육에다 청경채, 거기다 중국식 냉면까지?"

원신이 곡비소를 보면서 얼굴을 찌푸렸다.

"아니에요?"

본경이 궁금한 얼굴로 묻는다.

"당연히 아니지! 청경채는 이향방 여사하고 싸부님이 비슷하게 쓰기 시작했고, 동파육은 싸부님이 거의 처음 소개했잖아."

"진짜요? 우리 두위광 싸부?"

정판이 웬일이냐는 표정이다.

"몰랐어?"

"와… 우리 펑즈 싸부가? 그럼 중국식 냉면은요?"

"그건 나도 모르지. 땅콩버터 넣은 중국식 냉면이 80년대 초반에 첨 나왔으니까, 그때 누가 만들었겠지. 근데, 저 곡씨는 아니란 거지."

"아니란 건 어떻게 알아요?"

"저 인간이 싸부님의 명동 건담에서 일을 배우기 시작했던 때가 80년대 중반이 넘어선데, 무슨 수로 중냉을 개발해?"

"그럼 만든 사람을 아는 건가?"

만옹의 추측에,

"아냐. 벌써 죽었어!"

정판이 정답인 양 자신했다.

"무슨 말이야 그게?"

"거짓말이 안 들킬 거라는 걸 아니까 저렇게 나대는 거 아니겠어요?"

만옹은 헛소리 말라며 정판을 툭 쳤다. 정판도 지지 않고 만옹을 툭 건드린다. 밀쳤다 밀렸다, 둘은 옥신각신 주방에서의 다툼을 밖에서까지 이어갔다. 밉다가도 어느새 낄낄, 쥐와 고양이처럼 승자 없는 싸움이 도돌이표처럼 이어진다.

상하이 정원

───────────────────────────

본경과 나희가 두 계절이 지나는 동안 기껏 나눈 개인적 대화라고는,

"어디 사세요?"

"한남동이요."

"저 옛날에 거기 살았는데."

"아….."

그리고 얼마 후,

"여기서 일한 지 오래됐어요?"

"아뇨. 1년 정도요."

"시간 참 빨리 흐르네요. 저는 벌써 다섯 달 넘어가는데….."

"네….."

그리고 마지막이 될 뻔한,

"나이가 어떻게 되세요?"

"….."

나이가 왜 궁금했을까? 다른 이들에게는 묻지도 않는 그런 질문이 왜 불쑥 튀어나온 것인지. '나를 궁금해 하지 않는 여자'를 본경은 별로 경험하지 못했다. 언제나 관심의 대상이자 호감을 받는 주인공이라고 자부했다. 재밌고 유한 성격에 자신의 세계가 확고한 사람이 주는 매력이 그에게는 넘쳐났다. 그 덕에 살면서 사람이 고픈 적은 없었다. 항상 고백 받았고 선택하는 입장이었다.

그런데 지난 7개월은 완전 처음 사는 세상. 나희에게 끊임없이 호감을 표시하고 관심을 기다린다. 왜 그렇게 예민한 여자를 좋아하나, 자책도 했고 단념도 다짐했지만 그때뿐이다. 돌아서면 생각났고 요리하다가, 길을 걷다가, 가만히 있다가도 어느새 나희를 떠올리고 있었다. 너무 커진 존재의 무게가 우려될 즈음 두 사람은 만났다.

사계절 호텔 안에 있는 중식 레스토랑 '상하이 정원'. 매년 미슐랭 가이드의 별을 받으며 명실상부 국내 최고의 광동식 중식당으로 자리매김한 곳이다. 예약하기 힘들고 가격도 만만치 않았지만 본경은 큰맘을 먹고 식당을 찾았다. 주문을 위해 본경이 메뉴판을 펼쳤다. 앞에 앉은 나희도 메뉴판을 본다.

식당에서 요리 주문을 잘하는 것만큼 멋지게 보이는 일도 없다. 요리의 가짓수가 수백 가지가 넘는 중식당에서는 더욱 그렇다. 오죽하면 '디엔차이(点菜 요리 주문)'를 학문으로 승격시켜야 한다는 말이 나올 정도다.

"요령을 알면 쉬워. 중식의 요리명에는 보통 조리법과 재료의 종류, 모양, 식도법, 지명 같은 게 붙어 있거든. 조리법과 재료를 알면, 어떤 요리인지 대충 감이 와. 예를 들면, 탕수육은 설탕의 당(糖), 식초의 초(醋), 고기의 육(肉)이 합쳐진 말이야. 양념와 재료의 조합이지. 유산슬은 녹말 풀어서 미끄럽다는 유(溜), 세 가지의 삼(三), 가늘게 채를 썰었다는 쓰(丝), 조리법과 재료의 수, 재료 모양의 조합. 청증어는 맑게 찐 청증, 생선 어(鱼) 요리라는 뜻이고. 쉽지?"

물론 코스 메뉴를 선택하면 고민을 덜 수 있다. 그러나 상하이 정원은 단품이 더 낫다는 평이 지배적인 곳. 덕분에 본경은 디엔차이 실력을 마음껏 뽐낼 기회를 가졌다.

전채는 목이버섯냉채, 메인요리는 시추안 마파부두와 탕수소스를 곁들인 고기튀김, 북경오리 반 마리에 식사로는 양주식 볶음밥을 시켰다. 겹치는 재료, 조리법이 없었고 시그니처 메뉴인 북경오리를 포함해 배불리 먹었다는 느낌까지 주는 괜찮은 디엔차이라고 자부했다. 아, 탕이 빠진 이유는 남은 북경오리로 오리탕을 만들어 달라고 할 예정이라서. 나희도 본경과 크게 다르지 않았다. 다만 전채로 송화단을 곁들인 연두부냉채를 주문했고, 메인요리로 홍소해삼을 골랐다.

중국 전통 음악이 흐르는 가운데 고급스런 식기가 놓이고 백색의 다기에 우롱차를 부어준다. 피스타치오와 캐슈넛 볶음에 고수와 고추기름, 자차이가 기본 찬이다. 전채와 함께 서비스의 향연이 시작되었다. 기존의 호텔요리와는 다르게 매운 요리는 화끈했고, 음식 간도 약하지 않았다. 시그니처 메뉴인 베이징덕은 맛과 서비스의 절정을 보여줬다. 요리사가 직접 나와 카빙하고 서빙했다. 껍질의 바삭한 식감에 육질이 부드럽고 파와 첨면장을 곁들여 밀전병에 싸먹는 맛도 좋았다. 나희는 소식했다. 느리게 먹었고 밀전병도 딱 두 피스로 끝. 따로 차예사가 없었지만 요리사가 직접 나와 보이차를 대접했다. 다만 제철 재료가 보이지 않았고, 오리고기가 다소 메마른 느낌에 온기가 없다는 점이 아쉬운 정도. 그것 말고는 꽤나 만족스러운 식사였다.

나희와 함께 30년대의 상하이로 떠난 시간여행은 말 그대로 화양연화. 비록 다른 테이블에서 나희의 뒷모습과 함께한 식사였지만 말이다.

'근데 이 이상한 우연은 뭐지?'

입사 전까지 따져 보자면 벌써 네 번째의 조우가 이어지고 있다. 그날 본경은 광화문의 서점에 들러 중식 관련 책을 산 후 걸어서 사계절 호텔로 향했다. 조금 일찍 도착해 1층 꽃집을 구경하고 있을 때였다. 언뜻 나희와 닮은 이가 지나갔다. '병이 깊었네' 하고 개사한 노래를 흥얼거리며 예약한 식당으로 향했다. 본경이 안내를 받아 자리를 잡고 앉을 때였다. 창가 테이블에 나희가 있었다. 허리를 꼿꼿하게 펴고 차를 홀짝이는 뒷모습이 본경의 나희였다. 본경은 알은체를 하지 않았다. 방해하기 싫었고 또 방해받기 싫었다. 게다가 홍대 앞 우동집의 악몽이 상기되기도 했다.

식사를 마치고 맛집 리뷰를 블로그에 올리고 보니 나희는 어느새 가고 없었다. 나가면서 인사를 하려고 했는데… 아쉬움도 잠깐, 두 사람은 1층의 꽃집에서 다시 만났다.

"왜 아는 척 안 했어?"

나희는 그런 질문을 하지 않았다.

"나 같아도 그랬을 거야."

몇 달 후, 명지산을 오르며 나희는 본경에게 그렇게 얘기한다. 어쨌건 그날 꽃집을 나온 두 사람은 함께 호텔 입구를 나섰다.

"한남동에 산다고 했지?"

집 방향은 다르지만 너와 이야기를 나누고 싶다고, 본경은 솔직하게 말했다. 나희는 잠시 망설였지만 그러자고 했다. 두 사람은 광화문을 걸었다. 한남동으로 향하는 버스길을 따라 시청에서 명동으로 이동하며 처음으로 대화를 나눴다.

"엄마와 같이 살아. 건담에서 일한 지는 1년 정도. 나이는 너하고 같아."

나희는 지금껏 본경이 했던 질문에 하나씩 답변을 했다. 시작이

었다. 드디어 시작된 것이다. 본경은 살짝 떨리는 손을 바지 주머니
에 집어넣었다. 다음 대사가 곧장 나오지 않았고 허튼 말을 뱉을까
염려되었다. '그렇게 좋아하는 건 아니잖아!'를 스스로에게 각인시
키다 머릿속의 말이 새어나갈까 크게 후후 호흡하며 머리를 털었
다.

"어디 살아?"

나희가 질문을 했다. 무슨 일이었을까. 본경은 사는 동네가 생각
나지 않았다.

"어…."

질문마저 까먹은 채 잠깐 웃고 있다가,

"뭐라고 물었지?"

"어느 동네?"

"독립문 근처."

마취가 풀리듯 본경의 입술에 핏기가 돌았다.

"난 혼자 살아. 가족들은 얼마 전에 부산으로 갔어. 어려서부터
쭉 이태원동, 옥수동에서 살았어. 그래서 한남동을 잘 알아."

둘은 버스를 타고 한강을 건넜다. 대화는 상하이 정원에서 먹은
요리에서 시작해 견담으로 넘어갔다. 어떻게 일을 시작하게 되었
는지, 뭐가 재밌고 뭐가 힘든지, 동료 간에 오갈 법한 이야기가 주
를 이뤘다. 본경은 들뜬 마음을 진정시키느라 애를 먹었다. 목소리
톤을 더 낮춰라, 질문을 쏟아내지 말고, 자꾸 히죽거리지 말라며
자신에게 연신 당부했다.

나희는 언제나처럼 차분했다. 자주 창밖을 내다봤지만 본경의

이야기에 귀 기울였다. 본경이 자신을 탐탁지 않아 하는 줄 알았다. 둘이 일할 때도 그렇고, 옥상에 올라와서도 대화 한번 건넨 적이 없었다. 이야기를 나누고 싶다는 말이 그래서 놀라웠다. 혹시 감정 표현이나 대인 관계에 문제가 있나, 하는 의심이 들었지만 특이 사항은 없어 보인다. 어쩌면 본경도 자신처럼 낯선 이와 친해지는 데 시간이 걸리는 부류일지도 모른다고, 그렇게 생각했다.

한남동 버스 정류장에서 나희를 보내고 본경은 다시 반대편으로 가는 버스에 올랐다. 다시 한강을 건널 때였다. 본경은 창문을 열고 환호성을 질렀다.

'아무튼, 시작이다. 이제 칠부능선을 넘은 거야!'

비록 마음속의 외침이었지만 자신감이 넘쳤다. 예전처럼, 누구에게나 그랬듯, 당당한 마력을 마음껏 발산해 보자고 주먹을 불끈 쥐었다.

健啖師父

3장. 별(星)

붉은색 희첩

"햇감자가 나왔네요?"

본경이 만옹에게 감자 바구니를 들어 보였다. 출근길에 종종 시장을 거쳐 오는 본경은 싱싱한 제철 재료를 그냥 지나치지 못했다. 참외가 나오면 한 바구니 사 와서 깎아내고, 햇옥수수는 삶고, 고구마는 빠스를 만들어 나눠 먹었다. 가지는 보라색이 너무 멋져서, 매실은 전국 매실청 담기 주간에 발맞춰야 한다는 등, 이유도 제각각. 채소 소믈리에 자격증을 땄다며 자랑하는 본경에게 역시 별종이라며 직원들은 고개를 내저었다.

"이거 뭐죠?"

낡은 우편함에 꽂힌 붉은색 봉투를 꺼내 들며 본경이 말했다. 온통 붉은색의 봉투에는 금박으로 쌍희자가 새겨져 있다.

"이거, 화교 결혼식 청첩장인데요? 싸부님 앞으로 온 거예요."

두 사람이 문을 열고 안으로 들어갔을 때였다. 주방에서 원신의 고성이 들려왔다.

"당장 가서 받아야죠!"

원신의 목소리는 점점 높아졌다.

"감사하게 받아야죠!! 도대체 지금 무슨 말 하시는 거예요!"

"이놈아. 어디서 큰 소리야! 누가 귀먹었어?"

싸움이었다. 본경과 만옹이 주방 안으로 뛰어 들어갔다.

조리대 앞에 서서 식사하는 위광의 주변으로 창모, 원신, 정판, 선주가 포위하듯 둘러서 있었다. 다들 울그락불그락 상기된 얼굴. 그러거나 말거나, 위광은 길게 썬 파와 볶은 고기를 빙에 싸서 몐장에 푹 찍어 먹었다.

"무슨 일이에요?"

본경이 소곤거리며 선주에게 물었다. 선주가 더 작은 소리로,

"미슐랭에서 연락이 왔어요."

"어디요?"

"미슐랭 가이드요!"

"네? 미슐랭이요?"

놀라서 튀어나온 본경의 목소리에 원신이 돌아보며 소리쳤다.

"별을 주겠대! 무려 원스타라고! 빕 구르망 아니고, 정식 별이야!"

본경의 목젖 뒤로 침이 꼴깍 넘어갔다.

"원… 스타… 그것도 일반 중식당이…."

모두들 본경을 주목했다. 본경은 다시 마른침을 삼키고,

"작년에 사계절 호텔의 상하이 정원이 별 한 개 받은 게 다예요."

"일반음식점 진차이도 있잖아?"

"그건, 재작년이고요. 게다가 플레이트였어요."

모두가 무슨 말이냐는 듯 눈만 껌뻑거리자,

"별이 아니라고요!"

그러거나 말거나 위광은 남은 춘빙을 입에 구겨 넣고 그릇을 개수대로 가져갔다.

"그럼 뭐하냐. 안 받으시겠다는데!"

직원들의 얼굴이 검게 타들어 갔다. 본경은 뉴스로만 전해 들었던 미슐랭 거부 상황을 직접 보고 있다는 게 믿기지 않았다.

"진짜, 미치겠네."

"와, 대단하시다."

원신과 본경의 말이 동시에 터졌다.

"뭔 소리야?!"

"미슐랭 별을 거절하신다니 전설이 되시겠….."

만웅이 무슨 헛소리냐며 눈을 부라렸다.

"받으세요. 받겠다고 얼른 연락하세요. 전화든 메일이든 얼른요!"

별이 사라지기라도 하는 것처럼 모두가 다급한 눈빛이었다. 위광은 관심 없다는 투로 느릿느릿 그릇을 씻어 엎고 손을 닦았다. 각오한 듯, 핏기가 사라진 하얀 얼굴로 창모가 입을 열었다.

"…올해는 받으시는 게 어떠세요?"

모두의 시선이 창모를 향했다.

"올해? 그럼 또 언제 연락 왔었다는 말이에요?"

"작년에도 안 받겠다고 하셨어… 재작년에도…."

"와, 진짜, 아우, 싸부 펑…."

정판의 욕이 튀어나오자 만옹이 그 입을 손으로 틀어막았다. 정판이 그 손을 앙 깨물어 버리고는,

"돌겠네. 싸부님! 그 별이 뭔지 아세요? 어떤 별인지나 알고 안 받겠다고 하시냐구요? 그 별 달면요, 돈방석에 앉는 거예요!"

원신이 팔짱을 끼면서 끼어들었다.

"싸부님, 왜 안 받으려는 건지 설명이나 해주세요. 네?"

원신의 왼쪽 눈 끝이 올라갈 대로 올라가 있었다. 그는 화가 나면 눈 끝이 올라갔다. 술이 취해도 그랬고 매운 것을 먹어도 그랬다.

"지들이 뭔데? 뭔데 요리에 별을 매겨?"

위광이 버럭 소리를 질렀다. 할 말을 잃은 직원들의 고개가 돌아갔다.

"맛있다잖아요!"

"됐어…."

"잘해서 별 준다는데, 왜 싫어요!"

"요즘 문 앞에 그런 거 안 걸린 집 어딨냐? 꽃인지 별인지, 퍼런 리본에, 인형까지, 그딴 거 줄줄이 걸어놓은 거 보기 좋더냐? 방송국 누가 왔었네, 같이 찍은 사진들 벽에 쭉 진열해 놓은 집들 중에, 주인장 정신이 제대로 박힌 집이 있겠냐? 죄다 돈타령하는 장삿속이지. 자존심이 있어야지, 품위가 있어야지. 안 그러냐 창모야?"

창모가 마지못해 고개를 끄덕인다.

"그리고, 그 좋은 걸 왜 그냥 주는데? 세상에 꽁짜가 어딨어?"

방구 터지듯, 피식피식 여기저기서 웃음이 터졌다. 그제야 이해했다며 고개를 끄덕이거나 해맑게 웃는 이도 있다.

"그거 그냥 주는 건데요."

위광은 무슨 헛소리냐며 홀 여직원 선주를 무섭게 째려봤다. 평소 위광에게 말도 제대로 못하던 직원이 무슨 용기가 났던 것일까.

"진짜⋯에요⋯."

위광은 여전히 못 믿는 눈치다.

"허기야 얼마 전에, 돈 받고 별 판다고 누가 폭로하지 않았어? 개업하는데 컨설팅해주겠다면서 돈 요구했다잖아."

봐라, 맞지! 위광의 표정이 살아났다.

"미슐랭 직원이 아니었다고 결론 났잖아."

"어쨌건, 우린 다르지. 몰래 와서 먹고 간 거니까!"

"'미슐랭의 저주'라는 말도 있잖아. 별 따고 죽거나 망했다고⋯."

놀란 위광의 눈이 동그래졌다.

"싸부님! 쉽게 말해서요⋯ 상 주는 거예요, 상!"

"그 상을 왜 공짜로 주냔 말이다!"

"그 회사에서도 상을 주고는, 그 가게들을 소개하는 책을 팔아서 돈 버는 거예요. 엄연히 따지면 그 사람들이 더 좋은 거죠."

"그리고⋯."

무슨 말을 하려는지, 위광이 뜸을 들었다.

"난 별하고는 별 인연이 없다!"

"그게 무슨 별인데요?"

위광은 입을 꾹 닫았다.

"아, 무슨 별인지 말씀을 해주셔야….".

"도둑고양이도 아니고 왜 몰래 처먹고 가? 미슐레, 것들이 뭔데?
공짜면 똥도 받아먹을 거냐? 두고 봐라. 세상에 공짜 없다. 됐다 그
래!"

상황 종료를 알리고 위광이 주방을 나가려고 했다.

"아후, 진짜!"

원신이 발악하듯 소리 질렀다.

"그렇게 세상 물정을 모르니까 이러고 계신 거잖아요!!"

아… 터질 게 터진다. 지금 터진다. 활화산이 결국 폭발한다.

"실력이 암만 좋으면 뭐해요? 옛날에 잘 나갔던 거, 그거 다 뭐하
냐구요! 아무도 모르는데. 안 억울하세요? 곡씨반점, 망할 놈에 곡
씨가….".

"곡씨 좋아하네!"

정판이 추임새를 넣는다.

"그래 그 정뭐시기가, 자기가 한국 최초로 동파육 소개한 놈이
래, 청경채도 지가 들여왔고 냉면도 지가 개발했대. 동파육, 청경채,
그거 다 싸부님이 한 거잖아요. 그놈은 빕 구르망, 응? 혓바닥 내밀
고 엄지척 하는 인형 얼굴, 그거 달랑 받았어요. 그것도 자랑이라
고 문 앞에 붙여 놓은 거 보셨잖아요."

위광은 듣기 싫다며 등을 돌려버렸다.

"싸부님, 기회에요. 세상 사람들한테 누가 진짜인지 알릴 기회가
왔어요! 그 별이면 문 닫을 필요도 없어요. 그 별 붙여 놓으면 싸부
님 음식 먹겠다고 줄을 설 거라구요. 비 새고, 벽 갈라지고, 구질구

질한 거 벗어나서 계속 요리할 수 있는데 왜 거절하세요!! 계속 요리하고 싶으시잖아요. 언제까지 이렇게 살 거예요? 네?"

"너, 그 별이 그렇게 좋으냐? 미슐레 별, 내가 그려 줄게 이놈아. 창모야, 연필 갖고 와라. 이놈 마빡에 별을 아주 댓 개 박아주게…."

"네! 박아주세요. 열 개, 백 개, 아주 팍팍 박아주세요!!"

연필을 찾겠다고 부서져라 서랍을 열어대는 원신을 창모가 말렸다. 원신은 그래도 진정이 안 되는지 씩씩거리며,

"됐어요! 그 별 제가 받아요. 제가 받아 올 거예요!"

별

"별을 어떡해야 하나…."

위광은 마음을 정하지 못했다. 그 별은 공짜라고 했다. 받는 순간 명예가 생기고, 손님이 줄을 서고, 떼돈을 번다고 했다. 그 좋은 걸 왜 그냥 주는지 여전히 미궁이었다. 남 좋은 일만 시키는 건 아니라니 무슨 속셈이 있나 보다, 그렇게 짐작만 했다.

"그때 말이지, 내가 그 자리에 있었던 장본인이잖아. 그때 가슴팍에 별을 단 장군이…."

"어휴, 됐어요. 이제 그 별 볼 일 없는데요 뭐."

손님이 그 사건을 꺼내 놓으려고 운이라도 떼려면, 위광은 서둘러 갈무리를 지어 버렸다. 듣는 이는 재밌다며 웃었지만 위광은 치

가 떨렸다.

"동파육을 즉석에서 만들어내라니 썩어 나자빠질 놈들!"

그러니까 80년대, 서슬 퍼런 군사독재 시절이었다.

데모가 많던 시절이라 군복 입은 손님들이 제법 드나들었다. 최루탄 냄새 때문에 문을 닫아두었던 어느 오후, 거칠게 문을 열어 젖히며 한 무리의 군인들이 들어왔다. 높은 분이 오시니 손님을 더 받지 말고 있는 손님도 빨리 정리하는 게 좋을 거라고 했다. 어이없다는 손님들에게 창모가 음식 값을 빼주겠다고 사정을 했고 분위기를 파악하고 자리를 뜬 나머지 손님들 덕에 어느새 홀이 비었다. 드디어 군인들의 호위를 받으며 한 군인이 나타났다. 그의 모자에는 번쩍이는 별 2개가 박혀 있었다.

꽤나 요란한 등장에 위광은 별 말고는 별 기억이 없다. 그가 진짜 높은 사람이 되기 전까지는 그랬다. 각종 요리를 주문했고 어서 내라고 성화를 부렸다. 손이 몇 개나 더 있었으면 싶을 만큼 눈코 뜰 새가 없었다. 별안간 주방으로 군인 셋이 들이닥쳤다. 그들도 가슴에 하나씩 별을 달았다.

"동파육 도사라고 하던데, 그것부터 한 접시 내 보세요."

동파육은 두툼하게 자른 돼지고기를 간장과 설탕, 생강, 계피, 팔각에 소흥주를 넣고 8시간 이상 뭉근하게 끓여내는 요리다. 불에 맡기고 저절로 익기를 기다리며 재촉이 없어야, 은은한 곡주 맛에 야들야들 뭉그러질 정도로 부드러운 돼지고기 요리가 완성된다. 게다가 그날은 이미 준비한 양을 소진한 상황이었다.

"그건 지금 안 됩니다."

"왜 안 됩니까?"

"반나절이 넘게 걸리는 요리예요. 전날 만들어서 주문한 대로 드리고, 없으면 드리고 싶어도 못 드려요."

"대체 무슨 말이에요? 그거 그쪽 사장이 만든 거 아닙니까?"

"제가 직접 했죠."

"그럼, 얼른 다시 하세요. 지금 꼭 드시고 싶다고 하시니까."

위광은 화가 치밀었다. 급한 대로 홍소육(紅燒肉)을 만들 수도 있었다. 그러나 젊은 혈기가 왕성할 때였다. 그들의 막무가내 요구를 들어주고 싶지 않았다.

"지금 그걸 만들어 낼 순 없어요."

별장군의 룸에서 큰소리가 터져 나왔다. 고량주에 취한 음성이 쩌렁쩌렁 울렸다. 똥파육 어쩌고, 짱깨 저쩌고. 군인들이 주방으로 뛰어 들어왔다. 얼른 동파육을 만들라. 창모가 나서 근처 가게에서 받아다 드릴 수 있다고 했다. 군인들도 제 코가 석자였다. 그렇게라도 하라는 말이 떨어졌다. 주방을 나서는 창모를 위광이 막아 세웠다. 위광은 그 별 둘짜리의 방으로 들어갔다.

"다음에 오시면 동파육을 그때…."

말하는 중간에 쭈안판이 뒤집어졌고 의자가 날아가고 미닫이문이 떨어져 나갔다. 짱꼴라, 때놈… 짜장면 그릇이 위광의 얼굴로 날아왔다. 다음날 한 달의 영업정지가 떨어졌다. 손님이 줄기 시작했다. 그 집에 가면 큰일 난다는 말이 돌았다. 그렇게 서서히 내리막을 타기 시작했다.

"망할 놈에 별… 썅치 씨옹!"

시상식

모두가 흰색의 조리복 상의를 입었다.

흰색 조리용 치마를 두른 이도 있었고 흰색 조리 모자나 비니를 쓴 이, 심지어 신발까지 흰색을 맞춘 이도 있었다. 미슐랭 가이드 시상대에 올라선 이들은 대개가 젊었다. 서로가 서로를 셰프라고 부르며 될 줄 몰랐다, 운이 좋았다는 말로 기쁨을 나눴다. 꿔다 놓은 보릿자루… 위광의 모습이 딱 그랬다. 허공을 바라보며 홀로 떨어져 서 있었다. 드레스코드에 흰색 조리복 상의가 명시되어 있었음에도 위광은 맨날 입는 퍼런 티셔츠 차림으로 갔다. 결국 한 셰프가 여분으로 챙겨온 조리복을 빌려 입고 사진 촬영에 임했다. 위광은 맨 가장자리에 섰다. 사진사가 엄지손가락을 들어 보이라고 했다. 위광은 차렷 자세로 버텼다.

"끝에 셰프님, 손 좀…."

동시에 위광의 손이 덥석 위로 들렸다. 위광이 놀라 고개를 돌리자, 미슐랭의 마스코트인 타이어맨이 위광의 팔을 잡고 있었다. 올록볼록한 몸을 기대어오며 타이어맨은 위광의 손에서 엄지를 뽑아 올렸다. 결국 엄지 척! "찍습니다." 연신 플래시가 터졌다. 모두의 웃는 눈이 카메라를 향했다. 타이어맨이 위광의 어깨를 꽉 쥐었다.

자, 지금이야! 감시의 손길에 위광이 입술을 벌려 이를 드러냈다. 빌려 입은 옷의 팔이 길어 자꾸 엄지를 덮는다. 타이어맨은 더 높게 위광의 팔을 들어 올렸다. 성화 봉송을 하는 것처럼, 팔을 귀 옆에다 붙인 위광이 카메라를 노려봤다.

별은 정말로 공짜였다. 듣던 대로 명예와 손님과 돈을 가져다줬다. 미슐랭 가이드 발표가 난 점심부터 당장 손님이 몰리기 시작했다. 가게 앞에 대기 줄이 생겼고 휴대폰과 카메라를 든 이들이 밖을 찍고, 안을 찍고, 화장실까지 찍어댔다. 주방 앞에는 출입금지라고 써 붙여야 했다. 촬영 요청은 물론 인터뷰 요청도 쇄도했다. 한 번의 촬영 이후, 위광은 모든 방송국 관련 일을 거절했다. 똥파리들! 온 가게에 흠집을 내고 정신없이 군다며 방송국 사람들에게 질색했다. 인터뷰는 점심시간을 이용했다. 기자들을 한꺼번에 모아놓고 질문에 답하는 일을 사나흘이나 했다. 나중에는 원신에게 매스컴 관련 일을 일임했다. 좋은 일에는 성가신 일도 덩달아 늘지. 봐라. 세상에 공짜는 없는 거야….

미슐랭에 이어 녹색리본과 코리아맛집 등 무슨무슨 맛집에 줄줄이 선정되면서 건담은 눈코 뜰 새 없이 바빠졌다. 다 같이 들러붙어 재료를 다듬고, 누구 할 것 없이 설거지를 하고 중간에 재료를 사러 나가는 일도 부지기수. 사람을 더 뽑아야 하나… 투덜거리는 원신의 입꼬리가 귀에 걸렸다.

주방은 전투장이 됐다. 이전의 국지전, 단기전 양상은 전면전이 되었고 자칫하면 야간전으로 이어질 판이었다. 더군다나 미슐랭 가이드에서 언급한 총소해삼과 통전복, 구수계, 볶음밥 주문이 끝없이 이어졌다. 위광은 전담한 해삼, 전복 요리와 볶음밥을 만드느라 화장실 갈 짬도 낼 수 없었다.

'신경외과 김선호 선생님 병원 예약 도착이 확인되지 않습니다.'

위광의 휴대폰에 메시지가 도착했다. 아차차… 병원 검사 결과를 보러 가는 날이었다. 근처에 있는 종합병원이라 지금이라도 택시를 잡아타면 10분 안에 도착할 것이다. 이것만 마저 끝내자. 위광은 밀린 주문 몇 개를 마무리 짓고 출발하기로 했다.

'신경외과 김선호 선생님, 3번째 진료입니다.'

다시 휴대폰 벨이 울렸다. 위광은 메시지를 확인하고 휴대폰을 주머니에 넣었다. 어디까지 했더라… 아, 밥에 소금 간을 해야지! 고온에서 불맛을 입히는 일은 찰나의 조리법이었다. 불과 기름이 닿는 양과 시간을 제대로 맞추어내야 탄맛이 아닌 불맛을 제대로 입힌다. 고도의 타이밍과 순발력이 요구되는 몰입의 연속. 위광은 그 순간, 그 몰입이 좋았다. 생각을 비우고 오직 한 곳에만 집중하는 요리는 도 닦기와 진배없었다.

'두위광님의 병원 도착이 확인되지 않습니다.'

위광의 바지 주머니에서 휴대폰 불빛이 반짝, 반짝 두어 번을 반복하고 사라졌다. 시간은 어느새 훌쩍훌쩍 지나갔다.

호시절

벌건 불덩이가 소매 밑에 달려 있었다.

익을 대로 익고, 부풀 대로 부풀어 독을 품은 복어의 배처럼 터지기 일보 직전이다. 위광은 불길에 달궈진 손을 식히러 주방을 나왔다. 온종일 주걱과 웍을 잡고 씨름하다 보면, 저녁 무렵엔 손이 굳었다. 근육을 풀어주려고 손을 쥐었다 폈다 꼼지락거리며 뒷문 근처를 서성이기도 했다.

위광은 애를 쓰고 있었다. 일을 망치면 혼꾸멍내겠다는 사수의 감시를 받는 것처럼, 쉬지 않고 먹지도 않았다. 그딴 별이 뭐라고 무시했는데, 그 별 하나로 모든 게 변했다. 아이부터 어른에 이르기까지, 드나드는 손님이 변했다. 소리치고 윽박지르며 먹살 잡아 꾸역꾸역 끌고 가던 직원들이 구름 위를 걷는 것처럼 사뿐사뿐, 나긋나긋 웃으며 따라왔다. 그 기적 같은 기운, 놀라운 변화를 망칠 수 없었다.

그러나 맛을 몰랐고 실수하고도 그런 줄 몰랐다. 그 짐을 떠맡은 것은 원신이었다. 간을 못 맞추는 위광을 대신해 임무를 맡았다. 위광이 완성한 음식을 원신이 마지막에 몰래 맛봤다. 직원들은 원신의 끄덕이는 신호를 받아야 음식을 내어갔다. 스스로에게 부여한 비밀업무를 원신과 직원들이 몰래 수행해나가고 있었다.

위광은 가게를 마감하고서야 병원 문자를 확인했다. 다시 예약하겠다는 계획은 다음 날도, 다다음 날도 지켜지지 못했다. 결국 병원에는 다시 가지 않기로 했다. 애당초 괜히 갔다는 후회마저 들었다. 별다른 이유가 있겠는가. 늙음이다. 70년을 넘긴 몸의 부속들이 낡은 것이다. 나이를 이기는 장사가 어딨단 말인가. 자칫하다가 천금의 기회를 날려버릴지도 모르는데, 정신을 차려야지. 유명해지거나 돈을 벌겠다는 게 아니다. 내 요리를 알아봐주고 찾아주는 사람들이 생긴 것이다. 기뻐서 요리할 맛이 났다. 사위어가던 낡은 영혼에 휘릭, 하고 바람이 불어친 것이다. 손이 익어 부풀어도, 주먹 쥔 채 굳더라도 남은 불씨를 살려야 했다.

"잠깐 나갔다 올 거야."

자리를 비울 거라고 알린 것은 처음이었다. 원신이 간을 점검하는 것을 알고 있었다. 그릇 쥐는 모양만 봐도 음식의 온도를 알고 소리만 들어도 상황이 보였다. 사방팔방으로 뻗어있는 주방장의 더듬이가 모르는 주방일은 없었다.

위광은 밖으로 나왔다. 홀은 손님으로 가득 차 있었다. 벽에 걸린 티브이에서는 씨름이 한창이다.

"어이, 두씨!"

"이봐, 두사장!!"

위광이 소리 나는 쪽을 돌아봤다. 한 무리의 남자 손님들이 자리에 앉으면서,

"여기 2만 원에 한번 맞춰 봐요."

닭 울음소리가 들렸다. 창문 너머 뒷마당에서는 닭장 밖으로 뛰쳐나온 닭을 잡으려고 젊은 곡비소가 진땀을 빼고 있다. 룸에서 나온 검은 양복의 남자가 손짓으로 위광을 부른다.

"두사장, 이리 좀 와 봐요."

위광이 다가가자 남자가 조심스레 말을 건넨다.

"동파육 지금 좀 어떻게 안 될까?"

위광은 느닷없는 부탁에 눈만 말똥말똥 떠 보였다.

"알지. 아는데, 내가 어제 깜빡하고 미리 연락을 못 넣었어. 비슷하게라도 응? 부탁 좀…."

안에서 목소리가 흘러나왔다.

"이리 와 보세요. 두사장."

위광이 안으로 들어갔다. 입구에는 검은 양복을 입은 수행원과 보좌관이 서 있다. 테이블에는 국회의원들과 풍채 좋은 남자가 식사 중이다. 안쪽 상석에 자리한 남자가 야당의 실질적 당수라고 했다.

"반나절 넘게 걸리는 걸 어뜨케 바루 내오냐? 느자구없이 막 내놓으라 그럼 되어? 담에 와서 먹음 되제. 짜장면이나 한 그릇 더 주소. 우리 두씨 짜장이 젤루 맛나제."

마침 문틈으로 쟁반에 짜장면을 담아가는 직원이 보였다. 위광이 곧장 나가 한 그릇 걷어 와서 테이블에 얹어 놓으며,

"천러얼츠!"

"그 말이 으째 안 나오나 했구만. 맞제. 짜장면은 뜨거워야 제맛이제."

남자는 대충 비비더니 마치 그날의 첫 짜장면을 먹듯 후루룩 후루룩 소리를 내며 맛나게 짜장면을 먹었다.

별잔치

호황이었다.

대기 줄은 곡씨반점에서 보일 정도로 뻗어갔다. 손님이 늘고 유명인들도 방문했다. 주방이 발칵 뒤집힌 적도 두 번이나 있었다. 세계적으로 유명한 남자가수들이 왔을 때와 음식평론가 하장식이 레스토랑 업계의 미다스 손 차금정과 함께 나타났을 때였다.

지독한 독설로 악명 높은 음식평론가 하장식. 그의 말과 글에 식음료계가 흔들렸다. 하장식은 냉혹했지만 정확했다. 그를 싫어할 순 있어도 무시할 순 없었다. 영향력 있는 음식 방송의 맛 평가 패널이었던 그는 몇 차례 특정 음식점을 향해 불만을 피력한 후 방송계에서 퇴출되었다. 몇 달 후 그는 작가로 변신, 레스토랑을 리뷰하는 유튜브 채널을 열었다. 검열에서 자유로워지자 마음껏 독해지고 예리해졌다. 유튜브는 대성공이었고 그의 영향력은 막강해졌다. 그의 말에 휘둘린다고 비웃던 이들도 그의 칭찬에 춤을 췄다. 혹평을 받은 식당은 매출 직격탄을 맞았고 그를 다시 모시기 위해 혈안이 되었다. 천신만고 끝에 줄이 닿은 식당 주인들은 재방문을 구걸했지만 한결같은 이야기를 들었다.

"사장님, 제가 그 집에 몇 번 간 줄 아세요?"

내 평가가 정확하다는 확인, 맛없다는 최종 선고였다.

그가 독설가라면 차금정은 무자비한 행동가였다. 금정은 뱅 헤어에 아이라이너의 눈초리를 가파르게 빼 올린 캣아이가 트레이드마크였다. 업계에서는 그녀를 '클레오 차'라고 불렀는데 높은 콧대 뿐만이 아니라 그녀의 냉혹한 경영 스타일을 클레오파트라에 빗댄 말이었다.

금정은 대기업 오리엔탈의 부사장으로 식음료부를 총괄하고 브랜드를 개발하는 기업가로 분류되었지만 스스로를 장사꾼이라 불렀다.

"비전을 제시하고 지속가능한 성장의 씨를 뿌리며 파이를 키우는 게 숲을 보는 기업가의 덕목이라지만, 결국, 무조건 돈이에요!"

회사에 돈을 벌어주는 일이 자신의 임무라는 사실을 일찍부터 체득한 것이다. 금정은 레스토랑을 사들이고 새 브랜드에 필요한 셰프들을 독수리가 먹이 채듯 찍어 올렸다. 능력자에게는 한없이 자비로운 마돈나. 자신의 편으로 만들기 위해 화끈하게 베풀고 황송할 정도로 대우했다. 그러나 그런 이가 무력해지거나 엇길로 나가면 가차 없이 클레오파트라로 돌변했다. 그녀와의 인연은 끊어지고 새 둥지에 버려진 알처럼 부화는 불가능했다.

하장식과 차금정이 서너 명의 직원들과 건담에 왔다.

그들은 룸이 아니라 홀 자리를 원했다. 미리 주문해야 하는 동파육, 스즈터우, 어항동고와 메뉴에 없는 산둥 짜장, 그 외에도 많은 요리를 주문했다. 그를 알아본 선주가 흥분해 주방으로 뛰어들다가 완성된 요리를 엎을 뻔했다.

"그, 그 사람 왔어요. 그 음식평론가 있잖아요. 머리카락 적으시고 그 요리 서바이벌 심사위원 하셨던…"

주방의 모든 눈이 선주에게 쏠렸다.

"하장식?"

"맞아 맞아. 하장식이요. 그리고 그 여자 있잖아요. 그…."

"누구?"

"클레오파트라! 프랑스어 섞어서 말하고 왜, 저 앞에 있는 프랜차이즈 한식집이요!"

"쟈르댕 드 소반?"

"맞아요. 모노스시도 만들고!"

"차금정?"

"그래요. 그 여자분!"

원신은 하던 일을 멈추고 주방 창으로 홀을 봤다. 그는 하장식을 알았다. 자신의 탄탄면 전문점 '오, 탄탄'을 망하게 한 장본인. 땅콩 소스와 강한 마라장의 조합이 한국인들의 입맛에는 시기상조라면서 중국식도, 한국식도 아닌 오탄탄은 탄식의 '오(嗚)' 자를 써야 한다며 혹평과 악평을 쏟아냈었다. 원신은 언젠가 하장식을 찾아가려고 했다. 그 하장식이 제 발로 가게를 찾아온 것이다. 변장하지 않은 민낯을 하고서.

위광은 장을 가지러 옥상에 올라갔다. 산둥식 짜장면을 만들기 위해서는 직접 담근 첨면장이 필요했다. 밀가루와 소금, 대두를 발효시킨 첨면장은 짙은 갈색에 짭짤하면서도 달고 고소한 맛이 난다. 이 장에다가 오이나 각종 야채를 넣고 비벼 먹는 것이 중국의 짜장면이다. 위광의 산둥식 짜장면에는 별 재료가 없다. 간 돼지고기와 감자와 양파 그리고 약간의 물전분과 첨면장이 전부다. 유니짜장처럼 고기를 다지지만 감자는 토막이 크다. 산둥식에는 특별히 저판유를 쓴다. 한국에서는 흔히 라드라고 부르는 돼지기름이다. 웍에 돼지고기를 볶다가 감자를 익히고 양파를 빠르게 볶은 후, 미리 튀겨놓은 장을 넣고 마무리한다. 면은 일반 짜장보다는 넓적한 걸 쓴다. 장을 더 붙게 하려는 선택이다. 방금 삶은 면에 갈색의 춘장을 끼얹는다. 김이 오르는 짜장면을 서둘러 창모에게 들려 보냈다. 통마늘 몇 알과 식초도 곁들여 냈다.

짜장면을 비비는 시간. 단체 체조를 하듯이 팔을 들어 젓가락을 돌린다. 착착, 척척 면과 장이 섞인다. 손목 스냅을 쓰는 이, 높게 올렸다 내리기를 반복하는 이, 물론 배에서 섞겠다며 대충 비비는 이도 있다.

"아우, 이 소리. 짜장면 비빌 때 너무 흥분되지 않아요?"

차금정이 아이처럼 목소리를 높였다.

"이 비비는 의식이 짜장면을 더 재밌게 만들어요. 면이 원래가 먹는 재미가 있는 음식이에요. 일단 길죠, 후루룩 빨아들일 때 제 멋대로죠. 거기다 짜장면은 색까지 까매서 입가에 묻죠, 달달하죠. 그러니 어른, 아이 할 것 없이 안 좋아할 수가 없어요."

비비기가 끝났다. 하작가와 차금정이 먼저 시식했다.

"어머, 여기 통콩도 보인다. 진짜 집에서 담근 집된장인가 봐요. 이 갈색 춘장이 캐러멜라이즈 되기 전 모습이죠?"

"그렇죠. 더 익으면 더 짙어지긴 해도, 까맣게 되진 않아요. 향긋하면서 꾸리한 장내가 코끝에 올라오네요. 짜면서도 시큼하고 고소해요. 이런 게 깊은 맛, 어른의 맛이라고 할까요? 양파 하나로 단 맛을 내고 기름과 돼지고기, 감자 전부 고소한 맛 끌어올리는 재료네요. 요리사가 원하는 맛있게 짠맛에 집중한 맛, 영리한 선택이에요."

"그래서?"

모두들 조용히 하작가의 답을 기다린다.

"좋네요."

맛있게 먹어도 된다는 신호가 떨어지자 본격적인 식사가 시작되었다.

"안녕하세요?"

어느 틈에 나타난 원신이 인사를 건넸다. 그는 조리복에 앞치마와 모자까지 챙겨 썼다.

"건담의 부주방장 주원신입니다. 음식 맛이 좀 어떠세요?"

정비소

"축하드립니다."

곡비소가 말을 걸어왔다. 마주치기도 싫은 면상이 말까지 걸어오다니! 위광은 끙 하고 큰 소리로 불편한 기색을 드러내며 걸음을 재촉했다.

"싸부님!"

질세라 곡비소가 따라붙으며 위광을 재차 불렀다. 저놈이… 위광이 획 하고 몸을 돌려 곡비소를 쏘아봤다. 곡비소는 배시시 웃는 얼굴로,

"귀한 별을 따셨어요. 그것도 동네 중국집에서."

"용건이 뭐야?"

"축하인사 드리려고 그러죠. 꼭 옛날 명동 시절 건담을 보는 것 같습니다. 그때하고 어디 비교가 되겠습니까마는… 옛날에 진짜 대단했죠. 잠도 못 자, 먹지도 못 해, 죽어라 일만 했지만, 그래도 그땐 요리할 맛이 났어요. 안 그렇습니까?"

위광은 몸을 비스듬히 돌린 채 잠자코 있었다.

"사부님 다시 잘 되시는 거 보니 맘이 좀 놓입니다. 제가 나오고부터 가게가 기울기 시작했잖습니까? 그게 늘 맘이 쓰였는데…."

위광은 곡비소를 정면으로 째려보며,

"이놈이 정신이 나갔나! 뭐가 어째?"

'정비소'가 곡비소의 본명이었다. 17살에 싸완으로 건담에 왔고 숙식하며 가게에서 붙박이로 지냈다. 중국 근처도 안 가본 놈이 청요리집 화상이 되겠다고 허풍을 떨어댔다. 화교가 아닌데 무슨 수로 화상이 되냐고 하면, 청요리집은 그래야 한다며 무조건 화교가 될 거라 했다. 훗날 치파오에 중국말을 쓰며 화교 행세를 할 사기 계획을 애초부터 세워 놓았던 거다.

정비소는 작은 몸에 민첩하고 총기가 있어 일을 빨리 배웠다. 한밤중에 연습한다며 도둑요리를 하다가 주방장들한테 맞기도 많이

맞았다. 그만큼 의욕이 넘치고 부지런했다. 문제는 못된 성깔과 싸움질이었다. 당시엔 칼판이 불판보다 힘이 셌다. 겨우 불판 보조를 하면서도 칼판, 불판 할 것 없이 들이받았다. 저러다 맞아 죽는다며 모두가 막말을 했다. 하도 싸워대니 가게도 손해가 이만저만이 아니었다. 위광이 나가라고 할 때도 있었고, 제풀에 못 이겨 나가기도 했는데 희한하게도 되돌아왔다. 무릎을 꿇고 빌면서 다시 받아달라기를 서너 번, 그렇게 오가며 햇수로 6년을 있었다. 뒤끝 있는 성깔은 혀를 내두를 정도였다. 성에 찰 때까지 앙갚음을 했는데 칼의 이를 빼놓고 신발을 숨기는 식의 잘디잔 복수였지만 사람들의 신경을 긁었다. 막판에는 위광을 들이받았다. 술을 먹고 나타나 미친 사람처럼 괴성을 지르다가 주방에 불을 냈는데, 그날 팔목이 망가져 몇 년 동안 팔을 못 썼다. 정비소는 불을 지른 건 위광이며 팔을 못 쓰게 만든 것도 그의 짓이라며 온 명동에 소문을 내고 다녔다.

2년 전, 치파오를 입은 곡비소를 처음 봤을 때 위광은 그를 알아보지 못했다. 이상한 중국 억양에 콧수염, 판관 포청천처럼 하늘로 치켜올린 눈썹을 그린 놈이 설마 정비소일 줄이야. 곡씨반점은 특급호텔 출신의 주방장이 주방을 총괄했고 곡비소는 온갖 간섭을 하면서 입으로 요리했다. 3층 건물 입구에는 패루를 지어 올렸고, 온 건물이 붉은색과 황금색으로 휘황찬란했다. 매스컴을 타고 꽤나 손님이 모이던 곡씨반점은 재작년에 미슐랭 빕 구르망을 받으면서 대박 식당으로 올라섰다. 예약 없는 식당 앞에는 언제는 긴 줄이 늘어섰다.

'저 망할 놈을 안 볼 수만 있다면⋯ 저놈에 얼, 피엔쯔!'

곡비소는 아침마다 무슨 일이 있어도 위광에게 인사를 건넸다. 위광은 어느 날 출근길부터 노래를 낮게 흥얼거리기 시작했다. 그놈을 모른 척하려는 노래, 그놈 목소리를 묻어 버리는 노래, 그놈이 이 거리에서 영원히 사라지길 바라는 염원의 노래.

'원숭이 엉덩이는 빨개, 사과는 맛나지, 길으면 기차, 빠르면 비행기, 높으면 나무, 저놈에 원숭이, 높은 나무서 뚝 떨어져라!'

노랫발이 통했던 것일까. 얼마 전부터 곡비소가 사라졌다. 매일 밤마다 훤하게 불을 밝히며 위용을 자랑하던 곡씨반점의 3층에 불이 꺼졌다. 밉살스럽게 혀를 내밀고 있던 붉은색 얼굴 스티커도 사라졌다. 원숭이가 뚝, 떨어졌네. 껄껄껄, 위광이 웃었다. 휘적휘적 앞치마를 흔들며 집으로 가는 위광의 뒷모습이 점점 공중으로 떠오르고 있었다.

화교 결혼식

위광이 또 늦었다.

전날 점심, 붉은색 청첩장을 들고 결혼식에 간다며 나간 위광은 오후에 돌아오지 않았고 아침 8시가 넘어가도록 연락이 없었다. 중간에 외출도 드물었지만 오후 영업에 빠진 것은 처음이었다. 결혼식에서 화교 지인들과 술을 마셨겠거니, 그 탓에 늦게 일어났나 보다고 추측을 하면서도 직원들은 불안했다. 이미 방송국 차가 도착해 있었다. 파리떼라며 방송은 무조건 싫다면서도 건화를 소개한다는 말에 위광은 출연을 허락했다. 다행히 야채와 해산물은 도착한 상태. 그나마 손님이 늘면서 배달 받기 시작한 덕분이었다. 문제는 위광이 손수 챙기는 육고기와 생선. 8시 반이 넘어가자 직원들은 마음이 급해졌다. 만옹이 열쇠공을 부르자고 했다. 창모가 계속 전화했지만 위광은 응답이 없었다. 사고라도 난 것인가… 위광의 집을 향해 출발하면서 창모가 열쇠공을 불렀다.

"됐어요!"

정판이 소리쳤다. 본경이 선주의 실핀 두 개로 간단히 현관문을 열었다. 그 순간 위광이 부랴부랴 모습을 드러냈다. 헝클어진 머리에 바닥까지 늘어진 허리띠, 신발의 짝이 달랐고 빈손이었다.

"…고기를 못 샀다."

놀라고 있을 틈이 없었다.

"제가 시장에 갔다 올게요.. 따라와 뿐!"

만옹이 뛰어가고 본경이 뒤따랐다. 위광이 문을 열고 들어가자 우르르 직원들이 뒤따랐다. 재료 꾸러미가 바닥에 부려졌다. 너 나 할 것 없이 와르르 달려들어 재료 손질에 돌입했고 손질한 재료는 곧장 도마로, 웍으로 정신없이 옮겨졌다. 불판에 불이 올랐다. 일하는 주방의 소리가 시작되었다. 오가는 질문과 응답, 그릴과 웍의 둔탁한 쇳소리, 가볍게 통탕대는 주걱과 칼과 도마의 경쾌한 울림, 물이 끓고 기름이 튀는 주방의 대합주 속에 위광은 없었다. 지휘자의 몸짓과 소리가 사라져버렸다. 재료를 닦달하고 순서를 지시하며 고함치는 주방의 독재자가 어디로 가버렸을까. 위광은 평소처럼 불판 앞에 서 있었다. 그러나 요리하지 않았다. 그저 멍하니 그릴 위에 놓인 웍과 주걱을 내려다보고 있었다.

우렁찬 빗소리였다. 지붕을 뚫을 것 같은 요란한 폭발음에 위광의 정신이 번쩍 들었다. 끓는 기름에 우럭 한 마리가 통째 튀겨지고 있었다. 그제야 주방의 분주한 소음과 열기가 온몸에 끼쳤다. 위광은 서둘러 웍을 잡았다. 으억! 신음이 터지며 웍이 나뒹군다. 익을 대로 익은 무쇠솥이 불덩이였다. 모두가 식겁한 얼굴로 위광을 봤다. 천장까지 치솟는 불길에 200도를 넘나드는 기름, 도끼처럼 묵직하고 날 선 중식도⋯. 고성이 터지는 주방 사고는 결과가 간단치 않다. 대개가 피를 보고 상처를 남겼다. 다행히 위광의 손바닥에는 가벼운 물집만 잡혔다. 웍을 잡고 흔드느라 밴 굳은살 덕분이었다. 그래도 쓰라렸다. 민망했고 자존심이 상했다. 그러나 남은 자존심도 잠깐이었다. 음식이 짜다며 돌아왔다. 달다며 돌아왔고 너무 시어서 못 먹겠다고 되돌아왔다.

"싸부님!"

원신이 나지막이 위광을 불렀다. 위광은 덜그덕 소리가 요란하게 웍을 돌리며 게살볶음밥을 만들고 있었다.

"싸부님!"

대답 없는 위광을 원신이 다시 불렀다.

"싸부님, 게살이 아니라⋯."

얼마 전부터 위광은 주문을 자꾸 틀렸다. 주문을 잘못 들은 것인지, 들은 주문을 잊는 것인지 알 수 없었다. 한꺼번에 십여 개의 주문을 머릿속에 넣고 가던 위광이었는데… 기다리다 못한 원신이 옆으로 다가갔다.

"새우볶음밥이에요!"

웍을 까불리며 밥알에 불맛을 입히는 위광의 눈은 허공을 향해 있었다. 몸에 붙은 기술은 자율 신경계처럼 작동했다. 침을 삼키고 호흡을 하듯, 손은 몸에 밴 기억을 따라 자동으로 요리를 해나갔다. 원신은 그의 눈빛을 봤다. 위광은 거기 없었다. 그는 이곳 아닌 어딘가, 시간이 사라진 생각의 세상, 그 속의 주름, 그 접힌 어느 공간을 헤매고 있었다. 원신은 조용히 자리로 돌아가 위광 대신 새우볶음밥을 만들었다.

"게살볶음밥 중자 있습니다."

홀직원이 들어오면서 주문을 외쳤다. 마침 위광이 게살볶음밥을 완성했다. 엉킨 시공간은 얼떨결에 현재와 겹쳐졌다. 위광은 볶음밥을 그릇에 담아서 내밀며,

"꾸물거리지 말고 얼른얼른 내어가. 다 식어 빠지면 뭔 맛이야!! 파기름 탄다. 안 보이냐? 탄내가 올라오는데, 몰르겠어?"

다시 원래의 위광이다. 어느새 돌아와 퉁명스럽게 쏘아붙였다. 주름과 주름 사이, 어느 골짜기에 때 모르는 방문일정을 남겨두고서.

중얼중얼

"꾸어리판유 샤오르, 지안, 수안, 화자오, 빠오샹… 아니 아니지, 여기서 화자오가 왜 나와. 파생강을 볶아야지. 파향이 오르고 황금색이 돌면 시탕 녹이고, 소흥주 붓고… 아이고, 또…. 하이셴부터 넣어야지. 해삼 없는 홍소해삼이 어딨다고…."

주방 옆에 달린 조그만 사무실에서 중국말이 흘러나왔다. 위광이 레시피를 정리하고 있었다. 얼마 전부터 그는 재료와 조리 과정을 일일이 입으로 뇌면서 노트를 썼다. 중국어와 한국어가 섞인 말소리가 노래처럼 들렸다. 몇 번의 소동, 생전 없던 일들은 서너 번으로 지나가는 듯했다. 톤이 좀 낮아지긴 했지만 고성은 여전했고, 홀로 식사했으며, 옥상에 올라가 일보는 것도 전과 같았다. 다만 머무는 시간이 갈수록 늘었다. 아침에 해삼을 널러 가서는 한참, 점심때 전복을 살피러 올라가서도 한참, 오후에도 짬이 나면 옥상에 있다가 한참 만에 내려왔다. 오락가락했던 음식 간은 여전히 널뛰었다. 맛있는 짠맛, 적당한 단맛은 말속에만 있었다.

원신의 맛 점검은 계속되었다. 요리사가 졸지에 기미상궁이 되었다. 담벼락에 모인 직원들은 그 상궁을 둘러쌌다. 다시 그 의심, 같은 불만이었다.

"저번에도 갑자기 룸에 시키지도 않은 짜장면을 들고 들어가지 않나, 사고 나요. 이러다가!"

이제 만옹도 불평을 드러냈다. 불안이 불만을 키워버렸다.

"불판 내려놓으셔야 돼. 실장님이 불판을 2개 다 맡으세요, 칼판장님 2불판으로 올리고. 당분간이라도요."

원신은 아무 말이 없었다.

"왜 암말 안하세요. 이러다 다 망해요. 언제까지 그 기미상궁, 아니 검식원을 하실 거예요? 옛날로 다시 돌아가는 거 다들 싫잖아요!"

모이기만 하면 위광의 기행에 관한 이야기였다. 밥은 뒷전이고 시간만 나면 위광의 이상증세를 교환했다.

"혹시 어디 아프신 거 아닐까?"

"아픈 게 아니라…."

"아니라?"

"치매 같은데?"

"치매도 아픈 거야."

"다들 말조심해."

"맞아. 귀는 얼마나 밝은…."

후두둑… 옥상에서 물이 떨어졌다. 직원들이 옥상 비를 피해 안으로 뛰어 들어가면서 소리쳤다.

"치매는 무슨! 그냥 펑…!!"

티브이 스타

한 올도 빠짐없이 단정하게 빗어 넘긴 머리카락.

구레나룻도 붓털처럼 가지런히 정리했고 턱수염은 짧게 다듬었다. 검은색 앞치마에 검은색 요리 장갑까지, 원신은 완전히 딴사람이 되어 있었다.

"최근 미슐랭 원스타를 받으며 중식 업계를 깜짝 놀라게 한 중식당 '건담'의 주원신 셰프이십니다."

요리 프로의 진행자가 원신을 소개했다. 한껏 멋을 낸 셰프들 사이에 어색하게 서 있던 원신이 꾸벅 인사를 했다. 무언의 목례에 진행자가 당황한 척 굴면서,

"아니아니, 그게 끝인가요? 여기 대본에는 대사가 있는데요? 오늘 새로 오셨는데, 맘에 안 들어도 한 말씀 부탁드려봅니다."

원신은 다시 인사를 했다.

"안녕하세요. 중식요리사 주원신입니다."

"건담이 무슨 뜻이죠? 만화에 나오는 로봇을 말하는 건 아니겠죠?"

"네. 한자로 잘 먹고 많이 먹는다, 라는 뜻입니다. 저희 식당 두위광 싸부님의 어릴 적 이름이었다고 합니다."

사회자가 이소룡처럼 엄지로 코끝을 쓸면서,

"싸부님이란 말을 들으니, 중식 주방이 어딘지 소림사 같습니다."

"네. 칼질, 웍질이 무술 비슷합니다."

"주원신 셰프님은 여러 레스토랑을 운영했다고 들었습니다."

"세 번 개업했고 세 번 다, 망했습니다."

원신의 삶은 어느 하루를 기점으로 완전히 달라졌다. 미디어기

업 오리엔탈의 부사장 차금정의 방문. 원신은 그 기회를 낚아챘다. 그날 저녁, 무슨 정신에서였는지 원신은 써본 적 없던 조리 모자를 찾아 쓰고 앞치마를 질끈 동여매고는 차금정의 테이블로 찾아갔다. 고급 중식당의 주방장이 하듯이, 정중하게 인사를 건네고 음식 맛을 묻고 요리를 설명했다. 옆구리에 흥건히 땀이 찰 만큼 그는 혼신을 다했다.

"우리 방송에 한번 나오셔야 할 것 같은데요?"

금정은 농담처럼 자사 요리 프로그램의 패널을 제안했다. 원신은 머뭇거리지 않았다.

"네. 언제부터 나가면 될까요?"

듣는 이들을 당황케 할 정도로 진심이 담긴 대답이었다. 일사천리. 그 이후의 상황은 무서울 정도로 급물살을 탔다. 방송국 피디에게 연락이 왔고 난생처음 방송 녹화를 했으며 광고를 찍고 팬들까지 등장했다. 눈만 뜨면 다른 세상이다. 원신의 몸은 거대한 물살을 타고 한 번도 가 본 적이 없는 세상으로 휘청휘청 떠밀려갔다.

알리냐

레스토랑 알리냐.

시카고에 있는 미슐랭 3스타 레스토랑으로 모던 프렌치에 분자 요리를 선보이는 곳. 그곳에 그랜트 애커츠 셰프가 있다. 오픈한 그해, 세계 최고의 레스토랑에 선정되고 미슐랭 3스타를 거머쥔 요리계의 혜성. 갑작스러운 혀암의 발병으로 2년이 못 되는 시한부의 삶을 선고받고도 불굴의 의지로 부활, 열정과 창의력으로 요리계의 신이 되어가고 있는 남자. 무엇보다 식사에 향과 재미를 곁들이는 것이 그의 요리 특징이자 철학이었다.

그곳에서 인턴으로 오라는 연락을 받았다. 무려 7달만의 합격 통보였다. 사실 본경은 결과를 기다리는 동안 건담에서 일할 생각이었다. 면접 때에도 3개월 기본 근무만 하게 될지도 모른다고 미리 말했다. 오매불망 연락을 기다리면서 절실한 마음을 담아 이력서를 보내고 또 보냈다. 그러니까 7개월 전, 그땐 그랬다.

그러나 상황이 변했다. 어쩌면 모든 게 바뀌었다. 하루아침에 미슐랭 식당의 직원이 되었다. 싸부가 생겼고, 동료들이 생겼으며, 또 강나희란 특별한 동료도 생겼다.

본경은 두싸부가 좋았다. 잔소리가 많고 실수에 엄했지만 괜한 트집이나 억지가 없었다. 일을 따로 가르쳐주진 않았지만 배우는 데는 상관없었다. 늘 하던 방식대로 요리했고 맘만 먹으면 어깨 너머로도 충분히 익힐 수 있다. 원신도 마찬가지였다. 직설적이고 퉁명했지만 텃새나 유세를 부리지 않았다. 모르는 것을 물으면 가르쳐줬고 실수에 냉정했지만 뒤끝이 없었다. 어떻게 보면 싸부와 원신은 꽤나 비슷한 사람들이었다. 무엇보다 중식을 본격적으로 배워보고 싶었다. 중식의 역사를 공부하고 웍과 차이따오, 까오기와 같은 중식용 식자재를 사들이는 사이 본경의 맛집 탐방 블로그는 어느덧 중화요리 전문이 되었다.

"알리냐에서 연락 왔어?"

본경이 노트북으로 합격 메일을 들여다보고 있을 때였다.

"응."

"언제 시작해?"

"한 달 후에."

중식당 상하이 정원에서 식사한 이후 본경과 나희는 어색한 분위기를 벗어났다. 그날의 음식을 이야기할 때면 두 사람은 마치 함께 식사한 듯 말했다. 언제 한번 다시 가보자는 본경의 제안에 나희는 대답이 없었다. 그래도 본경은 칠부능선을 기억했다.

'포기 마라. 힘든 일은 다 지났⋯ 근데 잠깐, 나희가 어떻게 알았지?'

본경은 나희에게 알리냐를 얘기한 적이 없었다. 곧장 옥상을 뛰어 내려갔다. 홀에 들어서자마자 가쁜 호흡을 가다듬으며,

"내가 알리냐에서 연락받은 거 어떻게 알았어?"

대답 대신 질문이 돌아왔다.

"너 혹시 '아취원'이라고 알아?"

오랜만에 듣는 이름이었다. 한동안 생각지 않았던 이름, 잊고 싶었던 이름, 그 이름이 어디선가 튀어나왔다. 본경은 고개를 돌렸다. 원신과 만옹, 정판, 그러니까 직원 모두가 두 사람의 대화를 듣고 있었다. 들어올 때 어째서 이들을 못 봤던 걸까. 원신이 다시 물었다.

"아취원 아냐고?"

본경은 선뜻 대답하지 못했다.

"강남에 아취원이요? 압구정 주민센터 근처 그 아취원 말씀이세

요? 근데 거기 지금….”

맛집 전문 오선주가 아는 체를 했다.

“둘째 아들?”

“네.”

“일본 츠지 조리학교로 떠났다는?”

“…네.”

금시초문의 이야기에 모두의 눈이 동그래졌다. 본경은 어떻게 알았냐고 묻지 않았다. 당장 대화를 끝내고 싶을 뿐이었다.

“거기 부주방장이 내 친구야. 밥 먹으러 들렀다가 너 여깄는 거 보고….”

입이 간질거리던 정판이 고새를 못 참고 끼어들었다.

“근데 중국집 아들이 남의 중국집에서 뭐하는 거야? 비법 캐내려고 왔었어? 이제 다 알았으니까 느네 아취원에 가겠단 거야?”

“얌마!”

만옹이 벼락같이 소리 질렀다.

“거기 문 닫았어!”

중국집 아들

본경은 중국집 아들이었다.

한남대로 건설 현장의 소장이었던 할아버지는 현장 근처의 중국집 딸이었던 할머니와 결혼했다. 다리가 개통되자 할아버지는 한남대교와 연결된 경부고속도로를 타고 부산으로 내려가 아버지를 낳고 다시 서울 강북으로 입성했고, 아버지는 외할아버지의 중국집을 오가다 결국 그 중국집을 물려받았다. 아버지 도사걸은 강북에서 피난용 다리로 지어진 한남대교를 건너와 압구정 허허벌판에 중국집을 세우고 아파트 공사 인부들을 대상으로 장사를 시작했다. 중국집 주방에서 놀며 자란 도사걸에게 요리는 놀이였다. 재미로 요리했고 사람 먹이는 게 천성이었다. 짜장면이 날개 돋친 듯 팔려나갔고 땅값도 무섭게 치솟았다. 음식과 땅으로 큰돈을 번 도사걸은 어느 날 팔을 너무 쓴 거 같다며 일을 놓고 엄마와 등산을 시작했다.

군대를 다녀온 형 본정이 경영학과에 복학했을 때, 본경은 대학에서 미학을 공부하고 있었다. 가게를 팔겠다는 아버지의 말에 본정이 선뜻 자신이 맡아서 해보겠다고 말했다. 그는 일찍부터 집안일을 도우면서 프랜차이즈를 만들고 레토르트 제품을 생산하겠다는 꿈을 가지고 있었다. 사업 능력을 물려받은 건 본정이었지만 요리 재능을 물려받은 건 본경이었다. 만들기도 잘했고 먹는 것도 좋아했다. 그렇지만 본경은 가게 운영에 별생각이 없었다. 고등학생이 된 본경이 공부를 곧잘 하자 아버지는 본경의 주방 출입을 금했다. 혹시나 재주를 믿고 공부를 등한시 할까봐 걱정을 했다. "마, 니는 교수나 해라." 본경은 아버지의 결정에 따랐다. 요리가 좋았지만 공부도 좋았고, 뭣보다 아버지와 충돌하기 싫었다. 그렇게 미학과에 입학했고 계속해서 공부를 이어가겠다는 계획을 했으면서도,

"형, 나도 도울게."

불쑥 그렇게 말이 나왔다. 본경은 곧바로 휴학했다.

가게를 형제에게 물려주고 난 후 부모님은 일체 간섭이 없었다. 운영이니 매상도 관심을 두지 않았다. 두 분은 그저 산으로 들로 나물을 뜯으러 다니고 몸에 좋은 것을 해 드시며 그야말로 유유자적 사셨다.

사실 가게 운영이나 요리는 걱정할 게 없었다. 확실한 운영 시스템에다 20년 넘게 함께한 가족 같은 부주방장과 매니저는 형제보다 더 애사심이 강했다. 손님도 변함없었다. 아버지가 마지막으로 내놓은 메뉴 꿔바로우가 인기를 끌면서 오히려 매출이 늘었다. 그렇게 6개월은 좋았다. 충돌은 형제 사이에서 일어났다. 본정은 가게를 확장하고 적극적 영업방침을 세워 매스컴을 이용하자고 했다. 우선 포장 음식을 대량 생산할 공장을 짓고 프랜차이즈를 위한 회사도 준비하자고 했다. 백년 가게를 위한 지속가능한 플랜이 필요하다는 대의였다.

본경은 생각이 달랐다. 새 요리를 개발하고 메뉴를 바꿔가면서 가게를 젊고 신선하게 바꾸길 원했다. 방송이나 광고 없이 요리에 집중하자고 했다. 중식도 시대의 트렌드를 읽어야 오랜 지속이 가능하다고 봤다. 싸움이었다. 니가 중식에 대해 뭘 아냐, 형은 사업에 대해 뭘 아냐는 질문이 도돌이표처럼 반복되었다.

아버지는 두고만 봤다. 형제의 불화를 알고 있었지만 일체 간섭하지 않았다. 충돌은 부주방장과 매니저의 참전으로 확전되었지만 내전은 싱겁게 마무리되었다. 부주방장을 제외한 가게 식구들이 모두 본정을 따르기로 한 것이다. 그들은 변화를 원치 않았다. 대치와 순응의 기로에서 본경은 증발을 택했다. 가게를 지리멸렬의 상황으로 몰아넣는 미꾸라지가 되기 싫었다.

그 난리 통에 아버지가 떠나셨다. 등산이 아니고, 나물도 아니었다. 아버지는 간의 통증과 혼탁한 머리를 털어내기 위해 산과 들로 다녔던 것이다. 형은 도저히 상황을 이겨내지 못했다. 마음의 준비를 했다지만 엄마 역시 그랬다. 부산에 사는 이모들은 심장이 쪼그라들었다는 엄마를 데리고 부산으로 갔다. 곧이어 형도 엄마를 따라갔다. 그때 아취원도 함께 갔다. 아버지의 고향 부산으로.

본경은 모두 떠난 빈 가게에 혼자 남았다. 아버지가 보고 싶었다. 죄송한 마음에 울 수도 없었다. 문득 아버지의 등산 가방이 눈에 들어왔다. 안에는 아버지가 뜯어놓은 냉이와 쑥… 봄나물이 아직… 그대로였다. 나물을 쏟아붓고 손질을 시작했다. 마른 잎을 떼어내고 잔뿌리를 정리하고 흙을 털어냈다. 쑥과 냉이 내음, 흙냄새. 조그만 잎들 사이에서 시든 잎을 골라내는데 마음이 그렇게 편안할 수가 없었다. 어느새 해가 들었다. 빛을 받은 나물이 반짝반짝 빛났다. 본경은 그 냄새, 그 평온에 감사했다. 그 길로 일본으로 갔다. 부모님과 같이 가려고 예약해놓았던 오사카의 료칸으로 혼자 여행을 떠났다. 생각해보니 요리에 대해 아는 게 없었다. 뭘 안다고 그렇게 언쟁을 벌였던 걸까. 뭘 안다고…. 본경은 덜컥, 근처에 있는 '츠지'라는 이름의 조리학교에 입학했다.

츠지+르꼬르동 블루

본경은 츠지에서 일식과 중식은 물론 분자미식학과 노르딕 퀴진과 같은 최신 트렌드의 요리법을 접했다. 그중 식재료를 분자 단위까지 쪼개고 물리적, 화학적으로 변형시켜 완전히 새로운 요리로 탄생시키는 분자미식학에 흥미를 느꼈다. 식재료에 액화질소를 주입해서 급냉을 하고, 알긴산과 칼슘 용액을 이용해 둥근 알갱이의 젤리 질감을 만들어내는 식의 극단적 조리법은 과학실험 같았다. 이것을 과연 요리라고 부를 수 있는가, 하는 저항도 오갔지만 결론은 더 알고 싶다는 것이었다. 즉흥적인 시작과 달리 본경은 요리라는 행위, 그 학문에 점점 매료되어갔다.

본경은 아버지의 죽음에 죄책감을 느꼈다. 가족의 일에 나 몰라라 하다가 뒤늦게 나타나 가게를 휘저어 놓고, 고통과 불안 속에 산을 다니던 아버지를 전혀 알아차리지 못했다. 요리는 허무와 후회, 어지러움을 걷어갔다. 순간의 몰입이 자신을 전혀 다른 세상으로 데려갔다. 몰입은 발견한 자만이 누릴 수 있는 힘, 그 가치를 아는 자에게만 허락되는 힘이다. 물의 흐름이나 중력 같은 불가항력처럼 최대치를 가늠할 수 없는 어마어마한 힘이다. 몰입은 꾸며내거나 억지로 만들어낼 수 없다. 좋아하는 것을 하고, 그 상황을 즐길 때에야 비로소 그 힘의 은총을 입는다. 제대로 빠져드는 순간 나의 최대치를 넘어서는 뜻밖의 선물까지 선사하는 신비의 힘. 본경은 몰입의 힘을 믿게 되었다.

절대 성공을 위한 무한 노력은 인생의 독이 된다고 믿었던 본경이었다. 그렇다고 될 대로 되고 만다는 식의 운명 순응주의자도 아니었지만 의식체계를 전환해 삶을 성공으로 이끄는 비밀의 힘이라든지 자기암시와 같은 자기계발법이 그 사람의 타고난 기질을 거스르는 무리한 노력이라고 봤다. 본경은 변심했다. 그냥 한번 알아보겠다던 무모한 도전은 어느새 무한 의지로 바뀌었다. 본경은 하고 싶은 것, 그래서 해내야 할 것이 생겼다. 도피처였던 요리로부터 본경은 구원받았다.

　곧장 프랑스로 날아갔다. 유명 레스토랑의 주방에서 저녁부터 새벽까지 허드렛일을 하면서 요리학원인 르꼬르동 블루에서 프랑스식을 공부했다. 졸업 후에는 정통 프랑스식을 비롯해 분자요리, 모던, 노르딕 퀴진을 하는 식당의 주방을 거치며 세계 각국의 요리와 식음료의 트렌드를 익혔다.

　'요리의 단독자는 없다. 어떤 식으로든 영향을 주고받는다.'

　본경은 요리를 배울수록 요리는 하나의 언어라는 생각이 들었다. 재료만 다를 뿐 저장법과 조리법, 먹는 법이 비슷했다. 본경은 크로스 퀴진을 꿈꿨다. 특정 국가나 특정 요리법이 아니라 여러 나라와 다양한 조리법이 녹아든 창의적 요리를 하고 싶었다. 이도 저도 아닌 어설픈 퓨전이 아니라, 제대로 융합되고 세계화된 요리를 해 보고 싶었다. 입대를 위해 한국행을 결정하고 보니 시간이 훌쩍 지나 있었다. 손과 팔뚝은 덴 자국으로 울긋불긋 흉이 잡혔고 씻어도 없어지지 않는 음식 냄새가 몸에 뱄지만 주방의 노동, 그 안에서의 시간은 온몸에 요리사의 잔근육을 심어 놓았다.

DoBok과 Dado樂

제대 후 프랑스어를 가르치고 식당에서 파트타임으로 일하며 알리냐를 비롯한 여러 레스토랑에 이력서를 보냈다. 모더니스트 퀴진에서 다루는 분자요리를 심도 있게 배워보고 싶었다. 그랜트 애커츠, 마시모 보투라와 같은 세계적 셰프들에게 창의성의 요체를 경험하고 싶었다. 프랑스에서 일했던 식당의 셰프와 츠지의 교수로부터 받은 추천서가 효력이 있었는지, 서너 군데에서 면접의 기회를 얻었다. 그중에 알리냐도 있었다. 무려 20분 넘게 화상통화로 대화를 나눴고 심지어 프렌치 오믈렛까지 만들어 보였다. 꽤나 유쾌한 분위기였고 인연이 이어지길 바란다는 답변으로 마무리가 되었던 면접. 그러나 두 달이 넘어가도록 연락이 없었다. 본경은 마음을 비웠다. 돈이 모이는 대로 미국으로 가 직접 부딪쳐 보기로 했다.

본경은 자전거를 타고 자주 미술관에 들렀다. 요리의 플레이팅에 필요한 미적 감각을 기르고 영감을 얻기 위해서였다. '본다'는 것은 수단으로 시작했지만 급한 맘을 다독이는 위안을 주었다. 무언가가 되기 위한 '아무'의 상태. 그 있고 없고의 사이, 절대량이 필요한 공의 시간을 뚜벅뚜벅 지나는 데 그림이 있었다. 맛집을 탐방한 글을 올리고 요리 이론을 공유하는 블로그도 만들었다. 점차 사람이 모이며 개인적 기록의 방이 소통의 광장으로 확장되었다. 정보가 늘었고 생각지도 못한 친구들이 생겼다. 그때 만난 사람 중에

Dado樂이 있었다. 그와 'DoBok'인 본경은 줄곧 서로의 블로그를 방문하고 레스토랑 리뷰와 레시피를 나누는 친구가 되었다.

Dado樂 빙글스에 다녀옴.

DoBok 어땠어?

Dado樂 추천 감사. 시작부터 마무리까지 완벽.

DoBok 굿!

Dado樂 호박꽃이 2접시 연속 사용된 건 아쉬웠지만 맛으로 커버. 플레이팅이 끝장! 멋 깡패 맞아.

DoBok 나 역시, 재료 겹침은 이유가 궁금할 지경.

Dado樂 보답으로 한 군데 추천. 연희동 '건담'. 오래된 화상 중국집. 취향 탈 수 있어.

그에게서 중국집 건담을 추천받은 것은 어느 초겨울이었다.

건담은 대식가

'건담'이라는 이름은 애니메이션의 로봇이 아니라 잘 먹는다는 뜻의 한자였다.

산둥 출신 화상의 중화요리집으로 과거 김대삼 대통령을 비롯해 거물 정치인들의 단골가게로 유명했지만 이제는 아는 사람만 찾는, 숨은 고수의 무명 중국집 정도라고 했다. 허름한 외관에 허름한 내부. 색 바랜 홍등과 중국풍의 고가구, 황금색의 복복자가 거꾸로 붙은 내부는 평범한 노포 같았다. 게다가 우아한 말투에 나비넥타이를 한 매니저는 만화에서 금방 튀어나온 모습. 그 불협화음이 무척이나 흥미로웠다. 본경은 주방 근처에 자리를 잡았다. 기회가 나면 주방장이 요리하는 모습을 볼 수 있어서 습관처럼 그 자리를 찾았다.

메뉴판을 펼쳤다. 디엔차이의 시간. 본경은 먹는 것만큼이나 메뉴판 읽기를 좋아했다. 음식 이름에서 맛이 느껴지고 음식향이 났다. 청두 여행에서 전화번호부 두께에 음식 사진과 주인장의 시가 들어간 차이단을 돈 주고 사온 적도 있을 정도. 건담의 낡은 메뉴판은 한자로 쓴 음식명 옆으로 한글과 재료, 조리법을 간단히 설명해 놓은 소설책류였다. 산둥식에 한정되지 않고 사천, 북경 요리가 섞여 있고 면요리 중 유니짜장이 제일 위에 있는 게 특이했다.

차가운 량채로 구수계를 선택했다. 내는 집이 드물어 메뉴판에 있으면 무조건 시키고 본다. '입에 침이 고일 정도로 맛있는 요리!'라고 본경이 말하자 '침 흘리는 닭으로 요리했단 뜻!'이라며 Dado 樂이 농담을 했었다. 열채로는 추천받은 총소해삼, 식사는 유니짜장을 주문했다. 땅콩과 자차이, 고수잎이 나왔다. 소채는 어디서나 비슷한 구성과 모양이다. 건담에서는 땅콩알 속에 혹시 실수로 떨어뜨렸나 싶은 은행 두 알이 섞여 있고 고수를 따로 냈다. 그때부터다. 본경의 심장이 떨리기 시작한 것이.

구수계가 나왔다. 붉은색 고추기름이 찰랑거리는 그릇 안에 하얀 닭살이 반쯤 잠긴 채 얌전히 들어앉았다. 사천요리인데 삶은 닭을 차게 식혀 두반장 양념과 화자오, 마자오 향신료가 든 고추기름을 붓고 땅콩과 고수, 흑식초를 곁들여 낸다. 본경은 숙련된 몸짓으로 재빨리 사진을 찍고 먹기에 돌입했다. 건담의 구수계는 낮은 불에 오래 삶은 닭이 두부처럼 부드러우며 얼얼하게 매워서 입맛을 한껏 돋운다. 붉고 희고 푸른색의 강렬한 색의 조합 역시 식욕을 끌어올린다. 군침 도는 닭은 성공이다.

다음은 기다리던 총소해삼 차례다. 접시 위에는 소스로 조려낸 통해삼과 대파가 전부. 칼집을 넣은 해삼을 정교하게 놓아 통해삼의 모양이 그대로였다. 해삼의 맛은 바다다. 소금의 짠내, 파도의 물내, 모래 내음을 몸속으로 받아들이는 게 해삼을 먹는 일이다. 그 바다향을 빼고는 맛이 없다. 아무 맛이 나지 않는다. 없는 맛이 간직한 바다의 맛. 그 향이 전부인 해삼은 무미가 곧 지미다.

중식에서는 말린 해삼을 주로 사용한다. 해와 바람, 시간의 힘을 빌려 마술을 입히면 식재료는 갖고 있는 향과 맛을 응축시킨다. 그걸 먹기 위해서는 그에 버금가는 시간을 다시 써야 한다. 그렇다고 맛이나 향이 쉽게 빠지지 않으니 마술이라고 부를 수밖에. 총소해삼은 그렇게 부활한 해삼의 돌기가 잘 살아있도록 조심조심, 간장과 파향을 입혀낸다.

접시 위로 파향이 진동했다. 쫀득하면서도 부드러운 식감에 파향이 밴 해삼의 감칠맛과 곡주향이 은은하게 입안에 감돈다. 어릴 적, 아버지도 가끔 이 통해삼 요리를 만드셨다. 그때 왜 배워두지 않은 것일까…. 본경은 문득, 그 요리를 배워보고 싶다고 생각했다.

요리가 끝나는 시점에 맞춰 식사가 나왔다. 잘게 다진 고기와 야채를 춘장과 함께 볶은 유니짜장이다. 본경이 프랑스의 주방에서 유니짜장을 만든 날, 웬 아스팔트 타르를 그릇에 담아 놨냐며 동료들이 농담을 했다. 익숙한 탓에 한 번도 특이하다고 생각해 본 적 없는 '검은 요리'가 새롭게 보이는 순간이었다.

짜장면은 향으로 먹고, 색으로 먹고, 맛으로 먹고, 후루룩 소리 맛에 깜장을 묻히고 그 깜장 묻은 상대를 보는 재미로 먹는다. 양파향과 춘장향이 오르는 짜장면을 촥촥 비벼서 후루룩, 소리가 나게 한 입 먹었다. 면에 착 달라붙은 고기와 채소가 후루룩 목구멍을 타고 미끄러져 내렸다. 잘게 갈린 고기에서 빠져나온 풍부한 기름맛, 느끼한 게 아니라 따뜻하고 고소한 기름맛이 가슴부터 온몸으로 퍼져나갔다.

"몇 번을 말했냐? 탕수육은 빤차이! 무침요리라고 내가 몇 번을 말했냐!"

주방에서 고함소리가 들렸다.

"저는요? 저도 몇 번을 말씀드렸어요? 손님이 소스를 따로 달라는데, 어쩌라구요? 짠츠요, 짠츠!"

"바삭한 걸 먹고 싶음, 덴푸라를 시키라 그래."

"그럼 소스는요?"

"후추!"

"탕수육 소스를 달라는데요!"

"그럼 탕수육을 시켜야지!!"

"그런데 따로 달라잖아요!!"

"됐어. 팔지 말어. 먹을 자격도 없는 것들은 손님 아냐. 우리 적이다 적! 맘대로 처먹구선, 맛없다고 컴퓨터에다 떠들고 다니는 바퀴벌레들!"

부먹, 찍먹과는 달랐다. 무쳐내기와 따로내기의 전쟁. 그때 본경은 알았다. 왜 건담이 숨은 고수의 집이 되어버렸는지를. 본경은 블로그에 맛집 리뷰를 올리고 한동안 테이블에 앉아 있었다. 만족스러운 식사에 마음이 평온해졌다. 감사한 마음이었고 가족이 생각났다.

그날의 첫 방문 후 본경은 내리 세 번, 건담을 방문하게 된다. 갈수록 건담의 맛이 궁금해진 본경은 친구들을 데리고 가서 건담의 거의 모든 요리를 맛봤다. 그리고 마치 예정된 수순처럼 우연은 일어나버린다.

"매니저님, 저 가게 관두게 될 거 같은데요…."

어느 직원의 퇴직 의사를 우연히 듣는다. 별 고민도 없이 본경은 계산을 하다가 불쑥,

"혹시, 직원 구하실 거면 제가 일해 보고 싶은데요."

"싸완 겸 주방 보조 자리예요."

"네."

그렇게 매니저인 창모와 간단한 면접을 봤고 3개월 이상은 무조건 일한다는 약속, 그 후에는 떠날 수도 있다는 사정을 말하고 근무를 시작했다.

분자요리

"츠지 거기 엄청 비싼 데 아냐? 딴 데는 앞치마하고 칼은 준다던데, 거기도 그래?"

본경이 대답할 틈도 없이 정판이 말을 잇는다.

"어우야, 츠지에서 공부하고 첫날부터 비 막은 거야?"

푸하, 웃음이 터졌다.

"졸업은 했어?"

원신이 진지하게 물었다.

"1년 과정 끝내고 프랑스로 갔어요."

"프랑스에서 뭐 했어?"

"르꼬르동 블루 졸업한 다음에, 라뚜다르쟝, 로랑제리에 취직해서 퍼스트 코미에서 데미 셰프 막 달았는데, 군대 가려고 돌아왔어요."

"세상에! 저, 라뚜… 거기 갔었어요. 무려 석 달 전에 미리 예약해서요! 아, 그래서 핀셋 갖고 다니셨구나."

오선주가 눈을 반짝였다.

"분자요리, 그런 거죠?"

"네. 뭐, 그런 거죠."

"요즘은 그렇게 안 불러!"

만옹이 아는 체를 하자,

"그럼 뭔데, 요?"

정판이 자동으로 끼어들었다.

"모더니스트 퀴진, 아님 아방가르드라고 하지."

"분자, 아방, 그것들 유행 다 지났잖아. 잠깐 왔다 금방 갔어!"

"조리법인데 뭘 오고 가? 그건 그냥 있는 거야. 제대로 온 적도 없지만."

"너 혹시 내가 곡비소 조카다, 그런 건 아니지?"

그제야 본경이 웃는다.

"아취원은 부산으로 갔어요. 엄마와 형이 계속 운영하세요."

"요리는 누가 해?"

"엄마가요. 원래 아버지한테 요리를 가르친 분도 엄마세요."

"너도 부산 갈 거야?"

모두가 궁금한 것을 정판이 물었다. 잠깐의 침묵이 흐른 후,

"전 못 가요. 영원히 잘렸거든요…."

누구도 더 이상 이유를 묻지 않았다. 그 어색한 분위기를 정판이 바꿔보겠다면서,

"어쨌거나, 우리 중식 수준이 높아? 몇 년을 외국물 먹어도 차오판 하나 제대로 못 만드니까, 우리 기술이 얼마나 어려운 거야. 안 그래?"

"한국말 잘한다고 영어 잘하냐? 완전히 다른 분야인 거야."

만옹과 정판은 매일의 티격태격을 이어갔다. 그러거나 말거나 정판은,

"근데, 알리냐는 또 어디야? 혹시 다른 중국집?"

"전에 이력서 넣었던 미국 레스토랑에서 연락이 왔어요."

"그래서, 이제는 또 미국에 가겠다고?"

정판이 큰일이라도 난 듯이 소리 높여 묻는다. 마침 위광이 주방을 나왔다.

"식사 시간 끝난 지가 언젠데, 모여 앉아 작당질이야!"

후다닥… 의자 소리, 발소리와 함께 직원들이 흩어졌다.

"얼른 인나서 움직여야지! 오후 장사 안 할 거야?"

건담에서 고성을 지를 수 있는 건 자신뿐이라는 듯 위광은 더 크게 고함을 질러댔다. 그날의 드라마는 스릴러에서 시작해 퀴즈쇼와 만담회를 거쳐 미스터리로 끝났다. 해결사 본경은 알고 보니 요리사였다. 그것도 정식과정을 거친 진짜 요리사. 그렇다고 달라질 건 없었다. 그는 여전히 접시를 닦고 건화를 말리고 식물에 물을 주고 구겨진 웍과 주걱을 펴야 하는 건담의 말단 싸완이다. 다만, 이제 모두가 본경의 드라마를 지켜본다. 중국집 아들이 일본에서 요리를 공부하고 프랑스에서 분자요리를 하다가 한국의 중국집에서 싸완으로 일하고 있다. 그다음의 이야기가 꿈틀꿈틀 시작되려고 한다.

빨간 의자

열쇠 구멍에 열쇠가 끼었다.

'분명 끝을 위로 살짝 들어 올려서 열쇠를 비스듬히 틀라고 했는데….' 위광의 말대로 했는데도 되다 안 되다, 창모는 아침마다 현관문과 씨름했다. 이제 건담의 아침을 여는 이는 창모다. 위광이 했듯이 창모는 주렁주렁 열쇠가 달린 꾸러미를 손에 쥐고 현관문을 비롯해 창고와 뒷문을 차례차례 열었다.

채소류는 배달받았다. 고기와 생선은 원신과 본경이 시장에서 직접 사왔고 위광이 기습적으로 시장을 방문해 상태를 점검했다. 미슐랭의 힘은 예상보다 훨씬 강했다. 손님이 끊이지 않았고 방송국부터 유튜버에 이르기까지 크고 작은 매체가 늘 취재를 원했다. 위광은 대부분의 제안을 물리쳤다. 가게에 먼지가 날리고 손님들이 불편하다는 이유였다. 그는 무엇이든 복잡한 게 싫었다. 요리법도 생활도 모두 단순한 게 최고다.

병증을 의심케 하는 소소한 사건에도 위광은 여전히 불판을 지켰다. 송골송골 이마에 땀이 맺히고 눈자위가 검게 패였지만 여전히 큰 목청에 눈이 매서웠다. 직원들의 의심을 모르지 않았다. 불판을 내려놓길 바라는 마음도 알았다. 그럴수록 멈출 수 없었다. 몇 번의 실수가 그저 실수였음을 증명해야 했다. 자신이 없는 주방은 건담의 끝이라고 생각했다. 그렇게 되도록 둘 수 없었다.

다시 푸른 연기다! 적국의 침략을 알리는 봉수대의 봉화처럼, 비상의 전초가 스멀스멀 피어올랐다. 달아오른 웍 앞에 선 위광의 시선이 허공을 헤맸다. 멈춘 뒷모습. 어느덧 클리셰가 된 장면에서 직원들은 다시, 사달을 직감한다. 다행히 이번엔 본경이 빨랐다. 뜨거운 웍을 또 맨손으로 잡을라, 본경이 재빠르게 웍의 손잡이에 수건을 걸쳐줬다. 그 인기척에 위광의 정신이 돌아왔다. 수건이 걸린 웍의 손잡이를 움켜쥐고 주걱을 잡았다. 앗… 비명이 터졌다. 웍에 걸쳐있던 주걱은 웍만큼 달궈져 있었다. 본경이 곧장 얼음 통에 위광의 손을 집어넣었다. 말썽을 부리다 다친 아이처럼 위광은 순순히 손을 맡겼다. 원신이 빨간 의자를 들고 와 위광 앞에 던지듯 내려놓았다. 제발 좀 앉으라면 앉아! 무언의 명령이었다.

플라스틱으로 된 빨간색 간이의자. 의자는 주방에서 일생을 보냈다. 창고 문 옆의 구석 자리가 지정석이다. 의자는 도마나 국자와는 대우가 달랐다. 그들은 버려지고 교체되었지만 의자는 누구도 함부로 건들 수 없었다. 음식물이 튀고 발길에 채며 세월의 먼지를 입었지만 한 번도 사용된 적 없는, 말하자면 새 물건이다.

위광이 한 번도 싸부라고 불러보지 못했던 마호 주방장. 그러니까 10대 시절 위광이 일했던 중국집 주방장도 비슷한 의자가 있었다. 마호 주방장은 그 의자에 앉아 담배도 피고, 커피 심부름 온 레지도 앉히고, 볶은 춘장이 남은 날엔 짜장면 열댓 그릇을 쟁반에 담아 의자 위에 올려놓기도 했다. 근방의 거지들이 귀신같이 찾아와 먹고 갔는데, 하루는 의자까지 갖고 가버렸다. 그 의자를 찾으러 위광은 마호 주방장과 함께 거지소굴에 갔다.

"내 의자 어딨어?"

거지들은 부러진 의자 다리를 고쳐서 건넸다. 마호 주방장은 한 번 더 이런 짓을 하기만 하라며 고래고래 고함을 질렀다. 그는 큰 수술을 받았을 때도 가게 문밖에 내다 놓은 의자에 앉아 일을 이어 나갔다. 오가는 손님에게 인사를 건네고 이야기를 나누고 수시로 주방을 드나들며 음식맛을 점검하고는 다시 의자로 돌아와 몸을 쉬었다. 인천을 떠나 명동의 중국집에 취직한 지 3개월 만에 처음으로 바깥에 나온 날, 스승의 것과 닮은 그 의자를 보자마자 샀다. 그날부터 의자가 마호 싸부가 되었다. 그가 요리하는 모습을 지켜보던 것처럼, 의자를 마호 주방장이라고 여겼다. 그리고 다짐했다. 언젠가 나이 들어 일할 수 없을 때, 마호가 했듯이 자랑스럽게 의자에 앉겠노라고. 그러기엔 아직은 이르다고 위광은 늘, 생각했었다.

털썩.

얼음 통을 끌어안은 채 위광이 의자에 앉았다. 아래로 꺾인 고개와 처진 어깨가 의자와 함께 땅으로 꺼져버릴 것 같았다. 직원들은 그에게 무관심했다. 그렇게 보이려 했고 다른 방법도 딱히 없었다. 그들도 머릿속이 복잡했다. 아, 이렇게 끝나는구나… 건담의 미래 이전에 자신의 앞날을 떠올려야 했다.

"이놈아, 숙주를 넣었으면 불을 꺼야지!"

위광이 만웅을 향해 소리쳤다.

"멘보샤는 언제까지 튀길 거냐! 숫제 까맣게 태워버리지 그러냐?"

"네! 지금 꺼냅니다."

만웅은 나희를 대신해 일부러 큰 소리로 대답했다. 그날 저녁, 위광은 앞치마를 빨지 않고 퇴근했다. 전처럼 남의 것을 빨아놓지도 않았다. 위광의 앞치마는 뭉쳐진 상태로 조리대 위에 놓여 있었다.

"첨이네. 앞치마 안 빨고 가신 거."

만옹이 정판에게서 앞치마를 뺏어 들었다.

"지난번에는 내 거라도 빨아놓고 가시더니…."

만옹은 위광의 앞치마를 벅벅 문질러 빨았다. 멀쩡하던 싸부가 변해가는 상황을 보고 있기 힘들었다. 만옹은 싸부를 좋아하지 않았다. 과거나 미래를 묻지도 않고 기회를 준 사람이었지만, 그의 독설과 고성은 신포도처럼 아무리 먹어도 익숙해지지 않았다. 그런데도 '도대체 뭐가 어떻게 되어가는 거야!' 하고 자꾸만 울화통이 치밀었다.

직원들이 하나둘 퇴근했다. 얼마 전부터 영업이 끝나기 무섭게 퇴근하는 창모를 붙잡고 원신이 얘기를 좀 하자고 했다.

"직원들 생각, 알고 계실 거야."

"그런데도 불판을 안 넘겨요?"

"불판 넘기면 요리에서 손 놓는 건데, 그게 가능하시겠어?"

"어디 아프신 거 같은데, 병원에 모시고 가야 하는 거 아니에요?"

"그러려고 하는데…. 근데 나이 들면 미각도 그렇고, 행동도 굼뜨고 그러잖아."

"갑자기 그러니까 그러죠. 완전 딴사람 된 거 같아요. 저러다가 혹 가신다고요."

"미슐랭 받고 정신없이 바빠졌잖아. 부담도 느끼실 테고…."

"당분간만이라도 좀 쉬라고 하세요."

"내 말 안 들으실 거 알잖아."

"말 꺼내 보기라도 하세요."

"…혼자서 괜찮겠어?"

"아이고, 그놈에 잔소리 안 들으면 일이 반은 줄어요."

"주실장, 아니 주셰프 요즘 잘 나가데?"

"뭘요…."

"혹시 가게 옮길 생각하는 거야?"

"누가 그래요?"

"주셰프 상황이 달라졌잖어."

"…"

"여기저기 연락 오고 그러지?"

"그렇다고 이 상황에서 당장 어떻게 발을 빼요?"

빗질

그의 대머리가 빛났다.

없는 머리숱을 위장하기 위해 밀어버렸지만 인물이 확 살았다. 둥근 안경과 동그란 코끝과도 잘 어울렸고 식당을 방문할 때 여러 가발을 이용할 수 있어 유용하기까지. 음식평론가 하장식은 이제 하작가라고 불리길 원했다. 그의 유튜브 '빛나는 대머리의 독한 음식평, 질근질근 씹어주마'는 '빗질'이라는 말을 유행시키며 대박이 났다. 전보다 독기가 더했고 칭찬은 없기나 마찬가지. 그는 빈말은 싫다고 했다. 내가 좋은 건 좋은 거, 아닌 건 아닌 거다. 그 평을 너님들이 이해하든 말든, 내 알 바 아니라고 못을 박았다.

'음식맛은 주관적이지 않다!'

하작가는 '그 맛'이어야 할 맛은 엄연히 존재한다고 했다. 미슐랭이나 각종 음식평가 제도에 대해서도 불만이 많았다.

"이 미슐랭 별이라는 게 말이죠… 두세 번 먹어 보고 별을 주는 건 무리가 있어요. 적어도 몇 개월간은 지켜보고, 또 네다섯 번은 먹어 본 후에 평가하는 게 맞고요. 얼마 전에 40년 다 된, 연희동 중국집이 별을 받았어요. 옛날에 꽤나 유명했던 곳이죠. 저도 이분 얘기는 좀 아는데, 전설 같은 분이세요. 숨어 있는 고수죠. 지금 유명한, 4대 문파라고 하는 분들 이전에 이분이 있었어요. 별 안 받겠다고 거절하시다가 올해 첨으로 받으셨죠.

다들 놀라시는데, 당연히 안 받겠다는 사람 있어요. 니들이 뭔데 날 평가하냐? 하는 분도 계시고 장사 더 잘되면 귀찮다는 분, 난 별 3개짜린데 왜 2개냐 하는 분도 있죠.

건담, 여긴 별 하나를 받았어요. 요리가 훌륭한 식당이다, 이런 의미죠. 별 2개는 음식이 훌륭하니까 일부러 찾아가서 먹어 보라, 별 3개는 그 음식점을 가기 위해 여행을 떠나라, 이런 뜻이에요. 어쨌거나, 이 집 말이죠… 언제부턴가 맛이 들쑥날쑥해요. 맛있는 날은 환상인데 어떤 날은 간조차 안 맞아요. 주문한 음식이 제대로 안 나온 적도 있는데, 주방이 체계적으로 돌아가고 있지 않다는 증거죠."

하작가는 사실 건담을 종종 방문했었다. 변장에 능한 탓에 눈썰미 좋은 창모도 눈치채지 못했다. '여기가 안 뜨네…' 이상하리만치 조용한 건담의 상황에 하작가는 의문을 가졌다. 이유가 뭘까… 그러면서도 그는 건담을 입 밖에 꺼내지 않았다. 이곳이 망가지지 않길 바랐다. 혼자만 아는 마지막 보루로 숨겨놓고 싶었다.

한번은 위광에게 큰소리를 친 적도 있었다. 음식을 받아 놓고 통화가 길어지자 위광이 한마디 했다.

"식어요. 얼른 드세요."

맞는 말이었다. 그 상황이 누구보다도 안타까웠던 건 자신이었다. 그럼에도 악평으로 명예를 훼손했다는 음식점 주인과 시시비비를 가리는 중이었다. 위광의 목소리는 하작가의 신경을 건드렸다.

"아, 거참. 제가 알아서 먹을게요!!! 감사합니다."

하작가는 건담의 해산물 요리가 괜찮고, 특히 전복이나 해삼을 다루는 솜씨는 꽤나 인상적이다, 유니짜장은 별 거 없는데도 이상하게 맛있다며, 이게 바로 아무리 관찰해도 알아챌 수 없는 손맛의 비밀, 천재의 영역이 아닐까, 하는 보기 드문 호평을 했었다. 그러나 건담이 변했다. 그는 졸작을 옹호하는 엉터리 비평가가 되고 싶지는 않았다.

"여긴 미슐랭 별이 과해요. 별 아래, 빕 구르망 정도가 알맞지 않을까 싶어요. 합리적인 가격에 좋은 요리를 맛볼 수 있는 식당, 정도 말이죠."

맴맴맴

"와, 어제 빛질 봤어요? 하장식, 대머리 아저씨가 뭐 그렇게 독해? 사정없이 질근질근 씹어대네?"

"진짜 대머리 아닐 거야. 우리가 얼마나 마음이 여린데?"

만옹은 하작가가 절대 자신의 종족이 아니라고 못 박았다.

"첨면장 어쩌고, 산둥 짜장 어쩌고, 실컷 잘 먹고 가더니…."

대기 줄이 줄었다. 예약도 줄고 손님도 줄고, 가게 밖에는 '맛없음'이라는 낙서까지 생겼다. 하작가의 말은 맛 좀 안다는 블로그와 SNS에 공유되었고 건담의 주방까지 들어왔다.

"몇 번 더 왔다잖어…."

"별은 뭐, 자기가 주나? 우리 별을 자기가 뭔데 빼네 마네야? 글고, 사람들도 그래. 누가 뭐라면 그쪽으로 우르르. 주관이 없어요, 사람들이!"

창모가 방금 나간 짬뽕을 다시 들고 들어왔다.

"너무 짜다고 하시네."

만옹이 국물을 맛봤다.

"짜긴 개뿔! 가짜 대머리가 이상하댔다고 다들 이상하대!"

원신은 다시 짬뽕을 만들었다. 분노의 주걱질이 폭발 직전이었다. 못 들었는지 그런 척하는 것인지, 위광은 생강을 볶다가, 웍에서 나온 손에 멱살을 잡히기라도 한 듯이 갑자기 웍 가까이 고개를 갖다 댔다. 주문도 없는데, 생강은 왜 볶아대고… 원신은 부글부

글 부아가 치밀었다. '자신 없으면 뭘을 놓으라고!' 이번엔 하마터면 마음의 소리가 터져 나올 뻔했다. 원신은 창모에게 고갯짓을 했다. 전에 나눴던 얘기를 위광에게 전하라는 의미였다. 창모의 낯빛이 어두웠다. 그는 마침 걸려온 전화를 받으러 부리나케 밖으로 도망가 버렸다.

어젯밤 창모는 사무실 앞에 섰었다. 퇴근도 못하고 사무실 주변을 맴도는 게 벌써 며칠 째였다.

"뜸 들이지 말고 할 말 있으면 얼른 해!"

금붕어처럼 입만 뻐끔거리는 창모에게 위광이 선수를 쳤다. 한 칼에 기선을 제압당한 창모는 할 말이 어딨냐며 꾸벅 인사를 하고 퇴근하고 말았다.

'그럼 그렇지.' 위광의 주변을 맴돌던 창모가 사라지자 창모의 주변을 맴돌던 원신이 모습을 드러냈다. 불판에서 잠깐 물러나 계시라고 위광에게 말할 참이었다. 분명히 부딪칠 것이고 싸움이 날 수도 있지만 그래야만 했다.

"넌 또 뭐냐?"

위광이 매섭게 눈을 치켜뜨며 물었다.

"아… 아뇨. 가보겠습니다."

원신은 자신도 별수 없다는 걸 알았다. 그래서 창모에게 부탁했던 것이다. 칫, 아무리 묘수면 뭐하나? 방울을 달 사람이 없는데… 원신이 사라지자 이번엔 본경이 모습을 드러냈다. 본경은 알리냐에서 연락을 받은 후, 온몸이 따로 노는 이상증상이 나타났다. 머리는 미국에 가라는데 가슴은 건담에 머물라 하고, 발은 사무실 근처를 맴돌면서도 입은 절대로 열리지 않았다. 문 앞을 서성이다 위광과 눈이 마주쳤다. 본경은 묻지도 않았는데,

"아뇨. 먼저 가보겠습니다!"

꾸벅 인사를 하고 가게를 나섰다.

영업정지

똑!

천장에서 떨어진 빗방울이 영업정지 공문서 위에 떨어졌다.

"와 양아치 진짜."

만옹이 주먹으로 테이블을 내려쳤다.

"누군지 짚이는 데 있어?"

"뭘 물어요? 곡씨반점 곡씨 놈이지!"

다시 똑! 천장에서 떨어진 물이 이번에는 위광의 뺨을 적셨다. 위광은 그런 줄도 몰랐다. 초유의 사태 앞에서 감각이 일시 정지되었다.

"뭐 들은 거 있어?"

원신의 질문을 정판이 받았다.

"치파오 입고 화교라고 사기 치는 걸 아무나 해요? 뭘 자꾸 물어요."

위광이 곡비소를 몸서리치게 싫어한다는 사실 말고도 건담과

곡씨반점 직원들 사이에는 단체 손님 문제로 몇 번의 충돌이 있었다. 모두들 곡씨반점이라면 이를 갈았다.

"위생과 직원이 어떻게 그날 딱 맞춰 왔을까? 거기다 어떻게 페루산 오징어, 브라질산 닭을 딱딱 골라냈을까?"

"곡씨가 구청 직원들하고는 얼마나 잘 지내는데. 건축과, 위생과 할 것 없이 건물 올릴 때부터 형동생 하면서 아주… 그리고, 자기 가게는 미슐랭 뺏기고, 우리가 별을 따니까 그 성질머리에 얼마나 약 올랐겠어? 아마 우리 망하라고 밤마다 고사 지냈을 거예요!"

"식품위생법 위반이면 영업정지가….'

"일주일 나왔어."

창모는 짚이는 데가 있었다. 위광의 출근이 늦었던 그날이었다. 원신이 본경을 데리고 고기를 사러 뛰어나갔고 만옹과 정판은 야채 가게로, 창모는 닭과 해물을 맡았다.

"오늘 재료를 못 사셨나 봐요?"

어찌 알았는지 곡비소가 느릿느릿 다가오면서 물었다.

"응. 그렇게 됐어."

경황이 없던 지라, 창모는 어떻게 알았는지 묻지도 못했다.

"저희 거 좀 드려요? 급한 대로 갖다 쓰세요."

귀가 솔깃했다. 곧장 받아 가게로 가면 낮 영업시간을 맞출 수 있을 터였다.

"따라 오세요."

창모가 가게로 들어가는 곡비소를 얼떨결에 따라 움직였다. 그때 받아 온 식재료 중에 건담과 원산지가 다른 식재료가 섞여 있었다. 창모는 곡비소 얘길 하진 않았다. 의심이 컸지만 고의라고 무턱대고 의심할 수 없었다.

"내 실수야. 원산지를 확인했어야 하는데…."

"아니, 처음인데 시정조치 정도 나와야 정상 아닌가? 어떻게 영업정지가 바로 떨어져?"

본경이 짬뽕그릇을 주방에서 갖고 나와 비가 떨어지는 테이블 위에 놓았다. 똑… 똑… 똑… 비가 거세질수록 떨어지는 빗방울이 빨라졌다.

"이참에 비 새는 데 잡고, 여기저기 말썽 수리하자."

"전번에 본경이가 갈라진 벽을 손본 다음에 천장 누수는 잡혔어요."

"그럼 이 비는…."

밖이 쩽했다. 천장에서 떨어지는 물은 화장실이나 주방으로 가는 배수관 연결부의 문제 같다고 본경이 말했다.

"죄다, 낡았어요!"

정판은 이제 거칠 게 없었다. 이직 의사를 구렁이 담 넘어가듯 거두면서도 미안한 줄도 몰랐고, 오히려 당당하게 구시렁댔다.

"그래. 그러니까 수리하잔 말이다."

위광의 결정에 모두 동의했다. 오히려 잘 됐다는 말에 대뜸 창모가 딴소리를 했다.

"일주일이면 너무 짧지 않을까요? 나중에 전체를 한꺼번에 하는 게 낫지, 괜히 건드렸다가 문제가 더 커지면…."

"됐어. 일단 공사 진행해!"

날벼락

원인은 배수관뿐이 아니었다.

천장을 받치는 기둥이 바닥으로 내려앉으면서 천장과 배수관에 균열이 가고 있었다. 안전 진단을 받았고 몇 군데에 강철보를 세웠다. 생각보다 공사가 커졌고 내친김에 금이 간 벽과 바닥까지 수리하기로 했다. 주방 기구를 옮기는 일은 직원들이 했다. 모두 출근했지만 점심이 가깝도록 창모가 보이지 않았다.

"창모 연락 없었냐?"

"네. 전화 안 받으세요."

쿵! 발로 문을 밀어젖히며 한 무리의 남자들이 들어왔다. 공사현장을 둘러보며 인상을 썼다가 기가 차다면서 실실 웃어대더니,

"어이구야, 맘대로 공사하고 그러면 안 되는데… 이런 거 할 때는 먼저 집주인한테 허락을 받고 움직이는 겁니다."

"집주인이라니? 지금 무슨 소리 하는 거예요?"

원신이 점잖게 물었다. 그들은 질문에는 관심이 없었다. 바닥에 쌓인 자재들을 발로 툭툭 장난스러운 발길질을 해대며,

"야, 이렇게 손대다가 지붕 무너지면 어떻게 보상하려고…"

가게가 위광의 소유라는 사실을 모두 알고 있었다. 원신은 다급한 시선으로 위광을 찾았다.

"싸부님, 어디 계셔?"

이때 사색이 된 창모가 뛰어 들어왔다.

"저기, 제가 아까 전화를 드렸는데 여기서 이러시지 마시고…"

그를 아는 듯, 창모가 남자 팔을 끌어당기자 어딜 만지냐며 남자가 창모를 털어냈다.

"어떻게? 이거 보상을 어쩔 거예요?"

발에 차인 바닥 연마기가 쭉 밀려나면서 벽에 쌓아놓았던 각목을 쳤다. 자재들이 연이어 원신을 향해 넘어졌다. 원신이 발등에 걸린 각목을 걷어내면서,

"아, 진짜. 뭐하는 거예요, 지금?"

"어라, 지금 을질 하시겠다? 댁은 세입자님, 우린 집주인놈 이거야?"

손가락으로 가슴팍을 찌르면서 시작된 실랑이는 순식간에 몸싸움이 되었다. 원신 대 남자의 대결은 건담 대 인상파 무리의 단체 간 대결로 번졌고 말리는 인부들까지 얽히며 난장판이 되었다. 여기저기서 암바와 초크, 헤드벗에 팔이 쑥쑥 뻗어 나왔다. 모두가 아수라에, 나는 건달바였다. 만옹에게 맞고 떠밀린 놈들이 정판을 떼로 공격했다. 정판에게 붙은 놈들을 만옹이 바닥에 패대기치자 놈들은 이번엔 각개전투에 나섰다. 한 놈이 만옹에게 각목을 들고 덤볐고 한 놈은 원신의 뒷덜미를 잡아 돌려 아래턱을 가격했다. 이 놈이 누굴 건드리냐며 위광이 고함치며 달려들자 또 다른 놈이 위광의 가슴팍을 확 밀쳤다. 중심을 잃고 뒷걸음치던 위광이 뒤에 서 있던 원신과 함께 나뒹굴었다. 와장창… 그 위로 유리파편이 우박처럼 쏟아졌다.

집 이야기

위광은 80년대 후반, 명동에서 연희동으로 이사 오면서 건담의 건물을 구입했다.

말이 좋아 구입이지, 명의는 오래 알고 지냈던 한국인 김용수 앞으로 신고해야 했다. 당시 외국인 토지법이라는 이름의 화교 부동산 금지법이 시행되었다. 화교는 본인 명의로 50평 이상의 가게를 소유할 수 없는 법. 청요리집을 하려면 50평으로는 턱없이 부족했다. 많은 화상과 주사들이 알고 지내던 한국인에게 명의를 부탁했고 그렇게 집과 가게를 뺏겼다.

김용수는 위광에게 요리를 배워 중식당을 연 인물이었다. 사람 됨됨이가 좋고 성실했으며 요리도 꽤 했다. 그는 명의를 빌려주는 대가로 위광에게 얼마간의 금전을 받았고 평생 가게를 갈취하지 않겠다는 각서를 자발적으로 써줬다. 문제는 그에게 병이 찾아오면서부터다. 김용수가 정신이 혼미한 틈을 타 아들은 위광의 집을 팔려고 했다. 공인중개사 사무실에서 소식을 들은 창모가 한걸음에 김용수를 만나러 갔다. 수년 동안 아무리 수소문을 해도 행방이 묘연했던 그를 병원에서 만났다. 그는 당장 명의를 바꿔주겠다고 했다. 진즉에 돌려주려 했다면서 아들 눈치를 봤다. 남의 것을 뺏으면 백배, 천배의 화를 당한다며 아들을 보면서 말했다. 명의 변경을 약속한 날을 불과 며칠 앞두고 김용수가 사망했다. 그가 죽자 아들은 변심했다. 결혼자금이 필요했고, 이제는 자신의 것이 된 중식당도 살려야 했다. 아들은 창모에게 반값을 줄 테니 가게를 팔라고 했다.

"내 집을, 내 돈 주고 사는 겁니다. 아시죠?"

그는 누구 들으라는 듯 위를 보며 말했다. 무슨 운명의 장난인지, 가게를 지키겠다고 사방팔방으로 뛰어다녔던 창모는 그 돈을 덥석 받았다. 당시 아내의 빚 때문에 아이들과 여관 생활을 하고 있었다. 안 된다는 걸 알면서도 손이 먼저 나갔다. 창모는 대책이 있었다. 물려받은 고향의 산이 팔리는 대로 이실직고하고 돈을 갚겠다! 그 마음의 맹세를, 역시 누구 들으라는 듯 수천 번 했다. 그렇게 두 사람의 상황이 맞물리며 건담의 명의는 완전히 넘어가 버렸다.

위광이 붉은 청첩장을 들고 김용수의 아들 결혼식에 갔을 때였다. 거기서 김용수가 이미 작고했다는 사실을 들었다. 아들은 홍빠오에 축의금을 넣어 건네는 위광을 향해,

"저, 건담 가게를 이달 안에 빼주셔야겠어요."

그렇게 전말을 듣게 되었다. 그날, 위광은 가게로 돌아가지 못했고 다음날 아침에도 자리에서 일어나지 못했다.

"날 언제 죽일 생각이었냐?"

"네?"

"어떻게 죽이려고 했냐고?"

"싸부님….."

"건물을 해 먹으려면 날 먼저 죽였어야지, 덜컥 일부터 저지르냐? 일 처리하는 꼬락서니하고는. 너 진짜 관악대 나온 거 맞어?"

비가 내렸다. 이번엔 진짜 비였다. 깨진 창 너머로 내리는 비가 고스란히 보였다. 폭풍우가 휘몰아치고 간 처참한 풍경. 그 폐허 속에 위광과 창모가 패잔병들처럼 앉아 있었다. 위광은 팔뚝에 깁스를 했고 늘어난 티셔츠 목에 배꼽이 드러날 지경이었다. 창모는 새로운 스타일이었다. 축 늘어진 앞머리에 가슴팍까지 풀어헤친 셔츠, 먼지와 오물로 검은 양복은 회색이 되었다. 벽에서 떨어진 돌 부스러기가 정적을 깼다.

"돈은 왜 필요했어?"

"어쩌다가 주식에 손을 댔네요⋯."

"니가?"

"왜요, 저는 그런 것도 못하는 덜된 놈으로 보이세요?"

"잘했다 그래."

창모는 다 꿈인가 싶다고 했다. 김용수를 설득하러 갔다가 도리어 돈을 받아 나오며 '니가 단단히 돌았구나' 하고 자책했지만 멈출 수 없었다고 했다. 소신 있고 자신감에 찬 모습은 오간 데 없이 체념한 목소리로 변명을 늘어놓는 창모의 모습에 위광은 마음이 착잡했다. 판검사에 중소기업 사장 자리는 하나씩 꿰차고 있는 관악대 동기들 틈에서 맨정신으로 살아갈 수 없었겠지. 무슨 이유에 선지 도태를 택하고 잊히길 원하며 살아가는 삶. 위광은 그 심정을 모르지 않았다. 어쩔 수 없는 선택은 후회를 낳고, 그 후회를 잊기 위한 망각은 중독을 낳는다. 창모는 어느 순간부터 아무 생각이 없어졌다. 더 좋은 곳을 목표하거나 내 가게를 차리겠다는, 그런 꿈이 없었다. 그는 그냥, 살아가고 있었다.

"돈은… 조금 기다려주시면 갚을 수 있을 거예요. 강원도에 큰 산 있는 거 아시잖아요? 덩치가 크니까 주인이 잘 안 나서네요. 그 산이 돈이 되는 대로…"

"그게 팔리는 산이냐? 그랬음 니 거 팔지, 왜 내 거 팔았겠냐?"

당장 문제는 공사대금이었다. 있던 돈은 계약금으로 썼고, 직원들 월급과 공사 잔금에… 아고야… 한탄이 절로 터졌다. 위광에겐 선택이 없었다.

"연희동 집을 내놔."

"싸부님 집이요?"

"그것도 팔아먹었어?"

"아뇨!!"

방법이 없었다. 10대 시절, 인천의 중국집으로 돌아간다. 가게에서 먹고, 자고, 일하는 것이다. 창모는 힘겹게 일어나는 위광을 부축해 주면서 말했다.

"이번 달부터는… 가게 월세도 내야 합니다."

물도장

"들어왔다 가실래요?"

위광이 길게 늘어선 곡씨반점의 대기 줄을 지날 때였다. 기다리는 손님들에게 포춘쿠키를 나눠주며 위광을 기다리고 있었던 것일까? 곡비소가 불쑥 전에 않던 말을 건넸다.

"들어왔다 가세요."

위광도 전에 없이 멈춰 섰다. 사실 위광은 놈을 만날 심산이었다. 인사를 하면 인사를 받고, 모습이 보이지 않으면 안으로 찾아 들어갈 계획이었다. 위광은 한시가 급했다. 원수 같은 놈, 원숭이 같은 놈이라며 욕을 했지만 찬밥 더운밥 가릴 처지가 아니었다. 위광은 돈이 필요했다.

"칭진 뻥꺼(안으로 들어오세요)."

위광은 치파오를 입은 여종업원의 안내를 받아 안으로 들어갔다. 큰 홀은 젊은이들로 왁자지껄했다. 벽에 걸린 거대한 곡비소의 사진 아래 '중화냉면의 원조 곡비소 요리사'라는 글씨가 무지막지한 크기로 적혀 있다. 위광은 방으로 안내되었다. 그 벽에도 곡비소의 사진이 붙어 있었다. 위광은 그 얼굴을 가만히 응시했다. 곡비소는 중화냉면 개발자로 티브이에 자주 출연했는데 중국 전통의상을 입고 뉴스에 나와서,

"니하오. 짜장미옌의 가격은 한국의 경제 발전 추이가 고스란히 반영되지요. 10년마다 변동폭이 크게 변해왔는데, 60, 70년대에는 10배씩, 4배씩 오르다가 80년대부터는 나라가 안정되면서 거의 2배씩 오른 셈이죠. 자영업자들 삶이 빡빡해지면서 삶은 계란이 사라지고, 오이도 사라지고, 이제 완두콩 한 알 얹어내는 집도 얼마 안 됩니다. 올해 저희집에서는 7000원이고 오이가 듬뿍듬뿍 올라갑니다."

그는 수타면 특집 방송에도 나와서,

"니하오. 중국 역사를 거슬러 올라가 보면 수타면은 산둥성 푸산에서 시작된 게 보이지요. 이걸 한국으로 건너온 우리 산둥성 출신 화교들이 솜씨를 발휘해서 여기 식으로 만든 게, 옛날 수타면, 작장미엔 그러니까 짜장미엔이에요."

'불도장(佛跳墻)의 맛'이라는 다큐멘터리에도 등장했는데,

"니하오. 뭐탸오치앙은 30가지 이상의 진귀한 재료를 단지에 담고 오랜 시간 정성으로 끓여낸 최고의 연회 요리입니다. 뚜껑을 열면 천상의 향이 나지요. 참선하던 스님이 그 냄새를 못 견뎌 담장을 넘고 말았다는 전설이 괜히 생긴 게 아닙니다."

"스님들이 항의도 많이 하셨다구요."

"셰셰, 파계승들이 오히려 난리였죠."

한참을 기다려도 곡비소는 나타나지 않았다. 사람을 불러놓고 뭐하는 짓인지… 위광은 슬슬 부아가 치밀었다. 결국 못 참고 자리에서 일어날 때였다.

"손님, 오래 기다리셨습니다."

여종업원이 뚜껑을 덮은 조그마한 항아리를 싣고 왔다. 곡씨반점이 자랑하는 불도장이었다. 뚜껑을 열자 진귀한 재료들이 자태를 뽐낸다. 맑게 우린 청탕 육수에 오골계, 돼지족발, 표고와 송이, 말린 해삼과 전복까지 온갖 산해진미가 그득했다. 위광은 항아리에 코를 박고 깊숙이 숨을 들이마셨다. 냄새가 나지 않았다. 코가 막힌 것인지, 잘못 조리한 것인지 분간이 가지 않는다. 위광의 미간에 주름이 잡혔다. 이번엔 탕취로 국물을 떠서 다시 한번 냄새를

171

맡았다. 역시나… 별 향이 느껴지지 않았다. 맛도 그랬다.

"우리집 쭤탸오치앙 어떤가요? 싸부님 거 하고는 다르죠?"

드디어 곡비소가 모습을 드러냈다.

"요즘은 옛날처럼 그렇게 묵직하게 안 해요. 서울 사람들, 젊은 사람들은 그러면 바로 느끼하다고 합니다. 저희는 홍콩식으로 해요. 맑고 국물 많게. 짜장미옌이 달고 까매진 것처럼 요리도 세월 따라 변해요. 고집부리면 나만 손해죠."

"홍콩이든 중국이든, 불도장에는…."

곡비소는 숨을 멈췄다. 위광의 혀가 하는 말을 들어야 했다. 그의 코가 맡은 내를 알아야 했다. 그것이 욕이어도 상관없었다. 그는 냄새의 귀신이었다. 냄새만으로도 재료의 종류와 양을 맞추고 신선도를 알아챘다. 꾀를 부리느라 밤에 미리 까놓고 간 양파를 다음 날 귀신 같이 알아차렸다. 불호령에 귀가 얼얼했지만 도대체 어떻게 그 차이를 안 것인지 알 도리가 없었다. 곡비소는 위광이 멈춘 말에 안달이 났다.

"무슨 일로 보자 했어?"

위광은 말을 건너뛰었다. 곡비소는 그 간계에 헛웃음이 났다.

"믿을 사람이 따로 있지 어떻게 고씨를…. 고매니저, 아내가 바람나서 집이고 차고 다 팔아먹고 도망간 거 모르셨어요? 지금 늦둥이들하고 여관 생활하면서 빚쟁이들한테 볶이고 있는데, 그런 얘기 일절 없죠?"

위광은 전혀 모르는 이야기였다. 창모는 자신이 주식을 하다가 빚을 진 거라고 했다.

"최고 대학 나오면 뭐합니까? 고르는 직업도, 여자도 죄다 하품인데. 더 큰일 당하기 전에 얼른 내치세요. 연희동 집도 내놓으셨데요? 가게도 곧 빼야 할 텐데 이제 어쩌실 거예요?"

"왜? 니가 가게 자리 하나 해 줄 거냐?"

"이 동네 월세 장난 아닙니다. 나이도 있고 하시니 이제 좀 쉬는 게 좋지 않겠어요?"

곡비소는 거침이 없었다. 드디어 작정을 하고 날을 잡은 이유가 나왔다.

"그 가게 나한테 넘기세요! 섭섭지 않게 쳐 드릴게요."

위광은 몸이 떨렸다. 찌릿한 진동이 뒤통수에서 엉치뼈로 빠르게 훑어 내렸다. 화교로 살면서 별별 차별과 모욕에 끄떡도 않았다. 군사정권 시절, 한밤중에 문을 부수고 들어와 짜바기를 튀겨내라는 군인들을 고발했고, 짜장면에 마약을 탔다는 무고를 당해 남산에 조사받으러 가서도 백열등 전구 아래서 꼿꼿하게 고개를 들고서 검사의 질문에 답했다. 내가 누구냐! 두위광이다. 암것도 아니지! 주먹을 꽉 쥐어봤지만 뱃속까지 속절없이 요동을 쳤다.

"너 방금 뭐라 그랬냐?"

"사실, 가게 이름도 내가 지어 줬잖아요?"

"뭐라고?"

"내가 싸부 어릴 적 이름 '건담'으로 하라고 그랬었는데?"

"니놈이 머리가 어떻게 된 거냐? 니가 언제?"

"어머니가 찌엔딴! 하고 불렀다면서요? 정말 기억 안 나요? 중국에서 '복' 글자 뒤집어 거는 것처럼 싸부 이름 뒤집자고 했더니 싫다, 그럼 이름 그대로 위광반점, 위광루 하재도 싫다, 그렇담 건담으로 하겠더니 좋다하면서… 싸부야말로 아프다더니….”

“팡고피!”

위광의 이마에 핏줄이 섰다.

“모친은 중국말을 몰르는 한국인이다, 이 썩을 놈아! 찌엔단이란 말도 몰르는데, 무슨 말 같잖은 헛소리냐? 내가 건담을 하겠다니, 니가 애들 보는 만화영화 이름이라며, 화교가 하는 청요리집 표 나게 두씨 성을 붙이라고… 두씨반점이니 두씨원이니 잡소리 지껄였던 걸, 내가 똑똑히 기억한다. 이놈아!”

“내가 싸부 밑에서 7년을 일했어요. 7년을 밤낮으로 소처럼 부려먹으면서 쥐꼬리만 한 월급에 욕지거리만 해대고. 그러고는 기어코 손목까지 분질러서 개처럼 내쫓았잖아요!”

위광이 부르르 몸을 떨었다.

“손은, 이 미친놈아, 손은 니가….”

“싸부, 정말 많이 아픈 거요? 치매 왔어요? 아님, 그냥 미쳐버렸어요? 다들 그러잖아요. 싸부 펑즈라고.”

위광의 몸이 후들후들, 잡고 있던 의자가 요동을 쳤다.

“시킨 대로 안 했다고 욕지거리에, 하던 대로 안 했다고 악다구니, 일 더디다고, 늦잠 좀 잤다고, 발로 까대고 뒤통수를 매기던 게 싸부 아니요? 사람이 실수도 하는 거지, 해삼 한 번 녹였다고 나 죽이려고 했잖아요! 봐요. 성질대로, 고집대로 하다가 결국 어떻게 됐는지. 잘만 했음 이 동네 다 샀을 거요. 옛날 명성 다 깎아 먹고, 그 대단하던 양옥집을 저 지경으로 짜부 만들어 놨잖아요!”

곡비소가 고래고래 소리를 질렀다.

"니가 주방에서 칼이나 한 번 제대로 잡아본 놈이더냐? 니가 뭔수로 칭차이를 들여오고, 풔타오챵을 갖고 와? 옆에다 붙들어 매놓고 기껏 웍질을 가르쳐놨더니 뭔 바람이 들었는지 밤마다 미친놈처럼 돌아치던 게 너 아니냐? 씻지도 않고 주방에 나타나고, 손님 신발 만지던 손으로 그릇을 잡고, 맨날 입은 댓 발로 나와서는이놈저놈하고 싸움질이나 해대는데, 그게 제대로 일 배우겠다는놈의 자세냐? 니놈인 걸 안다. 원숭이 니놈이 한 짓이란 거, 내가다 안다… 니놈이… 그 중국식 냉면을…."

그러나 그것은 위광의 꿈. 가위에 눌린 것처럼 속에서 올라오는말이 입 밖으로 나오지 못했다. 곡비소는 비실비실 웃으며 떨고 있는 위광을 조롱했다.

"싸부는 틀렸어요!"

위광이 자리에서 벌떡 일어섰다. 앞에 있던 불도장 그릇을 곡비소를 향해 쭉 밀어내면서,

"홍콩식 풔타오챵? 이건 욕심만 잔뜩 들어간 물! 도장이지. 비싸고 좋다는 걸 아무리 넣어봐라. 그렇다고 불도장이 되는가! 니놈은, 평생 제대로 된 불도장은 완성할 수 없을 거다!"

곡비소는 그날이 떠올랐다.

'그때도 저런 저주 같은 막말을 퍼부었지.'

그는 산골짜기에 집이 몇 채씩 모여 있는 깡촌 출신이었다. 키도덜 큰 데다 얼굴 가득 여드름투성이 소년은 무작정 상경해 제일 맛

있다는 중국집을 찾아갔다. 월급도 필요 없으니 기술만 가르쳐 달라며 몇 날 며칠 떼를 쓰다가, 빈 그릇을 찾아서 갖다 주고 무전취식한 자들을 잡아주면서 자연스럽게 건담에서 일을 시작했다.

위광은 곡비소를 다르게 대했다. 온갖 잔소리와 욕을 해댔지만 옆에 붙들어 놓고 가르치고 남과 다른 심부름을 시켰다. 곡비소는 천성이 가볍고 놀기 좋아했지만 요리를 좋아했다. 누구처럼 학교 가기 싫어서, 마땅한 일이 없어서, 부모 따라 친구 따라 어쩌다가 중국집에 들어 온 게 아니었다. 고향 와천, 간판도 없는 중국집에서 고막이 터지게 맞아가며 일을 배웠던 것은 중국집 주인이 되겠다는 꿈 때문이었다.

위아래 모른다는 소릴 들었지만 어떻게 해야 하는 줄 몰랐다. 주방장이나 불판에게 인사 잘하는 게 왠지 알랑거리는 것 같아 속이 부대꼈다. 싸움이 잦았지만 주방에서는 눈치가 빠르고 몸이 잽싸 뭐라는 이가 없었다. 그렇게 7년을 일했다. 키가 훌쩍 자랐고 여드름이 사라진 청년은 진급을 거듭해 면장 보조가 되었다. 그러던 어느 날, 몇 날 며칠을 불린 고급해삼을 다 녹여버리는 실수를 했다. 면판장이 썼던 그릇에 소다가 남은 줄 모르고 해삼을 옮겨 담았던 것이다.

"너는 이놈아, 죽어도 훠얼, 뚠얼 못 될 거다! 주방에 얼쩡 말고, 다시 홀로 나가!"

처음엔 별말 아니라고 여겼다. 늘 듣던 잔소리, 당연한 꾸지람이었다. 속이 풀릴 때까지 앙갚음을 했다. 싸부의 국자를 갖다 버리고 요리 숫자를 속여서 돈을 빼돌리기도 했다. 그런데도 화가 풀리기는커녕 되는 일이 없었다. 최고 중에 최고, 고수 중에 고수가 지른 말이 자꾸만 귓전에 울렸다. 중국집 현금과 어머니 장롱을 털어 나오면서도 성공해서 갚겠다는 다짐을 무너뜨리는 말. 못 배워도 성공할 수 있다는 희망을 밟아버리는 말. 그 말을 거둬달라고 무릎을 꿇고 빌고 싶었다. 급기야 하늘이 무너지는 것 같은 우울감에 시달렸다. 그것은 저주였다. 낙인이 되어 꿈속까지 따라다녔다. 그리고 그 일이 터졌다. 그날 밤, 불이 타오르고 손목이 으스러졌다. 모든 게 다 위광의 저주에서 시작된 일이다.

"누가 이기나 어디, 끝까지 함 해봅시다!"

곡비소는 위광이 앉았던 자리에 굵은 소금 한 바가지를 쏟아부었다.

천러얼츠

가게 앞에 붙었던 식품위생법 위반 공지를 떼고 영업을 재개했다.

공사는 중단된 상태 그대로였고 산산조각 난 전면창만 새 유리로 갈았다. 철골을 드러낸 천장과 전선을 타고 내려온 조명, 배식구를 넓히기 위해 무너뜨린 벽으로 주방의 반이 보였고 기존의 메뉴판은 어디로 사라진 건지 손으로 적은 종이 메뉴판이 양 벽에 붙어 있었다. 인더스트리얼한 인테리어가 실험적이라는 젊은 손님들도 있었지만 위생상태를 걱정하며 얼굴을 찌푸리는 이들이 더 많았다. 종잡을 수 없는 가게의 운명 속에 붉은 미슐랭 상패만이 어색하게 반짝거렸다.

점심식사를 위해 모여 앉은 패잔병들의 몸에 전쟁의 상흔이 고스란히 남았다. 원신은 턱 주변과 손등에 피멍이 들었고 뜯겨나간 구레나룻이 몇 가닥 남지도 않았다. 만옹은 이마와 광대뼈에 반창고를 붙였고 금이 간 갈비뼈 위로 복대를 찼다. 뭔 싸움을 그렇게 잘하냐는 질문에 만옹은 성깔을 죽이려고 도 닦는 마음으로 요리를 시작했다고 했다.

"어디서?"

"절!"

정판은 엄지손가락과 팔목에 붕대를 감았다. 그 손으로 나무젓가락을 힘겹게 뜯어서 만옹의 앞에 놔준다. 놈들에게서 자신을 구해주던 만옹의 배에서 등과 엉치뼈로 연결된 거대한 문신을 그는 목도했다. 그 절이 어딘지 묻는다면 바보를 인증하는 꼴이다.

다들 밥맛이 없었다. 언제 문 닫을지도 모르는 상황, 월급은 받을 수나 있을지, 다른 곳을 알아봐야 하나…. 생각 많은 낯빛이 상처보다 어두웠다. 지배인 창모가 도시락을 갖고 와 앉았다. 뜯겨나갔던 셔츠에 색깔 다른 단추가 달려 있었다.

"뭐예요?"

"도시락입니다. 애들 거 싸면서 내 것도 싸 봤습니다."

창모는 질문의 뜻을 알았다. 그럼에도 모른 척 우아한 손짓으로 도시락을 싼 수건을 풀고 식사를 시작했다. 집주인이 보낸 관리인 무리와 전면전을 한 다음 날에도 창모는 정상적으로 출근했다. 여

178

느 때와 다름없이 매니저 양복을 입고 계산대 주변을 청소하고 주문과 예약상황을 확인했다. 그의 등장에 직원들은 모두 눈을 의심했다. 뻔뻔해. 고소만 안 당했다 뿐이지…. 대놓고 눈을 흘기고 혀를 찼다. 창모는 전혀 개의치 않았다. 원신은 맞은 턱이 아파 제대로 씹을 수가 없었다. 그래도 꾸역꾸역 씹어대다가,

"밥이 넘어가요?"

결국 큰소리가 터졌다. 근처 손님들은 물론이고 주방에서 혼자 식사 중인 위광이 듣고도 남을 우렁찬 소리. 본경은 일이 나겠다는 직감에 물로 입을 헹구며 식사를 마무리했다.

"나가라고 하실 때까지는 있어야지요."

"출근이 아니라 출석을 해야죠. 경찰서에!"

"압니다. 그런데 나가지 떠나면 어떻게 되겠습니까? 싸부님 혼자 두고 갈 수는 없잖아요."

아까부터 눈치를 살피던 손님이 더는 기다릴 수 없었는지,

"여기 짜사이 좀…" 하며 모기 소리를 냈다. 그러거나 말거나 원신의 복심, 이정판이 등판했다.

"참, 정말, 아주, 끝까지, 완전, 뻔뻔하시네. 엄청, 돌려서 말한 거 아시죠?"

손님도 지지 않았다.

"여기, 짜사이가 안 나왔어요!"

창모가 숟가락을 테이블에 소리 나게 놓았다.

"모두에게 미안하게 됐습니다. 진심으로 사과드립니다."

"됐고요! 돈 끌어 오세요. 이번 달 우리 월급 어쩔 거예요? 가겟

세는 또 어쩔 거고?"

"저, 여기 짜사이 갖다 달라고 한 게…."

그때다. 깁스를 한 위광이 자차이 그릇을 들고 주방에서 나왔다. 직원들끼리 언쟁을 벌이느라 듣지 못한 주문, 듣고도 무시한 주문을 그가 받았다. 위광이 손님 테이블에 자차이를 놔주고 돌아가는 길이었다. 한 상 가득 요리를 시켜놓고도 사진 찍느라 여념이 없는 남녀를 향해 위광이 말했다.

"천러얼츠, 천러얼츠!"

망했군. 또 시작이야. 직원들은 암담했다. 공포의 천러얼츠가 또 터지다니. 다행히 남녀는 그 말을 듣지 못했다. 위광은 포기하지 않았다. 뚜벅뚜벅, 기어코 그 테이블에 다가서더니,

"천러얼츠!"

남녀는 황당해서는 네? 하고 신경질적으로 되물었다.

"식기 전에 들어요. 뜨거우면 삼선요리라고, 따뜻할 때 얼른 먹어야 맛나요. 음식을 이렇게 한꺼번에 달라 그러면 제대로 맛을 못 봐요. 차가운 거부터 들고, 따뜻한 요리 순으로 먹는 거예요. 이 튀김도 마찬가지예요. 소리도 맛이고 씹는 것, 보는 것, 다 맛인데 이렇게 눅눅해진 게 맛이 나나요? 기름 맛도 뜨거워야 제맛이 나요. 량차이(凉菜)는 찬 대로, 러차이(熱菜)는 뜨거운 대로, 온도에 맞춰서 요리를 먹어야지요. 그래야 제대로, 제맛에 먹는 거예요."

"저기, 지금 일하는 중이거든요? 알아서 먹을게요."

남녀는 어이가 없었다. 식혀 먹든 곤죽을 만들든 손님 맘이지. 나이 든 요리사의 마음을 이해 못하는 건 아니었지만 간섭은 싫었

180

다. 위광은 다 식은 짬뽕을 내려다보면서 말을 이어간다.

"식으면 짜져요. 온기가 다 빠져나간 걸 뭔 맛으로 먹어요?"

위광은 그릇을 집어 들면서,

"다시 갖다 줄 테니, 뜨거울 때 먹어봐요."

"할아버지, 저희 요리 먹으러 온 거 아니라니까요!"

동시에 다른 곳에서 말이 나왔다.

"저기요, 이 짬뽕도 다시 해주세요. 무지 짭니다."

직원들이 동시에 일어났고 창모가 냉큼 가서 그릇을 받아 들었다.

양손에 짬뽕 그릇을 든 위광을 따라 직원들이 졸졸졸 주방으로 들어갔다. 줄의 맨 끝에는 양손에 짬뽕 그릇을 든 창모가 있었다. 짜다고 되돌아온 짬뽕은 짠 정도가 아니라 소태였다. 그런데도 잔소리에, 큰소리에 죽어도 불판은 못 놓겠다지. 원신은 조리대 위에 있는 짬뽕 그릇을 갖고 가면서 외친다.

"짬뽕 제가 다시 할게요."

위광은 아랑곳 않고 그릇을 낚아챘다.

"됐어. 이건 내가 할 테니까…."

"아뇨. 제가 합니다!"

가시 돋친 원신의 말투에 위광이 고개를 돌렸다.

"이건 내가 한다고 했…."

"간 못 보시잖아요!"

원신이 그릇을 뺏으려하자 위광이 손가락에 힘을 꽉 줬다. 맞잡은 두 힘에 짬뽕 국물이 부르르 온몸을 떤다.

"지끔 그 말, 다시 한번 지껄여 봐라!"

원신도 물러서지 않았다.

"소태예요 소태! 이것만 그래요? 오전에 나간 계란탕은 맹물에다, 라조기, 깐풍기는 이제 구분도 못하시고! 손님들한텐 뭘 그렇게 간섭하세요? 사진 찍든, 통화를 하든, 손으로 먹든, 발로 먹든 그 사람들이 알아서 해요. 우리는 그냥 만들어 주기만 하면 돼요!"

원신은 위광의 손에 든 짬뽕 그릇을 확 끌어당기며,

"주세요. 제가 할게요."

말이 끝나기도 전에 위광이 원신의 가슴팍을 밀쳐낸다.

"저리 가. 깜도 안 되는 놈이 어디서 설쳐 대?"

원신이 그릇을 들고 몇 걸음 뒷걸음질 쳤다. 그릇 밖으로 국물이 철철 흘러넘쳤다.

"아, 증말."

험한 말이 튀어나오려는 일촉즉발의 상황을 창모와 본경이 막아섰다. 원신은 짬뽕 그릇을 던지듯 내려놓고 허탈하게 웃었다. 위광은 의미도 없는 그 짬뽕 그릇을 기어이 챙겨서 자신의 불판으로 돌아갔다.

목격

일단 정전.

전투를 멈추었을 뿐 전쟁이 끝난 것은 아니었다. 폭로와 인신공격의 막장. 그 어둠 속에서 두 사람의 팽팽한 대치는 지루하게 이어졌다. 가게 월세를 내고 직원들 월급을 주기 위해 위광은 은행 대출을 받았다. 사는 집을 내놓았고 갖고 있던 조그만 땅들을 처분했다. 독불장군 같은 위광이 밉다가도 혼잣말이 늘고 앞치마를 입은 채 퇴근하는 모습을 볼 때면 원신의 감정이 널뛰었다. 당장 관두어도 누구 하나 뭐라 할 것 없는 상황이었지만 원신은 방송국에서 나오는 돈으로 재료를 사왔다. 변한 상황에 위광의 변화를 기대하기도 했다. 전에 없던 평화에 휴전을 넘어 종전을 그려보던 직원들은 핵폭탄급 타격을 맞았다. 훗날 제대로 기억하는 이가 없을 정도로 사소한 이유로 기습전이 벌어졌다. 생강편 모양과 관련된 일이었다는 설, 설탕 대신 소금을 넣다가 현장에서 발각되었다는 설 등, 현장을 본 사람들도 다 말이 달랐다. 어쨌건 다시 개전이었다.

"싸부, 진짜 왜 그러세요!"

"넌 왜 그러는데 이 썩을 놈아!"

원신은 조리복을 입은 채로 가게를 뛰쳐나갔고 연희동 길바닥에 앞치마를 내동댕이치며 악에 받쳐 고함을 질렀다. 때마침 그 길을 지나던 차금정이 그 장면을 목격한다.

"저기 왜 저래?"

"망해가는 중이죠. 그 화교 요리사하고 주원신 셰프하고 안 맞아도 너무 안 맞대요. 얼마 전에는 건물이 헐값에 넘어갔다네요. 매니저가 그 돈을 받아먹었고요. 새 건물주하고 쌈 나고 난리도 아니랍니다. 거기다 그 화교 요리사가 아프다는 소문도 있어요."

"미슐랭 별이 아깝네."

"아까운 정도가 아니죠. 대한민국 유일한 미슐랭 중국집인데…."

금정은 일부러 차를 돌려 건담 앞을 지났다. 듣던 것보다 가게의 몰골은 더 처참했다.

"일 났네. 가게 컨셉이 중국 청두의 100년 된 찻집이야 뭐야?"

갈등

Dado樂 거긴 어떡하기로 했어?

DoBok   너 같으면?

Dado樂 아마존급 회사라며? 뭘 망설여?

DoBok   그렇긴 하지.

Dado樂 더 넓은 세상, 기회도 많고. 나 선험자!

DoBok   알지만….

Dado樂 왜 갈등해? 지금 일하는 곳이 좋아?

DoBok   배울 게 어마어마. 아, 정말 더 배우고 싶은데….

Dado樂 결정 났네. 더 배워.

DoBok   그럼 아마존은?

Dado樂 합격한 사람 나인가?

DoBok   ^^;

Dado樂 참, 그때 말한 그 동료하고는?

DoBok　대화 시작. 칠부능선을 넘었다고나 할까.

Dado樂　그게 언제 적 얘기야?

DoBok　그러니까….

떠날까 머물까…. 미국에서 유학 후 그곳의 회사에서 근무했던
Dado樂은 미국행을 권했다. 더 넓은 세상과 기회! 본경은 그의 말
에 전적으로 수긍했다. 그럼에도 쉽게 결정할 수 없었다. 건담의 열
악한 상황, 싸부의 건강, 싸부와 원신의 잦은 다툼 등 산적한 문제
들은 미슐랭 별을 받으며 가라앉는가 싶었지만, 이내 더 크게 떠올
랐고 빠르게 끝을 향해 가고 있었다. 이제 겨우 세상에 알려지기
시작했는데 제대로 시작해보지도 못하고…. 안타까운 마음에 본
경의 머릿속이 복잡해졌다. 알리냐에서 연락받은 것을 어떻게 알
았냐고 묻자 나희가 말했다.

"매니저님하고 얘기하는 걸 우연히 들었어."

"어, 그랬구나."

의문은 간단하게 풀렸다. 하지만 중요한 것은 그게 아니었다.

"아아아…."

본경은 길게 소리를 냈다. 다시,

"아…."

아직 싸부에게 배우고 싶은 건 많고, 아주 조금씩 나희와 가까
워지고 있고, 그렇다고 미슐랭 3스타 레스토랑에서 근무를 포기하
기는 아깝고… 결정은 점점 더 미궁 속으로 빠져들었다.

'아…버지는 이럴 때 뭐라고 하실까. 분명히 나를 길 위에 다시

세워놓으셨겠지.'

본경은 잠들지 못하는 또 하룻밤을 지나가고 있었다. 5년이 훌쩍 지났지만 본경은 매일 아버지를 생각했다. 누구에게도 짐 지우지 않고, 포기도 없이 가는 날까지 열심히 살다 가셨다. 감사하고 죄송하고 보고 싶은 마음에 웃다 울다 아직도 엊그제 같은 그의 생시를 기억해 본다.

아버지가 떠나고 엄마는 잘 지내시는 듯 보였다. 평상시와 다름없이 운동하고 식사하고, 친구들 모임에도 나가셨다. 어느 날 엄마는 아버지가 주무시던 빈 침대를 보면서,

"아니, 도사걸이 대체 어디 가서 이렇게 안 오는 거야?"

놀란 이모들이 엄마를 병원으로, 다시 부산으로 데려가는 데는 채 일주일이 걸리지 않았다. 형도 마찬가지였다. 서울 가게와 기타 사업들을 한 번에 정리하고 부산으로 갔다. 그때 왜 따라나서지 않았던 것일까? 형과 껄끄러운 상황도 정리되었는데 왜. 당시의 기억은 늘 모호했다. 선택은 기준이 없었고 행동에 이유도 없었다. 어느새 새벽이 밝았다. 자다 깨다, 고민을 반복하던 본경은 자리를 털고 일어났다.

새벽출근

문사두부 만들기는 그 요리를 처음 만들었다는 스님의 걸음과

닮았다. 일주문, 천왕문, 해탈문을 넘어 부처님이 계신 정토로 향하듯, 한 단계 단계가 마음을 비워내고 열반을 준비하는 참선의 과정이다.

속세를 떠나 일주문에 들어서는 것처럼 새하얀 순두부를 도마에 올린다. 일렬로 늘어선 기둥과 같이 일정한 길이와 굵기로 실처럼 얇게 두부를 썰어나간다. 파와 버섯과 죽순 역시 그렇게 채를 썬다. 다음은 가지런히 썬 두부채를 육수가 끓는 웍에 옮겨 담는다. 잡신과 악귀를 물리치고 번뇌를 부수는 천왕문을 지나듯, 뜨거운 화력 위에서 삼가는 마음으로 두부의 엉킨 타래를 풀어나간다. 열반을 향한 마지막 정진의 단계는 옮겨 담기다. 아무리 정교한 도공과 노련한 화공의 실력이 들었다 해도 그릇에 놓일 때까지 요리는 끝난 게 아니다. 날렵한 주걱날에 연한 두부가 상할까, 신중하게 한 국자씩 떠 옮기면 그릇 속에 하얀 국화꽃이 다소곳이 피어난다. 하나의 진실에 이르는 해탈문을 지나 드디어 공과 무상, 무원의 열반에 이르는 것이다.

본경은 숨죽인 채, 위광이 문사두부를 만드는 과정을 지켜봤다. 어릴 적, 아버지가 문사두부 만드는 것을 본 적이 있다. 이른 아침, 맛있는 냄새에 잠이 깬 어린 본경은 졸린 눈을 비비며 냄새를 따라가곤 했다. 기둥을 잡고 아장아장 2층 계단을 내려가 주방에 들어서면 아버지는 커다란 중식도로 칼질을 하고 있었다. 탁탁, 탁탁탁… 도마와 칼의 리듬 속에 채소가 얇게 썰려 나갔다. 칼질에 집중한 도사걸은 누가 보고 있는지도 몰랐다. "아빠…." 어린 본경이 소리를 낸다. 도사걸은 미소 지으며 항상 같은 말을 묻는다. "뭐 만들어 줄까?" 그렇게 조리대에 앉아 탕수육을 먹고 짜장면을 먹으며 아버지가 요리하는 걸 지켜봤다. 본경이 마지막으로 아버지의 주방에 갔을 때였다. 아버지는 순두부를 썰고 있었다. 어릴 적 멋모르고 봤을 때와는 달리, 흐물거리는 두부를 채 썬다는 게 얼마나 숙련된 기술인지 이해하게 된 나이. 혹시 방해될까, 숨죽이며 아버지의 칼질을 지켜봤었다.

창밖에 눈이 내렸다.
"싸부님, 안녕하세요."
본경이 꾸벅 인사를 했다. 위광은 별 말 없이 금방 만든 두부탕 한 그릇을 본경에게 밀어준다. 두 사람은 선 채로 탕을 먹었다.
누구나 태어나면서 받아 든 인생의 지도. 출발점과 종착지를 연결하는 길 하나가 전부인 그 지도에는 축적 표시가 없다. 종착지까지 어떤 길을 그려도 내 맘, 가다 마는 것도 내 맘대로다. 돌아가도 짧아지고 질러가도 길어지는 변수 천지의 길. 그 요지경 속에서 별사람을 만나고 별별 곳에 간다. 한국을 떠나 일본으로 갈 때도 요리가 뭔지 알아나 보자는 맘이었다. 얼마쯤의 도피성 유학이 프랑스로 이어졌고, 3개월 정도 향신료를 익히고 중식대가의 솜씨나 구경해보자던 계획은 제법 진지한 중식 공부로 변해 있었다. 본경은 두위광이라는 변수와 마주쳤다. 지나갈까, 머물까….
무미와 무색의 맛에 먹구름이 개듯 본경의 정신이 맑아졌다. 어디로 가야 할지, 어디에서 멈춰야 할지가 선명하게 보인다. 본경은 다시 길 위에 올라섰다. 건담에 남는다. 건담에 남아 두위광 싸부에게 중식을 더 배워보는 거다.

위광은 밤새 불려둔 해삼과 전복을 삶을 준비를 했다. 본경은 앞치마를 두르고 손을 씻었다. 위광이 주걱을 찾으면 주걱을 찾아 건네고, 웍을 비우려면 그릇을 받쳐주며 발 빠르게 보조했다. 위광은 요리를 가르쳐주지 않았다. 찬찬히 일러주는 법 같은 건 기대할 수 없었다. 대신 옆에서 지켜보게 했고, 몸에 익도록 일을 시켰고, 대신 하라고도 했다. 주방의 시간은 그렇게 지나간다. 고즈넉하게 머물다가 세차게 휘몰아치고 다시 머물고 또 휘몰아친다. 그 속에 보글보글 물이 끓고 그릇이 달그락댄다. 창밖으로 눈 쌓인 세상이 모습을 드러낸다. 그렇게 아침이 온다.

健啖師父

4장. 종(終)

금정

하이톤의 웃음소리가 터져 나왔다.

금정은 오리엔탈 그룹의 부사장실에서 요리 프로그램의 녹화 현장을 모니터로 보고 있었다. 방에는 영상이 나오는 화면 천지였다. 벽에 설치된 여러 대의 모니터와 곳곳에 놓인 티브이에서 갖가지 프로그램이 나왔다. 자사의 쿠킹쇼를 비롯해 여행과 음식, 먹방 유튜브, CNN 뉴스와 드라마, 축구 중계까지 화면이 정신없이 돌아갔다.

금정의 눈은 원신을 향해 있었다. 큰 키에 호남형 얼굴, 트레이드마크가 된 검은색 셰프복과 무뚝뚝한 표정에 간간이 미소가 흘렀다. 그의 요리 설명은 기존의 요리사들과 달랐다. 마치 요리책에 나온 레시피를 읽는 것처럼 간결했다. 말소리가 사라진 공간을 칼질 소리, 물 끓는 소리, 달그락거리는 그릇 소리가 채웠다. 건담이라는 중식당에서 셰프 주원신을 픽업한 것은 금정이었다. 그는 옆구리가 땀으로 흠뻑 젖도록 최선을 다해 자신을 어필했다. 실패해 본 적이 없는 이들과 확연히 다른 태도. 그럼에도 그 실패에 주눅 들지않은 담백함이 있었다. 금정은 그에게서 상품성을 봤다. 저돌적인태도도 맘에 들었다. 그는 돈이 되는 인물이었다.

똑똑똑… 노크 소리가 났다. 문이 열리며 비서의 안내를 받은 원신이 안으로 들어왔다.

"앉으세요."

원신이 자리에 앉자마자,

"투자할게요. 레스토랑 오픈 생각 있으면!"

금정은 결론부터 말했다.

"너무 갑작스러운데요…."

원신은 얼떨떨한 표정과 달리 차분하게 답했다.

"갑작스러워서, 안 하겠단 거예요?"

원신은 한동안 말이 없었다. 금정은 답을 재촉하지 않았다. 일반적인 반응은 아니었지만 처음 겪는 상황도 아니었다.

"당분간은 건담에 그대로 있을 겁니다."

원신의 대답은 단호했다.

"의왼데요?"

"투자 제안하시는 이유를 알 수 있을까요?"

"가능성을 발견한 곳에 배팅하는 게 내 일이에요. 주원신 셰프를 방송에 투입하는 배팅도 성공했잖아요? 이번엔 미슐랭이라는가능성이고, 그 별에 주원신 셰프의 지분이 상당하다는 사실도 알고! 중식당 프랜차이즈를 계획하고 있어요. 일단 가능성을 보자는 차원으로, 몇몇 셰프들과 협업 형태로 진행해 보려는 거예요."

금정은 자리에서 일어섰다. 이야기를 마무리하겠다는 의미였다.

"건담에 투자해 주세요!"

원신이 앉은 채 말했다. 금정이 고개를 갸웃 하면서,

"그 화교 셰프님하고는 안 맞잖아요. 게다가 거긴, 끝나가는 중이고."

"아뇨. 끝나도록 내버려 두기엔 가능성이 많습니다. 건담에 배팅해 보세요!"

금정은 자신의 책상으로 걸어가면서 회사의 분석 결과를 빠르게 상기해봤다.

'요리사 두위광의 실력은 검증 완료. 미슐랭으로 드러났을 뿐이지 전문가들 사이에서는 이미 고수로 정평이 나 있던 인물. 그의 식당 건담은 금전적 문제, 경영상의 문제에다 두위광의 건강 문제와 직원들과의 소통 문제까지, 총체적 난국 상황. 두위광과 실장인 주원신은 타협 불가능. 그 별과 이름값을 포기하고 주원신 한 사람을 핀셋 공략하는 것이 훨씬 경제적이라는 결론'이었다.

그런데 왜지? 금정은 주원신의 진의가 궁금해졌다. 독립 레스토랑의 제안은 실패를 거듭한 셰프의 입장에서는 거부하기 어려웠을 것이다. 그런데 왜 그는 건담을 말하고 있는 것일까? 위광에 대한 신의? 건담을 갖겠다는 더 큰 욕망?

큰돈이 걸린 만큼 배팅 종목의 결정은 철저한 조사와 분석이 기본이지만, 동시에 결정자의 개인적이고 즉흥적이며 설명이 어려운

촉이 관여하는 분야였다. 금정의 촉은 이제 다른 쪽으로 기울어지기 시작했다.

대폭설

몇십 년만의 대폭설이었다.

쌓인 눈 때문에 현관문이 열리지 않았다. 그러나 상관없었다. 인부들이 기계로 건담의 문짝을 뜯어냈다. 리모델링의 시작이다. 공사는 골격만 두고 싹 바꾸는 수준. 가게 전면창과 출입문이 뜯겨나갔고 주방과 홀을 구분 짓던 가벽도 결국엔 사라졌다. 직원들은 근 40년이 된 가게 간판이 내려가는 상황을 지켜봤다. 묘한 기분이었다. 많아야 4~5년 근무한 게 전부였지만 오래 낀 반지를 잃어버린 것처럼 허전했다.

얼마 전, 폐점을 앞둔 시간에 금정이 찾아왔었다. 위광은 그녀가 달갑지 않았다. 그런 사람들을 수도 없이 만났다. 대형 중국집으로 만들자는 이, 분점을 내자는 이, 배달전문 업체로 바꿔보자는 이. 금정의 설명도 크게 다르지 않았다. 위광은 비스듬히 몸을 틀고 앉아 듣는 둥 마는 둥 관심을 보이지 않았다. 금정의 투자 이유는 간명했다. '건담을 이렇게 끝내면 안 된다'는 것.

"건담은 한국 중화요리계의 살아있는 전설이잖아요. 셰프님 요리를 더 이상 맛볼 수 없는 것도 중식계에 큰 손실이구요. 큰 별이 사라지는 마당에 미슐랭 같은 작은 별이 뭐 그리 대수겠어요? 하지만 이대로 미슐랭을 포기하는 건 멍청한 짓이죠."

금정의 목소리에는 아쉬움을 넘어선 답답함이 흘렀다.

"사실 저 별을 달고도 이 지경에 처했다는 건, 완벽한 경영실패에요. 이건 전문가의 영역이에요. 저한테 기회를 주세요. 제가 건담을 다시 살릴게요."

위광의 몸이 조금씩 금정을 향했다.

"저 별 쪼가리… 저게 그렇게 좋은 거요?"

"저 별이 전부에요!"

"…건담을 살릴 수 있겠단 거요?"

금정의 시선이 위광을 관통했다.

"제가 왔잖아요!"

위광이 그 시선을 정면으로 받으며,

"원하는 게 뭐요?"

"셰프님 실력은 이미 검증되셨으니…."

"셰프가 아니라 요리사요."

"요리사님은, 뒤로 물러나세요!!"

위광은 옥상에 올라갔다. 텃밭용 공구통에서 망치를 꺼내 팔뚝에 감긴 깁스를 내려쳤다. 한 번 쿵, 두 번 쿵 석고에 금이 가기 시작했다. 세게 다시 퉁, 높은 데서 내려치자 깁스가 쪼개졌다.

"두위광 요리사님의 '건담'이라는 사실에는 변함이 없어요. 다만

주원신 셰프가 총괄 셰프를 맡는 겁니다. 주방 경영과 메뉴 선정,
스텝 관리, 레스토랑 전반을 주원신 셰프가 총책임지는 거예요. 물
론 요리까지!"

"난 뭘 하란 말이요?"

"뭐든 원하시는 일을 하세요. 요리든, 메뉴 개발이든, 뭐든. 단 주
원신 셰프와 합의가 있어야겠죠. 저희 방송에 출연해 주셔도 좋겠
어요. 갖고 계신 노하우, 요리사님 인생 이야기를 하셔도 되고… 사
실 레스토랑은 음식 맛만큼 홍보도 중요하거든요."

위광은 부서진 석고틀을 떼어내고 펜치의 긴 주둥이로 남은 조
각들을 비틀면서 끊어냈다. 붕대를 풀자 석고 안에 감춰져 있던 맨
살이 드러났다. 영혼 불사와 육체의 부활을 꿈꾸던 미라가 되살아
나는 순간이었다.

재오픈이 코앞이었다. 한순간에 대기업 직원이 된 주방 직원들
은 이게 꿈이냐면서도 싸부가 왜 오리엔탈의 제안을 받아들인 것
인지 여전히 의문이었다.

"그럼 두싸부님은 뭘 하세요?"

선주가 물었다.

"볶음밥 같은 식사를 맡으실 거야."

"싸부님이 그러겠다고 하셨어요?"

"응."

"세상에!"

"싸부님이 1불판에서 밥만 볶아요?"

"3불판으로 내려가신다. 해삼, 전복 말리고 불리기는 직접 하셔."

정판이 아닌 줄 알면서도 묻는다.

"육수 비법 전수해달라고 얘기해 봤어요?"

말도 꺼내보지 못했다. 원신은 아침마다 건전복을 삶아낸 물을 맛보고 냄새를 맡아왔다. 그렇게 한다는 것을 뻔히 알면서도 위광은 비법을 가르쳐주지 않았다. 몇 안 되는 거래상 중에 중국을 오가는 화교상인이 있었다. 그가 갖다주는 몇 가지 물품, 아마도 그 안에 비밀 향신료가 있을 거라고 원신은 짐작했다. 위광은 상인과 중국어로 말했다. 거래 장부도 온통 알아볼 수 없는 글씨와 그림 천지였다. 출근하면 물이 끓고 있었고 누가 볼세라, 이내 삶은 것을 냉장고로, 옥상으로 갖다 옮기기 바빴다.

"됐다 그래."

원신은 더 이상 불만이 없다. 이젠 상황이 바뀌었다. 전복요리건 해삼요리건, 필요하면 위광에게 시키면 되는 것이다.

총괄세프!

健啖 Chinese Restaurant From 1984.

황금색으로 흘려 쓴 건담의 이름이 눈부시게 빛났다. 어디가 출입문인지 모호한 반투명 유리에는 붉은색의 미슐랭 엠블럼과 녹색리본 같은 맛집 인증 스티커가 줄줄이 붙어 있었다. 새로 태어난 건담, 그러니까 뉴건담은 모던했다. 호텔 중식당을 연상시키는 모던한 내부 인테리어, 모던한 테이블과 의자, 진초록의 벽지와 화려한 홍등, 중국가수가 부르는 모던한 재즈풍의 옛 음악이 흐르는 건담은 모두, 올 모던이다.

검은색 조리복을 입은 주원신의 가슴에는 총괄셰프라는 황금색 네임택이 반짝거렸다. 이제 그가 대장이다. 흰색 조리복을 맞춰 입은 스텝들이 그 앞에 쭉 도열해 있다.

"하나의 건담! 이제 뉴건담은 우리만의 것이 아닙니다. 이곳의 생사는 저와 여러분의 손에 달려 있어요. 처음이자 마지막 기회니까, 다 같이 최선을 다해서 일해 봅시다!"

"예, 쓰부!"

"건담은 하나다!"

"건담은 하나다!"

"뉴건담 화이팅!"

"뉴건담 화이팅!"

그리고 원신이 말했다.

"참, 탕수육은 찍먹, 짠츠로 나갑니다. 소스와 튀긴 고기 따로! 알겠어요?"

"예, 쓰부!"

군기가 바짝 든 군인들처럼 스텝들의 대답이 우렁찼다.

그 시각, 위광은 옥상에서 장을 뒤집고 건화를 널었다. 누구보다도 변화의 바람이 어지러운 이는 위광이었다. 30년 가게가 벽과 기등만 빼고 전부 바뀌었다. 출근 첫날, 온통 번쩍거리는 가게의 모습에 위광은 어안이 벙벙했다. 마치 처음 방문한 남의 가게 같았다. 멈춘 발걸음을 한 발짝, 한 발짝 전진한다. 그래, 천운이다. 천금 같은 기회가 온 것이다. 위광은 깁스를 떼어내면서 했던 미라의 부활을 상기했다.

'죽었다 살아났는데 못할 게 뭐냐. 뒤로 물러났지만 모든 걸 내준 건 아니다. 내 이름을 딴 레스토랑에 내 불판, 내 웍이 있다. 이걸로 족하다. 건담을 살리고 나를 살게 하는 마지막 기회! 그것이 핵심이다. 다시 한번 해 보자, 몸이 부서져라 마지막으로 해 보자!'

뉴건담의 아침은 이전과 판이했다. 주방에서는 아침마다 회의가 열렸다. 조리대 주변으로 빙 둘러서서 예약상황을 체크했고, 그날의 메뉴와 조리법에 대한 원신의 설명과 당부가 있었다. 모두 같이 하나의 건담을 외쳤다. 낯설지만 뭔가 제대로 돌아간다는 생각에 직원들은 한껏 상기되었다. 홀로 나가는 창모를 원신이 불렀다.

"왜?"

창모는 완전 딴사람이 되었다. 걸음은 당당했고 생전 않던 농담을 했으며 어느 날에는 셔츠의 윗단추를 풀고 나타나서는,

"이제 말 편하게 할게. 괜찮지?"

그렇게 모든 직원들에게 말을 놓았다. 마치 새로 태어난 뉴건담처럼 창모도 다시 태어난 것 같았다.

"다른 양복 없으세요?"

창모는 여전히 옛날 그 양복이었다.

"이게 어때서?"

"어때서가 아니라…. 홀직원하고 같은 유니폼으로 맞춰 드릴게요."

"매니저 의복은 홀직원과는 달라야 해. 영국신사처럼 품격이 있어야지. 안 그러면 폼이 안 나."

중국집에 웬 영국신사? 뻔뻔해. 직원들이 수근댔지만 창모는 신경 쓰지 않았다. 오히려 건담이 업그레이드되는 천운이 자신 덕분이라고 생각해버렸다. 그래야 버틸 수 있었다.

오더랙

금정은 힘이 셌다.

유명 인사들을 비롯해 방송국까지 그녀가 원할 때 오고 갔다. 그녀는 일절 식당을 선전하지 않았다. 대신 사람들과 함께 식사하며 다른 사업 이야기를 했고 친구들과는 일상과 강아지, 가끔은 딸 이야기를 나눴다. 그 와중에도 그녀의 캣아이는 매서운 눈으로 식당 돌아가는 상황과 음식, 직원들을 점검했다. 성공에 능한 자로 알려졌지만 실패가 더 많았다는 것을 사람들은 모른다. 그 많은 실패에서 금정은 나름의 노하우를 얻었다. 활시위를 떠난 활이 과녁에 꽂힐 때까지의 시간을 건너는 법을 그녀는 잘 알고 있었다.

뉴건담에는 손님이 끊이지 않았다. 전설 같은 위광의 개인사와 미슐랭 별, 거기다 건물을 뺏기고 문 닫기 직전 상황까지 내몰렸던 온갖 풍파의 스토리가 더해지며 가게는 새 전설을 써 나갔다. 홍콩 식도락단, 상하이 츠훠(吃货 미식) 협회, 레스토랑 리뷰 파워블로거 연합, 유튜브 블랙라벨 모임 등의 단체가 줄을 이었다. 뉴건담을 두고 이건 아니잖아, 하는 단골들도 있었지만 그건 더 아니었지, 라며 대체로 맛에 걸맞은 외양이 갖춰졌다며 건담의 변화를 반겼다. 젊은이들이 모이는 트렌디한 중식당, 스타 셰프들의 단골집으로 유명세를 떨치기 시작하면서 음식 말고도 손님을 구경하는 재미가 추가되었다.

주방은 정신없이 돌아갔다. 자신을 청경채로 불러달라는 식사장과 칼판, 접시닦이를 더 뽑았고 홀직원도 1명을 추가했다. 이직 이야기가 나온 지 6개월. 낼모레 관둔다던 정판은 몇 번이나 퇴사를 연기하더니 가게 리모델링을 기다려 뉴건담까지 따라왔고, 결국은 이직했다. 칼판에서 홀직원으로 소속이 완전히 바뀐 것이다.

"어쨌거나 관뒀구나. 우와와, 속 시원해."

정판이 주방에서 사라지자 만옹이 만세를 불렀다.

"게살볶음밥 어떻게 되어가요?"

총괄셰프 원신의 질문에 위광은 대답이 없었다.

"게살볶음밥 안 나왔습니다!"

"다 돼가."

눈코 뜰 새 없는 점심시간, 밥알을 한 알씩 코팅할 시간이 없었다. 원신은 위광의 불판으로 걸어갔다.

"싸부님, 볶음밥 얼른…."

"다 됐어!!"

다 됐다는 말만 벌써 몇 번째. 위광은 웍을 몇 번이나 더 까불린 후에야 밥을 그릇에 담아 건넸다. 위광의 일하는 속도가 현저히 느려졌다. 새로운 시스템에 맞는 속도를 위광은 맞춰내지 못했다. 뼈가 다 붙지 않은 것이 자명했다. 팔이 쑤시는지 자주 주물렀고 물건을 잡을 때도 멈칫거렸다. 맘대로 깁스를 부셔버렸으니…. 거기다 주방의 구조가 바뀐 탓도 있었다. 원신은 위광을 이해하려고 했지만 막상 주문이 밀리면 답답증이 밀려왔다.

"성질 안 부리는 게 어디야…."

"얼른 갖고 나가기나 해라."

쟁반을 들고 나가는 정판에게 만옹이 무섭게 목소리를 깔았다. 만옹은 궁금했다. 그는 이 상황을 어떻게 견디고 있는 것일까. 그리고 도대체 왜! 위광은 주방을 호령하던 대장군에서 하루아침에 말단 졸병이 되었다. 대역죄를 저질러 백의종군하는 것도 아니고 대체 무슨 이유로? 자신 같으면 결코 허락하지 않았을 것이다. 그냥 문을 닫고 다 때려치웠을 거다. 이게 혹시 드라마에서나 봤던 삶의 투지라는 것인가. 어느새 만옹의 맘이 변했다. 자신의 것을 지키고자 하는 위광의 모습에 연민을 느꼈고 존경심까지 생겼다. 포기하지 않으면 된다 이거군…. 만옹은 삶의 해법 하나를 찾았다. 이제 두위광은 기분 내키는 대로 소리 지르고 제멋대로 구는 노망 직전의 노인네가 아니다. 그는 만옹의 진짜 싸부다.

"오더는 오더랙에 걸라고 했잖아!"

원신이 소리를 질렀다. 건담의 주방 소음 총량의 법칙이라고나 할까. 위광의 고함이 사라지자 원신이 고함을 질러댔다.

"오더랙! 오더랙!"

주방의 달라진 풍경 중 하나는 주문표 처리 방법이었다. 옛날엔 창모가 목청껏 주문을 불렀다. 그의 주문은 우아한 랩이었다. 그렇게 조리대 위에 놓고 간 주문표를 그대로 놓고 보는 식이었다. 싹 바뀐 원신의 주방에는 주문표를 거는 랙이 설치되었다. 이전에 근무하던 호텔에서 하던 식이라고 했다. 그는 건담의 주방 시스템을 그 호텔식으로 맞췄다.

"싸부님, 통전복찜 어떻게 되어가요? 칼2! 너, 당근 이따위로 썰래? 홀! 오더랙을 주문표에 안 걸 거야!"

원신의 목소리에는 화가 잔뜩 담겼다. 작은 실수에도 크게 화를 냈다. 주방을 책임진다는 무게에 위광에 대한 불편한 마음이 이중 삼중으로 겹쳤다. 건화 요리 비법도 한몫을 했다. 안 배우고 만다는 결정을 내려놓고도 미련을 못 버렸다. 전복, 해삼 요리가 소문이 나며 주문이 늘자 말리고 삶는 양도 늘어났다. 하루는 삶은 전복을 널러 가는 위광을 따라 갔다. 위광은 순순히 옥상까지 따라오게 두더니 장독을 건드렸다고 버럭 소리를 질렀다. 눈 딱 감고 버텨볼까, 그래서 독에 뭐가 든 건지 보기나 할까…. 그러나 제 성질을 못 이기고 곧장 돌아서 내려왔다. 그렇게 건화요리를 완전히 단념해버렸다.

"아, 망할 놈에 오더랙!"

직원들은 뒷문 근처의 담벼락에 모여 이제 원신을 메뉴에 올린다.

"아니, 오더랙을 무슨 수로 주문표에 거냐고!"

정판의 말에 푸하하 박장대소가 터졌다.

Chef 나희

"Hello, Chef 나희!"

주방을 촬영하던 외국인이 나희를 알아보고 인사를 건넸다. 원래 주방은 손님의 출입을 금했지만 오리엔트 그룹 고위간부의 부탁을 거절할 수 없었다. 외국인은 나희와 인사를 나누면서 자꾸만 '오마이갓'을 외쳤다. 옆에서 오가며 이들의 대화를 들은 창모의 통역에 따르면,

"우리 차차는 건축을 공부하다가 진로를 바꿔 미국 패션학교 FET?에 들어갔고, 졸업 후 사라, 막스라마?에서 일하다가 CIA?에 들어가 베이킹을 배웠다는 거 같아."

"에이, 무슨 미국 첩보기관에서 빵을 배워요?"

"내가 영어 듣기가 좀 약해…."

"그리고 한 사람이 어떻게 건축, 패션, 요리를 다 해요?"

"그러니까…."

그런데 얼마 후 식당을 방문했던 요리 프로 피디가 나희를 보고서는,

"어, 쟤가 왜 여깄어?"

"쟤가 왜요?"

"아니…"

그는 입을 다물고 말을 아꼈지만, 나희를 알아본 또 다른 누군가에 의해, 그녀가 미국생활 동안 파빌리온, 마레아 같은 고급 베이커리에서 일했고, 덴마크의 노마드 레스토랑에서 일하기도 했으며, 심지어 일본에서 엄마와 꽃집을 운영하기도 했다는 말이 전해졌다. 물론 아무것도 확인된 바는 없었다.

"여기 사람들 참 이상하네. 과거가 다들 왜 이래?"

맞는 말이었다. 힐탑 호텔 중식당 부주방장 출신의 주원신, 해군 잠수함 조리병에서 군인요리대회 우승을 하고 참모총장의 개인요리사까지 진급했으며 절에서(진짜 절이 아니라는 걸 이제 다 안다) 본격적으로 요리를 배웠다는 장만웅, 인천 차이나타운의 짜장면 박물관에서 일했다는 정판에, 관악대와 대기업 출신의 매니저, 이제는 유학파 디자이너 파티셰 겸 플라워리스트까지. 그러나 아무도 나희에게 사실을 묻지 못했다. 그런 담력을 가진 사람도 없었지만 그러면 자신들의 사연 또한 꺼내 놓아야 하기 때문이었다.

나희는 튀김장인이 되어갔다. 멘보샤, 새우, 가지, 꽃빵 같은 모든 튀김이 나희의 손을 거쳤다. 가끔 나희는 멘보샤를 낼 때 야채를 함께 튀겨냈는데 중국집 튀김이 무슨 일식집 같냐는 꾸중 같은 칭찬을 듣기도 했다. 갑자기 주문이 밀려들면 나희가 량차이를 맡았다. 양장피, 오향장육과 같은 차가운 전채류를 접시에 담아내는 일이었다. 촬영이 있던 어느 날이었다.

"차차, 너 구수계 할 수 있겠어?"

"네."

원신은 불안했지만 선택의 여지가 없었다.

"소스는 내가 할 테니까, 일단 닭만 삶아놔!"

원신이 인터뷰를 하러 나갔다 온 사이 나희가 구수계를 완성해놓았다. 원신이 맛을 봤다. 새콤달콤하면서 매운맛의 홍유소스가 간이 딱 맞고 향신료도 배합이 제대로다.

"소스 어떻게 했어?"

"싸부님이 하시던 대로 했어요."

원신의 왼쪽 눈썹이 쑥 올라간다.

"이걸 직접 가르쳐주셨다고?"

"그렇다기보다, 아침에 만드시는 걸 봤어요."

"난 또…."

수타면 부스

뉴건담의 홀 구석에는 수타면을 뽑는 조그마한 투명 부스가 있었다.

정판이 홀서빙을 하게 되면서 본경이 면판을 맡았다. 라면은 면에 관한 모든 일을 했는데 면을 뽑고 꽃빵을 만들고 만두피를 빚는 식이었다. 원신은 츠지나 프랑스 식당의 이력은 무시한다고 했다. 본경도 동의하는 바였다. 처음부터 중식을 배우기 위한 목적이었다.

본경은 밀가루 포대를 뜯어 통에 쏟아부었다. 미지근한 물을 붓고 섞어가며 반죽을 시작한다.

"면 만들어 봤지?"

원신은 수타면을 본경에게 맡기면서 대수롭지 않게 물었다. 제대로 된 수타면을 뽑는데 몇 년이 걸린다고 했지만 리모델링 공사를 하는 동안 원신에게 단기간의 집중훈련을 받고 현장에 투입되었다. 어차피 제면기가 있었고 수타면은 하루 20그릇 한정으로 서비스 개념이었다.

물론 요리학교에서 제면과 제빵을 배웠다. 글루틴, 글리아딘과 글루테닌, 신장성과 탄력성…. 교수는 파스타 만들기가 조각품이나 건물을 만드는 것과 같다고 했다. 밀가루에 계란과 오일, 소금을 넣고 주무르다가 밀대로 펴서 썰어주면 파스타면이 완성된다. 여기다가 계란과 치즈, 후추만 넣고 정통 까르보나라를 자주 만들어 먹었다. 본경은 한동안 사워도우빵 만들기에 빠져 제빵사를 직접 고용하기도 했다. 직접 채집하고 길러낸 사워도우 스타터, 그러니까 효모가 그들이었다. 식물을 키워내듯이 보살피다가 이름까지 지어 붙였고, 씨간장처럼 물려받은 몇십 년 된 스타터를 갖고 있다는 할머니를 만나러 프랑스 산골짜기를 찾아간 적도 있다.

얼마 전, 알리냐에 메일을 보냈다. 처음엔 '못 가게' 되었다고 썼지만 지금 있는 곳에서 더 배울 게 있다는 설명을 보태고 '안 간다'로 고쳐 썼다. 그렇게 상황을 마무리하고 나니 큰 숙제를 해결한 듯 마음이 후련했다. 이제는 건담의 일에 집중하기만 하면 된다. 그러나 문득, 지금 내가 여기서 뭐하고 있나, 라는 돌발적 질문이 끼어들 때면 '현재의 선택에 책임지고 집중하라, 후회하지 말라'는 아버지의 목소리가 들렸다. 반죽을 접어 뭉치면서 본경은 다시 한번 마음을 다잡았다.

'맞아요. 그렇게 심각할 거 없죠. 만사 계획대로 흘러가는 것도 아니고. 어쨌건 이 상황도 미래의 한 조각이 될 거니까요.'

중국집의 수타면 뽑기는 서양의 제면과 달리 율동이 포함된다. 본경은 이긴 반죽의 양쪽을 잡고 국수 가락을 뽑기 시작했다. 늘어뜨린 반죽을 퉁, 바닥에 내려친다. 허공에서 꼬아서 양손에 잡고 늘이고 다시 꼬는, 팔 운동의 연속이다. 가락은 늘어가지만 일정한 굵기가 되려면 아직 멀었다. 중간에 끊어지기도 하고 어깻죽지도 아팠다. 그 가닥 사이로 지나가는 나희가 보였다.

유배지

본경은 사내 짝사랑의 시련을 몸서리치게 경험하고 있었다.

그날의 대화는 결국 일회성 사건으로 끝났다. 고작 그 시작을 놓고 마력을 뿌려댈 차례라는 둥, 칠부능선을 넘었다며 호기를 부렸다. 아무튼 그때 심정은 그랬다. 성공적 사내 연애는 대충 썸-연인-비밀연애-공표 혹은 발각-공식 연인의 수순으로 진행된다. 하지만 일이 틀어져 공식 연인이 결별을 공식화하는 순간부터 무간지옥에 들어선다. 섣불리 행동을 취했다가는 알리냐를 포기하고 선택한 건담마저 포기하게 될지도 몰랐다. 나희 성격에 하루아침에 사라져 버리거나 내가 뭘 잘못했냐고 따져 물을 수도 있다. 경솔한 행동이나 돌직구성 고백은 지옥행 급행열차에 탑승하는 것임을 본경은 명심, 또 명심했다.

그날은 아침부터 여러 가지 일이 복합적으로 발생했다. 주문했던 카이란과 오징어가 제대로 도착하지 않았고 얼마 전 입사한 식사장 청경채가 갑자기 아이를 낳으러 갔다. 그냥 체형이라고 생각했지 임신인 줄은 아무도 몰랐다. 작정하고 속인 거라고 정판이 흥분했지만 "그 배를 보고도 임신을 몰랐다고요?"라고 되물으며 돌아온 청경채가 깔깔깔 웃었다.

위광이 다시 밥요리를 맡아야 했다. 전에 그랬듯 위광은 주문과 다른 요리를 종종 만들어냈다. 그러면 또 그랬듯 원신은 머리꼭지까지 짜증이 치받쳐 아니라고, 소리 지르며 밥을 웍에 볶아댄다. 그런데 묘한 일이 일어났다. 뉴건담의 볶음밥은 세 종류. 볶음밥 주문은 그 안에서 반복된다. 그러니까 위광이 틀린 요리를 느리게 만들더라도 음식을 내가는 순서가 엉킬 뿐이지, 결국엔 주문을 맞춰 내게 되는 것이다.

"모로 가도 서울은 가는 거네."

"소 뒷걸음질 치다 쥐 잡은 식 아닐까요?"

간만에 웃음소리가 나는가 했는데 사고가 터졌다. 나희가 우럭한 마리를 기름웍에 집어넣을 때였다. 파바팍, 폭탄 터지듯 사방으로 기름이 튀었다. 놀란 나희가 짧은 비명을 지르며 뒤로 물러섰다.

주변의 칼판2와 만옹도 자리를 피했다.

"야, 임마 너!"

원신의 머리털이 삐죽 섰다.

"우럭 첨 튀겨?"

주변이 온통 기름으로 번들거렸다. 나희는 칼판2가 물기를 닦아
내는 전처리를 끝낸 줄 알았다. 만옹은 그렇게 생선을 준비해줬다.
새로 온 칼판은 그런 과정은 튀김판에서 한 번 더 확인을 했어야
지, 하며 되레 큰소리를 쳤다. 나희는 기름이 튀었는지 한쪽 눈에
손을 갖다 대고 있었다. 턱밑과 목 여기저기 붉은 반점이 돋았고 팔
뚝에는 금세 물집이 잡혔다. 나희는 행주로 묻은 기름을 닦아냈다.
따끔한 상처가 쓰라린지 미간에 주름이 잡혔다.

"눈에 튄 거야?"

나희는 괜찮다고 했지만 눈을 제대로 뜨지 못했다. 찬물로 눈을
헹구게 한 다음 본경은 나희를 데리고 근처 안과로 갔다. 다행히 각
막은 화상을 입지 않았다. 소독을 받고 항생제를 사들고 두 사람
은 가게로 돌아왔다.

재오픈을 하고 직원들의 식사 풍경도 완전히 바뀌었다. 브레이
크 타임을 정해놓고 다 같이 모여 점심을 먹었다. 예전처럼 위광이
주방에서 혼자 식사하는 일은 없었고 나희와 창모 역시 도시락을
싸올 수 없었다. 원신의 경영 기조는 하나의 건담! 식사 지론 역시
마찬가지였다. 음식은 나눠먹을 때 가장 맛있고 직원 화합은 식사
때 생겨난다고 했다. 어딘지 예스러운 말이었지만 직원들은 반항

하지 않았다. 이제 그가 새 왕이다.

대신 위광과 나희는 번개처럼 먹고 자리에서 일어났다. 위광은 속도가 빨랐고 나희는 양이 적었다. 나만의 시간과 혼자의 공간이 필요한 사람들에게 날씨 같은 건 상관없었다. 눈이 오건 비가 오건 무조건 옥상에 올랐다. 그들은 그 유배지를 사랑했다.

본경은 나희가 궁금했다. 눈은 괜찮은지, 상처는 따갑지 않은지, 물집 잡힌 데는 어떤지 살펴보고 물어볼 게 많았다. 돌직구성 고백은 무간지옥임을 또 명심하면서 본경은 옥상에 올랐다. 위광과 나희는 각자의 일로 바빴다. 마치 모르는 사람들처럼 각자의 섬에서 각자의 일을 했다. 전복을 줄에 널던 위광이 갑자기 허리에 손을 짚고 호흡을 가다듬었다.

"괜찮으세요?"

본경이 뛰어가 위광을 잡았다.

"괜찮다. 잠깐 어지러워서 그래."

위광은 벽에 기대어 둔 간이의자를 펴서 앉았다. 통증이 있는지 손으로 지압하듯 팔을 눌렀다.

"나희한테 차 한 잔 받아와라."

느닷없는 지시였지만 머뭇거릴 틈이 없었다. 본경은 용건을 갖고 당당히 나희를 향해 걷는다. 나희가 다가오는 본경을 본다.

"차 한 잔 줄래? 싸부님이 한 잔 부탁하셔서."

나희는 차구가 든 가방에서 찻잔을 꺼내며 묻는다.

"너두 줘?"

"응!"

해맑은 표정으로 짧게 응, 이라 했다. 3살 아이처럼 응이라니 본경아! 나희는 작은 잔에 차를 부어 손바닥만 한 쟁반에 올려 건넸다. 본경은 뜨거운 김이 모락모락 오르는 차 두 잔을 받아들면서,

"고마워."

위광은 본경이 갖다 나른 차를 한 모금 마시더니 대뜸,

"뭔 녀석이 그렇게 인정머리가 없냐!"

별안간 조그만 소리로 윽박지른다.

"네?"

"차를 얻어 마셨음, 답례를 해야 할 거 아니냐!"

"답례요?"

위광의 목소리는 더 작아졌다.

"기름 튄 데가 많이 따끔거릴 거다."

본경은 그제야 말뜻을 알아듣는다. 사무실로 날아가 화상연고를 갖고 올라왔다.

"따끔거릴 텐데, 이것 좀 발라."

"응."

나희는 손과 팔 할 것 없이 덴 자국과 물집이 잡힌 곳에 연고를 발랐다. 살색이 흰 편이라 붉은 자국이 더 눈에 띄었다.

"눈 좀 어때?"

"이제 괜찮아."

"보이는 건?"

나희는 눈을 이리저리 굴려보더니,

"보이는 것도… 괜찮아."

"다행이다."

"너는? 어디 튀지 않았어?"

"난 잽싸게 피했지."

"아까 병원 같이 가줘서 고마워."

"뭘… 거기, 목 아래도 발라… 아니… 조금 더 위에…."

본경이 자신의 턱밑을 가리켰다. 나희가 같은 자리를 짚어 보이자 본경이 맞다고 고개를 끄덕인다. 후루룩 후루룩… 위광은 차를 몇 모금 더 마시고는 벌떡 일어나 주걱을 들고 장을 섞는다. 장이 무럭무럭 잘 익어가고 있었다.

금병매

'넌 누구냐!'

중식도를 든 위광이 대자 광어를 노려보고 있다. 퍼더덕… 광어는 힘겹게 숨을 이어갔다. 마지막 발악처럼 다시 파르르 몸을 떤다. 숨을 헐떡이는 광어를 보고 있자니 위광은 측은한 마음이 들었다. '고놈, 미안하게 됐구만. 어디서 와서 이렇게 가느냐?' 이제 광어는 생의 끝자락에 다다랐다. 꿈틀… 꼬리가 도마를 쳤다. 마지막 생의 활동이 끝났다. 위광은 그 몸에 차마 칼을 갖다 댈 수 없었다.

"이리 주세요."

원신이 다가와 손을 뻗었다. 중식도를 건네 달라며 다시 손바닥을 펴 보였다.

"제가 할 테니까, 칼 주세요."

"뭐라고?"

위광이 칼을 뒤로 빼면서 크게 소리쳤다. 영역을 범한 침입자를 향해 얼굴이 사납게 일그러졌다. 중식도는 위광의 개인 칼이다. 누구도 그 칼을 건드릴 수 없다.

"지금 니가 나한테 내 칼을 달란 말이냐?"

"제가 하겠다구요."

원신은 아침부터 부아가 머리끝까지 치밀어 있었다. 오리엔트 직원들과 여름 메뉴를 의논하던 중이었다.

"여름이니까 중국식 냉면을 내야겠죠?"

오리엔트의 팀장은 곤란하다는 표정을 지어보이며,

"계약할 때, 두위광 요리사님께서 냉면은 절대 안 된다고, 계약서에 명시까지 하셨어요."

돌아버리겠군! 원신은 위광에게 이유를 묻지 않았다. 무조건 '부요!'를 외치던 그가 사연을 말해 줄 턱이 없었다.

"볶음밥 주문 들어와서 그래요. 얼른 만들어주세요."

원신은 화를 억누르며 마치 아이를 타이르듯 말했다. 위광은 칼을 챙겨서 불판으로 이동했다. 직원들은 자칫하면 칼싸움이 날 뻔했던 일촉즉발의 상황에 가슴을 쓸어내렸다.

담벼락을 타고 담배연기가 솟았다.

"치매가 완전 확실해!"

"재수 없는 소리 하지 말라니까!"

언제나처럼 위광과 원신의 격전은 만옹과 정판의 대전으로 확대되었다.

"아니, 왜 갑자기 칼을 잡고 설치시냐고? 누가 언제 생선 손질하래? 셰프님, 이제 좀 쉬시라고 해요. 그게 싸부님을 위해서도 좋아요."

"니가 말할 거야?"

"아님, 그 차금정 여사한테 말해요. 이러다가 크게 한번 터지지! 알아서 쉬면 좀 좋아. 죽어도 자기가 해야 돼. 아, 진짜 자기 팔자 자기가 꼰다고, 레시피도 좀 넘기고, 건화 일도 나누고 하면 좀 좋냐구!"

"야, 너도 늙는다. 우리 다 늙는다. 우리 다 늙고, 다 죽는다고!"

뭔 놈에 개똥철학? 그거 모르는 사람 어딨다고…. 싸움판에서 극적 도움을 받은 이후로 정판은 만옹에게 깐죽대지 않는다. 젓가락도 놔주고 커피도 타주면서 대놓고 호의적이다. 그러나 가끔 자기도 모르게 하던 가락이 튀어나오고 만다.

"아니, 왜 갑자기 싸부의 수호신라도 된 거… 처럼…."

끝말을 흐렸지만 분명한 도발이었다. 그런대도 만옹은 별 반응이 없다.

"내 문제는 내가 알아서 할 테니, 들어가서 일들 해."

옥상에서 위광이 소리쳤다. 정판이 고개를 들고 위광을 향해 말했다.

"저기, 싸부님 어디 아프신가 해서 그래요."

"아프면? 손잡고 병원 데려가 줄 테야?"

오랜만의 물세례였다. 누군가는 그 물줄기가 단비처럼 반가웠다.

"팽조 예술대사이신 두위광 요리사님이십니다!"

박수 소리가 터져 나왔다. 위광은 꾸벅 인사를 하고 자리에 앉았다. 입구에 야광주로 엮은 주렴이 걸린 룸삼방에는 박하와 귤, 재스민의 꽃향기가 진동을 했다. 벽에는 '소설 금병매에 등장한 중화요리 연구'라는 포스터가 붙어있다. 방을 빼곡히 채운 남성들은 '소설음식연구회' 회원들로 책 속에 나온 요리를 연구하고 재현하는 이들이었다. 양기를 돋운다는 표고버섯 마고주, 불에 구워 꿀이 흐르는 대추를 먹으며 회원들은 사회자의 말을 듣는다.

"아시다시피, 금병매는 남녀의 상열을 다룬 중국 명시대 소설입니다. 다소 선정적인 내용으로 인해 음서로 유명하지만, 당대의 생활상과 인간사를 잘 표현하고 있는 명저이지요. 무엇보다도 방대한 요리가 실려 있어 음식문화를 연구하는 우리 같은 사람들에게는 명품 소설이 아닐까 싶습니다."

사회자는 테이블 위에 있는 닭과 잉어를 가리키면서,

"오늘은 중화요리계의 거장, 두위광 요리사님을 모시고 소설 속에 나오는 초강력 강정 요리인 '용간봉장(龍肝鳳臟)'을 만들어 보겠습니다. 자, 다시 한번 박수로 두위광 요리사님을 맞이해 주시기 바랍니다."

꿔다놓은 보릿자루처럼, 구석에서 졸고 있던 위광이 박수 소리에 잠에서 깼다. 준비된 잉어와 닭으로 죽을 쑤면서도 위광은 도대체 뭘 하는 것인지 가늠되지 않았다. 주방 일에서 멀어지며 위광은 각종 행사뿐만 아니라 인터뷰에도 동원됐다.

"제가 형식상 총책임을 지고 있지만 엄연히 이곳의 대장은 두위광 싸부님이십니다."

'하나의 건담'이라는 기치 하에 원신은 언제나 주인공, 위광은 들러리가 되어 자리를 지킬 뿐이다. 원신이 버릇처럼 말하던 하나의 건담은 '이거 건담'으로 변했다가 '이거 찌엔딴'이 되었다.

'저놈도 곡비소처럼 짝퉁 화교로 변해가는구만.'

원신이 조만간 치파오를 입고 나타나겠다면서 위광은 다시 눈을 감아 버렸다.

수타면의 달인

_____

위광은 신입 싸완과 함께 양파를 깠다.

청경채가 볶음밥까지 맡으면서 위광은 아침에 건화를 삶고 말리는 일 말고는 할 일이 없는 날도 있었다. 위광은 무슨 일이라도 해야만 했다. 종이박스에 걸터앉아 조그마한 과도를 들고 양파 껍질을 벗겨냈다. 갓 입사한 고등학교 졸업생 싸완보다도 속도가 느렸다. 눈이 맵고 팔이 아팠지만 경쟁심이 생겼다.

"이놈아, 머리통이 양파만 할 때부터 내가 양파를 깠…"

너무 쉽게 본 탓일까. 과도에 손이 베었다. 무딘 칼에 벤 상처가 깊은 탓인지 피가 그치지 않았다. 위광은 화장실로 향했다. 벌어진 상처에서 후두둑 바닥으로 피가 떨어졌다. 대충 지압을 마치고 바닥을 치우기 시작했다. 빗자루로 쓸고 밀대걸레로 밀다가 화장실 안까지 청소했다. 휴지통을 비우고 거울을 닦고 세면대 근처의 물기도 닦았다. 위광은 못할 일이 없었다. 부끄러운 것도 없었다. 뭐라도 역할을 해야 한다는 생각뿐이었다.

"와, 싸부 앞치마 매고 화장실 청소하셔. 누가 보면 어쩌려고…."

정판의 말을 듣자마자 본경이 주방을 뛰쳐나갔다.

"싸부님…."

위광은 돌아보지 않고 걸레질을 계속했다.

"싸부님, 저 좀 도와주세요."

본경은 위광의 팔을 잡고 면부스로 갔다. 위광은 도마 위에 널린 면을 보자마자 대뜸,

"굵기가 다 제각각이면 어쩌자는 거냐?"

"그러니까요…. 그래도 수타면인 게 표가 나지 않나요?"

위광은 무슨 신소리냐며 본경을 매섭게 쏘아봤다.

"고작 2주 배운 게 다에요. 잘하면 이상한 거죠. 싸부님은 수타면 해보셨어요?"

주문동이에서 싸완을 거쳐 처음으로 배운 일이 수타면 제면이었다. 눈을 감고도 할 수 있지. 위광은 옛 기억이 떠올랐다. 푸산에서 왔다는 면장에게서 밀대로 뒤통수를 맞아가며 반죽하는 법을

배웠다. 사실 제대로 가르쳐주는 것도 아니었다. 보라고 하고서는 해보라는 식. 면 뽑는 일은 하루도 같은 날이 없었다. 날씨에 따라, 밀가루 상태에 따라, 쓰는 물의 양, 온도, 소금 양까지 다 달라야 했다. 반죽은 살아있는 생물이다. 그 감을 손끝에 익히는 데 세 번의 여름과 세 번의 겨울을 거쳤다.

"반죽이 이렇게 질어서 어떻게 면을 뽑았나?"

"죽는 줄 알았어요, 싸부님."

"밀가루 다시 부어봐!"

위광은 밀가루에 물을 부었다.

"물은 밀가루 반이다. 꼭 그런 건 아니다."

위광은 소금을 한 꼬집 넣으면서,

"소금은 더워지면 넣는다. 100에 1을 넣다가 한여름에는 한 주먹을 넣을 때도 있다. 더우면 배에 가스가 차듯이 이놈이 부풀어서 그렇다. 대충 한 꼬집을 넣으면 된다. 꼭 그런 건 아냐."

위광은 재료를 섞고 반죽을 시작했다.

"반죽은 되기가 중요하다. 질어도 안 되고 너무 되도 안 된다. 자꾸 하면서 만져보면 알게 된다. 반죽을 접어가면서 치대주면, 안에 든 공기도 빠진다. 공기를 너무 빼도 안 된다. 이건 감이다. 감을 익히려면, 자꾸 해보는 수밖에 방법이 없어."

위광은 몇 번 접어서 치댄 반죽을 늘여서 면판에 치기 시작했다.

"이렇게 바닥에 쳐줘야 한다. 치고 늘리고 치고 늘리고, 그러다 보면 면이 쫄깃해진다."

위광은 본격적으로 면뽑기에 들어갔다. 길게 늘인 반죽을 허공에서 꽈배기로 꼬아서 반으로 접고, 다시 늘려서 꼬아서 접고, 그 과정을 반복하는 사이 어느새 국수가락이 만들어졌다. 그것은 춤이었다. 팔을 한껏 벌렸다 닫고, 엉덩이를 살짝 뒤로 뺀 채로 꽈배기를 꼬았다가, 다시 팔을 위아래로 흔들면 어느새 손에 걸린 면가락이 출렁출렁 춤춘다.

이제 됐다! 직원들은 드디어 위광이 제 할 일을 찾았다면서 안도했다. 면도 만들지, 직원들도 가르치지, 더욱이 부스 안에서 밖으로 나올 일도 없어! 마침내 건담이 제 궤도에 올라가는구나! 치켜올라갔던 원신의 눈썹이 어느새 제 높이로 내려왔다.

음식의 영혼

직원들의 간절한 바람이 응답을 받은 것일까?

위광은 모든 반죽을 맡았다. 수타면은 하루 30그릇으로 늘어났고, 만두피와 전병, 튀김 반죽까지 건담의 모든 면과 피가 그 작은 부스 안에서 생산되었다. 라면 중에서도 최상급 라면 인재가 영입된 것이다.

특히 그가 만든 춘권피가 압권이었다. 계란에 전분물을 푸는 게 다인데 희한하게도 위광의 계란물은 어딘가 달랐다. 짜춘권은 구워낸 계란피에다 야채와 고기를 싸서 기름에 튀겨내는 요리. 한입 베어 무는 순간, 계란의 고소한 맛과 기름맛이 절묘하게 어우러져야 한다. 그 계란물을 받으러 부지런히 부스를 오가던 어느 날, 나희가 위광에게 종이컵을 내밀었다.

"싸부님, 이걸로 계량을 보여주세요."

냅다 종이컵을 집어 던지고 말 거라는 예상을 깨고 위광은 종이컵으로 계란물과 전분의 비율을 맞춰 보였다. 물론 설명은 없다. 그러나 충분히 가늠할 수 있었다. 직원들은 "야, 차차 대담해. 바로 그거지!" 하고 칭찬을 하면서도 종이컵은 고사하고 숟가락 하나 들이밀 줄 아는 이가 없었다.

유리로 된 면부스는 이제 위광과 본경, 둘만의 세상이다. 빨간 의자도 왔고 위광의 칼과 도마도 모두 그 안에 있다. 쩌렁쩌렁한 목소리로 큰 주방을 호령하던 요리사가 한 평도 안 되는 공간에 갇혀 있으니 감옥과 다름없겠지? 그것은 기우였다. 불에서 해방된 것이 오히려 홀가분하다는 듯, 위광은 활기를 찾아갔다. 밀가루와 물, 소금의 비율을 감지하기 위해 출근길에는 다시 날씨를 살폈다. 웍을 태우고 문사두부를 만들던 아침 의식은 면판을 깨끗하게 정리한 다음 굵기가 같고 끊어지지 않는 면을 뽑아내는 일로 변했다. 혼자 중얼거리지도 않았고 뭘 어쩔 줄 몰라 망연히 서 있거나 뜨거운 웍을 맨손으로 잡는 일은 일어나지 않았다.

그날은 그러니까 평범한 중국집의 일상이 한 달 넘게 이어지던 어느 평화로운 보통날이었다. 홀은 손님으로 가득 찼다. 포털 기업의 미디어부 직원들의 단체 회식이 있었고 소설 속 중식을 재현해준다는 소문을 듣고 분위기를 보러 온 중국사극 카페 회원들도 한

무리였다.

아까부터 위광의 시선이 부스 너머 어느 테이블로 자꾸만 향한다. 유산슬, 탕수육, 멘보샤, 동파육, 오향장육과 어향동고에 짜춘권까지. 테이블 자리가 모자랄 정도로 요리가 한가득 올라가 있다. 20대 초반의 네 남녀는 음식을 앞에 두고 사진 찍기에 여념이 없었다. 그들의 왁자지껄한 분위기에 주변 손님들도 불편한 기색이다. 간간이 반죽을 점검하던 위광의 시선은 어느새 홀의 젊은이들에게 고정된다. 위광은 면가락을 길게 늘이면서,

"얼른 찍고 먹어야지."

낮게 중얼거린다. 보지도 않고 뽑은 가락이 어느새 네 줄이 되었다. 남녀는 이번엔 동영상을 촬영했다. 요리는 사진을 찍기 위한 소품일 뿐이다. 먹는 척 들었다 놨다 온통 휘저어 놓기만. 위광의 손가락 끝에는 어느덧 열여섯 줄의 면가락이 걸렸다.

"됐다. 그만하면 됐어. 식기 전에 얼른…."

그 테이블에 짬뽕과 산둥식 수타 짜장이 도착했다.

"뭔 짜장색이 이래? 짜장 원래 블랙 아냐?"

"이건 중국 샨뚱 짜장이래."

"맞아. 한국 짜장 블랙 짜장, 샨뚱 짜장 똥색 짜장."

"야, 밥 먹는데 똥 얘기할래?"

"What the… 넌, 똥 안 싸?"

푸하하, 발작적인 웃음이 터졌다.

"조용히 해. 또 나가달라 그러겠어."

긴 머리의 여자가 손가락을 들어 흔들어 보이며,

"여긴 오케이. 우리 큰아빠가 투자했다니까. I told you."

모두들 음식은 거들떠보지도 않고 휴대폰을 하고 화장을 고친다. 위광이 돌연 반죽을 내려놓고 면부스를 나섰다. 보지도 않고 뽑은 수타면 가락은 어느새 실처럼 얇게 늘어나 있다. 그들의 테이블로 돌진한 위광이 멈춰서자마자 큰 소리로,

"천러얼츠, 천러얼츠!"

놀란 젊은 손님들이 눈을 동그랗게 뜨고서,

"What?"

"어…."

"뭐라니…."

여러 감탄사를 쏟아내는 사이 다시 위광이,

"식기 전에 먹으란 말이에요. 온기가 있고 향이 살아있을 때 먹어야지, 기름 굳으면 짜장면은 맛없어요."

"이 할아버지 지금 뭔 말하는 거야?"

긴 머리는 주변을 두리번거리며 매니저를 찾는다.

"내 말 듣고 얼른 먹어봐요."

"어, 잠깐, 이 할아버지, 혹시 크레이지?"

"맛은 냄새와 온기에요. 뜨거워야 향이 나고, 향이 나야 맛있어요. 음식이 식으면 향이고 맛이고 다 사라지는데, 그렇게 영혼이 빠져나간 음식을 뭔 맛으로 먹어요? 요리에는 맛있는 온도가 있어요. 짜장면은 손가락이 델 만큼 뜨거울 때 먹어야…."

도무지 말을 들을 기미가 보이지 않는다. 위광은 답답한 마음에 여자의 엄지손가락을 잡고 짜장면 그릇에 집어넣으며,

"이것 봐요. 이렇게 식어버리면….”

"으악!”

여자가 기겁을 하고는 팔을 휘저으며 자리에서 일어났다.

"야, You, 미친 Old crazy!"

여자는 짜장면을 한 주먹 움켜쥐더니 위광의 얼굴을 향해 집어 던지며,

"할아버지나 실컷 먹어!"

황색 짜장면이 위광의 얼굴을 덮었다. 그릇이 바닥에 나뒹굴고 위광의 얼굴에 걸린 짜장면 가락이 여자의 손가락과 의자 위로 거미줄처럼 길게 널렸다. 여자는 손가락에 걸린 면가락을 털어내면서,

"야, 주인 불러. 경찰 불러. 앰뷸런스 불러!!"

듣도 보도 못한 광경에 홀이 뒤집어졌다. 기자회견장을 방불케 하는 카메라 플래시가 터졌고 여기저기서 상황을 생중계했다. 밀가루를 가지러 갔던 본경이 헐레벌떡 뛰어왔다. 소리를 듣고 주방 식구들도 뛰쳐나왔다. 경황없는 선주가 테이블보로 여자의 손을 닦으려 하자 여자가 선주를 밀쳐냈다. 선주가 뒤로 넘어지면서 테이블이 뒤집어진다. 만옹이 이를 앙 물고 선주를 일으켜 세운다. 사색이 된 창모가 손을 부르르 떨면서 냅킨으로 위광의 얼굴을 닦아낸다. 본경이 위광의 팔을 잡아끌지만 놀란 위광의 발이 떨어지지 않는다. 창모와 본경이 위광의 양팔을 동시에 잡아끈다. 한 걸음, 한 걸음. 위광이 움직이자 발에 걸린 짜장면 가락이 바닥에 길게 늘어졌다. 주방 앞에서 상황을 목격한 원신은 영혼이 빠져나간 저승사자 같았다.

칼싸움

영업이 끝난 시간, 엉망으로 흐트러진 테이블과 의자가 오후의 난장을 고스란히 보여줬다. 전화벨 소리가 끊이지 않았다. 신문사, 방송국 할 것 없이 취재를 원했다. 원신은 씩씩거리며 홀을 돌아다녔다. 창모가 진정하라고 몇 번이나 끌어다 앉혔지만 출전을 앞둔 싸움소처럼 흥분을 주체하지 못했다.

"다 죽어가는 건담 간신히 살려냈잖아요. 죽을 둥 살 둥 하루하루 피 말리면서 이 난리를 치는데, 아시잖아요?"

"알지. 다 아셔."

"뭘 알아요! 아는데 이래요?"

"그렇게 흥분하지 말고…."

"몇 번이나 말했다구요. 금정씨 회사 사장 쪽 집안 딸이라고."

"금정씨?"

"차… 차금정 부사장이요. 아, 투자금 돌려달라고 고소라도 하면 어쩔 거야…."

"금정씨 주셰프가 잘 좀 달래… 말해보라고."

"아, 내가 미쳤지! 내가 진짜 그때 왜…."

원신은 후회막급이었다. 그때 왜 금정의 제안을 받아들이지 않았을까? 뭐 때문에 건담을 살리겠다며 쓸데없이 나댔을까? 원신은 참지 못하고 기어코 주방으로 쳐들어갔다.

위광의 얼굴이 짜장면 자국으로 노르스름했다. 자리를 잡고 앉아 위광은 칼을 갈았다. 어수선한 속을 가라앉히기 위해 수를 세며 날을 세웠다.

"도대체 왜 그러셨어요?"

원신의 목소리는 체념에 가까웠다.

"말씀해 보세요!"

"맛있게 먹으라고 그런 건데, 뭘 글케 잘못했냐?"

"환장하겠네."

원신의 얼굴이 순식간에 달아올랐다.

"손님 손가락을 짜장면에 담갔는데 뭘 잘못했냐구요? 쟤들 누군지 제가 말씀드렸잖아요. 겨우 건담을 살려냈는데, 왜 자꾸 일을 꼬세요!"

"그래! 중요한 손님이라며? 사진 찍어대느라 다 식어빠진 짜장을 먹게 됐는데, 그걸 두고 보냐?"

원신은 머리카락을 쓸어 넘기며 화를 가라앉히려고 애를 썼다.

"싸부님, 혹시 일부러 그러신 거예요?"

"뭐라고?"

"저 망하라고 일부러 그러신 거예요? 제가 주방 넘겨받고, 이래라저래라 하는 게 꼴같잖아 보였어요? 네? 제 머릿속으로는 도저히 다른 이유가 떠오르지 않아서 그래요."

"짜장면은 뜨겁게 먹어야 하는 거 몰라? 손가락이 델 정도로 뜨거운 춘장을 막 부어 나가야…"

원신이 듣기 싫다며 눈을 꾹 눌러 감았다.

"그만하세요!"

원신의 고함에 주방이 흔들렸다.

"먹기 전에 사진 찍는 거 한두 번 보세요? 지금이 무슨 전쟁 통도 아니고, 배고파서 허겁지겁, 뜨거운 짜장면 먹던 시절이 언제 적 이야기예요, 네? 라드야 굳기 전에 먹으면 고소하죠. 근데 돼지기름, 그거 안 쓰잖아요 이제. 뭐가 그렇게 굳는다고 그 난리세요! 허구한 날, 천러얼츠! 뜨겁기만 하면 뭐가 얼어 죽을 놈에 삼선요리!"

창모가 원신의 팔을 잡아끌었다. 문밖으로 몇 걸음 끌려가다가 안 되겠다 싶은지 이내 팔을 털며 돌아섰다.

"성격도 팔자라고, 좀 변하시면 안 돼요? 그러다가 엉망이 됐잖아요. 망했잖아요!"

"그만합시다."

만옹이 두 팔로 원신의 어깨를 감싸며 그를 다시 돌려세웠다. 원신은 끝까지 몸을 비틀며,

"싸부 아프신 거 모르세요? 이상하다는 거 본인이 아시잖아요!"

"이놈이 돌았나?"

직원들은 무기가 될 만한 주방 도구들을 재빠르게 감췄다. 원신은 만옹의 팔을 뿌리치고 가다가 바닥에 부려놓았던 박스에 발이 걸렸다. 몸이 휘청하며 하마터면 벽에 머리를 찧을 뻔했다.

"진짜 왜 이러는데? 나한테 뭐 해줬다고!"

원신은 위광을 향해 점점 다가섰다. 창모가 말리고 만옹이 끌어내도 힘으로 뿌리치며 앞으로 나아갔다. 원신은 속에 쌓아뒀던 말을 다 쏟아낼 참이었다. 일부러 위광을 도발했다. 결단을 봐야 했

다. 이대로 가다간 다 망하는 거다.

"4년 동안 뭘 해줬어요? 가르친 게 뭐 있냐고! 맨날 욕하고 소리지르고 사람 자존심 있는 대로 다 꺾어놓고, 혼자 잘난 맛에 살다가 어떻게 됐어요?"

위광이 원신을 마주보며 섰다.

"그래 이놈아. 너 같은 놈한테 뭘 가르치냐? 너 눈 없냐? 귀 없어? 4년을 보고 들었음, 눈 감고도 하겠다. 귀 막고도 하겠어!"

"뭘요? 뭘 보여줬는데요? 혼자 몰래 하는데 뭘 어떻게 봐요!"

위광은 도마 위에 있던 칼과 광어를 집어 들더니,

"내가 쑹쑤위 모양 잡을 때 어뜩하드냐? 꼬리는 남겨두고 양쪽 살을 가르는 걸 수도 없이 보여줬다. 니놈은 그걸 100번은 더 봤을 거다. 근데, 넌 어뗘냐? 그 살을 싹둑 양쪽으로 갈라서 따로 튀기잖냐? 몰라 안 허냐, 일부러 안 허냐? 암만 아니라고 보여줘도, 본 척도 안 하잖냐? 에잇, 멍청한 놈! 그 실력 갖고 니가 무슨 놈에 요리사냐? 셰프? 중국요리사가, 무슨 놈의 셰프야!"

흥분한 위광의 손짓에 만두 찜기와 고춧가루통이 날아갔다. 만두가 바닥에 나뒹굴고 원신의 바지와 신발이 고춧가루를 뒤집어썼다. 매운 내가 퍼지며 콜록콜록, 여기저기서 기침을 해댔다.

"와, 고춧가루까지? 그깟 만두로 사람 죽이겠어요?"

흥분한 정판이 고래고래 소리를 질렀다. 만옹이 정판의 허리를 잡고 밖으로 끌어냈다. 정판이 심하게 발버둥을 치는 바람에 마판이며 양념통, 소쿠리, 그릇 할 것 없이 바닥에 떨어져 나뒹굴었다. 정판이 그 틈에 주걱을 집어 들고 만옹의 머리를 힘껏 내려쳤다. 이마를 정통으로 맞은 만옹이 피를 흘렸다. 이게? 만옹이 정판을 바닥에 내동댕이쳤다. 헐크처럼 부풀어 오른 만옹의 모습에 정판은 기가 질렸다. 거친 호흡을 몰아쉬면서 만옹은 몸을 부르르 떨었다. 가까스로 화를 억누르면서,

"나가!"

놀란 청경채가 그 길로 도망갔고 뒤따라 정판이 기어 나갔다.

"에이씨!"

원신도 말리는 창모를 밀치고 앞치마를 벗어던지며 나가버렸다. 혼자 타고 있던 불판에 떨어진 앞치마에 화르륵 불이 붙자 본경이 재빠르게 물을 끼얹는다. 이제 끝이다. 다 끝난 것이다.

원신은 코와 입, 귀 할 것 없이 온 구멍에서 불이 뿜어져 나왔다. 터질 듯 시뻘건 얼굴에 열이 찬 정수리에서는 아지랑이가 피어올랐다. 씩씩, 거친 호흡에 입이 타고 마른 침이 넘어갔다. 원신은 로커에서 개인물품을 전부 꺼내 비닐에 담았다. 벗은 조리복을 구겨 넣고 옷을 갈아입었다. 며칠이면 5년이었다. 오후에 맹장 수술을 하고도 다음날 바로 출근했었다. 비를 막고 옥상에 방수 페인트칠을 하고 사무실에 로커를 들이고 조립한 것도 자신이었다. 미슐랭 별을 받아야 한다, 면부스를 만들어 수타면을 뽑자, 메뉴를 줄여 몇 가지에 집중하자고 한 것도 다 자신이다. 금정의 투자 제안을 건담으로 돌린 것도 자신이 한 일. 원신은 건담을 떠나기로 마음먹었다. 건담을 살리려다 자신이 죽을 판이다. 이즈음에서 관두자. 게다가 이번엔 실패가 아니다. 물건을 넣은 비닐을 들고 사무실을 나설

때였다. 책상 위에 위광의 레시피 노트가 있었다. 위광은 노트를 정리한 후에는 반드시 개인사물함에 넣고 자물쇠를 채웠었다. 오락가락 하더니 역시나…. 원신은 잠깐 망설이다가 노트를 비닐에 집어넣고 사무실을 나섰다.

고군분투

직원들의 탈출러시가 마무리되었다.

사건 당일 원신과 청경채가 뉴건담을 떠났고, 정판은 아프다고 출근을 않더니 장장 1년을 끌어온 퇴직 선언을 마무리 지었다. 만옹은 어쩔 수 없었다. 돈이 필요했고 위광에게 부담을 주기도 싫었다. 언젠가 다시 만나자는 말을 남기고 만옹은 건담을 떠났다. 오선주의 퇴사 이유는 뜻밖이었다.

"힘들어서 못하겠어요… 병원에 갔더니 영양실조 빈혈이래요. 식당에 근무하는데…."

그녀의 말은 일정 부분 사실이었지만 돌연한 퇴사의 진짜 병명은 실연성 빈혈이었다. 선주는 본경을 좋아했다. 짝사랑하는 본경이 나희를 좋아한다는 사실을 알고 선주는 그만 빈혈에 걸려버렸다. 어긋한 사랑의 행로는 막장보다 더 어둡다. 그녀는 얼마간을 앓다가 이탈리아 음식점에서 일하게 된다. 본경이 일하는 가게와 멀지 않은 곳에서 산뜻하게 재출발한다.

위광은 주로 주방 안의 창고에서 지냈다. 오래된 것들은 버리고 흩어져 있는 것들은 한곳에 모았다. 건화를 만들지 않으니 옥상에 갈 일도 별로 없었다. 가끔 멍했고 자주 중얼거렸다. 원신이 입에 붙은 탓에 습관적으로 그 이름을 부르기도 했지만, 말수가 적어지면서 그럴 일도 없어졌다.

'다 줬다. 할 수 있는 거, 줄 수 있는 거 몽땅 다 줬다. 주방도 내주고, 불판도 주고, 내 이름까지 줬다. 달라는 대로, 하라는 대로 다 했잖냐! 근데… 뭐가 남았냐? 뭐가….'

위광은 해삼이 되어버린 것 같았다. 머리가 잘려나간 것처럼 주방장 자리를 내주고도 아무렇지 않은 듯 굴었고 살기 위해 항문으로 내장을 쏟아내듯, 면부스에 갇혀 국수가락을 뽑았다.

'이리 가라, 저리 가라, 룸으로 면판으로, 갖다 놓는 데로 옮겨 다녔다. 모든 것을, 전부 다 내줬단 말이다!'

창고 밖으로 들려오는 해삼, 하이셴! 거리는 영문 모를 소리도 며칠 만에 잠잠해졌다. 위광은 이제 있는 듯 없는 듯, 없어도 모를 정도로 존재가 희미해졌다.

본경, 나희 그리고 창모만 남았다. 중식당 뉴건담은 서서히 실험실로 변해갔다. 요리부와 식사부를 합쳐 10가지 정도의 메뉴만 했다. 본경과 나희가 불판에서 웍을 잡았다. 위광도 간간이 요리했지만 전채와 같은 간단한 요리만 맡아 했다. 누구든 양파를 까고, 새우 껍질을 벗기고, 시간 되는 이가 설거지를 하고 홀을 치웠다.

짜장면으로 말할 것 같으면, 창모가 씻은 재료를 위광에게 건네면, 위광이 재료를 썰어 마판에 올리고, 본경이 그 재료로 정신없이 춘장을 볶는 동안, 나희가 면을 삶아 그릇에 담고, 본경이 완성된 춘장을 그릇에 끼얹어 내면 창모가 앞치마를 벗고 짜장면을 쟁반에 담아 우아하게 걸어 나가는, 뭐 그런 수순.

"옛날 중국집 매니저들은 어깨 너머로 요리를 배웠어. 그러다가 개업을 해 나가는 경우가 허다했지. 실은 나도 못 만드는 요리가 없어. 한번은 독립해 중국집을 내볼까 계획을 했지만 어쩐지 실행에 옮기지는 못했어."

창모가 어깨를 으쓱해 보이면서 말했다. 저녁이면 네 사람은 초주검이 되어 의자 위에 늘어졌다. 일당백에 버금가는 어마어마한 노동량. 그렇지만 그것도 잠시였다. 손님이 줄어들면서 홀은 한산해졌고, 미슐랭 엠블럼 옆에는 '맛없음'이라는 낙서가 다시 나타났다. 그 옆으로 '돈 주고 산 미슐랭'이라는 보충설명까지.

추락이 고스란히 눈에 보이는 절체절명의 순간에도 날개를 달아주며 연명을 기원하는 손님들이 있었으니… 한산한 가게에 사라졌던 단골들이 하나둘 돌아왔다. 예약 같은 게 귀찮았던 동네 주민들도 어슬렁거리며 나타났다. 소설 속 음식을 만들어 준다는 소문이 나면서 《홍루몽》에 등장하는 거위발절임 요리를 비롯해 마오주석의 홍소육, 서태후의 잉어 볶음, 드라마에 나온 요리까지 재현해 달라는 문의가 간간이 이어졌다. 본경의 실험적이고 전위적이며 독창적인 예술요리가 시작된 것도 그즈음이었다.

"이게 뭐냐?"

배식대에 있는 짜장면을 본 창모의 눈이 휘둥그레졌다. 큰 접시

가운데에 면을 놓고 주변으로 도넛처럼 짜장을 둘렀다. 고명은 채 썬 샐러리와 반숙 계란에 빠진 새우 한 마리.

"샐러리와 레몬 새우를 올린 짜장면이요."

'이런! 싸부님이 보시기라도 하는 날엔…' 그러나 위광은 바로 옆의 조리대에서 전채요리를 담아내고 있다. 모르는 것일까… 포기해버린 것일까….

"3번 테이블 짜장면, 나갑니다!"

창모는 일부러 크게 말했다. 한 번 더,

"이 큰 접시, 이거 갖고 나갑니다."

들었는지 아닌지, 싸부는 말이 없었다. 노트북을 하면서 짜장면을 기다리던 청년의 눈도 휘둥그레졌다.

"저희가 특별히 선보이는 짜장 스페셜, 샐러리와 레몬 새우를 올린 짜장면입니다."

청년은 첫 젓가락에 새우를 집어 올린다. 노른자에 담겨 있던 새우의 몸통이 노랗다. 탱글한 식감에 상큼한 맛. 자세히 보니 새우 위에 레몬 껍질이 뿌려져 있다. 조심스럽게 짜장면을 비볐다. 돼지고기와 호박, 양파가 전부인 춘장 볶음. 샐러리와 같이 면을 감아 먹는다. 후루룩, 사각사각… 샐러리의 향과 식감이 짜장과 잘 어울렸다. 그는 다음날 다시 돌아왔다.

"어제 짜장 스페셜 될까요?"

요리 철학

"두 사람, 왜 계속 나와?"

창모는 직설적으로 물었다. 다 떠났는데 왜. 본경은 웃었고 나희는 심각해졌다.

"너는 왜 웃어? 그리고 너는 또 왜…"

창모에게 둘은 너무 다른 사람이었다. 본경은 햇살처럼 자글자글 반짝거렸고 나희는 아침 호수처럼 고요했다.

"저는 봤거든요."

본경은 그날에 대해 이야기했다. 위광이 투자회사 조카의 손가락을 짜장면에 담근 날, 이 모든 사달의 단초가 된 바로 그날.

"그 얘긴 왜 또…"

그날 위광은 음식과 온도, 온도와 맛, 맛과 향에 대해 말하고 있었다. '천러얼츠! 뜨거울 때, 식기 전에 먹어라!' 이 간명한 말 속에 위광의 요리 철학과 요리사로서의 마음이 모두 담겨 있다. 위광은 말했다.

"식기 전에 들어요. 뜨거우면 삼선요리라고, 따뜻할 때 얼른 먹어야 맛나요. 맛은 냄새와 온기에요. 뜨거워야 향이 나고, 향이 나야 맛있어요. 다 식어서 영혼이 빠져나간 음식을 뭘 맛으로 먹어요?"

요리의 온기와 향이 그 요리의 정수라는 의미였다. 기름과 불을 입힌 중식 맛의 핵심은 온도다. 짜장면에 춘장을 자작하게 덮어낸

것은 전분물을 넣어 양을 늘리기 위해서였지만, 무엇보다 배달하는 동안 음식이 식지 않도록 하기 위한 비책이었다. 라드에 볶아 전분을 넣은 춘장은 식으면 뻑뻑해지고 향도 달아나 버린다. 제일 맛있는 짜장면은 두말할 것도 없이 홀에서 금방 나온 것. 그 온기를 위해 위광은 잡지도 못할 만큼 뜨거운 그릇을 직원의 손에 들려 보낸다. 그러니까 뜨거울 때 먹으라는 간섭은 가장 맛있는 맛을 먹이고픈 요리사의 마음이기도 하다.

"추잡하고 막돼먹은 인간을 얼빠진 놈, 정신 나간 놈이라고 하잖어? 식은 음식이 딱 그 꼴이야. 그 좋은 향과 맛이 다 달아났으니 혼이 빠진 놈과 진배없는 거지. 음식의 온기는 그 음식을 갓 만든 순간에만 누릴 수 있는 찰나의 산물이다. 벚꽃 지듯, 청춘처럼 순식간에 사라져버리지. 뜨거울 때 먹어야 맛있다. 그렇게 먹어야 만든 사람에 대한 예의야."

그는 또,

"소리도 맛이고 씹는 것, 보는 것, 다 맛이에요. 량차이는 찬 대로, 러차이는 뜨거운 대로, 온도에 맞춰서 요리를 먹어야지요. 그래야 제대로, 제맛에 먹는 거예요."

위광은 소리맛, 씹는 맛, 보는 맛, 기름맛, 차가운 맛, 모두 중요하다고 했다. 혀가 느끼는 맛과는 다른 부수적인 맛이지만 분명히 맛에 영향을 미치는 맛이다. 그래서 더더욱 뜨겁고 차가운 온도를 맞춰야 한다고 했다.

그날 창고에서 밀가루 포대를 들고 나오던 본경은 '역시 우리 싸부님'이라며 위광에게 찬사를 보냈다. 비록 잠시 후 벌어진 짜장 활

극에 머리털이 비쭉 서 버렸지만 알리냐 대신 건담을 선택한 이유
에 확신을 가졌다.

"이제 어뜩할 거야?"

"싸부님 옆에서 더 배워야죠. 그리고, 아직 끝난 것도 아니잖아요."

"넌 도대체 어떤 요리를 하고 싶은 거야?"

"뭐랄까… 실험적이고 창의적이고, 저만의 요리 철학이 담긴…
그런 요리요! 맛있을 뿐만 아니라 뭔가 새롭다, 재밌다, 이런 경험
이 되는 요리라고나 할까요? 어떻게 하는지는 아직 잘 모르겠지
만…."

본경의 눈동자가 빛났다. 햇살 같은 웃음에 창모도 따라 웃었다.
젊은이의 굳센 기상을 대견하게 보는 게 아니었다. 그는 한 셰프의
탄생을 보고 있었다. 기억도 희미한 어떤 실패로 스스로 미래를 꺾
어버린 자신에게도 한때 있었던, 어떤 패기 말이다.

"매니저님은요? 어쩌실 거예요?"

"나야… 싸부님 옆에 있을 거야. 계속 뻔뻔하게."

본경은 위광에 대해 지금껏 궁금했던 질문을 했다.

"싸부님께 다른 가족은 없으세요?"

"결혼 안 하셨어. 주변에 사람을 두지 않으시니까."

"특별한 이유가 있으신가요?"

"글쎄. 요리가 전부니까 다른 건 필요가 없으셨겠지."

"멋진데요? 싸부님 외모도 그렇고, 일하시는 모습도 그렇고, 꼭
수도승 같으세요."

"그래도 그렇게 사는 게 아니었는데⋯. 제자도 키우고, 분점도 내고, 티브이 출연도 하시고⋯ 남들 하듯이 그렇게 평범하게 사셔야 했어. 이게 예술작품 같은 거면 죽어서라도 남는 게 있고 평가를 받지, 싸부님은 아무것도 없잖아."

"매니저님 있으시잖아요."

"나야⋯ 내가 무슨⋯ 난 인간도 아냐⋯."

정적이 흐른다.

"그래도 도망가지 않으셨잖아요."

나희의 목소리가 단호하다.

"그거야⋯ 혼자 계시게 두고 어떻게⋯. 갚아야지. 어떻게든 돌려 드려야지."

다시 정적이다.

"나희 너는?"

창모가 분위기를 바꾸려고 다시 그 질문으로 돌아간다.

"왜 건담에 계속 있어?"

나희는 잠깐 생각을 정리하더니,

"싸부님께 더 배우고 싶어요. 전에 해주신 중국식 디저트, 차를 이용한 요리도 그렇고⋯."

나희는 꽁지머리를 죄어 매면서,

"아직 시작도 안 했잖아요!"

아직 끝나지 않았다는 본경과 아직 시작도 안 했다는 나희는 다른 듯 같은 말을 하고 있었다.

역전

건담의 퇴근 풍경은 대개 비슷했다.

가게를 나온 직원들이 거미줄 나가듯 사방으로 갈라지는데 만옹은 개인 오토바이로, 원신과 정판이 지하철, 창모와 나희가 버스 정류장을 향해 걸으면 본경이 그 뒤를 따르는 식이다. 그리고 이들을 오선주가 따라 걸었다. 본경은 몰랐겠지만.

이제는 가게를 나온 나희와 창모, 본경이 한 방향으로 줄지어 퇴근한다. 나희는 빠르다. 보폭도 크고 속도도 빨라 언제나 빠르게 인파 속으로 사라진다. 그랬던 나희의 걸음이 그날따라 유난히 느렸다.

나희는 멘보샤를 생각했다. 본경이 만든 샐러리와 새우 짜장면에 대해서도 생각했다. 본경은 자유자재로 요리와 플레이팅에 변화를 준다. 빠른 손놀림과 실험정신으로 재료를 바꾸거나 첨가해 맛에 레이어를 입히거나 단순화시키는 데 거침이 없다.

나희는 다른 본경을 봤다. 그저 아이처럼 천연하고 엉뚱한 줄 알았던 본경에게서 반짝이는 재능과 열정을 발견했다. 나희는 어느새 본경을 생각한다. 상하이 정원의 식사 이후로 꽤 가까워졌다고 생각했는데, 둘 사이는 여전히 거리가 있다. 같이 안과를 갔던 날도 그랬고, 옥상에서 함께 차를 마셨는데도 대화에 별 진전이 없다.

창모가 나희를 앞질러 갔다. 그냥 지나칠까 말을 걸까…. 본경이 갈등하고 있을 때였다. 나희가 뒤돌아봤다. 마치 본경을 기다리는

것 같다. 긴가민가한 상황에서 본경이 나희를 향해 뛰어간다. 나희
는 별안간,

"샐러리와 새우 짜장면 말야."

"응. 왜?"

"플레이팅 좋더라. 오늘 냈던 파 더미 탕수육도 그렇고."

으아, 본경은 지축이 훅 기울면서 전속력으로 회전하는 것 같았
다. 어찔한 기분에 몸이 붕 하늘로 떠오른다.

"나도 샐러리 기름을 내볼까 생각했거든. 멘보샤를 튀길 때 써볼
까 해서. 속 재료에 새우와 향이 나는 제철 채소를 같이 써보는 것
도 좋을 거 같은데, 어때?"

나희는 튀김 요리의 아이디어를 본경에게 쏟아냈다. 두 사람은
버스 정류장까지 걸어가면서, 버스 안에서, 버스에서 내려서도 조
리법과 제철 재료 사용법을 이야기했다. 집으로 돌아오는 길에 본
경은 노트를 꺼내 방금 나온 레시피들을 꼼꼼하게 기록했다. 프랑
스에서 공부하던 학생 시절로 돌아간 것 같았다. 요리가 재밌는 건
상상을 현실화하기 쉽다는 거다. 건물을 짓거나 신약을 개발하는
것보다 얼마나 간단한가? 재료를 구해서 그냥 뚝딱뚝딱 만들어보
면 된다. 한강에 들어서자 본경은 창문을 열었다. 요리 만세! 강나
희 만세!!

만한전석

그날의 첫 출근자는 위광이었다.

아침마다, 걸음마다, 40년을 함께한 열쇠 꾸러미를 오래간만에 꺼내 들었다.

'그래. 찬 기운이 반갑지'

단번에 현관문 열쇠를 찾아 들었다. 늦잠을 자고 웍을 놓쳐도 꾸러미에서 맞는 열쇠를 골라내는 건 일도 아니다.

'아차차…'

최첨단 도어락으로 바뀐 문은 열쇠가 필요 없었다. 위광은 열쇠 위에 창모가 붙여 놓은 번호를 보며 꾹꾹 버튼을 눌렀다. 얼른 손잡이를 돌려야 했다. 조금만 지체해도 문은 다시 잠겨버린다. 장바구니를 들고 안으로 들어갔다. 중국집의 새벽 냄새. 위광만 아는 가게의 냄새가 코에 닿았다. 해가 뜨려면 한참 멀었다. 어두운 가게에 불을 밝히고 주방으로 향했다. 수십 년을 해왔던 일인데도 자못 생경하다. 몇 달 손을 놨더니… 앞치마를 두르고 손을 씻었다.

"쭈이빵, 쭈이빵(最棒 최고)!"

어린 시절, 산둥의 마호 주방장은 요리사가 으뜸이라고 했다. 옛 중국의 재상은 주방장이었고, 공자도 요리책을 냈으며, 시인 소동파도 동파육을 만들었다며 귀가 따갑도록 말했다. 남자가 여자보다 뛰어난 이유가 요리를 하기 때문이야! 음식이 약이고 요리사가 사람 살리는 의사라고 했다. 그때는 그 뜻을 몰랐다. 어느 하루 출근해서 손을 씻던 중, 불현듯 고개를 끄덕였다. 수술 전 외과의사가 손을 씻듯이 요리사도 손을 깨끗이 한다. 의사가 환자를 진찰하듯 요리사도 손님의 식성을 파악하고, 의사가 약을 처방해 병을 낫게 하듯 요리사도 음식으로 섭생을 살핀다. 위광은 그때, 요리사를 업으로 삼아도 좋겠다고 처음으로 생각했다.

위광이 불판 앞에 섰다.

'손이 간질간질하지. 콩닥콩닥 가슴 뛰어. 칼로 쓸고, 보끄고, 튀기고… 뜨건 불길이… 날 불러.'

위광의 손끝이 떨렸다. 살아 꿈틀대는 불길과 그 불천지에서 놀던 웍질이 얼마나 그리웠던가. 밥알 사이로 까오기를 놀리고 살에 기름이 튀고 간장과 식초내가 코를 찌르는 그 생기가 얼마나 간절했었나. 위광은 밸브를 열고 화구에 불을 붙였다. 불을 키워 천장까지 불길을 일으켰다. 우려와 달리 몸은 녹슬지 않았다. 아침 의식이 다시 시작되었다.

출근한 본경이 허리를 숙여 문 앞에 붙은 종이를 들여다보고 있었다. 이어서 도착한 나희도 같은 자세로 글자를 읽었다.

"뭔데 그래?"

두 사람의 뒷모습을 보며 창모가 물었다.

"오늘 쉬기로 했어요?"

"쉬다니?"

어리둥절한 표정으로 주방에 들어선 세 사람은 한창 요리하는 위광을 본다. 그는 예전 모습 그대로였다. 연꽃에서 나온 비슈누처럼 여러 개의 팔을 자유자재로 놀리며 불을 다루며 웍을 돌리고, 재료를 썰고 불판과 조리대, 개수대를 오가며 탭댄스를 췄다. 조리대 위에는 위광이 새벽부터 만든 요리들이 그득했다. 3일 동안 개최된다는 청나라 황실의 만한전석이 눈앞에 펼쳐진 듯했다. 건패와 장뇌삼, 오골계와 송이버섯, 토란과 가리비 등을 넣고 꼬박 5시간을 끓여낸 불도장, 타초어두(剁椒魚頭), 전복술찜(酒蒸鮑鱼), 해삼주스(海參肘子), 홍소육, 사자두에 카빙으로 만든 새와 꽃까지. 창모는 그 요리들을 알았다. 만드는 것을 봤고, 먹었고, 손님에게 대접했었다. 명동 시절 액수에 맞춰 위광이 자유롭게 내어주던 진짜 요리들이 눈앞에 있었다.

"어서들 가서 앉아."

"같이 안 드세요?"

"가서 앉아."

누구도 위광의 말을 거역할 수 없다. 위광의 요리 갈증을 마음껏 해소하도록 놔두고 싶기도 했다. 세 사람은 그 길로 주방을 나가 홀에 자리를 잡았다. 위광이 새우냉채와 카이란냉채를 내어온다. 몸을 반쯤 일으키는 세 사람을 향해 위광은 앉으라고 손짓했다.

"어서들 들어."

위광의 재촉에 본경이 젓가락을 들었다.

"싸부님, 오늘 무슨 날인가요?"

"날은 무슨! 재료가 자꾸 남으니 그렇지. 어서 시작해."

본경은 앞에 놓인 새우를 보며 침을 꼴깍 삼키더니,

"그럼, 잘 먹겠습니다 싸부님!"

창모와 나희도 따라서 젓가락을 든다. 오직 세 사람을 위한 요리 향연이 시작되었다. 메뉴에 없던 새로운 요리에 본경과 나희는 먹으면서 재료의 조합과 조리법을 살피느라 정신이 없다. 곧이어 소금에 절인 붉은 고추가 잔뜩 올라간 생선머리찜, 해삼과 삼겹살을 함께 조린 해삼주스, 소흥주를 넣고 찐 전복술찜과 홍소육이 차례대로 나왔다. 황장을 올린 산둥식 짜장면과 젠빙이 나오자,

"젠빙에 생파. 이거 완전 산둥식이네요."

전병을 한입 크게 베어 문 본경이 입을 오물거리며 말한다.

"다 먹었다간 못 일어난다. 무리하지 말고 조금씩 맛만 봐."

"저희 다른 메뉴 다 빼고 젠빙 전문점 하면 어떨까요? 전통 산둥식 루차이 젠빙!"

다시 주방으로 돌아가려는 위광을 본경이 억지로 앉힌다.

"전 좀 쉬면서 먹어야겠어요. 이제 싸부님도 드세요."

본경이 주방에서 따뜻한 재스민 차를 내어왔다. 차로 한 모금 입을 적신 후 위광이 식사를 시작했다. 요리 이야기가 끝없이 이어졌다. 창모와 본경이 대결하듯이 요리의 유래와 역사를 말했고, 나희는 요즘 페어링을 실험 중에 있다는 말린 꽃과 채소들을 내어 보였다. 오래 이어진 식사가 끝날 즈음이었다. 나희가 후다닥 만들어 온 옥수수 빠스를 각자의 접시에 덜어주는데 위광이 나지막이 말했다.

"가게… 정리할 거다."

본경은 이 융숭한 대접을 심기일전하자는 의미로 받아들이는 중이었다. 나희는 메뉴를 더 줄이거나 작은 곳으로 가게를 이전하

자는 말을 예상했다. 희망 섞인 두 사람의 예상과는 달리 창모는 비극의 기미를 눈치채고 있었다. 먹는 내내 울컥울컥 눈물이 치밀어 요리가 제대로 넘어가지도 않았다. 조만간 아님 언젠가 그날이 오겠지. 그러나 이렇게 느닷없이 그날이 닥칠 줄은 전혀 몰랐다.

반값 짜장면

'이번 달을 마지막으로 37년 영업을 종료합니다. 한 달 동안 짜장면을 반값에 내놓습니다. 그동안 감사했습니다.'

마지막 열흘은 빠르게 지나갔다. 대통령들이 즐겨 찾던 화상의 청요리집은 아는 사람만 찾는 중국집으로 잊혀져가다 미식계의 아카데미라는 미슐랭 스타를 받으며 기사회생했지만 결국 장엄하게 사라진다. 그 마지막을 보자며 손님들이 건담을 찾았다. 유니짜장과 계란볶음밥, 탕수육, 단 3가지 메뉴에 짜장면은 반값. 본경이 짜장면을, 위광이 볶음밥을, 나희가 탕수육을 만들어 창모에게 건넨다. 넷은 이제 손발이 척척 맞았다.

"짜장면 세 그릇, 볶음밥 하나, 마지막 주문입니다."

마지막 요리를 담아내고 위광은 빨간 의자에 앉았다. 벽에 등을 붙이고 앉아 손님들을 바라본다. 어느 비싼 그림보다, 어느 멋진 영화보다 좋았던 풍경. 그 풍경이 벌써 그립다. 먹이는 것은 행복이었다. 먹는 이의 허기를 달래고, 혀를 기쁘게 하는 일로 내내 즐거웠다. 의자를 문밖에 내놓고 오가는 손님에게 감사와 환영의 인사를 건네는 노년을 상상했었다. 가게를 이어줄 누군가가 주방을 지키고 소소하지만 직원들 월급을 챙기고 오래 봐온 동네 사람들, 그자식들과 인사를 나누며 느긋한 오후를 맞는 풍경을 바랐다.

'60년 넘은 중화요리 인생을 이렇게 쫓기듯 마무리하게 될 줄이야…'

위광은 칼과 웍, 주걱을 하나씩 챙겼다. 없는 미래니까 소용할 곳도 없는 물건들이었지만 손에 익은 순서대로 비닐에 넣고 주방을 나왔다.

"가라. 네. 잘 가. 응. 먼저 가. 가세요."

가게 앞에서 네 사람은 그렇게 헤어졌다. 이런 마지막은 처음이다 싶을 정도로 담담한 작별. 위광은 빨간 의자와 검은 비닐봉지를 휘적휘적 흔들며 건담을 서서히 벗어났다.

가게에는 여럿의 손이 담겨 있었지만 물이 식자 손을 빼가는 건 순식간이었다. 투자금 회수와 계약 파기에 따른 손해배상이 예고되었지만 가게를 인수하겠다는 작자들의 경쟁으로 가격이 비등하기까지 했다. 건담의 부활은 그렇게 막을 내렸다. 화끈하게 타올랐다가 한 방에 사라졌다.

출근

빨간 의자도 건담을 떠났다.

대신 목련나무가 있는 곳, 해와 달이 보이는 위광의 집으로 이사했다. 위광은 이 단층짜리 집을 1999년에 샀다. 화교는 본인 명의로 200평 이상의 주택을 살 수 없다는 화교 부동산 취득 금지법이 풀린 해였다. 반백 년을 한국에 살고도 짱깨, 짱꼴라 소릴 들으며 거주허가 연장을 위해 대만을 오가던 시절이 눈앞에 지나갔다. 복덕방 주인은 목련나무가 집보다 나이가 많다고 했다.

"집을 지을 때 나무를 살리는 방향으로 집의 위치를 잡고 마당을 낸 거야."

위광은 그 말에 집을 구매하기로 마음먹었다. 중국도 대만도 한국도, 아무도 돌봐주지 않는 화교에게 보살핌을 받으며 살아온 나무의 일생이 위안이 되었다. 그렇게 비정성시의 시간에 작별을 고했었다.

위광의 시선은 종일 거실 창 너머에 머문다. 마당의 바람, 햇살, 새와 풀과 나비가 오갔지만 그들을 보는 건 아니다. 멍한 상태로 그렇게 시간을 보냈다. 머릿속을 어지럽히던 욕심을 놓고 나니 마음이 평온했다. 일어나고 싶을 때 일어나고, 먹고 싶을 때 먹고, 자고 싶을 때 자는 삶. 시간이 길어지고 하루가 더디 갔지만 못 견딜 것도 없었다. 고요한 집에서 한마디도 않고 지내다보면 날이 뭉텅이로 지나 있기도 했다. 그렇다고 문제될 것도 딱히 없었다.

'또 늦다니…'

위광은 헐레벌떡 자리에서 일어났다. 티셔츠와 양말 차림으로 전날 만들어 놓은 빙을 뜯어 먹으며 현관으로 향했다. 자다가 세월 다 보내지. 죽으면 영원히 잘 텐데 늘그막에 무슨 잠 욕심을 내고 그러나. 노망이 난건가…. 현관으로 가다가 자신의 맨다리를 봤다. 아무리 바빠도 바지는 입어야지. 서둘러 방으로 들어가 양말을 벗고 바지를 입었다. 다들 기다릴 텐데… 위광은 얼른 방을 나섰다. 신을 신으려는데 맨발이다. 이런, 양말은 또 언다가…. 안방에는 양말이 한쪽 뿐이다. 어쩔 수 없지. 양말을 손에 들고 신을 신었다. 현관 앞에 모여 있을 직원들이 아른거렸다. 가게로 급행했다. 서두르면 15분. 맘이 급하니 고개가 앞장을 섰다. 부랴부랴 가게 골목에 들어섰을 때였다. 위광이 멈춰 섰다. 건담의 간판이 내려가고 있었다. 쇠사슬에 감긴 문과 영업종료 공지문. 가쁜 숨이 잦아들며 장면이 하나하나 눈에 들어왔다. 천천히, 그제야, 아차차… 어제도, 그제도, 벌써 며칠째…. 망연하게 바라보고 섰던 위광이 천천히 몸을 돌려 골목을 빠져나갔다. 다시 오면 안 된다. 정신을 단단히 붙들어 매라. 어제처럼, 그제처럼 다짐했다. 빠져나오는 발걸음에 곡비소가 인사를 해왔다.

"안녕하세요 싸부님."

곡씨반점 앞에 '원조 건담'이라는 글귀가 붙어 있었다.

멜랑콜리

하작가와 '빛질'의 인기가 고공 행진했다.

어느새 그의 냉소적인 맛 표현은 추종자들을 낳았다. 우민상, 진민경, 문세운, 둔 스파크 같은 맛 좀 아는 형님, 언니들이 나와 그의 입담에 가세했다. 그로 인해 대머리는 막말과 용기의 상징이 되었다. 몇 가닥은 비굴하다, 밀어버려! 가끔 그는 술 한잔 마신 듯 대책 없이 멜랑콜리해졌는데 건담의 폐업 소식을 전할 때도 검은 담즙의 기운이 찾아왔다.

"중국집 건담이 문을 닫아요. 저도 어제 가서 반값 짜장면을 먹고 왔는데… 참, 씁쓸하네요. 미슐랭을 받고 이제야 진가를 인정받는구나, 했는데. 손가락 사건에, 건물도 넘어가고, 여러 가지 문제가 겹친 데다가… 세상사가 다 이런 거죠. 폈다가 지고, 나왔다가 사라져요. 물론, 제가 질근질근… 빛질을 좀 세게 했었죠. 음식 맛이 오락가락하는 것도 그랬고, 주방 시스템이 엉성한 것도 맞아요. 근데, 두위광 요리사님, 대단한 분이세요. 뭐, 그 나이에 어떻다, 그런 말이 아니라 자신의 일에 대한 열정, 노력, 건담을 지켜내려는 의지가 대단히 뜨겁다, 이런 의미에서요.

사실 저도 그 짜장면 손가락 사건 현장에 있었는데요, 이분이 재밌는 얘길 하세요. 음식의 온기가 그 음식의 영혼이라구요. 듣고 웃는 분도 계실 거고, 무슨 미개사회 토테미즘이냐고 비웃을 분도 계실 텐데, 저는 그 말 믿습니다. 전적으로 동의해요. 나라마다 영혼의 음식이라고 불리는 것들을 보면, 거의가 따뜻한 국물 요리죠. 음식의 온기가 가슴을 타고 내리면서 온몸으로 퍼지고, 그렇게 영혼을 흔들어요. 그게 바로 뜨거운 음식이 가진 힘, 정수, 요체예요. 그러니까 충분히 영혼이라고 부를 수 있죠.

이분 식당에 가면 말도 하지 말고, 사진도 찍지 말고 뜨거울 때 바로바로 먹어야 할 것 같은 압박감이 느껴지죠. 주방장님이 '천러얼츠, 천러얼츠' 하면서 홀을 돌아다니는데, 무슨 독재자 같아요. 수프 나찌 있잖아요? 먹는 즐거움은 씹고 넘기는 맛도 있지만 대화를 나누며 먹는 맛, 그 즐거움도 있는 거잖아요. 월권이죠. 확실히 선을 넘는 거예요. 근데, 저는 그 집의 그런 간섭이 좋았어요. 요리사의 철학이 느껴지잖아요. 요리는 뜨거울 때 맛있다는 확고한 신념! 더 맛있게 먹이고 싶은 요리사의 마음! 아, 오늘 빛질 더 못하겠네요…."

나는 왜 요리하는가?

냉장고부터 싱크대, 수납장까지 주방은 전체가 스테인리스로 번쩍거린다.

대리석 식탁 위에는 차구가 가지런히 놓여 있다. 한 올도 빠짐없이 당겨 묶은 머리, 핏줄이 보일 정도로 흰 피부에 금테 안경을 낀 나희가 투명 주전자에 물을 올렸다.

"해 보니까, 중식도 아니었어?"

화려한 가운 차림의 금정이 주방으로 들어왔다. 나희는 대답 없이 물이 끓기를 기다린다. 금정이 커피머신의 카페라떼 버튼을 누르자 그라인딩 소리와 우유가 데워지는 소리가 요란하게 울렸다.

"플로리스트도 아니고, 옷 만드는 것도 아니고, 베이킹도… 참, 건축 설계 하다가도 뛰쳐나왔지? 난데없이 중식당에 들어가더니, 이제 중식도 아냐? 그래도 요리는 좀 오래했다."

나희는 튀어나가는 말을 참으려고 어금니를 꽉 깨물었다.

차금정과 강나희.

금정은 나희를 20대 초반에 낳았다. 대학교 1년을 휴학한 후 금정은 나희를 데리고 학교에 복학했다. 약국을 했던 금정의 엄마가 주로 나희를 돌봤지만 상황이 여의치 않을 때 금정은 당당히 나희를 데리고 등교했다. 처음에 교수들은 정색을 했지만 나희는 대학 생활에 기가 막히게 적응했다. 수업이 시작되면 어김없이 잠들고 수업이 끝나는 시간에 맞춰 깨어나 방긋 웃으며 우유를 먹었다. 금정이 석사과정을 시작하자 나희는 근처 어린이집에서 지냈고 오리엔트에 입사하자 근처 초등학교를 다니며 엄마의 손이 별로 필요치 않는 독립적인 아이로 자라났다. 금정은 세상에 이런 아이 없다며, 착하고 예쁜 나희를 늘 자랑하고 다녔다. 금정은 오리엔트에서 승승장구했다. 입사 2년 만에 팀장을 달았고, 그로부터 몇 년이 지나기도 전에 그녀가 단독으로 운영하는 팀이 꾸려졌다.

아빠의 빈자리를 채워주려는 금정과 그런 금정을 이해하는 나희는 서로가 살아가는 이유였다. 그러나 금정이 바빠지고 나희가 사춘기에 접어들 무렵, 나희의 할머니가 재혼과 동시에 일본으로 떠나면서 나희는 많은 시간을 홀로 지내게 된다. 사춘기를 힘겹게 견디던 나희는 기숙학교를 택해 집을 떠났다. 주말마다 집에 왔지만 금정과 별로 마주칠 일이 없었다. 그렇게 둘은 서서히 멀어졌다.

나희는 뭐든 잘했다. 공부도 잘했고, 그림도 잘 그렸고, 피아노든 발레든 종목에 상관없이 다른 이들을 쭉쭉 앞질렀다. 그런 만큼 쉽게 싫증을 냈다. 정상을 코앞에 두고 미련 없이 등을 돌렸다. 스스로 생각한 수준에 부합하지 않으면, 돌파보다는 포기를 택하는 기질 혹은 습관 탓일 거라고 금정은 추측했다. 그나마 건축을 전공했던 대학생활은 금정의 설득과 감시로 간신히 3년을 넘기긴 했다.

오해와 간섭이 반복되면서 둘 사이는 더 멀어졌다. 중단의 이유를 털어놓고 그에 맞는 해결책과 용기의 언어를 주고받을 수 없게 되었다. 처음에 금정은 나희의 상황을 문제라고 보지 않았다. 기회를 더 갖는 행운의 여정이라 여겼다. 철학을 전공한 이가 건축가가 되고, 의사가 정치를 하는 것처럼 다양한 경험이 상상력과 삶의 깊이를 더할 거라고 믿었다. 그러나 냉담은 서로를 지치게 했다. 에너지를 빼앗고 우울을 가져왔다. 차츰 금정은 나희의 잦은 진로 변경을 헛된 방황으로 인식했다. 나희 또한 금정의 설득과 의견을 독설가의 파쇼로 여기면서 숨바꼭질이 시작되었다.

그렇다고 금정이 전부 다 포기한 건 아니었다. 필요한 것 이상으로 지원을 했고 알게, 또 모르게 적극적으로 도왔다. 다만 독설만큼은 포기할 수 없었다. 자신의 노력을 수포로 만든다는 것을 알면서도 자제할 수 없었다. 나희는 금정이 고맙고 미웠다. 좋으면서 싫었다. 차라리 내버려두고 아무 말 않기를 바랐다. 둘 사이엔 과거의 애틋함만 남았다.

　나희는 다기 세트를 펼쳤다. 마음을 진정시켜야 했다. 다도는 거식증을 극복하기 위해 시작한 정신수양의 하나였다. 불식간에 튀어나오는 돌발적 충동을 잠재우기 위해 찻잔을 준비하고 물을 끓이고 차를 우린다.

　이전의 나 같으면… 그만 뒀을 것이다. 의지에 반하는 상황을 운명이라 여기고 투쟁은 무의미하다고 결론 냈을 것이다. 관련인들과 연락을 끊고 언제 그랬냐는 듯, 치열했던 노력과 시간들을 뒤로하고 가차 없이 떠나버렸을 것이다. 또, 또… 몸에 붙은 도주의 습관이 삐죽 고개를 내민다. 차를 마셨다. 천천히 향을 음미하며 온기를 몸에 불어넣었다. 진정하라. 될 대로 되라 식의 유혹을 억제하라.

　나희는 문득 위광의 불판을 떠올렸다. 웍을 쥔 손과 주변으로 솟구치던 불길, 자기 것을 끝까지 지키려던 처절한 고집과 집념을 생각했다.

　'나는 왜 요리하는가?'

　집을 설계하고 옷을 만들고 빵을 굽고 꽃을 장식하는 일 모두 나희에게는 별반 다를 게 없었다. 궁리해서 만들어내는 일. 재밌고 잘했지만 전부 하다 말았다. 그런데 왜 요리지? 나희는 특별한 이유가 떠오르지 않는다. 이유를 갖다 붙이기도 민망하다. 다시 위광을 떠올린다. 힘든 상황에서도 돌파구를 찾아가던 본경을 생각한다.

'복잡해지지 말자. 그냥, 계속해보는 거야.'

때론 막다른 골목에서 내린 어쩔 수 없는 선택이 운명이 되기도 한다. 다시 한 모금. 나희는 후루룩 소리를 내며 찻물과 향을 길게 빨아들였다. 널뛰던 감정이 조금씩 잦아들었다. 문득, 종국엔 다도 역시 끊어내야 할 것임을 깨닫는다.

나희는 앞치마를 매고 머리를 묶는다. 월병을 만들기로 했다.

"위에삥(月饼)은 달 모양의 떡이다."

지난 추석, 위광이 월병을 만들며 말했다. 밀가루에 라드와 설탕, 계란을 넣고 피를 만든 다음, 속에다 말린 과일과 견과류를 넣고 계란물을 발라 구웠다. 나희는 그때 월병을 처음 먹었다. 은은한 과일향에 고소한 맛이 차와 잘 어울렸었다. 나희는 기억을 떠올리며 월병을 만든다. 라드 대신 버터를 쓰고 속에는 팥소와 말린 귤, 무화과, 호두, 해바라기씨 같은 견과류를 넣었다. 오븐에 넣고 월병이 구워지기를 기다린다. 차를 우릴 때처럼, 빵과 떡 역시 완성되기 위한 시간이 필요하다. 어떤 맛이 날까… 문득, 답이 떠오른다. 나는 왜 요리하는가? 요리에는 기다림과 설렘이 있다. 나를 진정시키고 또 가슴 뛰게 한다.

변심

원신은 총소해삼을 만들었다.

돌덩이처럼 딱딱한 건해삼을 며칠 동안 삶고 불리기를 반복하면 다시 해삼이 된다. 잘린 머리도 다시 만들어내는 재생 능력이 죽어서도 발휘되는 것이다. 본격적인 요리는 이제부터. 부활한 해삼을 파와 함께 센 불에서 빠르게 볶은 다음 준비된 간장 소스와 전분물을 넣고 뭉근하게 졸여준다. 간단한 재료에 조리법도 단순하다. 아침부터 원신은 연이어 네 접시째 해삼요리를 만들고 있었다. 그런데 도통 위광이 내던 맛이 나지 않는다. 첫 입에 눈이 감겼던 맛, 자신을 건담에 주저앉혔던 오묘한 감칠맛과 식감을 찾을 수 없다. 특별할 것도 없는 재료에 뻔한 조리법이었는데…. 건담의 주방 직원들은 비법이라고 할 만한 것은 없다고 했다.

'그게 아냐. 분명 뭔가가 있다고!'

원신의 확신은 4년 동안 변함이 없었다.

'4년…. 제기랄, 4년 동안 뭐했냐….'

원신은 주걱을 집어던졌다. 하필 주걱은 방구석에 처박혀 있던 비닐봉지에 떨어졌다. 벌써 며칠째 원신과 눈싸움 중인 검은색의 비닐봉지. 그 속에는 몰래 갖고 나온 위광의 레시피 노트가 들어 있었다. 에라, 모르겠다. 사람이라도 든 것처럼 조심조심 비닐을 열고 보쌈해온 노트를 꺼내 든다. 손때와 물자국이 밴 낡은 노트를 펴는 원신의 손끝이 찌릿해왔다.

'이거… 뭐냐…'

노트는 도통 알아볼 수 없는 글자와 그림투성이었다. 재료와 요리 스케치, 뱀처럼 꼬불꼬불한 한자와 숫자, 빗금과 동그라미. 마지막 쪽에는 뉴건담에서 만들었던 수타면 작업에 관한 기록도 있었다.

'야, 이 양반, 자기가 무슨 레오나르도 다빈치야? 못 알아보게 암호로 써 놓은 거 봐라. 그럼 그렇지.'

원신은 노트를 던져버렸다.

'역시 두위광이군. 대단해. 박수!'

원신은 혼자서 소리치고 시킨 대로 박수쳤다.

'다 된 밥에 코를 빠뜨리다니…'

금정의 제안을 왜 거절했을까? 원신은 또 그 생각이다. 솔직히 자신 없었다. 내리 네 번을 망하고 나서야 실력 부족을 가까스로 받아들였다. 경영 실력, 사람을 다루는 실력의 부족을 인정했고 운도 실력이라는 같잖은 말까지도 겸허히 받아들였다. 무모한 도전에는 대가가 따른다는 처절한 교훈도 얻었다. 실력 연마를 핑계로 건담에 숨어버린 것도 두려움 때문이었다.

'도대체 왜…'

자신을 향한 금정의 개인적 호의라고 생각했지만 투자는 내부 회의를 몇 번이나 거친 회사의 공식 결정이라는 사실에 다시금 놀랐다. 금정은 원신의 상품성을 봤다고 했다. 레스토랑 업계는 음식 맛만큼이나 셰프 개인의 매력이 중요한 쿠킹엔터의 영역으로 확장되었다고 했다. 그 말을 듣자 더 자신 없었다.

'날 뭘로 보고! 어? 나도 못 믿는 나란 인간을 도대체 뭘로 보고…'.

위광의 말처럼 세상에 공짜가 어딨냐. 온갖 간섭을 하겠지. 뒷덜미를 움켜쥐고 꼭두각시처럼 놀려대겠지. 온갖 잡념이 머리통을 휘감았다. 제안을 받자마자 결정을 내릴 필요도 없었다. 적어도 며칠, 몇 주의 시간은 주어졌을 것이다. 그런데도 그 자리에서 건담을 살리자고 역제안을 했다.

"아! 너란 놈. 진짜 하는 일마다…."

원신이 발을 구르며 신경질을 부린다.

"너무 고급이어서 안 돼, 너무 본토식이라 또 안 돼, 너무 미국식이라 완전 안 돼…. 내가 잘해도 남이 뒤틀어서 안 돼! 어쩌란 말이야!"

"다 여자가 문제였지."

원신의 넋두리에 아내가 대꾸했다.

"이번엔 아니라니까!"

원신이 자신 있게 대답했다.

"과연?"

아내의 의심 가득한 눈초리에 원신이 뚱하게,

"집에 안 가?"

"남편이 데리러 올 거야."

아내와 원신은 3년 전 헤어졌다. 둘은 이혼 후 더 잘 지냈다. 인연을 끝내고 보니 미워하기도 힘이 부쳤다. 안압이 오르고 호르몬약을 먹고 하는 일마다 망하는데, 다 부질없는 에너지 낭비야! 아이들 앞에서 연기를 할 필요도 없었다. 오히려 '이렇게 사이좋은데,

진즉에 헤어지지!' 하며 이혼을 환영했다.

"다시 개업해."

매번 가게를 결사반대하던 여자였다. 원신은 잘못 들었나 싶다.

"갑자기 왜 그래?"

"요리가 달라졌어."

"뭐라고?"

"좋아졌다고 맛이."

결혼생활 16년, 이혼생활 3년 만에 처음 듣는 칭찬이었다.

"부자들이 먹는 중식이 어디 중식이야? 중식은 화끈한 맛이 있어야지! 제대로 간을 좀 하라구!"

호텔식 고급 중식은 맛이 없다며 늘 불평을 하던 여자였다. 탄탄면은 너무 본토식이라 싫댔고, 미국식 중식집을 열었을 때 아예 미국으로 가라더니 자신이 떠났다.

"어떻게 달라졌는데?"

"칭찬은 여기까지. 어쨌건 연습 더 해봐. 나, 간다."

같이 건담을 나온 정판도 비슷한 얘길 했다. 자기 일처럼 분에 못 이겨서는,

"형 가게 다 됐는데, 그걸 앞치마 던지고 나오냐? 제정신이에요?"

그는 성마르고 까탈스럽지만 판단이 빠르고 머리가 좋았다.

"그 스타가 그냥 스타야? 그거 따려고 목숨 걸고 덤비는 데가 한둘이냐고? 전 재산 쏟아붓고, 그 별 때문에 자살도 하는데… 솔직히, 미슐랭 그 사람들이 누가 만든 거 먹었는지 어떻게 알아? 형이 기미상궁이 된 게 언제부터였지? 혼자 주방 책임진 거 한참 됐잖아

요! 싸부가 완전 손 놓고 있을 때도 가게 박 터졌잖아. 맞네, 형, 아니 주원신 셰프님이 딴 별이야! 셰프님 미슐랭이네. 퇴직금도 못 받았죠? 4년 동안, 제대로 가르쳐주지도 않았잖아. 안 그래요? 싸부가 다시 식당 할 일도 없을 거고, 그렇담 건담 그 이름 다시 쓸 일 없을 거야. 그러니까, 이름은 그대로 가고! 별도 그대로 써요!"

일신우일신

뿔뿔이 흩어진 직원들은 각자의 자리를 찾아갔다.

만웅은 갈비뼈가 붙자 대림동 차이나타운의 대형 중국집에 칼판장으로 갔고, 오선주는 빈혈 치료를 하며 부모님의 가게 일을 도왔고, 정판은 홀매니저 일을 계속 찾았으며, 식사장 청경채는 도망가서 미안하다며 돌아왔다가 폐업을 확인하고 다시 돌아갔다.

본경은 글쓰기에 한창이었다. 블로그의 글을 책으로 만들자는 출판사의 제의를 받았기 때문이다. 왜, 라고 되물을 정도로 뜻밖이었지만 다양한 경험이 녹아 있고 인문학적 지식이 가득한 글이 재밌고 유익하다는 설명에 생애 첫 출간을 결심했다. 저녁에는 프랑스에서 알고 지내던 셰프 형의 레스토랑에서 일했다.

'이렇게 끝나버리는 건가….'

건담은 미슐랭 3스타를 포기하고 선택한 직장이었다. 후회보다는 아쉬움이 컸다. 위광의 요리 철학과 중식을 배우는 절호의 기회를 놓치는 것 같았다. 일일이 설명하지 않아도 위광의 말과 요리에는 오랜 연마로 터득한 요리의 정수가 보석처럼 담겨 있었다. 조리에 숨은 과학적 방법, 요리를 이해하는 그의 철학, 사람을 먹이는 행복감이 온몸에 체화된 두위광이라는 요리사를 배워야 했다. '두위광학'. 그는 하나의 학문이었다.

이제 본경의 목표는 명확해졌다. 새롭고 창의적인 요리를 해보자던 다소 광범위한 계획은 중식과 모던퀴진의 결합으로 구체화되었다. 일신우일신! 오직 연습만이 살길이라는 자세로 본경은 요리에 매진했다. 위광이 했던 대로 건담의 요리를 만들고 자신의 창작을 더했다. 위광이 했듯이 아침마다 문사두부를 만들었다. 연두부 썰기는 하루아침에 되는 게 아니었다. 속도가 느리면 두부가 칼면에 들러붙었고 물에 풀어봐야만 굵기를 가늠할 수 있었다. 역시 연습밖에는 해법이 없다. 본경은 위광의 칼질을 떠올려 본다. 그가 칼을 쥐는 법, 재료를 잡는 법, 칼질하는 몸의 자세를 하나하나 복기하며 두부를 썰어 나갔다.

健啖師父

5장. 동(動)

계란탕과 감자볶음

"싸부님!"

본경이 위광의 집 벨을 눌렀다. 소나기가 한차례 퍼붓고 지나간 동네 거리. 여기저기 맺힌 빗방울이 토도독 떨어져 내린다.

"싸부님!"

반응이 없자 본경이 다시 벨을 누른다. 창모에게서 위광이 꼼짝 않고 집에 틀어박혔다는 얘길 듣고 나선 길이었다. 걱정에 다시 목청껏,

"싸부님!!"

여전히 대답이 없다. 안 계시나? 살짝 열린 문틈을 발견한 본경이 손가락을 갖다 대자 삐거덕 소리를 내며 철문이 열렸다. 마당에는 가지가 앙상한 나무와 조그만 텃밭, 자전거가 한 대 보인다. 비가 그친 마당에 막 햇살이 들기 시작했다.

"싸부님, 도본경입니다."

문득 코를 파고드는 수상한 냄새에 본경은 무작정 현관문을 열고 안으로 들어갔다. 집 안에는 탄내가 가득했다. 본경은 연기가 피어오르는 주방으로 뛰어가 가스레인지의 불을 껐다.

"탔어?"

위광의 목소리였다.

"냄비까지 싹 탔어요!"

위광은 뒤쪽으로 난 문을 열고 숯이 된 냄비를 내어놓았다. 바닥에는 먼젓번에 구워놓은 숯냄비들이 빗물을 뒤집어쓴 채 줄지어 있다.

"라면 너, 왜 또 왔냐?"

"저 오늘 처음 왔어요."

"처음 왜 왔냐?"

"아…. 홍대 근처에서 일하거든요. 지나가다가 들렀어요. 잘 지내셨어요?"

질문이 머쓱해질 만큼 위광의 몰골은 난해했다. 어느덧 단발로 자란 머리는 기름을 바른 듯 음전하게 눌어붙었고 구멍 뚫린 셔츠에 허리춤에는 바지가 삐뚜름하게 걸쳐 있었다. 뭣보다 살이 빠져 볼록했던 배가 쏙 들어갔다.

"감기 기운 좀 있다."

"점심은 드셨어요?"

"태워 먹었지."

농담 같은데 본경은 어쩐지 웃을 수가 없었다.

"제가 뭐 좀 해 드려요?"

"됐어. 시켜 먹는 게 나아."

귀찮게 하기 싫어 내놓은 말이 무안을 준 꼴이 되었다. 그런데도 본경은,

"그럼 간단한 걸로 할까요?"

"간단한 거 하나 해봐 그럼."

"네!"

씩씩하게 대답하고 본경이 주방으로 향했다. 당최 요리라곤 해 먹지 않는 모양이었다. 냉장고에 있는 재료라고는 계란과 싹이 난 감자, 생강이 전부.

'세상에, 파가 없다니…'

"파는 마당에 있다."

그새 독심술이라도 익힌 것인지 위광은 파의 행방을 알려왔다. 마당의 텃밭에는 파가 몇 뿌리 심겨 있었다. 오직 파였다.

본경은 가까스로 서랍에서 찾은 건새우과 건고추, 목이버섯으로 계란탕(蛋花湯 단화탕)과 중국식 감자볶음을 만들기로 했다. 단화탕은 프라이팬에서 눌 듯이 부친 계란에 육수를 붓고 끓이다가 불린 목이버섯과 파를 넣고 소금, 참기름으로 마무리했다. 감자는 얇게 채 썰어 물에 담가 전분기를 제거한다. 기름에 파, 생강과 건고추를 볶다가 감자를 넣어 살짝만 익히고 소금 간을 한 후, 마지막에 식초를 넣는다.

위광은 본경이 해 준 요리를 가만히 들여다보다가,

"계란을 눌렸구나. 이 단화탕을 어디서 배웠냐?"

"일본에서 공부할 때, 대만인 룸메이트가 이걸 가끔 끓여 먹었어요. 누룽지처럼 고소한 맛이 나서 자꾸 해 먹게 되더라구요."

위광이 탕국물을 떠먹었다.

"어떠세요?"

"먹을 만하다."

위광의 식사는 아주 느렸다. 마치 처음 보는 음식을 맛보듯 숟가락질이 느릿느릿 조심스러웠다. 감자볶음을 오물오물 씹다가 계란탕을 두어 번 떠먹기를 반복했다.

"모친이 감자볶음을 곧잘 해줬지. 요리가 어설퍼도 몇 가지는 할 줄 알았어. 날 좋은 날, 마당에 솥을 걸고 감자를 보끄었어. 나는 옆에 쪼그리고 앉아서 그걸 지켜보는 거야. 돼지기름에 파, 생강을 넣고 향을 내다가 고기 넣고 마지막에 얇게 채 썬 감자를 후르륵 볶아내면, 불맛이 밴 감자볶음이 나와. 꼬소한 기름내, 생강향이 온 동네에 퍼지면 무슨 잔칫날이냐고 사람들이 젓가락을 들고 여지없이 모여들었다.

자기 몸 하나 간수도 어려운 양반이 날 키우겠다고… 애를 썼지. 애는 썼는데… 먹을 게 있어야지…. 배가 고파서 아버지와 살러 갔는데, 이 양반이… 술만 먹으면 손찌검이야. 번쩍번쩍… 눈앞에서 번갯불이 솟는데, 놀라 갖고선 눈물도 안 나. 귀에서 눈에서 피가 나고 고름이 나고… 그때가 10살이었어. 난리 중에도 배꼽시계는 어김없어. 배가 고픈 거야. 배가 등가죽과 붙어서 허리가 접히니, 내 정신이 아니었지. 구멍가게서 양갱을 하나 훔쳐 나오다가 와락 뒷덜미를 잡혔어. 곰 같은 주인장이 어찌나 포악하던지, 손을 잘라 놓겠다면서 손목을 비틀어대고 발길질에 매질에, 그렇게 흠씬 줘터지고 바닥에 고꾸라진 걸 안주인이 들쳐 업고 나왔지. 코피가 터지고 입에서 단내가 올라오니까 잘못될까봐 겁이 났는지, 데려간 데가 중꿔지알, 중국집이야.

그날 태어나 첨으로 짜장면이라는 걸 먹었어. 집에서 첨장 올려먹던 그 작장미옌이 아냐. 시커먼 그릇에서 고기내, 양파내, 꼬순내가 아주 진동을 해. 손이 아파서 숟가락을 소매에 끼고 한 숟갈을 떠먹었지. 돼지기름이 입안에 번지는데… 도망갈 생각이고 뭐고 싹 잊었지. 며칠 있다 그 중국집 찾아가 일을 시작했어. 내 머리통만 한 양파를 종일 까고 발이 부르트도록 주문을 받고서는 집에 올 때 짜장면을 한 그릇 얻어먹는 거야. 그게 다야.

요리를 어디서 배웠냐고 묻는데, 누가 그걸 갈쳐줘? 어림없지. 지배인한테 묻고, 싸궈, 깐궈, 몐얼 할 것 없이 묻고, 뭐가 들어갔냐, 얼마나 들어갔냐, 자꾸 물어. 니가 그런 걸 알아 뭐하냐며 지청구를 주고, 꿀밤을 먹어도 갈쳐 달라 매달리는 거야. 도대체 뭘 넣어서 그런 맛이 나는지, 사람이 미쳐. 국자에 붙은 걸 핥고, 뜨거운 웍에 몰래 손가락을 찍어 넣어 먹어봐. 궁금하니까 자꾸 훔쳐 먹고 보는 거야. 어깨너머로 봐야 돼. 요리법을 훔치는 거야.

그렇게 몇 달씩 걸려 요리 하나를 겨우 배워. 그걸 모친을 찾아가 해줬지. 이도 성치 않은 양반이 어찌나 맛나게 먹는지, 해주는 데 재미가 붙어. 혀가 얼마나 정확한지, 짜면 짜, 달면 달아, 아주 귀신같이 간을 봐. 그래도… 그렇게 두고 오는 게 아니었는데…"

위광의 눈에 물이 맺혔다. 본경은 자리에서 일어나 물을 갖고 왔다.

"잘 먹었다."

위광은 물을 마시며 식사를 마무리했다. 창밖으로 밝게 해가 났다.

"싸부님, 장을 뒤집어 줄까요?"

위광은 대답이 없었다. 본경이 거실 창에 붙어 창밖을 살핀다.

"독을… 가게 옥상에 두고 나왔어." 어딘지 부끄러워하는 위광의 고백에 본경은 듣고도 못 믿겠다는 표정으로,

"네?!"

기억이 쓰린지 위광이 미간을 찌푸린다. 그런데도 본경은,

"아, 싸부님! 매일 햇빛 맞추고 뒤집어주고 아, 얼마나 애지중지 보살폈는데… 으아… 혹시 전복, 해삼 말린 건요? 그건 들고… 오셨죠?"

"…"

"세상에! 아, 세상에 그걸 버리고 오시다니…."

"쓸 일이 없을 텐데 뭐 하러…."

건담의 옥상. 장은 영문 모른 채 독안에 갇혔고 전복과 해삼은 비와 먼지를 고스란히 받아내고 있었다. 손 탄다고 뒤로 물리고 눈길도 용납 않던 그 보물을 그냥 두고 오다니… 그만큼 경황이 없었나, 죄다 쓸모없다는 결정을 할 만큼 상심이 컸다. 물컵을 든 채 위광은 마당을 쓸쓸히 바라본다. 본경은 더 이상 화를 낼 수 없었다.

도둑들

어두운 실내, 현관문의 번호를 누르는 전자음 소리가 났다. 뚜루르, 락이 해제되는 알람이 울리고 검은 옷과 모자, 검은 마스크 차림의 누군가가 문을 열고 들어왔다. 검은 옷은 휴대폰 플래시를 비추며 살금살금 주방으로 들어갔다. 잠시 후, 다시 울리는 전자음 소리. 잘못 눌렀다는 안내음이 나온다. 아, 이런… 다시 비밀번호를 누르는 소리. 문이 열리며 마스크를 쓴 키가 큰 누군가가 안으로 들어왔다. 키 큰 이는 창문에 붙어 뭔가를 찾다가 사무실 안으로 들어갔다. 순간, 테이블 밑에서 불쑥 몸을 일으키는 같은 차림의 짧은 꽁지머리. 가슴을 쓸어내리며 침입자들의 동정을 살피다가 그만 거꾸로 세워둔 의자를 떨어뜨리고 만다. 우당쿵쾅… 소음이 어둠을 깨운다. 주방과 사무실에서 물건을 챙겨 나오던 이들이 일제히 멈춘다. 세 사람은 삼각편대를 유지한 채,

"너 무슨 일이야?"

키 큰 이가 물었다.

"제가 쓰던 도마 가지러 왔어요. 그러는 셰프님은요?"

검은 모자가 따져 묻는다.

"나야…"

꽁지머리가 키 큰 이의 가슴팍에 플래시를 비추자 빨간 미슐랭 엠블럼의 모퉁이가 반짝 빛났다.

"셰프님 그거 갖고 가서 뭐하게요?"

"이게 뭔데?"

"아 증말 그러기에요?"

꽁지머리가 항의하자,

"그러는 뽄 너는, 왜 왔냐?"

자기인 줄 어떻게 알았냐는 듯, 꽁지머리가 어깨를 움찔하면서

"내일 건물 공사 시작한대서, 싸부님 건화하고 장 단지 가지러 왔죠."

키 큰 이가 마스크를 벗고 언성을 높이면서,

"건화를 두고 가셨다고?"

순간, 옥상의 철계단을 내려오는 발소리가 들렸다. 셋은 순식간에 주방 뒷문을 뛰어나갔다. 곡비소가 직원들과 장독을 맞들고 옥상을 내려오는 중이다.

"이 사람이 진짜!"

"진짜 뭐?"

"도둑이야?"

"누구? 너 말이야?"

휴대폰을 꺼내며 신고하겠다는 원신의 으름장에 직원들이 장단지를 도로 옥상으로 들고 올라갔다.

"오늘은 그냥 가지만, 담에 보자 너!"

말 같지도 않은 말을 남기고 곡비소와 직원들이 뒷걸음질로 사라지자 셋은 밤새 단지들을 다시 밑으로 내렸다. 원신은 어떻게 이걸 두고 가냐며 잔소리를 해대면서도 정판에게 전화를 걸어 트럭

을 대기시켰다. 작업이 거의 마무리된 자정 무렵이었다. 멀리서 고성의 기괴한 방가가 들려왔다. 세 사람은 목을 빼고 옥상 밖을 내다봤다. 누군가 비틀비틀 갈지자걸음에 해삼, 해삼 소리를 지르며 저만치 골목 어귀를 들어서고 있었다.

"해삼?"

"사부님 목소리 같은데요?"

"설마…."

술 취한 듯 흥에 겨운 고성이 점점 가까워졌다. 위광이었다. 위광이 고래고래 구슬픈 한탄을 뱉어내고 있었다.

"나는 해삼이다. 이 샨뚱 대장부가 하루아침에 하이셴이 됐다. 머리도 내주고, 꼬리도 끊어주고, 엉덩이로 창자도 빼주고, 다 줬다. 달라는 대로 전부 다 줬다. 이걸 해라 저걸 해라, 이리 가라 저리 가라, 하란 대로 가란 데로 모조리 했다. 모래를 뻘뻘 기어 다니고, 바위틈에 숨어서 숨만 쉬었다. 뇌도 없고, 심장도 없다. 속이 다 녹아버렸다. 이 샨뚱따한이 해삼이 됐다고!"

본경이 뛰어 내려갔고 나희가 뒤따랐다. 망연하게 보던 원신은 그만 뒤돌아서 버렸다. 본경이 현관문을 열고 밖으로 나갈 때였다. 웽, 굉음을 내며 오토바이가 눈앞을 지나갔다. 싸부님! 본경이 소리쳤지만 오토바이의 요란한 소리에 말이 묻혔다. 어둠 속에서 비틀대던 위광과 오토바이가 충돌했다. 사람과 기계의 충돌에 퍽, 하는 소리가 났다. 위광이 넘어지면서 바닥에 머리를 찧었다.

"싸부님!!"

위광의 머리에서 피가 흘렀다. 끈적한 핏물이 눈을 타고 흐르는

데도 위광은 노래를 멈출 줄 모른다. 노래인지 혼잣말인지, 흐느끼다가 껄껄대다가, 중국말과 한국말이 뒤섞인 위광의 소리가 밤공기 속으로 길게 길게 퍼져나갔다.

부활

다치지 않았다면 몰랐을 것이다.

깨진 머리를 검사하다가 병이 발견되었고 그렇게 위광은 살게되었다. 해삼, 해삼 노래를 부르다 진짜 해삼처럼 부활한 것이다.

"운이 좋으시네요. 뇌경막에 고여 있던 피는 잘 제거됐습니다. 뇌막 아래 피가 고이면 치매와 비슷한 증상이 나타나기도 합니다. 인지장애가 동반되고 신경쪽 문제가 생겨요. 경과를 봐야겠지만, 일단 기억력이나 경련 증상 같은 건 호전되실 거예요."

중얼거리고, 웍을 놓치고, 멍하니 서 있거나 늦잠을 잔 것도 경막하혈종 관련 증상일 거라고 했다. 우울증이나 노인성 치매로 발전할 수 있으니까 신경을 써야 한다고도 당부했다. 위광은 보름 후 퇴원했다. 어느새 꽃망울을 터뜨린 목련나무가 위광을 맞았다.

"저 왔어요."

점심때면 외출을 하고 돌아오듯 본경이 왔다. 식재료를 사오고 음식을 갖고 와 나눠먹기도 했다. 본경은 구사일생으로 구출해온 장독을 뿌듯하게 바라보며 빛과 바람을 쐬어주고 아기발 다루듯 조심조심 독을 닦았다.

요리를 잘한다던 창모의 말은 사실이었다. 종갓집 며느리 저리 가란 솜씨로 매 끼니를 정갈하게 차려냈다. 식탁에 앉아 냉이를 다듬을 때였다.

"나물 손질할 때가 너무 좋아."

그는 자잘한 냉이 잎에서 시든 잎과 흙을 솎아내며 미소 지었다.

"잡념이 사라져. 기도하듯이 말야."

본경은 그 의미를 알았다. 한 잎, 한 뿌리, 단장시킬 때마다 손에 배는 풀향기와 흙내음이 마음에 평온을 준다. 그 날것의 재료를 보기 좋게 단장하는 것부터가 요리의 시작이다. 창모에게는 요리에 필요한 자질이 넘쳐났다. 당장 본격적으로 요리해도 될 실력이었다. 그러나 현실에 쫓기다보니 꿈을 좇는 일 따위는 늘 언감생심. 아직 다 갚지 못한 빚이 산더미였고 아내의 행방은 오리무중에, 부모님 댁에 맡겨 놓은 두 아들을 생각하면 자다가도 벌떡벌떡 일어났다. 그는 레스토랑 두 곳과 새벽까지 편의점에서 근무하며 불안과 우울을 극한의 노동으로 밀어내고 있었다.

위광은 천천히 회복해갔다. 마당을 쓸고 운동화를 빨고 가게 물건이 든 박스를 한두 개씩 개봉해 창고에 정리하는 소일거리를 하며 지냈다. 운동을 한다거나 몸에 좋은 걸 챙겨 먹지는 않았다. 그저 복잡한 생각을 않고 가는 시간에 무심하려고 했다. 그는 왜 찾아왔냐고 병을 탓하지 않았고 병 때문에 이상 증상이 나타났다고도 생각지 않았다.

'늙어 가는데 별 수가 있나…'

병으로 미각을 잃었지만 아니었대도 늙음으로 맛을 잃었을 것이다. 다들 그랬다. 80이 넘은 요리사들은 손에 익은 대로, 그 감으로 했다. 홍콩에서 노년을 맞은 마호 싸부가 그랬고, 인천 명보원의 주방장도 그랬다. 하던 대로 해. 그리고선 맛있기를 기도하는 거지. 모친도 늘그막엔 음식 간은 먹는 자의 일이라 했던가…. 그럼에도 불현듯 지진이 나듯 뜨거운 불덩이가 아랫배부터 울컥울컥 치솟는다.

'코가 막혀버렸어. 혀도 맛이 갔으니… 뭔 수로 맛을 알겠어… 다 끝난 거지.'

자신도 모르게 한탄이 흘러나온다. 그랬다. 맛과 향이 사라지니 삶이 즐거울 일이 없었다. 앞으로도 그럴 것이다. 위광은 오늘이 어제 같고, 내일도 오늘 같을 날들이 무의미했다. 냉이와 더덕, 온갖 종류의 나물 내와 달달한 밥내가 집 안에 그득했지만 위광은 그 향과 맛을 알지 못했다.

실연

_____

봄의 시작이다.

초봄의 시간은 딴 계절과 다르게 흐른다. 그들이 온다. 원추리와 두릅, 쑥, 가죽나물, 씀바귀, 냉이, 달래와 같은 푸새들이 시장에 나타난다. 그들이 진짜다. 산에서 내려온 진짜 나물이다.

산란한 봄기운은 사람을 다그친다. 땅을 뚫고 올라오는 새 생명과 자글거리는 햇살, 그 분주한 진동에 가슴이 뛴다. 봄나물을 쫓아 급박한 며칠을 보내고 나니 이미 만개한 벚꽃이 지천이다. 떨어지는 꽃잎을 보며 그 속절없는 시간의 속도에 휘휘 머리가 돌 지경이다.

본경과 창모가 마당에 앉아 두릅을 손질하고 있었다. 삐거덕, 대문을 열고 나희가 들어왔다.

"왔어?"

"응. 매니저님, 안녕하세요?"

"차차, 오랜만이야."

본경이 활짝 웃으며 나희가 들고 온 케이크를 받아 들고 안으로 들어간다.

"둘 사이가 언제 저렇게…."

창모가 놀란 눈을 껌뻑이며 서 있다가 곧장 이들을 따라 들어갔다. 창모가 본경의 옆구리를 쿡 찌르며 묻는다.

"언제부터야?"

"얼마 안 됐어요."

위광이 퇴원하는 날 나희는 병원에 왔다. 조용히 들어와 위광의 물건을 가방에 챙겨 넣고 약국에서 약을 타왔다. 병실 사람들은 손녀가 예쁘다고 칭찬했고, 의사들은 부쩍 위광에게 친절하게 굴었다. 병원 앞에서 인사를 나누고 헤어질 때였다.

"매니저님 근무하는 가게에 같이 가 볼래?"

본경은 치열했던 건담의 마지막을 함께하며 나희에게 전우애 같은 감정까지 생겼다. 밀가루 반죽처럼 천천히 부풀어 오르던 설렘은 이내 화구의 불길처럼 맹렬히 타올랐고 그 열기와 진동으로 본경은 매일 밤 잠들지 못하고 뒤척였다.

"그래."

흔쾌히 대답하는 나희의 시선이 한 남자를 향했다. 짧은 머리에 안경을 쓰고 정장을 입은 남자가 나희를 보며 환하게 웃었다.

"니가 갈 때 같이 가자. 먼저 가볼게."

나희가 그를 향해 걸었다. 남자가 내민 손을 나희가 잡았다. 멀어지는 두 사람을 본경이 멍하니 보고 있었다. 이별통보를 들은 것처럼 한동안 멍해 있다가,

"강나희!"

본경이 나희의 이름을 부르며 뛰기 시작했다. 주차장으로 향하는 나희의 뒷모습을 보면서 본경은 전속력으로 뛰었다. 강나희! 본경이 다시 나희를 부른다. 강나희!! 드디어 나희가 뒤돌아봤다.

"내 전화번호 알려줄게. 시간을 맞춰봐야 하잖아."

나희는 남자의 손을 놓고 휴대폰을 건넸다. 본경은 자신의 번호로 전화를 걸었다. 숨이 가빴다. 손이 떨렸다. 길게 녹아내리는 시간 속에 마지막 숫자를 눌렀다. 가방 속에서 휴대폰 벨이 울렸다. 멀어지는 나희의 뒷모습 속에 벨소리는 계속됐다.

짝사랑은 끝났다. 행복한 결말은 아니지만 한편으로는 자유를

얻었다.

'아, 그래서… 그랬던 거구나.'

남자친구의 존재를 확인하는 순간 오히려 마음이 놓였다. 이제 이름을 부르고 전화를 거는 건 어려운 일이 아니다. 밥을 먹으러 가고, 차를 마시자는 제안이 훨씬 쉬워지겠지. 내 여자가 아닌 내 동료, 내 친구 나희. 본경이 곧장 문자를 보냈다.

'내일 낮 어때?'

본경은 그렇게 나희에게 연락해 차를 마시고 빵집에도 갔다. 눈 뜨면 글 쓰고 운동하듯 위광의 집까지 걸어가 식사했고 오후에는 프랑스 식당에서 일하고 퇴근 후엔 다시 글 쓰다가 잠드는 생활이 반복되었다. 종종 멍했고 봄날이 가는 것보다 서럽게 아팠지만 가슴 속의 불덩이는 미열을 남긴 채 식어가고 있었다.

함께 먹는 것

나희는 다양한 빵을 만들어왔다.

식빵이나 바게트 같은 식사용 빵부터 마카롱, 쿠키, 케이크에 이르기까지 거의 모든 빵을 만들 줄 알았다. 게다가 위광은 단것을 좋아했다. 가끔씩 견과류와 말린 과일소가 든 월병을 사러 명동까지 다녀오기도 했다. 그럼에도,

"너무 달다. 이제 만들어 오지 말어."

위광은 두 사람이 그만 왔으면 했다. 오는 건 반갑지만 번잡스럽고 미안해서 싫었다. 집은 고요한 공간이었다. 새소리도 성가실 정도로 평생 그랬다.

"낼은 나 나간다. 오지들 말어."

"네. 그럼 모레 올게요."

"모레도 나가."

"네. 그럼 저녁때 잠깐 들를게요."

"그래."

창모가 제집인 양 대답을 했다.

계속 그들이 온다. 예고도 없이 불쑥 나타나 밥을 먹고 사라진다. 병이 왜 찾아왔는지 모르듯 이 방문이 왜 이어지는지 알 수가 없다.

종종 넷이서, 어쩔 땐 셋이서 식사를 했다. 같이 먹는다. 혼밥이 몸에 뱄고 수술 후로는 허기도 잘 느끼지 못했지만 같이 먹자니 먹어야 했다. 받아먹는 것은 해본 적이 없으니 같이 차린다. 같은 걸 먹고 마시며 이야기도 한다. 낼부턴 오지 말라는 말로 시작해서 출근하는 프랑스 레스토랑은 어떻다는 둥 하는 본경의 말을 들어주고, 나희에게도 몇 마디를 걸어본다. 녀석은 이제 제법 입을 연다. 나처럼 말이 짧았던 녀석은 이제 속엣말도 늘어놓는다. 건강을 물어오고 좋아하는 음식을 묻는다. 말만 많지 자신의 이야기는 없던 본경이 아버지에 대해 얘기한다. 오는 게 짜증스럽다가도 맛있으면 또 잊어버린다. 먹고서는 같이 치운다. 식탁 정리, 설거지, 그릇

정리 순으로 담당을 맡아 처리한다. 이러지도 저러지도 못한 채 끼니는 반복된다. 며칠 연달아 오다가 안 오면 집이 휑하다. 괜히 나쁜 버릇만 든 거 같다. 혼밥이 그립다.

나희도 한때 그랬었다. 함께 먹는 것뿐만 아니라 먹기 자체를 싫어했다. 불호를 넘어선 두려움은 도전과 포기가 반복되고 집이 은둔의 성이 되면서부터 시작되었다. 불안을 달래려 먹을 것에 의존했다. 그런 자신을 두고 누군가 수군댔다.

"하고 싶은 거 다 하고, 먹고 싶은 거 다 먹는 니가 부럽다."

먹기는 혐오가 되었다. 먹지 않아 죽을 수도 있다는 두려움에 떨면서도 먹을 수 없었다. 치료를 오래 받았다. 그 치료의 제 1수칙이 천천히 먹을 것, 그리고 차를 마실 것이었다.

"오래 씹으면 더 맛있다."

밥을 먹다가 불쑥, 위광이 말했다. 어떻게 알았을까… 그것은 자신을 두고 한 말이었다. 느리게 먹어도 괜찮다고 그는 말하고 있었다.

"맞아요. 천천히 씹으면 냄새 분자가 코로 더 많이 퍼지니까 풍미가 배가 되죠. 이게 바로 느림의 묘미에요."

본경이 맞장구를 쳤다. 마치 짜고 연극이라도 하듯, 그들은 나희의 느린 식사에 보조를 맞췄다. 함께 먹으며 오래 씹었다. 그들의 말이 맞았다. 오래 씹으면 더 맛있었다.

"싸부님, 요리책을 내시면 어떨까요?"

본경이 불쑥 이야기를 꺼냈다. 위광은 듣는 둥 마는 둥 반응을 보이지 않았다.

"싸부님의 조리법을 기록으로 남겨야죠."

"내 책을 누가 사? 책 사겠단 사람 나왔어?"

화가 난 것처럼 위광이 말을 쏘아붙인다.

"요즘은 마케팅이 중요한 시대라서…."

창모가 본경을 거들면서 끼어들었다.

"중화요리전문 60년! 요림(料林)의 숨은 고수, 미슐랭 원스타 레스토랑의 비법! 대박 날 거 같은데요?"

"돈도 필요하고…."

창모가 모기 나는 소리로 가늘게 한마디를 보탰고 나희도 돕겠다고 나섰다.

"싸부님, 가게에서 레시피 노트 쓰셨잖아요. 그거 갖고 오셨죠?"

위광은 노트에 대해 일절 말하지 않았다. 원신이 갖고 간 노트에는 일하며 익힌 요리법을 차곡차곡 적어놓았고 날씨에 따른 주문량, 양념과 반죽 비율, 단골손님의 취향 같은 것도 있었다. 위광은 책을 누가 사볼까 싶었지만 다른 문제도 있었다. 그것까지 말할 필요는 없었다.

어쩌다, 요리수업

점심 식사를 준비하던 창모가 갑자기 외출했다.

기회를 노리던 위광이 "이제 오지 마, 먹는 것도 귀찮아!" 등을 떠밀며 본경을 쫓아내려고 했다. 그 와중에 나희가 도착했다. "네네, 점심만 먹고 갈게요." 두 사람은 주방으로 향했다. 그날 준비된 재료는 우럭, 오이, 계란. 조미료도 부족하고 부재료도 별로 없다. 생선찜인 청증우럭(清蒸石斑鱼)과 오이무침인 파이황과(拍黃瓜)를 만들고 식은 밥으로 계란볶음밥을 하기로 했다.

　　두 사람은 주방 도구를 찾느라 얼마간을 헤매다 재료 손질에 들어갔다. 본경이 생선을, 나희가 야채를 맡았다. 못마땅해서는 방으로 들어가 버렸던 위광이 슬그머니 다시 나왔다. 화분에 물을 주고 바둑판을 정리하며 모른 척, 냉장고에서 물을 꺼내 마시다가도 아닌 척, 전방위로 둘을 살폈다. 마찬가지로 본경은 나희를, 나희는 위광을 흘끔댄다. 춤을 출 짝을 고르듯, 서로를 곁눈질하고 들킨 시선을 거뒀다가 어깨 너머로 슬쩍, 뒤돌아서 흘끗, 서로의 주변을 맴돌며 다가섰다 멀어지는 기묘한 3인무가 이어진다.

　　본경이 비늘을 벗겨낸 생선을 도마 위에 놓고 손질에 들어갔다. 오래된 도마가 수평이 맞지 않아 덜그럭거리며 헛돌았다. 칼을 쥐는 건 또, 왜 저 모양인지… 컵을 싱크대에 놓고 돌아가던 위광이 뚱한 얼굴로 본경의 뒤에 멈춰 섰다. 상관 말자던 다짐은 어디로 간 건지,

　　"아, 너는 무슨 칼질을!"

　　불식간에 터져 나온 소리에 놀란 위광이 말을 멈췄다.

　　"네?"

　　"아니, 칼을 왜 그렇게 잡냐고?"

그 소리도 크다는 듯 한껏 톤을 낮춰서,

"검지로 칼등을 받치고, 뼈에 칼날이 닿지 않도록 슬쩍슬쩍 칼집을 넣어줘야지. 도마가 그렇게 노는데 무슨 칼질을 하겠다고….'"

위광은 도마 아래에 행주를 괴어준다. 본경이 칼을 고쳐 잡고 생선 손질에 들어갔다.

"그렇게 생선을 쪼물락거리면 살이 다 뭉개지지. 생선은 찬 손으로 재빠르게 손질해야 한다."

본경의 손길이 제법 빨라진다. 손질을 마친 생선을 물에 씻자,

"비린내가 안 나도록 꼼꼼하게 피를 씻어내라."

"네!"

"그리고 차차 너!"

나희는 칼등을 손바닥으로 내려치며 오이를 으깨는 중이다.

"파이황과를 하려는 거냐?"

"네."

"차이따오 쓰는 건, 눈이 짓무르게 봤을 텐데, 힘이 없냐 요령이 없냐? 그렇게 맥없이 칼배로 내려치다가 손이라도 다치면 어쩌라고 그러냐."

위광이 뺏듯이 건네받은 칼머리로 내려치자 오이가 부서지며 쪼개졌다.

"힘이 안 되면 칼머리를 써야지. 차이따오는 만능이다. 칼코, 칼배, 칼머리 어느 하나 안 쓰는 데가 없다. 칼등은 두텁지만 칼날은 얇다. 종잇장처럼 비치게도 쓸고, 실처럼 가늘게도 쓸고 앞코와 뒷날을 다 쓰면은 조각도 한다. 면이 넓고 묵직해서 여자한텐 무거울

수 있지. 헌데 요 무게를 잘만 쓰면 힘을 들이지 않고도 뼈새를 가르고 내장을 분리할 수도 있다. 칼 하나가 도마도 되고, 망치도 되고, 절구도 된다. 요령을 못 익히면 그림에 떡이지. 알겠냐?"

"네!"

나희가 평소보다 크게 대답한다.

"파이는 두들겨 으깬다는 말이다. 오이를 자르지 않고 왜 으깨는 거냐?"

"구석구석 간이 더 잘 배라구요."

"맞다. 단면이 제멋대로라서 간장을 품고 있다. 그만큼 뭉쳐 있기도 하니까 잘 섞어줘야지. 다시들 해봐."

청증위는 생선찜 요리다. 조미 없이 찜기에 찐 다음 파채, 생강채를 얹고 간장 소스와 뜨거운 기름을 끼얹어 먹는다. 최소한의 간으로 최대한의 본맛을 끌어내는 일거양득의 조리법이 청증이다. 파기름의 풍미가 가득 배어있는 생선은 탱글한 식감에 감칠맛이 폭발한다. 관건은 생선을 찌는 시간과 불의 세기. 본경은 생선에 칼집을 내고 그 사이에 생강과 파를 끼워 넣었다. 마땅한 찜기가 없어 프라이팬에 생선 접시를 올리고 다른 프라이팬을 뚜껑으로 썼다. 이어서 볶음밥 준비에 들어갔다.

계란을 따로 볶는 쇄금반(碎金饭)과 노랗게 물을 들이는 금양은(金镶银) 조리법 중에 고민하다가 식은 밥이 너무 마른 상태라 계란 물을 입혀서 볶기로 했다. 금을 입힌 은이라는 뜻으로 소위 황금볶음밥이라고 부르는 차오판이다. 본경은 계란 노른자로 버무린

밥과 대파의 흰 부분을 잘게 썰어 준비했다. 숱하게 연습했지만 위광의 시선을 한몸에 받으니 손이 떨렸다. 웍을 달구고 파를 볶으려는 순간,

"샤오유!"

익숙한 위광의 목소리가 들려왔다.

"아차⋯."

본경은 얼른 기름을 둘렀다. 금양은은 밥 한 톨 한 톨, 꼼꼼하게 계란과 기름, 파향을 입혀주는 것이 관건. 전체적으로 샛노란 색을 입히기 위해서는 무엇보다도 웍과 주걱을 다루는 기술과 속도가 요구된다. 본경은 달군 파기름에 계란 묻힌 밥을 넣고 부지런히 밥을 볶기 시작했다.

파이황과는 중국식 오이무침으로 으깬 오이에 간장이나 피시소스, 식초, 설탕, 다진 마늘, 생강즙을 넣고 버무려 차게 먹는데 라유(辣油 고추기름)나 고수를 곁들이면 더욱 완벽해진다. 나희는 조각난 오이에 기본 간을 하고 마늘과 생강즙을 넣고 버무렸다.

"초를 쳐!"

위광의 외침에 놀란 나희가 어깨를 움찔했다.

"초를 칠 거면, 제대로 쳐야지. 화끈하게 치거나, 아니면 마는 거다! 죽은 요리를 살리는 게 초, 죽이는 것도 초다. 그렇게 찔끔 흘리면 요리가 죽지!"

세 사람은 생선이 익기를 기다렸다. 맹렬하게 솟구치는 화구의 불길과 온갖 도구의 마찰음이 사라진 작고 조용한 주방. 마치 아이들과 떠난 캠핑장에서 휴대용 버너에 캠핑용 프라이팬을 놓고 쓰

는 기분이었던 것일까? 위광은 가게 주방에 있을 때와 달랐다. 이놈 저놈이 사라졌고, 주걱을 흔들어대거나 웍에 든 요리를 쏟아버리는 참사는 기미도 없었다. 생선이 익자 상을 함께 차리고 셋이 둘러앉아 저녁을 먹었다. 생강과 파향을 품은 생선찜은 탱글한 식감이 살아있고 간장과 파기름의 고소한 맛이 배어 감칠맛이 났다. 상큼한 오이무침도 생선요리와 잘 어울렸다. 볶음밥은 어떠냐는 본경의 질문에 위광은 그냥 볶음밥이다, 짧게 답했다.

위광은 어렴풋하게 파기름향을 맡았다. 비릿한 생선 냄새가 코끝으로 올라오는 것도 같았다. 상상이겠지. 언제부터 냄새도 상상할 수 있게 되었나⋯. 수술이 끝나면 미각과 후각을 되찾을 수도 있다는 의사의 말을 담아두지 않았다. 그 말을 믿었다간 다른 병이 도질지도 모른다. 파도에 휩쓸려 배가 뒤집힌 어부에게 낚싯대는 무용지물. 있는 것도 바다에 던져버릴 판인데 혀와 코를 찾으면 뭣하냐⋯. 위광은 두 사람의 정성을 생각해 맛과 향을 모르는 음식을 부지런히 씹어 삼켰다.

채집

본경은 채집을 떠났다.

어떤 날은 버스를 타고 멀리까지도 갔다. 꼬박 한나절이 걸리기도 했지만 시간 가는 줄 몰랐다. 날마다 새 옷으로 갈아입는 시장은 구경거리, 놀거리, 먹을거리 천지였다. 형형색색의 과일과 신선한 야채, 제철 해산물과 각종 향신료들은 영감의 원천이었다. 장바구니에 담긴 우연한 조합에서, 방법을 일러주는 시장 상인들의 이야기에서 새로운 레시피가 꿈틀댄다.

싸부의 집에 가면 마음이 편했다. 오지 말라는 손사래에, 만드는 요리마다 꾸지람을 듣지만 그러면서 배워가고 있었다. 본경은 며칠 후 바지락과 냉이, 채소 씨앗을 사 들고 다시 위광의 집을 찾았다. 바지락은 소흥주를 넣고 살짝 찐 다음 냉이와 빠르게 버무려냈다. 위광은 맛이 괜찮다면서도 많이 먹지 못했다. 입맛과 후각이 제대로 돌아오지 않고 있었다. 단맛, 짠맛이 그나마 구분되었고 단게 가끔 생각나는 듯 했다.

본경이 거실 창을 열어젖혔다. 햇살이 따사롭고 바람도 좋았다. 그날 오후 본경은 대파 옆으로 고수씨를 뿌리고 위광의 만류에도 장독 뚜껑을 다시 열었다.

마당에는 건담의 주방에서 이사 온 각종 조미료와 요리 도구들이 박스째로 쌓여 있었다. 다 팔아버리라는 위광의 말을 창모는 차마 따를 수 없었다. 터무니없이 후려친 가격도 그랬지만, 언젠가 쓸모가 있을지도 모른다는 바람 섞인 예상 때문이었다. 괜한 짓을 한다고 창모를 꾸짖으면서도 위광은 뭐가 들었는지 모르는 박스를 하루에 두어 개씩 여는 재미에 빠졌다. 향신료가 든 박스를 열자 평생을 맡아온 냄새가 퍼졌다.

"와, 이거 중국집 냄새잖아요."

본경이 곁으로 다가왔다. 위광은 향신료들을 꺼내 손바닥에 올

려 보이며,

"빼자오, 팔각은 뿔이 여덟 개 달린 별이다. 달고 향이 짙다. 이 향이 몸에 배면 웬만큼 주방 돌아가는 사정을 아는 거지. 오향은 산초, 팔각, 정향, 회향, 계피를 주로 쓰지만 정해진 건 아니다. 이걸로 루(鹵)를 만들어 놓으면 편하게 쓰지. 건담에서는 그렇게 했다. 팔각은 열매고, 생강은 뿌리고, 계피는 나무껍질이고, 정향은 꽃봉오리다. 고수씨 같은 씨앗도 있다. 향신료는 가감이 어렵다. 자꾸 써봐야 양을 알 수 있어. 먼저 넣을 것, 나중에 잠깐 넣고 빼는 것, 사용법이 다 다르다. 궁합도 살펴야 하고, 주인 행세를 해선 안 되고 부족하면 요리를 버리지. 자, 맛을 봐라."

위광이 건네는 화자오 알갱이를 본경이 입에 넣고 씹었다. 톡 쏘는 매운 향과 얼얼한 기운이 확 퍼졌다. 본경이 오만상을 찌푸리자,

"무슨 맛이냐?"

"맵고, 쓰고… 아, 얼얼, 마비… 혀에 감각이 없어요."

위광이 고개를 끄덕이더니 묻는다.

"그렇다고?"

"네? 안 먹어 보신 거예요?"

"앞니로 쬐끔 깨물어봐야지 그걸 한 움큼을 털어 넣냐?"

위광은 열매 한 알을 생쥐처럼 앞니로 갉아 먹고는 퉤, 하고 뱉어낸다. 본경도 위광이 하듯 똑같이 했다. 위광이 계피를 쥐고 향기를 맡는다. 본경도 따라 했다. 마당에 쪼그리고 앉은 두 사람의 모습이 거울에 비친 듯 닮았다.

0

"링, 이, 얼, 싼, 쓰, 우, 리우, 치, 빠, 지우, 싀….

칼을 갈 때는 입으로 수를 센다. 0부터 세야 처음부터 시작이다. 눈을 감았다가 뜨는 것과 같다. 바퀴처럼 굴러가며 처음과 끝이 하나가 된다. 다시 뒤집어서 링, 이, 얼, 싼, 쓰, 우, 리우, 치, 빠, 지우, 싀. 너무 힘을 줘도 안 되고, 한 곳만 갈아서도 안 된다. 자칫 딴생각을 하다가는 배가 나오기 십상이지. 칼을 갈듯이 그렇게 요리하라는 뜻이다."

"네."

본경은 위광이 가르쳐준 대로 칼을 갈았다.

"링! 이, 얼, 싼, 쓰, 우…."

온 정신을 손끝과 몸의 움직임에 집중했다. 위광은 그 모습을 가만히 본다.

"요리하는 게 좋으냐?"

본경이 웃는다. 입꼬리가 쓱 올라가고 반달이 된 눈이 초롱 같다.

"누구한테나 가슴 뛰는 게 있잖아요. 저한텐 요리가 그래요. 온갖 채소와 생선, 향신료, 그런 재료를 보면 가슴이 뛰어요. 뭘 만들지, 어떻게 만들지 고민하고 그려보고, 손으로 다듬고, 칼로 썰고, 불로 조리하고…. 그때의 그 차분한 마음, 몰입, 속에서부터 들썩이는 흥분 같은 거…. 아, 아시잖아요. 계획한 대로 일이 진행되고, 중간에 실패해도 계속 가는 거고, 기회를 보면서 만회의 찰나를 노리고…. 요리를 하면 어딘지 똑똑해지는 기분이에요. 그리고 끝나면 결과물이 눈앞에 보이잖아요. 요리는 노동을 배신하지 않아요. 그렇게 만든 걸 먹고, 나누고, 같이 먹고… 그 행복한 느낌, 그런 것도 전부 다, 너무 좋은 거죠. 요리가 인류를 만들었다잖아요. 저, 그 말 실감해요. 전 요리하기 전에는 어딘지 덜 됐었죠. 지금도 그렇지만. 그래도 요리가 저를 이만큼 인간으로 만들어 놨어요."

"아직 호된 맛을 못 봐서 그렇지."

"네. 그 맛도 봐야죠."

본경은 환하게 웃어 보인다.

"재미와 업은 다르다. 재주만 갖고서 되는 일이 아냐. 요리가 좋아 죽겠단 놈들이 몇 년도 못 배기고 죄다 도망쳤어."

본경은 자신의 팔 여기저기 난 상처를 보여준다.

"네. 저도 몇 번 도망친 전력이 있어요. 그런데 이젠 잘 버텨보려구요."

"요리는 먹이는 일이다. 무슨 말인 줄 알아?"

"먹이는 일이요?"

"맛있게 만들어 내는 거, 그걸로 솜씨를 뽐내고 칭찬을 듣는 거… 그런 건 저 아래에 있는 거다. 속이지 않고 좋은 재료를 쓰고, 적당한 값을 받고, 청결하고, 그 마음도 깨끗한 거… 이건 기본 중에 기본이지. 요리는 거기다가 누군가를 먹인다는 마음, 베푼다는 생각이 있어야 한다. 그 진심이 있어야 진짜 요리, 최고의 요리가 나온다."

본경은 칼을 갈면서 위광의 말을 마음에 새겼다. '먹인다…' 그

말의 의미가 정확히 손에 잡히진 않았지만 진심을 다해 요리하라는 뜻이라 생각했다. 본경이 다 간 칼을 싸부에게 건넸다. 위광은 물에 씻어 닦은 칼의 날을 살폈다. 너무 날서지도 않고 둥근면이 나지도 않았다.

"됐다. 수고했다."

프랑스식 만찬

염도계, 탐침온도계, 주사기, 비커, 삼각 플라스크, 슬라이서, 회전채칼, 수비드 머신….

본경이 화학 실험실에서나 볼 법한 물건들을 박스에서 잔뜩 꺼내 놓았다.

"이게 다 뭐냐?"

"제 보물입니다."

연이어 나온 요리책들은 죄다 목침만큼 두껍고 도마처럼 커다랬다. 눈이 휘둥그레져서 보는 위광을 향해,

"오늘 제가 저녁 식사 제대로 만들어 드리려구요."

"됐어."

"아뇨, 아뇨. 이번엔 프랑스식입니다. 이건 제가 좀 해요. 그리고, 제 조리도구로 할 거예요."

위광이 귀가 솔깃해서 쳐다봤다.

"제 걸로… 싸부님 거 망가뜨릴 염려는 안 하셔도 됩니다."

낮부터 시작된 요리 준비는 오후까지 이어졌다. 뭐가 이렇게 오래 걸리냐, 주방만 잔뜩 어지럽힌다며 위광은 이맛살을 찌푸린다. 본경은 이제 차릴 거라며 어디 동네 마실이라도 잠깐 다녀오라고 한다.

"녀석, 귀찮게 굴기는."

위광은 고쳐도 닫히지 않는 대문 때문에 철물점에 가기로 했다. 대문을 나서는데 나희가 들어왔다.

"너는 또 왜 왔냐?"

"아, 여긴 오븐이 없어서요."

"오븐?"

"괜찮아요. 곧 배달 올 거예요. 다녀오세요."

뜻 모를 이야기를 남기고 나희가 집 안으로 뛰어 들어갔다.

한 시간 정도 지났을까…. 위광이 철사뭉치와 혹시 몰라서 산 생닭 한 마리를 들고 대문에 들어섰다. 불이 꺼진 집 안에는 인기척이 없었다. 현관문을 열고 들어갔을 때였다. 못 보던 조명등이 켜지면서 조리복을 입은 본경과 나희가 모습을 드러냈다.

"식사하세요. 싸부님."

식탁이 거실로 옮겨왔다. 위에는 오렌지와 레몬이 수북 담긴 바구니와 촛대도 보인다. 본경이 초에 불을 붙였다. 위광은 당황해서 이게 다 뭐냐고 묻지도 못했다. 본경이 의자를 빼주자 위광이 머뭇거리다가 앉는다.

"식전주입니다."

본경은 얼음 통에 담긴 샴페인을 들고 와 잔에 부어준다.

"너희는?"

"오늘은 저희가 싸부님께 대접하는 날이에요. 편안한 마음으로
드셔주세요."

위광은 선뜻 잔을 들지 못했다. 투명 유리잔에 기포가 올랐다.
탄산이 사라지겠다 싶어 하는 수 없이 한 모금을 마셨다. 기포가
입안에서 터지며 목으로 퍼져나간다. 샴페인은 유일한 해외 여행
지인 홍콩의 주점에서 한 번, 단골이 선물한 것을 마셔본 게 다였
다. 달기만 했던 옛 기억과는 어딘지 다르다.

'이 고소한 건 견과류인가? 여기에 무슨….'

위광은 잔에 코를 박고 크게 향을 들이마셨다. 옛날 같으면 곧장
알아맞혔을 거다. 이놈의 혀… 간신은 무슨… 먹어 보지 않고도 간
을 본다고 주방에서 붙여준 별명이 간귀신, 간신이었다. 맛을 봐도
모를 지경이 되어버렸으니 기가 찰 노릇이다.

'맛이 간 혀에, 냄새도 못 맡는데 막힌 코는 뭐하러 붙이고 다니
는지….'

곧이어 조그만 접시에 한입 크기의 음식 두 점과 호박꽃이 나왔다.

"아뮤즈 부쉬입니다."

본경은 식탁 위에 있던 레몬을 반으로 잘라 즙을 뿌려준다. 레
몬즙이 위광의 얼굴에 튀었다. 위광이 아이처럼 얼굴을 찌푸린다.

한 점은 오이 위에 아보카도와 양파, 버섯을 쌓아 올렸고, 나머지는 속을 채운 애호박을 돌돌 말아 구웠다. 위에는 조그마한 흰색 꽃으로 장식했는데 앙증맞은 들풀이 먹기 아까울 정도다. 가까이 눈을 대고 보니 꽃은⋯ 패랭이 같다. 호박꽃은 잠자리 날개처럼 얇게 옷을 입혀 튀겨냈다.

위광은 손으로 오이를 포크에 올린 다음 한입에 먹었다. 아삭 깨무는 순간, 레몬향이⋯ 났다. 아니, 나는 것 같았다. 오이의 차가운 느낌도 청량했다. 아보카도와 버섯의 풍미, 그 틈을 비집고 드는 꽃의 풋내가 어렴풋이 입안에 퍼진다. 이런 음식을 먹어본 적이 없다. 이런 맛의 조합을 맛본 적도 없다. 차게 식힌 호박말이는 달고 고소하다. 호박꽃은 순한 생화의 맛이 그대로 살아있다.

'어릴 적 많이 먹었지. 동네 공터마다 아이 손바닥만 한 호박꽃에 얼굴만 한 호박잎, 주방장 배처럼 볼록한 호박이 넝쿨째 열려 있었지.'

나희가 빈 쟁반을 거둬가자 또 다른 접시가 등장했다. 수북한 녹색 풀 더미 위에 얹어진 고기 말이다. 풀은 민들레 같기도 한데 조금 다르다. 본경이 젓가락을 놓아줬다.

'양식에도 젓가락을 쓰는구만.'

위광이 익숙하게 젓가락을 들어 한 점을 입에 넣었다. 맛도 익숙했다.

"오향장육을 응용해서 만든 앙트레입니다."

"이건 뭔 풀이냐⋯"

"루콜라에 바질을 조금 섞었어요."

얇게 포를 뜬 사태살 안에 오이와 파, 생강, 짠슬에 고추기름까지, 접시 위에 담겨 나오는 오향장육의 재료를 고기 안에 말아 넣고 소스를 뿌렸다. 오향장육말이라… 그런데, 하나가 더 있다. 팔각, 정향, 회향, 계피, 후추… 향신료가 아니라 더 풍부한 맛, 고소하고 부드러운 맛. 본경이 등을 돌려 요리하는 사이, 위광이 재빨리 장육말이를 풀어헤쳤다.

'뭘까…'

특별한 재료는 보이지 않는다. 소스나 장육을 삶을 때 넣은 것인가… 언뜻 삶은 양배추를 본 것도 같다. 알 수가 없군… 위광은 고기를 다시 말아 얼른 입에 넣었다.

다음 요리를 기다리면서 샴페인을 한 모금 마신다. 기포가 여전했다. 단 것 같으면서도 쌉싸름하고, 시면서도 어딘지 고소한 풍미가 희미하게 올라온다. 잠깐… 꽃향기도 있다. 벌써 취한 것인가… 다시 긴 잔에 코를 박고 숨을 들이쉰다. 분명 어디서 맡아 본 꽃내음이다. 위광은 맛과 향을 자꾸 떠올려본다. 사과향도 있고, 구운 견과류는 확실하다.

'아몬드인가…'

위광은 고개를 젖혀 쭉 잔을 비웠다. 다음 요리가 나왔다. 납작한 흰 그릇에 영롱한 갈색의 육수, 가운데는 버섯 같아 보이는데 그 위에 흰 거품이 있다. 아무리 봐도 거품이 맞다.

"닭육수를 이용한 트뤼프 콘소메 수프입니다."

"이건…"

거품을 손가락으로 가리키며 위광이 물었다.

"트뤼프를 이용한 폼입니다."

국물을 살짝 떠서 맛을 본다. 맑은 색이 보기와 다르게 진하기가 그지없다. 사천요리 개수백체(開水白菜)가 떠올랐다. 암탉과 오리, 훈제 햄, 갈비, 건패에 파, 마늘 향신채를 넣고 오래 끓인 육수에 닭 가슴살을 넣고 잡질을 걷어내면 샘물 같이 맑은 배추탕이 완성된 다. 데친 배춧속 한 장을 띄워 내는데 그 진한 향과 맛에 맑은 육수 를 다시는 얄보지 않게 된다.

숟가락으로 폼이란 것과 아래 건더기, 국물을 함께 뜨자 맑은 육 수에 기름이 번진다. 입에 넣자마자 흙냄새 같은 강렬한 향이 훅 퍼진다. 폼이란 건 거품인데, 여기서도 묘한 맛이 났다.

"술이 들었네."

"네. 셰리주를 조금 넣었어요."

"뭔 수프라고?"

"트뤼프 콘소메 수프예요."

"트립이 뭐냐?"

"송로버섯이요."

"여기 이 거무튀튀한 거?"

"네."

그 송로버섯의 맛을 위광은 오래오래 기억했다. 땅속 깊은 곳에 서 캐내는 버섯이라고 했다. '프랑스 요리가 훌륭하단 소리를 듣는 게 트립 때문이구만⋯.' 그리고 다음 해, 위광은 그 버섯을 찾아 생 애 두 번째 해외여행을 떠나게 된다.

다음으로는 필라프라는 서양식 밥요리가 나왔다. 쌀과 해산물,

야채, 향신료를 버터에 볶다가 육수를 부어 살짝 익혔다. 볶음밥처럼 밥알이 살아있지는 않았고 노란빛에 향신료 향이 강하게 배어 있다. '어디에나 면요리가 있는 것처럼 볶음밥도 그렇군. 그래도 파, 계란을 넣은 중국집 볶음밥이 제일 맛나지.'

본경이 아기 손바닥만 한 굵은 조약돌이 깔린 쟁반을 갖고 왔다. 돌 위에 전복껍질을 그릇처럼 놓고 전복과 가리비를 올렸다.

"가지도 드셔보세요."

"가지가 어디…."

시커먼 돌 사이에 가지가 숨어 있었다. 해산물과 치즈를 가지 속에 말아 넣고 오븐에 구웠다고 했다. 품은 재료의 맛과 향을 그대로 흡수한 가지는 부드러운 식감에 풍미가 좋았다. 전복과 가리비는 버터로 살짝 볶아 오븐에 쪘다.

'프랑스 요리는 버터와 오븐 없으면 해먹지도 못하겠군. 트럽이 없었으면 어쩔 뻔했냐.'

나희가 테이블 위에 있던 오렌지로 즙을 냈다. 달큰한 오렌지 향이 주방의 냄새를 순식간에 바꾼다.

'잠깐… 달큰하고 시큼한 향이….'

맞다. 오렌지의 향이다. 생각이 아니라, 상상이 아니라 분명, 그 향을 맡았다. 위광은 코끝을 실룩거리며 공기 중에 떠도는 오렌지 향을 콧속으로 빨아들였다.

나희는 짜낸 즙에 이것저것을 첨가하더니 소형 산소통을 들고 와서 과일즙을 순식간에 얼려버렸다. 물이 어는 과정을 위광은 눈앞에서 봤다. 사람이 먹어도 되는 건가 싶었지만 성의를 생각해서 한입 먹는다. 상큼한 빙과는 냉장고에서 얼린 것보다 부드러웠고 달달하고 시원해 훌륭한 입가심 거리가 됐다. 단 걸 먹었으니 이제 식사가 마무리인가 싶었는데, 붉은 와인을 잔에 부어준다.

드디어 요리 같은 요리가 나왔다. 평범한 접시에 두툼한 고기가 두 점. 요란하게 멋 부린 것도 없고 돌 속에 숨겨놓는 식으로 장난을 치지도 않았다. 한 덩이는 시커멓게 붉고 다른 건 꼭 동파육 같이 생겼는데, 옆으로 숟가락 크기의 동그란 소스를 놓아두었다. 본경이 포크와 나이프를 쓰라고 일러준다. 칼을 대자 고기가 두부처럼 부드럽게 잘렸다. 한 점을 소스에 찍는데 묻어나지 않는다. 가만 보니 젤리 같은 껍질 안에 소스가 들어가 있다.

"이건, 어떻게 먹으라는 거냐?"

"나이프로 터뜨리세요."

칼끝을 갖다 대자 껍질이 터지면서 초록색 액체가 흘러나왔다.

"파소스예요."

위광은 고기 조각을 소스에 찍어 먹었다. 부드럽기가 한정 없었다. 이가 없어도 먹겠다 싶을 정도에 고소한 기름을 잔뜩 머금고 있다.

"이건 양념 안 한 동파육 같구나."

"네. 삼겹살 콩피에요. 기름에 삼겹살을 오랫동안 익혀냈어요."

"콩피….."

중식에도 기름에 삶는 조리법이 많다. 기름에 푹 담가내는 수자어(水煮魚) 생선요리도 있고 기름에 살짝 데쳐내는 활유(滑油)법도 자주 쓴다. 동파육도 조림간장에 삶지만 돼지고기에서 나온 기름과 함께 끓이는 식이다.

'어디나 비슷하군. 볶음밥처럼.'

남은 고기 한 점을 썰었다. 붉은 단면에 결이 보였다. 먹어보니 고기가 아니었다.

'붉은색이 맛이 달다… 비트를 조린 것인가?'

"비트를 오븐에 오래 구운 거예요. 그 위에는 찐계란에 소스를 발라서 올렸어요."

'절대 보이는 대로일 리가 없지….'

조림은 달고 쫀득거리는 식감이 마치 연근을 조렸을 때와 비슷하다. 나희가 코스의 마지막이라면서 디저트 케이크를 갖고 나왔다. 초콜릿 케이크 가운데에 장미잎을 소복이 올리고 접시에도 여기저기 잎을 흩뿌려 놓았다. 벌집 모양의 망사 장식을 케이크 주변에 둘렀다.

"장미 튀일 초콜릿 케이크에요. 장미꽃을 좋아한다고 하셔서…."

코를 갖다 대자 장미향이 나는 듯… 아니다, 장미향이 맞다. 위광은 자신감이 붙었다.

'장미에서 장미냄새가 나지. 아무렴!'

"이 벌집 같은 건 전분물로 한 거냐?"

"네. 묽게 만들어서 팬에 구웠어요."

케이크는 뺄처럼 꾸덕했다. 쓰면서도 달았고, 장미향과 묘하게 어울렸다. 곧이어 내온 검은색의 차 위에 잣과 대추, 계란 노른자가 띄워져 있었다.

'이젠 안 속지. 계란일 리가 없어. 근데, 쌍화탕 냄새 한번 진하군.'

위광은 샛노란 공에 포크를 갖다 댄다.

"이건 또 뭘로 만들어 놓은 거냐…."

말이 무색하게도 계란 노른자가 터져 나왔다.

"그건 그냥 계란이에요."

"암, 쌍화탕엔 계란이지."

부활

서서히 차오른다.

위장이 부풀고 살이 돋는다. 따뜻한 물에 발을 담근 듯 아래서부터 나른한 기운이 번지며 졸음이 밀려든다. 봄밤의 꽃바람이 자꾸만 눈꺼풀을 간지럽힌다. 샴페인과 와인 때문인가. 위광은 사그라지는 촛불을 응시하고 있었다. 나를 위해 하루를 온전히 바친 누군가의 수고, 그런 환대는 처음이었다.

"잘, 먹었다."

집으로 가는 본경과 나희에게 위광이 말했다. 이말 저말을 생각했지만 막상 상황이 닥치니 조금 길게 잘, 이라고만 말이 나왔다.

"맛있게 드셔주셔서 감사해요."

"수고 많았다."

마음을 전할 기회를 다시 놓치고서 위광은 대문을 걸어야 한다며 철삿줄을 들고 따라나섰다.

"이건 제가 내일 고쳐볼게요."

"그래. 내일 보자."

얼떨결에 철삿줄 뭉치까지 건네고 말았다.

위광이 먹은 것은 단순한 한 끼의 식사가 아니었다. 그것은 꺼져가던 생명을 되살린 부활의 음식이었다. 양갱을 훔친 소년에게 내밀었던 짜장면처럼, 영혼을 송두리째 흔들어 놓은 구원이었다. 본경과 나희는 요리하며 먹는 사람을 마음속에 그렸을 것이다. 회복기에 있으니 간간하고 부드러운 음식 위주로, 익숙한 중국요리도 넣고 장미를 좋아한다니 케이크 위에다 올렸겠지. 그 요리에는 그들의 마음이 담겼다. 먹는 이를 헤아리는 마음, 그 진심이 고스란히 그 안에 있었다. 그것이 바로 요리의 정수이자 비기다. 그렇게 만든 요리는 아픈 이를 낫게 하고 죽어가는 사람도 살린다. 엄마의 요리가 그런 것처럼.

'그 한 끼의 식사가 나의 온몸을 깨웠다.'

세월에 지쳐, 병에 걸려 사그라져가던 온몸의 세포를 벼락처럼 흔들어 놓았다. 누구나 먹는다. 모두가 먹는 인간이다. 눈으로 보고, 만지고, 향을 맡고, 소리를 듣고, 씹고 삼키며 맛을 느끼고 추억하고 상상한다. 먹는 일은 육체적 감각의 일이면서 은밀한 마음의 일이다. 먹는 순간 인간의 모든 감각은 음식과 만난다. 나의 온 우주가 관여하는 빅뱅이 일어난다. 함께 먹을 때 그 폭발은 배가 된다. 같은 음식을 먹으며 맛과 향을 나누고 말을 나누고 그 공기와 시간을 나눈다. 은밀한 활동은 밖으로, 밖으로 확장되어간다.

레몬즙이 얼굴에 튀는 순간이 시작이었다. 아니, 한 사람을 위해 촛불을 밝힌 테이블을 보는 순간부터였는지도 모른다. 달고 시큰한 맛과 향기에 혀가 깨어나고 막힌 코가 뚫리고 처음 본 풀과 꽃이 뇌를 흔들어 놓았다. 그렇게 위광이 깨어났다.

마호 주방장

마씨 성을 가진 주방장은 체격이 크고 민머리에 길고 거무스름한 점이 있었다. 그는 샨뚱따한이었다. 거대한 체격에 호탕했고, 산둥의 사내대장부답게 소리라도 지르는 날이면 땅이 흔들릴 정도였다. 그 모습이 짐승의 포효 같고 머리의 점까지 호랑이 무늬를 닮았다고 해 부두 일꾼들은 그를 마호라고 불렀다. 마호 역시 거대한 변혁의 바람에 떠밀리듯 옌타이 무핑을 떠나 인천에 왔다. 칼 한번 잡아본 적 없던 마호는 이발사의 칼, 재단사의 칼, 요리사의 칼 중에서 제일 크고 빛나는 차이따오를 잡고 하루아침에 중국집 요리사가 되었다. 메뉴는 단 하나, 짜장면만 팔았다. 부두 근처에서 간판도 없이 시작한 판잣집은 인부들의 점심시간에 맞춰 궤짝 위에 나무판자를 열댓 개나 늘어놔야 할 정도로 성황을 이뤘다. 어느 날 마호는 잎담배를 질겅질겅 씹으며 길쭉한 판자에다가 '샨뚱'이라고 썼다. 문 옆에 세워둔 그 간판이 인천항의 소금바람에 '산뚱'이 되었다가 다시 '산동'이 됐을 즈음, 동네 중국집에서 주문동이를 하던 12살의 위광은 잔심부름하고 접시 닦는 싸완으로 가게에 발을 들였다. 산동은 차차 바람막이 널빤지 위에 지붕을 얹은 집 모양을 갖췄고 요리하는 산둥인들이 합세하며 어엿한 중국집이 되었다.

음식냄새 반에 담배연기 반, 산둥 사투리와 욕지거리가 반반인 마호의 주방. 점심이 가까우면 주방은 삽시간에 인천항에 도착한 만선의 갑판장보다 분주해졌다.

"칼을 갈아 와! 접시를 내놓으란 말이야! 말린 무 어디 갔어? 주걱 휘어놓은 놈 죽여 버릴 거야! 내 감자 갖고 간 놈 누구야! 어떤 놈이야?"

아무나 잡고 죽이겠다고 칼을 들이대며 싸우다가도 손잡이에서 훅 하고 칼면이 빠지자 웃기다고 깔깔거리는 정신착란의 세상.

하얀 입김을 내뱉으며 빨간 볼 아이는 언 손으로 쇠국자와 이 빠진 그릇들을 씻고 또 씻었다. 한참을 쪼그리고 앉은 탓에 쥐가 내린 발을 폈다 오므렸다, 그 와중에도 흘끗 주방을 살피며 국자에 묻은 음식을 재빠르게 핥는다. 달달하고 시큼한 탕수육의 즙에선 은은한 과일향이 난다. 무엇일까… 어제는 오이였는데, 오늘은 뭘 넣은 것일까? 허리를 쭉 펴서 옆에 있는 쓰레기통을 슬쩍 살핀다. 사과 껍질과 양배추, 통조림 깡통 사이에 닭머리가 위광을 정면으로 쏘아본다. 우당쾅쾅쾅쾅… 웍이 바닥을 구른다. 다시 싸움이다.

"내 우동 국물에 왜 미친 고춧가루를 타느냔 말이야!"

"니가 먼저 내 탕추로우에 과일 깡통 들이부었잖어?"

"내 우동국물에 사과해!"

"니가 내 탕추로우에 사과해!!"

어린 위광은 바람 같이 뛰어가 바닥에 쏟아진 음식들을 능숙하게 쓸어 담는다. 서로에게 사과를 외치던 두 사람은 서로의 멱살을 잡아 쥐고 춤을 추듯 밖으로 나갔다. 웍 안에서는 돼지고기와 양파가 타기 직전이다. 위광은 불을 줄이고 물을 타 열기를 잡은 다음 첨면장을 넣고 다시 불을 키운다. 재료와 장이 섞이며 짜장이 그럴듯하게 만들어진다. 면이 담긴 그릇에 짜장을 부어내리려는 찰나,

"어이, 너!"

위광은 머리칼이 쭈뼛 섰다. 함부로 웍을 잡은 대가를 호되게 치를 것이다. 죄지은 얼굴로 돌아보자 밖에 누가 왔다며 싸완이 소리를 지른다. 주걱을 내려놓고 비닐 감은 판자문을 열고 나갔을 때였다.

퍽!

난데없이 날아든 주먹질에 번갯불이 일었다.

"엄마 어딨냐? 어디 숨겨 놨냐고!"

온순하던 아버지는 무슨 일인지 하루아침에 돌변했다. 술을 마시고 아무나 때렸는데 돈 문제도 아니고 여자 문제도 아니라고 했다. 벌레가 뇌를 파먹는 거라고 사람들이 수군댔다. 엄마는 위광을 데리고 도망쳤다. 한 끼 먹기에도 빠듯한 생활이었지만 평화로웠다. 엄마가 병이 나면서 중국집에서 일했고 돈이 생기면 쌀을 샀다. 엄마가 병원으로 가면서 위광은 아버지에게 다시 갔다. 그러나 무지막지한 손찌검에 결국 집을 나와 마호의 중국집에서 살았다. 아버지는 시도 때도 없이 찾아와 엄마의 행방을 물어댔다. 병원에 있는 줄 뻔히 알면서도, 잔뜩 술에 취해 위광을 괴롭혔다. 다시 번갯

불이 솟으려는 순간이었다.

"내 가게 근처에는 오지 말라고 했을 텐데요?"

마호 주방장이었다. 그때 그는 진짜 호랑이 같았다. 머리에 있던 검은 줄무늬가 온몸으로 퍼져나갔다.

"엄마 어디로 빼돌…."

아버지는 말을 다 끝맺지도 못했다. 마호 주방장은 그저 달려드는 아버지의 이마를 손가락으로 지그시 밀쳐냈을 뿐이다. 씩씩대면서 돌아가는 그의 뒷모습을 보고 선 위광에게,

"찌엔딴! 넌 짜장을 볶다가 그냥 나가면 어쩌자는 거냐?"

그렇게 웍을 잡고 일을 시작했다. 짜장만 2년 넘게 볶으면서도 지겨운 줄 몰랐고 힘든 줄도 몰랐다. 3년이고 5년이고 시키면 시키는 대로 마냥 했을 것이다. 짜장을 졸업하고 면을 뽑는 깐궈를 하고 몐얼에서 막 차이따오를 잡았을 때였다. 마호 주방장이 산둥성으로 돌아가야 한다고 했다. 위광은 그때 남들 앞에서 처음 울었다. 굵은 눈물방울이 덜 잠긴 수도꼭지처럼 쉴 새 없이 떨어졌다.

"넌 이담에 뭐가 되고 싶으냐?"

"중국…집이요."

눈물이 나서 말이 제대로 나오지 않았다. 마호 주방장이 고개를 젖히고 호랑이가 포효하듯 웃어댔다.

"사람이 어떻게 중국집이 되느냐?"

얼굴이 빨개져서 더는 대답하지 못했지만 위광은 자신에게 천국이 되어준 중국집처럼, 사람들에게도 그런 요리를 해주는 요리사가 되겠다는 말을 하고 싶었다.

"요리사를 말하는 거냐?"

"네…. 먹이는… 사람이요."

마호 주방장은 위광의 말뜻을 알았다.

"그래. 먹이는 사람, 그 마음이다."

그는 떠나는 날 아침 차이따오 한 자루를 위광의 손에 쥐어주면서,

"찌엔딴 짜요(건담 힘내)!"라는 말을 남기고 푸산으로 떠났다. 위광은 그 칼을 들고 서울로 올라갔다. 앞치마로 칭칭 말아 건네준 그 낡은 칼에는 마호 글자 아래 두위광의 이름이 새겨져 있었다.

먹이는 일

──────────────────────────────

싸부의 집을 나온 본경은 무작정 걸었다.

머리를 비우고 달뜬 마음을 진정시켜야 했다. 어설픈 음식이었을 것이다. 기껏해야 2, 3년의 수련. 그것도 기초를 배우고 허드렛일을 하면서 보낸 시간이었다.

싸부가 먹는 것을 조바심으로 바라봤다. 손에 땀이 차고 뒷목에 쥐가 쩽 났다. 싸부는 준비한 음식을 귀하게 대하며 천천히 음미했다. 요리가 나오면 냄새를 맡았고 무슨 재료를 어떻게 썼는지, 현미경 렌즈에 눈을 댄 것처럼 접시를 살폈다. 입에 넣고 오물오물 씹으면서도 와인 마시듯, 먹다 멈추기를 반복하며 신중하게 식사를 이

어갔다. 만든 이를 향한 최대한의 예의를 보여주었다.

싸부님의 회복을 바랐다. 전처럼 활기찬 목소리와 요리의 열정을 되찾길 바랐다. 잃어버린 미각과 언제부턴가 사라진 냄새에 대한 말들을 쏟아내길 바랐다. 그 마음으로 식재료를 고르고 요리했다.

'이것이 먹이는 마음인가⋯.'

어렴풋이 싸부의 말을 이해했다. 요리가 좋냐는 질문에 그저 좋고 재밌다고 답했다. 그 안에는 만들고 먹는 '나'뿐이었다. 이제 본경은 왜 요리하는가, 에 대한 질문을 다시 자신에게 던진다.

무작정 올라탄 버스는 옛날 집으로 향했다. 이제는 사라진 아취원이 있던 곳, 아버지와 가족의 추억이 남은 그 땅으로 간다. 요리를 좋아했고 재능이 있었지만 아버지의 잔소리가 싫었다. 주방은 위험한 곳이야! 어쩔 수 없이 목청이 높아지고 말이 험해진다는 것을 알면서도 그런 환경이 싫었다. 그렇게 주방을 떠나 다시는 돌아가지 않았다. 공부에 집중하겠다는 명분이 있었지만 그것은 아버지로부터의 도망이었다. 이름이 바뀐 가게를 지나간다. 멀리 돌고 돌아, 다시 주방에 돌아왔다. 다시는 도망가지 않겠다, 두 발을 딱 붙이고 끝까지 버티겠다는 결심을 아버지에게 전했다.

다른 길

서랍 안에는 먹지 않고 던져둔 약들이 가득했다.

밀리그램 단위까지 맞춰 나간다며 잘 챙겨 먹으라는 의사의 당부가 있었지만 위광은 그 말을 따르지 않았다. 운 좋게 삶의 덤을 얻었지만 더 살아갈 이유가 없었다. 매일이 어제와 같은 억지 연명을 거부할 참이었다.

'참, 느닷없다.'

위광은 하루에도 몇 번씩 '희한해…' 하고 머릿속으로 되뇐다. 느닷없이, 무슨 이유로. 위광은 사람을 좋아하지 않았다. 믿을 건 오직 요리와 자신. 그렇게 혼자 살다가 혼자 갈 계획이었다. 그런데 어느 날 느닷없이 창모가 왔고 그가 온 것처럼 본경과 나희가 왔다. 귀찮다고 뿌리치고 대놓고 싫은 티를 내도 우연한 계기로, 알 수 없는 힘으로 그들과의 인연이 자꾸만 이어진다. 저항을 하찮게 하는 힘, 그 기세를 막아낼 도리가 없다.

'그렇다면… 나의 유일한 무기는 요리뿐인데….'

안개가 걷히듯 머릿속이 맑아지며 어떤 결론에 다다른다. 위광은 잡히는 대로 약 한 포를 꺼내 입에 털어 넣었다. 문득 약 봉투 밑에 쇠귀퉁이가 보였다. 위광이 꺼내 든 것은 요리용 핀셋이었다.

'뭐지?'

아, 기억이 난다. 눈코 뜰 새 없이 바쁜 어느 점심, 본경이가 이걸로 오이인지 콩인지를 한 알씩 심고 있었다! 핀셋을 오므렸다 폈다가, 다시 오므렸다 폈다…. 세상이 변했다던 원신의 말이 들렸다. 뒤로 물러나라던 금정의 목소리도 울려왔다. 곡비소가 휙 하고 눈앞을 지나갔고, 건담의 간판을 내리던 순간이 또렷하게 보였다.

'변해야 한다. 그래야 산다. 그러나 어떻게….'

위광은 방법을 몰랐다. 어떤 게 좋은 변화고, 어떡해야 하는지 한 번도 해본 적이 없었다.

집 앞으로 두 길이 있다. 오른쪽은 건담으로 가는 길이다. 30년을 넘게 다닌 길. 대문을 나설 때마다 무조건 오른쪽이다. 시장을 거쳐 가게로 가는 최단 거리의 대로. 한 번도 그 행로를 의심해본 적이 없다. 눈이 쏟아져 시야가 가려도, 심지어 눈을 감고도 갈 수 있는 길. 왼쪽은 동네 안으로 들어가는 골목길이다. 꼬불꼬불 좁은 길을 돌고 돌아 큰길로 나간다. 길과 길은 만나니까 어쨌거나 건담으로 이어진다. 그러나 길고도 먼 길을 일부러 갈 이유가 없었다.

'변해야 산다!'

위광은 쓴 약을 삼키며 했던 다짐을 떠올렸다.

'바꿔보자. 모든 것을 바꿔보자. 가지 않던 길, 가본 적이 없던 길을 가보는 것이다. 머리에 피가 고여 있었듯, 평생을 주방 안에 머물러 있었다. 밖으로 나가자. 세상을 보자.'

위광은 왼쪽으로 몸을 돌렸다. 땅만 보며 걷던 진격의 걸음도 버렸다. 고개를 들고 느릿느릿, 그렇게 동네 안으로 들어간다.

'언제 이렇게…'

연희동은 완전히 달라져 있었다. 가정집들 사이사이, 길이 난 곳이라면 어디든 상점과 식당이 들어섰다. 아기자기한 액세서리도 팔고 빵집과 표구사에, 가구를 만드는 목공소도 있다. 위광은 동네를 구경하는 여행자가 되었다. 초콜릿 상점의 창 앞에 섰다. 홍콩 여행에서 본 적이 있는 그런 집. 결혼을 생각했던 한 여인이 떠올랐다. 단것을 하나 먹을까 싶었지만 관뒀다. 고급스러운 외관이라 발을 들여놓기가 쉽지 않았다.

'꼭, 싹 뜯어고친 건담 같구만.'

김밥을 한 줄 사 먹었다. 위광은 김밥을 좋아했다. 한 상을 김 한 장에 고스란히 말아낸 요리. 맛도 좋지만 얼마나 대단한가? 김밥의 핵심은 간이다. 재료마다 따로 간을 하고, 그 간이 다 같이 어우러지도록 비율을 맞춰내는 게 김밥말기의 핵심. 그 어려운 요리를 해내는 김밥집 여사의 손놀림을 위광은 감탄의 눈길로 지켜봤다.

은박지에 싼 김밥을 하나씩 꺼내 먹으며 다시 길을 나섰다. 식당이 한 집 건너 있을 정도로 많다. 중국집에 일식집에, 닭집과 중국집, 한식집, 분식집, 양식집에 중국집 또 중국집. 어찌된 것인지 거리에 중국집이 넘쳐났다.

'옛날에 차이나타운이 될 뻔도 했지. 그러나 싹 사라졌는데…'

빨간 문에 고추가 잔뜩 걸린 집이 나왔다. 역시나 중국집이다.

'사천식당인가 보군. 매운 게 자신 있다, 이거지.'

위광이 가게 앞을 지날 때였다. 앞치마를 맨 요리사가 나와 문을 활짝 열어놓고 들어갔다. 열린 문으로 안이 보였다. 입구에 위치한 주방에서 조리복에 모자를 맞춰 쓴 젊은 요리사들이 요리를 했다. 뭐가 그리 즐거운지 내 낄낄거리고 떠들며 춤까지 춰대는 꼴이라니. 요리를 하는지 장난을 치는지 도통 이해할 수가 없다.

"식사 하실래요?"

나와 보지도 않고 주방에 선 채로 요리사가 묻는다. 위광은 붙잡히고 말았다며 마지못해 바깥의 테이블에 자리를 잡고 앉았다. 곧장 요리사가 뛰어나와 메뉴판을 건넸다. 남이 하는 중국집에 가면 무조건 볶음밥과 탕수육이다. 볶아낸 걸 보면 요리에 얼마나 공을 들이는지 요리사의 자세가 보인다. 또 초를 다루는 법을 보면 솜씨를 알 수 있다. 탕수육은 돼지고기 대신 버섯으로 탕수이도 가능하다고 했고, 볶음밥은 새우와 송이 두 종류.

'매운맛 실력을 보려면 마파두부를 안 시킬 수가…'

그 생각을 하는 참인데, 대표 메뉴라며 요리사가 마파두부를 추천했다. 끙… 위광에게는 권하는 요리는 절대 먹지 않는다는 주문 철칙이 있었다. 재료가 남아돌거나 문제가 있는 게 뻔했다. 고민 끝에 탕수육과 새우볶음밥, 그리고 마파두부를 주문했다. 난생처음 권하는 걸 시키고 말았다. 변해야 산다, 는 규칙을 명심하면서.

직원이 주문받은 메뉴를 크게 부르자 요리사들이 우렁차게 따라 읊었다.

'괜히 앉았어. 말을 거는 바람에…'

위광은 줏대 없는 엉덩이를 탓하며 가게를 등지고 고쳐 앉았다. 먼저 새우볶음밥이 나왔다. 고소한 기름내, 파와 계란, 새우향이 은은하다. 눈으로 살피고 젓가락으로 뒤적여본다. 알이 긴 쌀은 한 톨 한 톨 기름과 계란을 입었다. 새우도 통통한 모양과 투명한 살빛이 그대로다.

'노는 것 같더니, 볶기는 부지런히 볶았구만. 어디 맛을 한번 볼까…'

은은한 파향에 톡톡 터지는 새우의 식감이 살아있다. 불맛에 욕심을 부리지 않아 재료도 모두 제맛이 났고, 마지막까지 그릇 바닥에 기름이 남지 않았다.

'어쩌다… 제법했구만.'

탕수육은 짙은 색의 소스가 따로 나왔다.

'칫, 찍먹이군.'

방금 튀겨낸 고기에서는 열기가 남은 오븐처럼 뜨거운 기가 올랐다. 고기튀김은 손가락 굵기에 찹쌀 반죽을 입혀 바삭했지만 너무 익어 있었다. 바삭한 식감을 내려다보니 고기심이 다 죽어버린 것이다. 딱딱한 튀김에 소스가 제대로 묻지도 않는다.

'이래서 탕수육은 소스를 묻혀서 내야 하는 거야. 소스가 잘 묻을 만큼만 튀겨야 쫀득쫀득, 적당히 파삭한 거다 이놈들아!'

게다가 따로 담아낸 소스는 간이 셌다.

'짜고 시고, 얼씨구! 그럼 그렇지.'

요리가 엉터리일 것이란 예측이 맞아 들고 있었다.

"맵지 않으면 말씀해 주세요. 너무 매워도 말씀해 주시구요."

마파두부를 직접 갖고 온 요리사의 태도는 자신만만했다.

'어지간히 자신이 있다, 이거구만.'

다진 고기와 향신채, 두반장이 어우러진 붉은색의 요리를 뚝배기에 담았다. 흡사 들끓는 용광로를 보는 듯하다. 알싸하고 매콤한 향이 올라온다. 온갖 종류의 매운 향과 붉은색의 향연이다. 두부 모양은 그런대로 각이 살아있지만,

'뭐, 마파두부가 다 그렇지. 파를 잔뜩 올린 건 마음에 드는구만.'

매운맛을 다루는 요리사의 실력은 마파두부에서 판가름 난다.

맛의 핵심은 삼랄(三辣), 즉 날초의 매운맛, 화자오의 마한 맛, 후추의 톡 쏘는 맛에 있다. 고추는 뜨겁게 맵다. 화끈하게 불타오르는 거친 매움이다. '마(麻)'는 혀와 입술을 조용히 마비시키는 매운기에 가깝다. 혀와 입술이 얼얼하게 떨려온다. 후추는 독특한 향미에 짜릿하게 맵다. 여기다가 파와 마늘, 생강의 매운맛이 기본에 깔려있고 매운맛을 다르게 가공한 홍유와 두반장도 한몫을 한다. 온갖 매운맛의 집합소이다 보니, 각각의 '랄'을 살리면서 동시에 균형을 맞춰내는 게 관건. 매운맛 다루는 솜씨가 대번에 드러날 수밖에 없다.

그러나 온갖 매운맛은 마파두부의 일부분이다. 어쨌든 주재료는 콩과 두부. 마파두부에는 마, 라, 탕, 선, 눈, 향, 수(麻, 辣, 烫, 鲜, 香, 嫩, 酥)의 7가지 맛이 들어있어야 한다. 얼얼하게 맵고 뜨거우며 감칠맛이 나고 부드럽고 향기롭고 윤이 나야만 마파두부의 진미를 느낄 수 있다. 따라서 이 삼랄을 두부에 잘 아우르는 게 진정한 고수다.

위광은 파와 위에 뜬 홍유를 적당히 섞은 후 탕취로 한입 크게 떠먹었다. 간간하니 맵다. 화한 풋내에 혀끝이 저려온다. 거기다 간이 잘 스민 두부는 고소하다. 아삭아삭 씹히는 게 있다. '마늘쫑이라니… 글쎄….'

이번엔 흰밥 위에 얹어서 비벼본다. 매운맛이 잦아들면서 두반장의 고소한 콩맛이 쌀의 단맛과 어우러진다. 혀 전체가 저려온다. 다시 한 숟갈. 이번엔 파를 잔뜩 퍼서 올린다. 아삭거리는 식감에 파의 맛이 달큰하고 시원하다.

'역시 파야!'

뜨겁게 아리고 후끈하게 매운맛이 제대로 나기 시작한다.

'이건… 어쩌다 만들어낸 건 아니군.'

그런데 하나가 더 있다. 고소하면서 쿰쿰한 맛, 살짝 신맛이 돌기도 하는 무언가가 숨어있다.

'감칠맛이 장난 없군. 이 정도의 감칠맛이라면… 설마… 아냐. 두치를 다져 넣었다면 검은 게 보일 텐데… 이놈에 혀… 맛이 간 혀가 화자오에 마비되어 분간이 더 어렵구만.'

다시 오물오물… 위광은 짚이는 게 있다.

'설마….'

벌침을 쏘인 듯 입술이 부풀어 오르고 콧잔등에 땀이 맺혀도 궁금증이 가시지 않았다.

'아무래도 안 되겠군.'

벌떡 일어난 위광이 마파두부 그릇을 들고 안으로 들어갔다. 잡담을 나누던 요리사들이 일순간 말을 멈췄다.

"어르신, 음식에 무슨 문제가 있으세요?"

연장자로 보이는 요리사가 조리대 너머로 몸을 내밀며 자못 심각하게 물었다.

"이 쿰쿰한 맛, 이게 뭐요!"

"아, 이상하세요?"

"그게 아니라… 이 맛이 뭐냐는 말이에요. 구수하면서 시큼하고, 단맛이 나는 이게 어디서 나오는 맛이요?"

"어르신… 그건 저희 가게의 비법이라서…."

"짠맛에 향도 달라서 두치는 아닌 거 같고… 혹시 청국장이요?"

일순간 남자의 얼굴이 굳어버렸다.

"맞구만… 청국장을 첨부터 볶아서 넣었구만."

"저… 어떠신가요…"

요리사가 자라목을 꺼내듯 고개를 쑥 내밀고 조심스럽게 묻는다.

"뭐…. 알맞게 잘 썼구만."

요리사들이 환호성을 지른다. 연장자는 한껏 톤을 높여,

"저희가 그것 때문에 진짜 1년 동안 만들고 만들고 또 만들고… 정통의 마파두부 맛은 아니지만, 그냥 우리 입에 제일 맛있는 게 제일이라는 생각으로, 그렇게 결정했는데…"

그의 목소리가 떨렸다. 위광은 무슨 말을 해야 할지 몰랐다. 분명 알고 있던 중국식 마파두부와는 다르다. 그러나 맛있는 것도 맞다. 그렇게 하는 게 맞는 것인지… 위광은 혼란이 왔다.

"어르신 혀가 굉장히 정확하시네요. 대단하세요!"

"탕추소스는 너무 시고 짭다."

위광은 뒤돌아서면서 후회했다.

'괜한 소리를 했어. 변하기로 해 놓고선….'

가던 길에 문득 위광은 걸음을 멈췄다.

'이놈에 혀가… 맛이 갔던 혀가… 돌아오고 있다. 순풍에 돛을 단 듯, 코가 뚫리고 냄새가 난다. 향이 맡아진다! 맛없게 살 줄 알았는데… 다 끝났다고 생각했는데….'

별안간 위광의 어깨가 움찔하더니 어깨춤이 으쓱 올라왔다.

향은 어디로?

"치궈, 샤오요우, 바오샹!"

위광의 집이 쩌렁쩌렁 울렸다. 위광의 혀와 코가 돌아오면서 요리 수업이 본격화되었다. 모든 게 처음부터다. 본경과 나희는 차이 따오, 웍, 까오기 같은 도구 다루기부터 각종 재료의 손질과 쓰임새를 처음부터 다시 배웠다.

"우럭은 바닷속에서 몸의 색을 바꾼다. 얼룩덜룩하고 밝은색이다. 늦봄에 몸 안에서 부화하고 새끼를 낳는다. 그래서 초봄이 제맛이다."

위광은 입안에 젓가락을 넣고 내장을 휘어 감아 빼는 것부터 비늘 손질, 너무 얕지도 깊지도 않게 칼집을 넣는 방법을 해 보였다. 아이 손을 잡고 길을 건너는 것처럼, 위광은 일일이 일러주며 가르쳤다. 초감자볶음이나 토마토 계란탕과 같은 가정식 자창차이(家常菜)부터 시작해 량차이, 러차이 요리로 수준을 높여갔다. 짜춘권과 멘보샤, 누룽지탕, 쏸라탕, 동파육, 불도장에 이르기까지, 본경과 나희는 정신없이 요리를 배워나갔다. 가르쳐준 것을 눈앞에서 곧장 만들게 하고 시식한 다음 호통을 치고는 꼴보기 싫다며 집으로 가라는 게 교수법의 매뉴얼이다.

완성된 요리를 두고 위광이 묻는다.

"냄새는 다 어디로 갔냐?"

처음에 본경은 그 말뜻을 몰랐다.

"향이 어떠냐? 니가 넣은 재료의 향이 맡아지느냐? 그 향이 살아 있느냐?"

위광은 맛의 본질이 냄새 그러니까 향이고 풍미라고 했다. 식재료가 가진 고유의 냄새, 그 재료들이 섞여서 만들어진 새로운 냄새가 비강을 타고 오를 때 나는 바람의 향, 그 풍미가 맛이다. 맛이 향기이고, 음식 냄새가 맛이라 했다.

"코를 두고 뭐하냐? 개 코보다 더한 게 사람 코야. 코를 써. 코를!"

후각이 돌아오자 위광은 맛보다 냄새에 더 민감했다.

"칼질, 웍질보다 후각을 키우는 게 최고의 실력연마다. 냄새 구분하는 법을 배워라. 향을 익혀라. 그러면 맛을 볼 필요도 없다. 후각은 연습으로 길러진다. 향이 살아있는 요리가 천하제일의 요리다. 맛있는 요리에서는 맛있는 냄새가 난단 말이다!"

요리 연습은 각종 향신료와 식재료의 향을 맡는 일의 연속이었다. 하루 종일 킁킁거리다보니 이 향이 저 향 같았다.

"소흥주를 왜 넣냐?"

"잡내를… 없애려…구요?"

"이그! 이 귀한 술을 냄새 잡으려고 쓴다고? 아니다. 술은 잡내가 아니라, 재료의 향을 꽉 붙잡아 두려는 거다!"

그러니 '향기가 좋구나'라는 말은 맛있다는 칭찬이다. 거기다가 너도 먹어봐라, 기억해둬라, 그렇게 삼선(三鮮)이 등장하는 날엔, 요리는 대성공!

"주방에서 맛있는 냄새가 나면 사람이 찾아오지."

3일간 삶고 불린 해삼을 활유를 하겠다며 기름에 넣어서 녹여버리고, 계란을 삶으라는 말에 몇 도로 익히냐며 묻는 이들을 데리고도 위광은 신이 났다. 이건 뭐, 저건 왜, 쉴 새 없이 속사포로 질문을 몰아붙였다.

"왜 밑조리를 하는 거냐? 물이나 기름에 데쳐 쓰는 이유가 뭐냐?"

"뜨거운 웍에서 타지 않고 재빠르게 볶아내려고 미리 익혀둡니다."

"맞다. 수분을 미리 없애준다. 익는 시간이 다르니까 미리 익혀서 익힘 정도를 맞추는 거야. 잡맛을 우려 버리고 밑간도 넣는 거다. 웍에서 빠르게 볶아내면 뭐가 좋으냐?"

"재료의 수분을 지키고, 향!을 지킵니다."

"맞다."

위광은 한 손에는 칼, 한 손에는 웍을 들어 보였다.

"칼은 손이 할 수 없는 일을 한다. 너와 재료를 붙여준다. 칼이 손이다. 칼을 무서워하면 요리사는 못하는 거지. 그렇다고 칼을 얕보면 칼이 너를 벤다. 요 복어 배처럼 생긴 솥에서 중국집 요리가 죄다 나온다. 채질보다 중요한 게 불을 다루는 기술이다. 센 불을 쓸 때는 일순에 해치우겠다는 자세로 덤벼야 한다. 그 불을 음식에 붙이면 불맛이란 걸 낸다. 그건 맛이 아니라 향이다. 재료에서 나온 물과 기름을 불로 슬쩍 그슬리는 거지. 욕심을 부리다가는 다 태워먹는다. 탄맛과 불맛은 엄연히 달라. 이것 또한 연습이다. 화공과 도공은 그냥 되는 게 아니다. 연습만이 살길이다."

"사는 게 제일 쉽다. 버리는 게 어려운 거야!"

"모든 재료는 한때 생명이었다. 어느 것 하나도 함부로 할 수 없다. 귀하게 쓰고 끝까지 써야 한다!"

물꼬가 터졌다. 가뒀던 댐의 물을 방류하듯 콸콸콸 위광이 말을 쏟아냈다. 주방을 그리워하는 마음, 요리하고 싶은 마음이 말이 되어 나왔다. 요리를 가르치면서 요리하는 허기를 메꿨다. 그런 만큼 맹렬한 연습이 종일 이어졌다. 집에 가고 싶다는 말이 목구멍까지 올라올 때마다 본경과 나희는 화자오 열매 한 알을 앞니로 깨물었다. 얼얼하고 매운 마라의 기운이 혀와 입술을 옴짝달싹 못하도록 마비시켜 주길 바라면서.

빠스

나희가 갓 구워온 마들렌에서 진한 버터향이 났다.

"향이 좋구나."

"버터를 많이 넣었거든요."

나희가 멋쩍게 웃었다. 나희는 위광의 가르침을 잘 따라가고 있었다. 건담에서 튀김을 담당하던 옛날의 나희가 아니었다. 웍을 돌리고 불을 다루는 기술은 얼마나 연습을 하는지 하루가 다르게 실력이 늘었다. 그러나 아직도 칼을 무서워했고 생물을 다루는 데 부담을 가졌다. 생선은 물론이고 새우나 전복, 갑각류까지 산 것 일체에 그랬다. 한번은 급하게 얼린 생선이 도마 위에서 살아나는 바람에 난리가 나기도 했다.

"요리는 고매한 일이 아니다. 산 것을 죽여서 피를 보고 껍질을 벗기고 음식쓰레기를 치우는 것도 다 요리사의 몫이지."

위광은 냉정했다. 빨리 끝내라, 그러다가 손을 벤다며 사정을 봐주지 않았다. 나희는 매번 이를 꽉 물고 작업에 덤벼들었다. 그럴 때마다 티셔츠의 등이 땀에 흠뻑 젖었다. 남은 마들렌 조각을 입에 넣으며 위광이 말했다.

"달달한 걸 해봐라. 서양과자를 잘하니 빠스도 좋고, 월병이나 떡을 익혀놓으면 좋지. 니가 좋아하는 차를 해봐도 좋다."

나희는 대답하지 않았다. 여태 배운 게 수포로 돌아가는 느낌이었다. 요리는 아니다, 라는 선고 같았다.

"천천히 걸으면 넘어질 일이 없지…."

나희는 생각을 고쳐먹었다. 천천히 식사하듯이, 서두르지 말자. 나희는 곧 네, 라고 대답했다.

실을 뽑아낸다는 뜻의 빠스는 각종 재료에 설탕을 졸여서 입히는 조리법이다. 우리의 맛탕과 비슷한 후식으로 고구마, 바나나, 사과, 어떤 재료든 녹인 설탕물을 입혀내면 된다. 계란으로도 만드는데 고소하고 부드럽다. 금방 만들어낸 뜨거운 발사를 찬물에 담그면 표면이 굳어 더욱 바삭하다. 고구마 빠스부터 시작했다. 한입 크기로 썬 고구마를 튀기면서 한쪽에서는 설탕 시럽을 만든다. 웍에 기름을 묻히고 설탕을 부어주는데 녹기 시작할 때까지 가만둬야 한다.

"젓지 마라. 돌이 된다!"

단맛이 우러나도록 낮은 불에서 오랜 튀긴 고구마를 설탕 시럽에 버무려준다. 위광은 시럽을 손으로 잡아당겨서 당사를 뽑아내는 신공을 보여줬다. 가느다란 실선이 빠스 위에 소복하게 쌓여갔다.

나희는 단 음식을 만들 때 마음이 평온했다. 과일과 설탕, 기름이 섞일 때 나는 달달하고 고소한 향이 몸을 따뜻하게 했다. 이어서 티엔디엔(甜点)을 배웠다. 꽈배기와 난과빙, 서양의 파이 같은 쑤(酥)를 시작으로 복숭아 만두인 수도(壽桃)를 진짜 복숭아처럼 만들어냈고, 위광이 권한 대로 차예가 전문 수업도 들었다. 나희가 직접 구운 월병을 다 함께 맛 볼 때였다.

"이제 명동까지 갈 필요가 없겠구만. 요걸 사 먹어야겠다."

나희가 활짝 웃었다. 이가 드러날 정도로 입꼬리가 한껏 올라갔다.

요리하고, 냄새 맡고, 먹고 치우기가 도돌이표처럼 이어졌다. 고음의 지청구, 향기의 행방을 물어대는 집요한 심문과 곤혹스러운 질문 세례에 혼이 쏙 빠졌다. 손목이 시큰거리고 몸에 밴 기름내에 머리가 어찔했고 튀기다가 볶다가 뜨거운 물에, 기름에 물집이 잡히고 머리카락까지 태워 먹어도 위광의 집을 나서는 저녁 어스름, 두 사람의 발걸음은 한없이 가볍기만 했다.

"요리에 술을 왜 넣냐?"

"향기를 꽉 잡기 위해서요."

"이제야 바른말을 하는구나."

고백병

"혹시… 나희 너가… Dado樂군?"

본경의 질문에 나희는 웃기만 했다.

"맞아?"

"안녕, DoBok씨?"

Dado樂의 방문은 2년 전, 본경이 블로그를 갓 시작한 무렵부터 시작되었다. 방문자도 몇 안 되는 상황에 Dado樂은 본경, 그러니까 DoBok이 추천한 동경과 교토의 맛집을 몇 군데 가봤다며 답글을 달았다. 그렇게 시작된 소통은 맛집을 추천하고 요리 레시피와 요리 유학에 대해 의견을 나누는 관계로 이어졌고 가끔씩은 개인적이야기도 오갔다. 본경은 Dado樂이 남자인 줄 알았다. 짧고 건조한 말투가 의심할 여지가 없었다.

한남동의 사천요리 전문점 '홍월'에서 나희와 두 번째로 마주쳤을 때다.

'혹시… Dado樂군이 나희?'

본경은 추리에 들어갔다. Dado樂은 집 근처에 있는 홍월에 자주 간다고 했지, 나희는 한남동에 살고, 상하이 정원에서 나희와 만났던 날도 '어쩌면 서로를 봤을 수도 있겠다'고 그가 말했… 에이, 설마…. 왠지 너무 대놓고 드라마라는 생각에 혼자 웃고 말았었는데…. 하지만 주윤발이라는 을지로의 중식당에서 다시 나희를 본 날, 본경은 나희가 Dado樂임을 바로 눈앞에서 확인했다. 그가, 아니 그녀가 실시간으로 주윤발의 요리 사진을 인스타에 올리고 있었기 때문이다. 세상에… 그녀가 그러니… 순간 본경은 눈앞이 아득해왔다. 며칠 전 본경은 Dado樂에게,

"나 정말 그 동료를 좋아하거든. 남자친구가 있는데도… 고백병을 다스리느라 죽을 지경."

그, 아니 그녀가 물었다.

"얼마나 된?"

"벌써 일 년…."

"그렇게나…."

"그러니까…."

본경은 나희에게 남자친구가 있다는 사실을 확인한 후 심하게 앓았다. 봄이 가는 줄도 몰랐고 여름이 코앞인데도 긴소매 옷을 입고 다녔다. 한겨울에도 반바지 차림으로 다니던 그가 이상한 옷차림으로 점점 말라가자 한의학을 전공하는 친구가 내려준 처방이,

"慢慢走"

"뭔 말이야!"

"좀 천천히 걸어보라구."

황당한 처방이었지만 효과가 있었다. 느린 걸음 덕분에 정상 체온을 찾았고 과호흡증도 사라졌다. 그래. 고백병을 다스리고, 마음의 정리 속도도 걸음에 맞추자. 그러나 뿌리까지 뽑아내지 못한 병은 어느새 겨우 아문 심장을 조금씩 뚫고 나왔다. 나희와 함께 요리수업을 받으면서 고백병이 다시 시작되었다.

"언제부터 난 줄 알았어?"

별로 중요하지 않은 질문처럼 본경이 허공을 보며 물었다.

"홍월! 니가 올리는 사진을 실시간으로 봤거든."

"오늘 내가 너를 본 것처럼…"

"내가 너를 봤어."

"근데, 알면서 왜 말 안 했어?"

나희는 어깨를 으쓱하면서 장난기 어린 표정을 지어 보였다. 그러고 보니 얼마 전부터 Dado樂이 부쩍 자주 농담을 걸어왔다. 아… 또 그러고 보니 주윤발이 맛집이라고 운을 띄운 것도 그, 아니 나희였다.

"니가 남잔 줄 알았어. 아니 Dado樂이…"

가장 중요한 이야기를 할 시간이 왔다.

"고백병은… 치료하는 중이야."

"응."

나희는 다시 어깨를 으쓱해 보인다. 두 사람은 이제 할 얘기가 넘쳐났다. 마치 동창생이라도 만난 것처럼 서로의 지난 글을 소환하고 대화를 복기하면서 웃고 먹고 마시며 시간 가는 줄 몰랐다. 드디어 본경의 그 '마력'이 진가를 발휘하는 것인가.

프랑스 요리수업

"이거 니꺼 아니냐?"

위광은 주머니에서 꺼낸 핀셋을 본경에게 내밀었다.

"어, 이거… 버리신 줄 알았더니….'"

"그때, 그 물방울 말이다… 그거 어뜨케 한 거냐?"

위광은 나지막이 물었다. 어린 싸궈에게는 감히 입 밖으로 꺼낼 수도 없었던 질문, 시키는 대로 닥치는 대로 해치우느라 생각조차 못했던 물음, 나이 들어선 체면 때문에, 귀찮아서, 말수가 줄면서 이러저러한 이유로 잃어버렸던 '묻기'를 그냥 툭 꺼내 놓았다. 어떻게 한 거냐? 하고 보니 어려울 것도 없었다. 어느 날, 불현듯 건넨 이 질문은 두 사람을 새로운 길로 데리고 간다.

"물방울이요?"

"고기 먹을 때 나왔던 동그리 말이다. 콩피 고기랬던가?"

"아, 구체화기법이요? 분자요리예요. 펀즈!"

위광의 동공이 흔들린다.

"뭐라고?"

"펀…즈…요."

"미…치광이?"

"아뇨. 펀! 즈! 차이요. 분자요리!"

펀즈의 의문이 풀린 것도 잠시,

"분자, 요리?"

"네. 원자, 분자 할 때 그 분자요. 요리에 과학을 이용하는 서양 조리법인데 식재료를 분자만큼 작게 쪼개서 완전히 다른 모양과 맛을 만드는 방법을 말해요."

위광은 외계인이라도 만난 것처럼 눈을 껌뻑거리다가,

"분자로 요리한다고?"

"분자라는 건… 그러니까… 물질을 구성하는 가장 작은 단위를 말하는 건데… 식재료를 그만큼 작게 나눈다는 말이에요. 쉽게 말해서 어떤 식재료를 아주 작게 분해한 다음에, 완전히 다른 형태와 질감으로 만드는 거예요."

눈만 껌뻑거리던 위광은 점점 흥미를 잃어갔다. 마주친 시선을 거두려는 찰나,

"두부요! 콩으로 두부를 만드는 게 분자요리예요. 콩을 갈아서 모양과 식감을 완전히 바꿔버리잖아요! 마요네즈도 마찬가지예요. 솜사탕, 팝콘, 치즈도 그렇구요."

위광의 눈빛이 다시 살아났다.

"만드는 방법을 말하는 거야?"

"맞아요."

본경은 자신의 요리 도구 박스를 열어 보이며,

"이런 도구로 정확하게 계산해서 싹 바꿔버리는 거예요."

"분자요리…."

본경은 노트북을 꺼내 분자요리의 예를 보여줬다.

"이거, 그때 먹었던 거품, 이것도 분자였군. 폰이라 했지?"

"폼이요."

위광이 물어본 것은 구형의 막 안에 액체를 가두는 구체화기법이었다. 액체로 만든 식재료에 알긴산 나트륨을 섞은 다음, 염화칼슘을 녹인 물에 떨어뜨려 표면을 순식간에 젤로 굳히는 방법이다.

"염화칼슘과 알긴산이 만나서 응고되는 성질을 이용한 거예요."

처음에 위광은 갖가지 화학약품 같은 재료에 거부감을 느꼈다.

"몸에 해로운 거 아니냐?"

"해조류에서 나온 성분이에요. 한천이나 젤라틴 같은 거, 저희도 쓰잖아요."

"짠슬 할 때 돼지껍질을 넣어서 굳히지. 두부 만들 때 간수를 넣고."

그게 시작이었다. 어쩌다 시작된 위광의 요리수업처럼, 본경의 요리수업도 질문과 함께 시작되었다. 위광은 본경이 해줬던 코스 요리 전부를 배우길 원했다. 중고 오븐을 구입했고 텃밭에 파와 고수 옆으로 각종 허브를 사다 심었다.

위광은 그날의 식사가 죽은 혀와 코를 되살렸다고 믿었다. 낯선 향신채와 오렌지, 레몬, 장미의 향이 잠든 뇌를 흔들어 사그라지던 감각이 깨어났다고 확신했다. 아침마다 바질, 민트, 로즈메리 같은 허브 잎을 손가락으로 비벼 향을 맡았다. 파를 쓰듯 툭툭 잎을 뜯어와 차를 우리고 요리를 만들었다. 어느 틈에 중식집이 프렌치 레스토랑으로 바뀌어 갔다. 집에서는 버터와 허브향이 풍겼고 와인 병이 늘어갔다. 요리를 배우는 위광의 자세는 주방을 호령하던 독불장군과 달랐다. 마치 장난감 조립을 지켜보는 아이처럼 눈을 반짝이며 차분하게 집중했다.

포도주스로 캐비어를 만들고, 수박이나 바나나 같은 과일을 굽고, 수비드를 배워 혼자서도 닭가슴살 샐러드를 설탕볼 안에 담아냈다. 망고 주스로 만든 노른자를 밥 위에 올려주며 계란이라고 속이는가 하면 소흥주를 쓰듯 와인으로 수프를 끓이고 파, 마늘, 생강처럼 양파, 당근, 샐러리를 버터에 볶았다. 핀셋으로 작은 꽃잎을 장식할 때는 숨도 쉬지 않았다. 위광에게는 모든 게 새롭고 흥미로웠다. 어떤 프랑스 요리를 해먹을까 노상 궁리했고 떠오르는 즉시 만들어야 직성이 풀렸다.

"싸부님, 계란 삶아주세요. 73도, 액체와 고체 사이, 노른자가 아주 천천히 흘러내릴 정도로, 아시죠?"

위광은 곧장 온도계를 찾아들었다. 이제 문사두부를 만들던 아침 의식은 갓 따온 민트잎을 레몬물에 타서 마시고 62도에서 흰자만 응고시키는 방법으로 수란을 삶는 식으로 변해갔다.

요리 천재! 본경은 그때 알았다. 그림과 음악의 예술적 재능처럼 이 세상에는 요리의 천재성을 갖고 태어나는 이들이 있다! 그들은 식재료의 맛과 향과 질감을 귀신같이 기억하고, 그 재료의 쓰임을 저절로 알며, 다른 재료와 섞였을 때 맛을 상상할 수 있다. 조미료의 양을 손끝으로 가늠하고 눈으로 익은 정도를 알며 냄새로도 구분해내는 초감각을 지닌 이들. 그 요리 천재들은 연마를 통해 요리의 신이 된다.

그게 바로 위광이었다. 새로운 첨가제의 양을 몇 번 만에 손에 익히고, 달고 짠기를 눈으로 가늠하며 익힘 정도를 본능적으로 알았다. 남들이 책을 뒤적여 알아내고 기억해 둬야 할 지식, 도구의 힘을 빌려야 하는 온도와 시간을 그는 그냥 아는 것이다. 마치 수학 천재들이 머릿속에서 숫자를 갖고 놀듯이, 요리의 세계가 머릿속에 고스란히 들어 있었다. 거기다가 그는 노력의 천재였다. 스펀지처럼 배운 것을 흡수하고 놀라울 정도로 성실하게 자기 것으로 만들어 나갔다.

그렇게 글도 배웠다. 자꾸 요리책을 내자는 본경과 나희에게 위광은, "글도 모르는데 뭔 놈에 책이야!" 하고 툭 이유를 꺼내 놓았다. 질문하기의 연습 때문이었을까…. 일생의 비밀이 아무렇지도 않게 튀어나왔다. 그는 메뉴판과 식재료의 글자를 그림처럼 기억하고 있었다. 모양을 닮은 한자는 외우기 쉽다고 했다. 숨겨왔던 자의 오랜 고통에 세상은 관대했다. 손을 내밀어주고 이끌어줬다. 나희가 선생님이다. ㄱ,ㄴ부터 시작한 공부는 새로 갖다 대는 메뉴판을 찬찬히 읽을 수준이 되었다. 쓰는 건 필요 없다는 위광에게 나희가 흰 종이를 내민다.

"이름부터 써 볼게요."

나희는 거침이 없다. 위광은 고양이 앞의 쥐처럼 시키는 대로 자신의 이름을 따라 쓴다. 그렇게 쓰는 것도 금방금방 배워나갔다.

동네 여행자

동네 여행자의 여행은 이제 다른 동네로 넘어간다.

다음날도 그 다음날도, 연희동을 너머 신촌을 지나 서강대교를 건넜다. 서울에 살면서도 제대로 본 적이 없는 고궁을 보러 갔고,

있다는 것만 알았던 도시의 산에도 올랐다. 카레를 사 먹고, 일식집에도 가고, 들어갈까 말까 망설였던 초콜릿 가게에 들어가 우유가 잔뜩 든 밀크 초콜릿도 사 먹었다. 그리고 이틀에 한 번은 꼭 중국집에 들렀다.

"두위광 요리사님이시죠?"

하루는 자신을 알아보는 식당 주인을 만났다. 그는 자신이 건담의 오랜 단골이었다고 했다. 부인과 연애도 했고, 때마다 아이들을 데려가 먹였다고. 부모님 회갑연도 건담에서 치렀는데 위광이 특별히 메뉴에도 없는 해삼요리를 만들어 주었다고 했다. 아마도 금사오룽(金丝乌龙)이나 해삼주스였을 것이다. 삶은 전복이 남는 날에는 요리법을 기억해둘 겸 메뉴에 없는 요리를 만들곤 했다. 중국집의 주인장을 알아보는 사람들이 많았다. 알고 보니 그는 티브이에도 나오고 영화에도 나온 유명 요리사였다. 위광은 그의 대접을 받았다. 동파육이 특별했다. 하루가 꼬박 걸리는 요리를 반나절이면 완성한다고 했다. 어떻게 하는 거요? 위광이 조리법을 묻자 요리사는 거리낌 없이 직접 만드는 방법을 보여주었다.

주방을 나온 주방장의 눈앞에 신세계가 펼쳐졌다. 한번도 만나본 적 없는 세상이 주방 밖에 있었다. 손님들은 변했다. 음식을 먹기 전에 사진 찍기는 물 마시듯 자연스럽다. 누구나 찍었고 아무도 개의치 않았다. 먹는 모습을 영상에도 담았다. 누굴 보여주려고, 어디다 쓰려는 것인지, 다들 그렇게 했다. 음식 평가는 맛이 있다, 없다의 수준이 아니었다. 요리법과 재료를 알아맞히는 것은 기본, 맛의 레이어라느니 본연의 맛이라느니 치감에 텍스처 같은 생전 첨

듣는 단어들을 썼다. '죄다 사진사에 전부 평론가네. 먹는 게 놀이 구만.' 문득 손가락을 짜장면에 집어넣었던 손님이 생각났다.

'많이 놀랐겠구만….'

어느 동네나 중국집이 있었다. 골목, 대로변, 빌딩 할 것 없이 정통 산둥식부터 사천식, 홍콩식, 대만 가정식에 미국 사람들이 먹는다는 중식집까지 있었다. 지하로 들어가는 좁은 입구에 홍등과 네온사인이 번쩍거렸다. 밖으로 음악이 흘러나오고 '홍고량'이라는 이름도 범상치 않다. 그러나 위광은 이제 그런 분위기에 압도당하지 않는다. 그래봤자 다 사람이 하는 곳이다. 게다가 홍등을 지나칠 수야 없지. 문을 열고 들어서자 어두컴컴한 홀에 조명이 화려하다.

'중국 술집이구만.'

직원은 고량주 같은 중국술을 이용해 칵테일을 만들고 요리도 한다고 했다.

'요리는 꽝이겠군.'

공부가주에다 파인애플과 무엇무엇을 탔다는 칵테일, 그리고 두반장과 마늘로 만든 버터소스에 구워낸 전복구이를 주문했다. 그것을 시작으로 그날 위광은 소흥주와 고량주를 베이스로 한 총 3잔의 칵테일을 마셨고 트러플 계란 초반, 애플 시나몬 탕수육, 이베리코 동파육과 하몽 고수 계란볶음, 날치알과 새우를 넣은 비스크 소스 해삼, 에그 서씨누들과 어향 감자말이 왕새우를 먹었다. 요리는 한중식도 아니고, 정통 중식도 아니다. 요리는 새 옷을 입었다. 익숙한 맛에 새 맛이 교묘하게 어울렸다. 보기에도 좋았고 중국술과도 잘 어울렸다.

"이런 가게를 뭐라고 부릅니까?"

위광이 직원에게 물었다.

"이런 가게라면…."

"중국요리집인데 칵테일도 하고, 서양식 중식도 같이 하는 집말이에요."

"아, 저희는 마런 차이니스 레스토랑 앤 바예요."

"말언?"

"마런 중화요리요."

"마런…."

결심

"링, 이, 얼, 싼, 쓰, 우, 리우, 치, 빠, 지우, 싀."

위광은 입으로 수를 세며 칼을 갈았다. 0부터 10을 세기를 벌써 여러 번, 갈다가 멈추기도 벌써 여러 번이다. 아차차… 그제야 생각이 난 듯 위광은 칼면을 뒤집었다. 다시 수를 세면서 날을 갈았다. 이내 멈추고 다시 갈기를 반복하더니 결국엔 칼을 내려두고 밖으로 나갔다. 더 고민하다가는 칼이 남아나질 않을 것 같았다.

아침 해가 떠오르고 있었다. 위광은 곧장 장독대로 갔다. 곡비서가 훔쳐 가던 것을 직원들이 되찾아서 트럭으로 실어 나른 독이었다. 못 갖고 나온 게 아니었다. 잊고 온 것도 아니다. 위광은 독을 버렸다. 다시 요리를 할 일은 없을 것이다, 요리하지 않겠다며 버려두고 왔었다. 독들이 집으로 실려 온 그 밤, 질긴 인연에 할 말을 잃었다. 왜 또 왔냐며 담벼락에 몰아두고 눈길도 주지 않았다. 해, 바람 좋은 날이 아까울 게 없었다. 맛있게 익어봐야 다 부질없었다.

위광이 장독 뚜껑을 연다. 잔인한 냉담에도 장은 황금색으로 익어가고 있었다. 건화들도 컴컴한 독안에서 서로를 단단히 붙들어매고 있다. '잘들 지내는구만.' 휙, 바람을 타고 장내가 풍겼다. 건화의 짜고 단 내가 엄마 품처럼 영혼에 닿았다. 위광은 결심이 섰다.

'다시 요리하자. 한 번 더 해보자. 아파서 그랬다는 핑계는 대지 않겠다. 세상에 뒤처졌고 요령이 없는 데다 불운이 따라붙은 걸 누구 탓하랴. 대신 다시 하겠다는 마음만 방해 말아라.'

햇살을 받은 황금장이 방긋 미소 짓는다. 내친김에 집을 나섰다. 예전처럼 시장에 들러 연두부와 채소를 샀다. 시장 상인들은 그의 등장에 반색했다. 누군가의 안녕이 그저 기쁘고 감사한 나이, 건담의 폐업이 마음 아팠던 이들은 채소 봉지에 옥수수 두어 개를 찔러 넣고 신 걸 먹어야 건강하다며 자두도 챙겨 넣는다. 두사장님, 내일 또 오세요, 인사도 잊지 않는다.

'깊숙이도 넣어 놨네.'

위광은 주방 서랍에서 마호 주방장에게 받은 칼을 꺼냈다. 두위광이라고 새겨진 이름을 손으로 쓰다듬어 본다. 아까워 쓰지도 못했던 칼. 고이고이 모셔뒀던 칼을 드디어 쓸 때가 왔다. 매일 밤, 퇴근길을 함께 했던 앞치마를 꺼내 매고 창고 문 앞에 섰다. 손에 잡히는 대로 챙겨왔던 웍과 조리도구들이 그곳에 있었다. 박스에서 꺼낸 네댓 개의 웍을 양손에 움켜쥐고 창고를 나섰다. 이제는 거칠 것이 없다. 평생 했듯이, 몸이 기억을 따라 움직였다. 대나무 솔로 웍을 씻고 불을 붙였다. 웍을 태우며 매일 아침의 의식을 다시 시작했다.

좀이 쑤셨다. 손에 달라붙은 빈대좀, 벼룩좀, 별별 좀들이 깨물고 간지럽히고 시도 때도 없이 살을 찔렀다. 비비고 긁어대자 좀들이 살 속으로 숨어들었다. 스멀스멀 온종일 기어 다니며 사람 혼을 쏙 빼놓는다. 이놈들아 사람 좀 살자! 까진 살갗이 부어오르고 손마디가 굳어갔다. 녹슨 대문처럼 마디마디 관절이 삐걱대며 소리를 냈다. 달아난 좀들은 종횡무진 손등으로, 손바닥으로 옮겨 다니며 시시때때로 꼬집고 침을 쏜다. 비비고 꼬집어도 내 그 자리. 또 좀이 쑤신다. 여태 없이 물어뜯고 들썩이며 어서 칼을 쥐고 뭐라도 썰어 보라고 성화를 부린다.

'그래, 잃어버렸던 지팡이를 다시 찾았으니, 가야지! 어디든!'

도마에 연두부를 올렸다. 하얀 두부 빛에 눈이 부시다. 칼을 세워 두부를 벴다. 언제 들고 났는지도 모르는 칼 놀림에 잘린 두부는 마냥 그 자리. 탁탁탁, 도마의 경쾌한 리듬 속에 칼질이 빨라진다. 여전히 각이 살아있는 두부 더미를 물에 넣자 실처럼 얇은 두부채가 파꽃처럼 퍼져나간다. 고량주 칵테일 가게에서 먹었던 요리를 해보기로 했다. 밤마다 머릿속에서 만들던 그 요리들을 하나씩 밖으로 끄집어낸다. 탕수육에 사과와 계피를 넣고, 왕새우에 감자를 말고 버터에 전복을 구웠다. 제 일을 찾은 웍이 엉덩이를 씰룩이자 까오기가 머리를 놀려댄다. 이렇게 쉬운 걸, 일단 나서보면 되는 것을…. 두려움과 변명이 사라지고 잡념이 달아났다. 시간이 가는 줄 몰랐고 힘든 줄도 몰랐다. 완성된 요리를 식탁 위에 올리고 빨간 의자에 앉았다. 음식이 식기 전에 창모와 본경과 나희가 어서 돌아오길 바랐다.

도원결의의 밤

달달한 팥향이 집안에 가득했다.

위광이 미리 준비해 둔 재료로 다 같이 복숭아 만두를 쌌다. 만두피 안에 팥소를 넣고 동그랗게 몸을 만든다. 끝을 뾰족하게 모양을 잡은 다음, 붓으로 붉은색 향료를 바르면 발그레 수줍은 모습이 영락없는 복숭아다. 위광이 간단히 시범을 보이자 모두들 따라 했다. 얼마 전 실험적이고 파격적인 중식을 차려낸 후로 위광은 종종 혼자서 식사 준비를 했다. 낮 외출도 잦았고 저녁 늦게 들어오기도 했다.

"'오늘은 영업합니다' 그 분식집, 눈물의 폐업 한다던데요?"

"어? 거기 대박 났는데 왜?"

"확장 이전한대요. 너무 감사해서 눈물 난다고."

나희가 웃느라 만두소가 삐져나왔다. 요즘 나희는 잘 웃었다. 연애해서 그렇다고, 본경은 쓸쓸하게 따라 웃었다.

"어디로 간대?"

"그 옆옆 가게요. 거의 두 배 크기예요."

위광도 아는 바였다. 가게에 들어가 주인장 부부와 이야기도 나눴다. 가겟세와 권리금에 대해 물었고 공인중개사 사무실에 들어가 단골이었던 사장에게 이런저런 얘기도 들었다.

"이 복숭아 모양의 수도는 보통 생일이나 축하할 일이 있을 때 먹는 거다."

위광의 말에 세 사람이 고개를 끄덕였다.

"크게 말고…."

"네."

본경이 만두소를 덜어내며 대답했다.

"아주 조그마하게…."

"네."

나희와 창모도 조그맣게 만두 모양을 잡았다.

"말언으로 갈 거야."

세 사람이 손을 멈추고 위광을 봤다.

"말언이 어디예요?"

"말언 몰라?"

모두 영문을 모르는 얼굴이다.

"말언 차이니스! 현대식 중국집 레스토랑 말야."

아하… 그제야 모두가 고개를 끄덕였다. 위광은 다시 중국집을 할 거라고 했다. 조그맣고, 주방을 다 보여주는 오픈 키친에, 주변을 빙 두른 바 테이블이 놓인 현대식 가게라고 했다.

"매일 만들고 싶은 걸 할 거야. 늘상 쓰던 재료 말고, 쇠슈, 제철에 나는 거, 그런 걸 사다가 그날그날 준비되는 대로 요리를 하는 거야. 계절을 담아야지. 그게 요리사의 일이다. 산차이가 기본이지만 새 옷을 입혀야 한다. 옛날식으로만 하면 안 돼. 사천식도 한두 개 있어야지. 젊은 사람들은 매운 걸 좋아하니까. 가정에서 먹는 반찬도 필요해. 요즘 대만 가정식이 인기야. 집 반찬 몇 가지를 차완에 담아서 백반처럼 내기도 하더군. 정해진 메뉴는 따로 없어. 그날 재료에 맞춰 량차이에 일품요리 두세 개, 탕이나 식사 중에 하나, 마무리로는 중국식 티엔디엔. 따지고 보면 코스식이야. 단품도 팔지 물론. 중국차, 중국술도 몇 개 내야지. 칵테일 알지들? 빼갈에다 이것저것 섞어 내는데, 맛이 괜찮아. 주방은 무조건 입구 쪽에 있어야 돼. 만드는 걸 훤히 보여주는 거야…. 그래야 사람을 만나지."

모두 벌어진 만두피처럼 입을 다물지 못했다. 위광이 동네를 정처 없이 배회한다고 소문이 났었다. 허한 마음을 음식으로 달래고 술도 마신다고 했다. 창고에 들어가 몇 시간씩 나오지 않았고 파를 뽑고 허브를 심더니 다시 파를 심어댔다. 모두들 그제야 의문이 풀리는 것 같았다.

"어떻게, 같이 해볼 테야?"

"저희가요?!"

위광은 빚은 만두를 거둬 찜통에 넣었다. 그제야 세 사람은 축하할 일의 의미를 알아챘다.

"사부님, 제 실력 아시잖아요…."

본경은 자신 없게 대답한다. 나희는 식탁을 정리하며 별말이 없다. 위광은 만두찜통을 내려다보고 있었다. 창모가 망설이다가,

"저는… 홀과 손님 관리…."

"테이블이 몇 개 안 돼. 관리할 손님이 어딨다고?"

"거기다가 비공식 싸완에, 투명한 회계, 온갖 잡일처리반이죠. 뭐든 닥치는 대로…."

나희가 식탁에 다시 앉으며,

"전… 제철 식재료로 빠스를 해볼게요. 바이주로 칵테일, 하이볼을 만들고, 소흥주 칵테일도 해보구요. 가볍게 반주로 곁들이는 술을 내는 것도 요즘 추세잖아요."

나희는 확신에 차 있었다.

"너희들도 그날그날 만들고 싶은 요리를 하면 돼. 메뉴에 없어도 미리 말하면 손님이 원하는 요리도 해줄 수 있겠지."

너희라는 말에 본경은 가슴을 쓸어내렸다. 괜한 겸손을 떨다가 화끈하게 대답할 기회를 놓쳐버린 걸 후회하는 중이었다.

"중식 오마카세네요."

"그래. 맡아서 해주는 거다."

"정말 만들고 싶은 걸 만들어도 되나요?"

"재료가 겹치면 안 되니까, 메뉴는 같이 정해야지. 그래도 이래라저래라 요리 간섭은 안 할 거다. 본경이 니 말이 맞다. 요리가 즐거워야지. 하는 사람도, 먹는 사람도."

찜통에 김이 오르자 위광이 뚜껑을 열었다. 닮은 듯 다른 복숭

아 만두들이 소복하게 부풀어 올랐다. 위광이 접시에 담아온 수도를 네 사람이 나눠 먹었다. 한입 가득 베어 물자 폭신한 만두피 아래 달달한 팥향이 입 안 가득 퍼진다. 그렇게 도원결의의 밤이 깊어갔다.

짜장면

"한 그릇에 100원 했지. 올림픽하면서 800원, 2000년 넘어가면서 똑같이 2000원을 넘겼다. 어릴 적엔 여름에 짜장면을 먹었어. 차가운 면에 첨면장과 오이를 올린 게 다야. 콩에다 밀가루를 넣고 발효시킨 게 중국 된장인 첨면장인데 짭조름하고 깊은 맛이 나. 중국집에선 이 장을 라드에 튀겨놨다가, 돼지고기와 양파를 볶을 때 넣고 춘장을 만들어. 돼지비계를 써서 고소하지. 옛날엔 내가 담근 첨면장을 받아다 쓰는 중국집도 있었다. 화교 주사가 만든 게 진짜라고, 그땐 많이들 그렇게 했어. 캐러멜 넣은 춘장이 공장에서 나오면서 어딜 가나 같은 맛이 되어 버렸지.

간짜장은 전분물을 넣지 않은 마른 짜장면이다. 춘장의 진한 맛이 그대로 난다. 그냥 짜장면은 물과 전분이 들어간다. 전분물을 넣으면 양이 많아지고 잘 식지 않아서 좋지. 고기 대신 무를 말린 차이푸단이나 튀긴 두부를 넣고, 마지막에 후추를 뿌려내기도 했다. 삼선짜장은 세 가지 해물을 보탠 거고 유니짜장은 양파, 돼지고기를 갈아서 만든다. 사천짜장은 두반장을 쓴다. 콩에다 붉은 고추를 넣고 발효시킨 게 두반장인데 맵고 칼칼한 맛이 난다. 유슬짜장은 재료를 손가락 길이로 채 썰어 만들고, 쟁반짜장은 미리 볶아 나오니 비비기 싫은 사람한테 딱이지.

짜장면은 3분이면 뿔는다. 뒀다 먹으면 그래서 손해야. 그럴 땐 식초를 뿌려주면 다시 기름이 돌아. 단무지보단 대파나 통마늘과 먹으면 더 맛나지. 짜장면이 묘한 구석 있는 요리야. 비법은 사실, 먹는 사람이 쥐고 있지. 아무리 맛있게 해줘도, 식은 담에 먹고 제대로 비빌 줄 모르면 말짱 꽝이거든. 요리사 솜씨에다가 손님 정성이 들어가야만, 짜장면이 완성된다."

다 같이 모여 식사부의 메뉴를 정했다. 계속 메뉴가 바뀔 테지만 개업 메뉴인 만큼 신중을 기했다. 각자가 생각하는 건담의 첫 짜장면이 달랐다.

"짜장은 간짜장이지. 다들 몰라서 그렇지 짜장면의 본류는 간짜장이야."

"유니짜장이야말로 남녀노소 다 좋아하지 않을까요? 부드럽고 재료 준비도 쉽잖아요. 다 갈아버리면 되니까."

"감자나 무말랭이를 넣고 옛날식으로 해보는 건 어떨까요?"

"차라리 산둥짜장을 내죠! 검은색 짜장 대신에 황색장을 써서, 원조식으로."

"블랙 짜장 없는 중국집이 어딨어?"

나서서 교통정리를 해줄 만도 한데 위광은 그럴 생각이 없어 보였다. 짬뽕은 고기짬뽕으로 쉽게 의견이 모였다. 돼지고기와 대파, 숙주나물만 넣고 매운맛과 불맛을 입혀내는 거다. 재료가 간단할수록 고기맛이 깊다는 게 창모의 설명. 짜장면을 뭘로 시작하냐고 본경이 다시 묻는다.

"뭐가 되든, 오이 대신에 생파 더미를 올려 보는 건 어떠냐?"

위광의 파부심이 대놓고 실체를 드러내는 순간이었다. 그러나 고집부리지 않았다. 의견을 묻고 결정에 따랐다. 짜장면의 파는 실현되지 못했다. 대신, 볶음밥은 파와 계란만 사용해 파계볶음밥이라고 이름 지었다. 계란을 따로 볶아서 밥과 섞는 쇄금반 스타일과 계란 섞은 밥을 볶는 황금볶음밥 스타일 중 선택할 수 있도록 했다. 본경의 의견대로 유니짜장이 첫 주자가 되었고 단호박과 바나나를 이용한 빠스가 첫 디저트 메뉴다.

모여서 메뉴를 짜고 의견을 조율하면서 본경은 형을 생각했다. 그때 형에게 왜 그랬을까? 왜 형의 생각을 터무니없다고 무시하고 막무가내로 내 주장만 했던 것일까? 중식에 대해 뭘 안다고…. 형이 말하는 프랜차이즈와 공장설립 계획을 제대로 듣지도 않았다. 게다가 당장 하겠단 것도 아니었다. 그래놓고는 자신이 주장하는 새로운 요리가 무엇인지 제대로 설명도 못했다. 중식을 제대로 모르니까 당연히 그랬을 거다. 설득의 방법도 모르면서 설득 당할 줄도 몰랐다. 왜 그렇게 고집을 부렸나? 뭐가 날 그렇게 몰아붙였던 것일까? 제대로 아는 게 정말 하나도 없었으면서…. 형제의 다툼을 보며 아버지는 상심하셨을 것이다. 그래서 더 아프셨을 것이다. 본경은 영원히 털지 못할 마음의 짐에 체념했다. 평생 지고 가야 할 짐이라며 받아들였다. 형과 엄마가 보고 싶었다.

健啖師父

6장. 삼(三)

이사

위광은 이사했다.

두고 오는 목련나무가 눈에 밟혔지만 아이들이 있는 가족이라서 외롭지 않을 것이다. 물건은 대부분 버려야 했다. 작은 가게라 살림살이를 넣을 곳이 없었다. 본경과 창모가 짐꾸러미를 트럭에 싣고 먼저 출발했다. 위광이 고개를 숙인 채 빠른 걸음으로 마당을 지나 대문을 나섰다. 쿵… 닫고 지낸 적이 없는 철문을 소리 나게 닫고 길을 나섰다. 마지막 일별도 없다. 뒤돌아보지도 않았다. 그렇게 20년 넘게 산 집을 떠났다.

새 가게 주변에는 두 곳의 중국집이 더 있었다. 좌측 건너편으로 몇 미터 되지 않는 곳에 곡비소의 곡씨반점이 있다. 시뻘건 유리 건물과 치파오를 입고 서성이는 곡비소가 창문에서 바로 보였다. 우측 맞은편의 중국집은 인테리어 공사를 마무리하고 개점을 앞두고 있었다. 한때 리틀차이나라고 불리던 거리. 이번엔 중국집 골목이 되려나…. 옛 건담 건물은 거대한 가림막에 덮인 채 새 주인에, 새 상호를 달고 새로 태어날 준비를 하고 있었다. 마치 잃어버린 자식처럼, 건담을 마주하는 위광의 마음이 착잡했다. 그러나 이내 머리를 털었다. 지나간 건 지나간 것이다.

새 가게의 간판을 쓰는 날이다. 위광과 창모, 나희가 지켜보는 가운데 본경이 사다리에 올랐다. 먼저 '오늘은 영업합니다'의 글자를 지웠다. 그 분식집이 처음 들어섰을 때, 말 없는 아내와 헛웃음 많은 남편이 무슨 장사를 하겠냐고 주변에서 수군댔지만 몇 달 뒤에 부부의 가게는 대박이 났다. 그 기운을 이어받겠다고 가게 자리에 눈독을 들이는 이들이 많았지만 부부는 위광을 선택했다.

분식집이 개업한 지 한 달 정도 지났을 때였다. 늦은 저녁 부부가 위광을 찾아왔다. 가게를 비워도 파리 빼고는 찾는 손님이 없어 문제 될 게 없었다. 그들은 튀김을 배우고 싶다고 했다. 생전 요리라고는 해본 적이 없는 부부는 돈봉투를 내밀며 간곡히 부탁했다.

"덜컥 개업부터 하다니, 배짱 한번 대단하구만."

말 없는 부부가 웃었다. 위광은 둘을 주방에 세워놓고 반죽부터 튀기는 과정을 며칠씩 보게 두었다. 튀김의 주인공은 안에 든 재료라는 점을 강조하면서 계란물과 밀가루 섞는 방법, 그 맛을 지키는 방법을 보여줬다. 영리한 부부는 꼼꼼하게 기록했고 위광의 스타일에 맞춰 쓸데없는 질문은 하지 않았다. 얼마 후, 위광은 아내에게 반죽을, 남편에게 튀김을 직접 해보라고 했다. 부부는 손을 떨면서도 차분히 여태 본대로 해보였다. 이틀에 한 번씩 튀김을 만들어 갖고 오래서 셋이 앉아 먹었다. 부부는 금방 튀겨낸 튀김을 들고 건담으로 뛰어다녔다. 성깔이 돌아 여태 뭘 봤냐고 소리치기도 했지만 노력이 눈에 보이자 소리도 잦아들었다. 만남은 나흘에 한 번이 일주일에 한 번씩으로 멀어지면서 마무리되었다. 부부가 돈봉투를 서너 번 내밀었지만 위광은 돈을 받지 않았다. 분식집은 튀김맛집으로 유명해졌다. 부부는 건담에 자주 들렀다. 친구도 데려오고 손님들에게 추천도 했다. 가게를 위광에게 선뜻 넘긴 것도 그 감사였다.

위광과 창모가 기거하게 될 사무실 겸 방은 옛 건담의 냉장고만 했다. 추리고 추려 갖고 온 짐마저 처분해야 할 상황에 주인도 몰랐던 지하 창고를 발견했다. 주방을 밖으로 빼려고 싱크대를 들어내자 좁고 긴 지하 창고가 드러난 것이다. 문을 들어 올려야 하고 계단이 가파르지만 식자재 창고로 쓰기에는 제격이었다. 왠지 기운이 좋았다. 주방을 빙 둘러 바를 만들고 작은 테이블 4개를 놓으니 공간이 꽉 찼다. 무슨 아이들 장난 같구만. 공사가 마무리된 가게를 보며 위광이 허허 웃었다.

본경이 기합을 다지고 흰 바닥에 큼지막하게 '건' 자를 썼다. 신중에 신중을 기해 위치를 잡고 '담' 자를 쓸 때였다. 때마침 맞은편에 새로 들어온다는 중국집에서도 간판을 달았다. 인부들이 새 간판을 싣고 작업대에 올랐다. 윙, 기계음이 나며 크레인차의 붕이 올라간다. 이윽고 대여섯 명의 인부들이 옥상과 지상, 공중에서 간판을 맞잡고 벽에 고정시킨다. 건담 식구들은 보고도 믿지 못할 광경에 기함을 했다. 중식당의 이름은 ~~건담! 얼이 달아난 본경이 엄한 곳에 점을 찍고 말았다. 건담은… 불식간에 '전담'이 되었다. 네 사람의 정신이 뱅글뱅글 돌아간다. 그리고 혼돈의 순간, 차에서 내린 이는 다름 아닌 원신이었다. 뿌듯한 표정으로 가게 간판을 바라보는 원신을 향해 정판이 커다란 상자를 열어보였다. 원신이 꺼내든 것을 정성껏 유리창에 붙였다. 태양 빛을 받은 미슐랭 엠블럼이 붉게 빛났다.

'전담' 싸부의 집

'전'자의 점을 그냥 두자고 한 것은 위광이었다.

"그날그날 요리를 맡아서 해주니까, 전담이 맞는 말이지. 이름이 우리를 찾아왔어."

본경이 그 옆으로 작게 '싸부의 집'이라는 글씨를 추가했다. '중화요리 전담, 싸부의 집'이라는 새 상호가 탄생했다. 그럼에도 단골들은 그냥 건담이라 불렀다. 먼 훗날 사람들의 기억 속에 남은 이름도 '건담 싸부'. 이름은 정말로 사람을 따라다녔다.

문밖에는 '영업시간 4시~10시, 마지막 주문 9시, 4가지 코스와 술, 차, 디저트를 전담함. 포장 가능'이라는 안내판과 함께 빨간 의자를 내다 놓았다. 동네 사람들은 '포장 가능'이라는 글자를 보고도 진짜 포장이 되냐고 묻기 일쑤였다.

"세상 변했군. 건담이 포장을 하다니⋯."

세 사람은 흰색 조리복 위에 각자 색이 다른 앞치마와 모자를 썼다. 위광은 메인요리와 볶음밥을 담당했고 본경은 전채요리와 면 종류의 식사, 나희는 차와 술, 디저트를 맡았다.

"짜오피엔(照片 사진)!"

위광이 크게 외치면 본경, 나희, 창모가 하던 일을 멈추고 달려와 손님과 사진을 찍었다. 미슐랭의 대단한 위력 덕에 '4대 문파 이전의 숨은 고수'라는 타이틀을 달고 위광의 얼굴이 알려졌고, 본경과 나희의 인기도 만만치 않아 사진 찍기를 원하는 사람이 날로 늘었다. 영혼을 뺏기는 것처럼 사진 찍기를 질색하던 위광, 먹기 전 사진을 찍어대는 것이 음식을 모독하는 범죄인 양 굴었던 그가 손님들과 어깨동무를 하고 다시 외친다.

"체즈(茄子 가지. 김치나 치즈와 같은 용도로 쓰임)!"

본경의 량차이가 입소문을 탔다. 전채요리는 말 그대로 입맛을 돋우기 위한 작은 요리였지만 독창적 플레이팅과 볼거리가 많은 요리법으로 본경의 량차이는 온전한 일품요리가 되었다. 바다 포말을 타고 온 외계인, 잠든 뇌를 흔드는 봄의 정원, 분홍 새우꽃을 피운 두부밭, 색, 계(素, 鷄): 닭을 찾아서. 시적이면서 재치 있는 작명도 그의 요리를 더욱 돋보이게 했다. 본경은 손님들과 소통했다. 요리의 재료와 조리법, 이름의 의미를 설명하면서 문학과 음악, 미술, 철학에 이르기까지 전방위 지식을 섞어 한 편의 이야기를 만들어냈다. 그러나 최고의 인기 요리는 따로 있었다.

개점을 코앞에 두고 본경이 만든 유니짜장을 다 같이 시식할 때였다.

"평범해."

위광은 어딘지 떨떠름한 표정이었다.

"니가 말하던 재미와 감동은 어디 숨었냐?"

춘장을 볶다가 아스팔트처럼 태워버리던 게 엊그제였다. 맛을 지적받는 일이 줄자 다음 장벽이 나타났다.

"뜨거워야지! 요리에는 맛있는 온도가 있다!"

본경은 익숙한 짜장면 요리에 어떤 변화를 줄지 고민했다. 고유의 짜장맛과 한 그릇의 넉넉함은 유지하면서 새로움을 주는 방법, 무엇보다 뜨거워야 했다.

그러던 어느 날이었다. 출근하는 나희를 향해 본경이 홀린 듯 다가갔다. 분명 고백병이 완치되었다고 했는데…. 이제는 누구나 아는 본경의 짝사랑에 보는 이들이 마음을 졸였다. 거칠 것 없는 진격에 나희는 몸을 슬쩍 피하며,

"왜?"

"그거…."

본경은 나희가 쓰고 온 그물 모양의 비니를 원했다. 그렇게 튈짜장이 탄생했다. 프랑스어로 튈(tuile)은 지붕의 기와라는 뜻으로 주로 요리의 마지막을 장식할 때 사용하는 망사 형태의 얇은 튀김이다. 무엇이든 재료가 되고 어떤 모양으로든 만들 수 있다. 본경은 성긴 벌집 모양의 튈을 모자처럼 만들어 유니짜장 위에 덮어냈는

데 흥미로운 모양에 깨뜨려 먹는 재미가 있었다.

"게다가 사진을 찍는 동안 음식이 식지 않도록 온도를 유지하는 역할도 합니다!"

"그게 무슨! 구멍이 이렇게 숭숭 났는데…."

본경의 억지스러운 설명에 위광은 껄껄 웃으면서도,

"색깔별로 더 만들어 봐라."

위광의 말은 본경에게 동력이 되었다. 잘하고 있다는 확신, 앞으로 나아갈 힘을 주었다. 그는 한때의 사장님이자 싸부님에서 얼떨결에 스승님이 되었고 어느새 든든한 동료가 되어 있었다. 얼마 후 튈짜장은 한 포털의 메인에 등장했다. 검은 짜장을 봉긋하게 덮은 형형색색의 튈은 마치 예술작품 같았다. 그렇게 대박이 터졌다. 누구나 튈짜장을 찾았고 짜오피엔! 구령에 맞춰 튈짜장을 든 손님들과 사진을 찍었다.

나희가 바이주 칵테일을 하겠다고 했을 때, 솔직히 기대하는 이는 없었다. 화장기 없는 말간 얼굴에 술 한 모금에도 대취할 듯 보이는 사람. 술맛을 모르는데 어떻게 섞음주를 만드냐는 합리적 추측이었다. 술이 아니라도 차는 전문가니까, 위광은 걱정할 것 없다고 했다. 기본으로 모리화차를 냈고 전채와 함께 마시면 좋은 차를 돈을 받고 팔기로 했다. 예상과 달리 차는 고전했다. 근처 목공소와 체육관 사람들, 요가학원 강사, 동네 가정주부 몇 명 등 열혈 단골들을 빼고는 차를 사 마시는 이가 없었다. 역시 예상과 다르게, 칵테일이 인기를 끌면서 메뉴에서 차를 빼려다가 지지층의 극렬한 저항에 부딪히는 우여곡절을 겪기도 했다.

'백주대낮'. 백주 베이스에 우롱차와 엘더 플라워 리큐르, 탄산수와 레몬을 섞어 얼음을 띄운 칵테일이 전담의 1호 혼합주였다. 백주에 은은한 단맛과 우롱차의 향이 더해져 대낮에 반주로 마시기 그만이었다. 특유의 향과 신맛에 짠기가 도는 소흥주는 생강, 레몬에 계피를 넣어 하이볼로 만들었다. 전담 식구들에게 뜨거운 반응을 얻었던 뜨거운 소흥주는 손님들에게도 인기가 뜨거웠다. 감초를 넣고 중탕한 소흥주에 생강과 말린 무화과를 띄웠는데 깊은 풍미와 단짠의 오묘한 조화가 일품이었다. 차를 마시던 손님들도 감기에 걸리면 이 술을 찾았다. 나희의 미모에 반한 손님들은 그녀의 칵테일이 더 아름답다며 칭송을 보냈다.

"부먹이요, 찍먹이요?"
"튀김과 소스를 같이 버무려주세요."
"괜찮아요. 따로 달라면 따로… 줘요."

위광은 변했다. '원래'는 없음을 명심했다. 옛날에는, 내가 배울 때는, 인천에서는… 전부 다 잊었다. 다른 것도 아니고 음식이다. 각자 취향과 습관이 있는 것이다. 발이 부르트도록 다닌 여행길에서 그는 배웠다.

'시절이 원하는 요리가 있다.'

전담의 중심에는 위광의 건화요리가 있었다. 말린 해삼과 전복뿐만 아니라, 위광은 나물을 말려 중식에 이용하는 연구를 시작했다. 이제 건물의 옥상에 나물을 널었다. 카이란이나 공심채, 시금

치 같은 제철 채소무침도 인기였다. 위광이 직접 만든 굴소스를 이용해 큰불에 빠르게 볶았는데, 아삭한 식감에 감칠맛이 폭발해 고기요리가 부럽지 않았다. 통해삼과 통전복을 한 접시에 담아내기도 했다. 전담에서는 이제 안 되는 건 없었다. 동네를 여행하면서 보고 먹은 요리들, 옛날 마호 싸부에게서 배운 짜바기, 대만 요리점에서 먹은 파리머리볶음도 만들었다.

본경의 차가운 요리와 위광의 뜨거운 요리, 그 시작과 끝에 나희의 차와 술, 디저트가 있었다. 입소문을 타고, 매스컴을 타고 전담에 손님이 늘어나면서 오랜 단골들이 돌아왔다. 전담을 건담이라고 부르는 이들을 따라 새 손님들도 전담을 건담이라 불렀다. 위광의 가슴을 쪼그라뜨리고 떠났던 유교수도 다시 나타났다.

"이런… 건담이 또 변했네요."

연어의 귀환보다 더 감동적인 맛으로 회귀했다며 유교수는 극찬을 보냈다. 위광은 이제 고맙다는 말을 하지 않는다. 일체의 평에 일희일비하지 않기로 했다. 고마울 것도 억울할 것도 없는 담백한 관계. 뜨거울 때 얼른 드세요, 그게 위광의 마음이었다.

비법의 비밀

위광이 다시 웍을 놓쳤다. 팔뚝이 시큰거릴 때마다 괜찮다는 자기암시로 통증을 무시했지만 금이 간 뼈가 세뇌로 다시 붙진 않았

355

다. 전담 식구들은 병이 도진 거냐며 애를 태웠지만 뼈가 덜 붙었다는 의사의 말에 모두 기뻐했다. 망치나 펜치, 톱 같은 공구는 절대 사용금지라며 의사가 못을 박았다. 위광은 다시 깁스를 했고 목에 건 지지대에 팔을 얹고 다녔다.

"뽄, 전복 해삼 요리는 이제 누가 하나?"

대로변에서 차를 몰고 가던 원신이 본경을 불러 세워 물었다. 근처에 가게를 오픈한 후로 원신을 만난 건 처음이었다. 설마, 숨어다니시겠어…. 가게가 호황인 데다 방송과 광고 출연으로 바쁘기 때문이라고 본경은 생각했다. 원신은 소위 말하는 유명 셰프가 되었다. 요리사에게 티브이 출연은 훈장과도 같았다. 원신을 보기 위해 손님이 모였고 미슐랭의 이름값까지 더해 대기줄이 곡씨반점을 넘어섰다. 이상할 정도로 위광은 아무 말이 없었다. 辛건담이라는 가게 이름뿐만 아니라 갖고 간 미슐랭 엠블럼에 대해서도 일언반구 언급이 없었고 해결을 위한 의지도 없어 보였다. 인간으로 안 본다 이거지…. 사람들은 위광이 원신에게 인간 실격 판정을 내린 거라고 입을 모았다.

"괜찮아요. 제가 하기로 했어요."

운전석에 앉은 원신을 향해 본경이 대답했다. 처음에 원신은 잘못 들은 줄 알았다.

"건화요리를 누가 한다고?"

"제가요."

"누가?"

"저요."

"니가 어떻…."

말하다 말고 원신이 차에서 내렸다.

"니가 어떻게? 전화 불리고 삶고… 그걸 니가 다 할 수 있다고?"

"네."

본경의 명쾌한 대답에도 원신은 다시 물었다.

"요리까지 다?"

"네."

"싸부님이 가르쳐 주신 거야? 직접?"

"그랬다기보단, 하시는 걸 본 거죠."

'잠깐만… 어디선가 들어본 대답인데….'

원신은 일단 급한 질문부터 하기로 했다.

"언제?"

"새벽에 나가서 일 도와드리면서요."

"보고 있는데도 아무 말씀 안 하셨어? 삶는 육수, 방법, 시간… 다 본 거야?"

"네. 나중에는 이것저것 시키셔서… 심부름하면서 그때 다 배웠어요."

원신은 잠깐 숨을 돌려야 했다. 깊게 산소를 들이마신 후 일부러 느린 말로 묻는다.

"근데, 새벽에는 왜… 나오라고 하셨어?"

본경은 웃으면서,

"그냥, 제가 일 배우려고 일찍 나갔어요."

육수 비법이 뭐냐는 말이 혀끝에 걸렸지만 차마 입 밖에 내진 못했다. 별안간 뻐근하게 허리가 아파왔다. 괜찮냐는 본경의 질문을 뒤로하고 걷는데 자꾸 무릎이 접혔다. 4년 동안 그렇게 배우고 싶었던 건화 조리법이었다. 항상 새벽에 혼자 하는 식이라 요리법을 숨기려고 그러는 줄 알았다. 생각해보니 다른 요리들은 어깨너머로, 그냥 옆에서 지켜보며 배웠다. 일부러 가르쳐주는 법은 없었지만 맘만 먹으면 얼마든지 배울 수 있는 상황. 이것저것 잔심부름을 시키기도 했다. 재료를 나르고 도구를 건네다 보면 어느새 재료나 방법을 익히게 된다. 일부러가 아니라, 제일 먼저 해야 하는 일이라서 새벽이었던 것을… 왜, 4년 동안 한 번도 일찍 나가 볼 생각을 못 했을까? 위광의 스타일을 뻔히 알면서도 언젠가 가르쳐주겠지, 혼자 기대하고 혼자 실망했을까? 왜 아무것도 가르쳐주지 않았냐고 핏대를 세우며 바락바락 덤벼댔을까? 왜…. 그러고 보니 나희도 같은 얘길 했었다.

"아침에 만드시는 걸 봤어요."

그렇게 구수계를 배웠다고 했다. 나는… 뒷문에 내다 놓은 스티로폼 박스에 앉아 있었다. 아무것도 가르쳐주지 않는다며 한풀이하듯 담배 연기를 옥상으로 뿜어대다가 물세례를 맞고 주방으로 뛰어드는 게 점심의 일상이었다. 빵빵… 뒤차가 출발을 재촉했다. 원신은 신호가 바뀐 줄 몰랐다. 경적소리도 들리지 않았다. 다시 빵… 경적이 길게 울린다. 그제야 정신이 돌아온다. 기다리다 지친 뒤차들이 차선을 바꿔 앞으로 나아가고 있었다. 원신은 그 탈출 행렬을 넋을 놓고 보고만 있었다.

辛건담과 별

"손님, 예약하셨어요?"

위광이 문을 열고 들어왔다.

"저희 아직 오픈 안 했는데요. 저기 할아버님…."

안절부절 뒤따라오는 홀직원들을 무시하고 위광은 가까운 테이블에 자리를 잡고 앉았다. 당황한 직원 하나가 쪼르르 주방으로 뛰어갔다. 잠시 후, 짜증스럽게 주방을 나오던 원신이 위광을 봤다.

"싸…부님?"

놀란 토끼처럼 주방으로 되돌아간 원신은 '왜 이제야'를 연발하며 주방을 돌아다녔다. 원신은 개점과 동시에 그의 등장에 대비해왔다. 레시피 노트부터 미슐랭 엠블럼, 辛건담 상호까지, 다툴 문제가 한두 개가 아니었다. 아무튼 회수와 수금에 맞춰 대응책을 마련해놓았지만 그게 벌써 한 달이었다. 주방 밖으로 눈만 내밀고 보니 위광은 얌전히 앉아 가게를 둘러보고 있다. 왜 지금이냐고….

"손님, 주문하시겠습니까?"

메뉴판을 내미는 이는 창모였다. 辛건담이 바로 창모가 낮 동안 아르바이트를 하는 식당이었다. 위광은 메뉴판을 찬찬히 훑어봤다. 구.수.계, 수.자.어, 청증우럭, 라즈지, 깐풍기, 싼라탕, 마파두부, 어향육사, 탄탄면… 손가락으로 한자씩 짚으며 또박또박 요리명을 읽어나갔다.

'글을 배워 놓으니 좋군. 辛이라더니, 사천요리가 많네. 보자, 량

차이는… 산둥 샤오지(燒鷄)가 다 있구만. 어디, 그렇다면…'

'샤오지, 어향가지, 수자어, 탄탄면… 그리고 탕수육!'
주문을 확인한 원신이 실소를 터뜨렸다.
'무쳐내는지, 따로내는지, 어디 한번 보자 이거네!'
자신만만한 말투와 달리 주문서를 쥔 원신의 손이 미세하게 떨렸다. 위광을 위해 요리하는 건 처음이었다. 입사하고 일주일 정도 부주방장에게 건담의 조리법을 배웠다. 간혹 위광이 맛봤지만 그게 다였다.
"치궈, 샤오요우, 바오샹!"
위광의 목소리가 들렸다. 바늘에 찔리기라도 한 듯 원신이 몸을 움찔거렸다. 요상한 몸짓에 직원들은 눈 둘 데를 몰랐다. 안 그래도 요리 시작이 늦어져 눈치를 보던 차였다. 원신은 다시 눈만 빠끔 내밀고 홀을 흘끗댄다. 위광은 그 자리에 그대로다. 정신을 차리자며 곧장 웍에 불을 붙이고 기름을 부었다. 좋아, 샤오지부터 내는 거다!
가장 먼저 나가는 량차이는 주방장의 실력과 스타일을 첫선 보이는 요리다. 맛뿐만 아니라 담는 법과 그릇 등 전반을 신경 써야 한다. 산둥요리 샤오지는 닭으로 만든 오향장육이다. 샤오는 튀겼다가 삶는 조리법. 닭을 통째로 튀겨 팔각, 화조, 계피, 정향, 진피 등 다섯 가지 향신료를 넣은 오향간장에 조린 후, 껍질째 손으로 뜯거나 듬성듬성 썰어서 새콤달콤한 소스를 부어내면 된다. 직원의 생일날이나 어쩔 땐 아무 이유도 없이, 위광은 뚝딱뚝딱 만든 샤오지를 직원들의 점심 테이블에 올려놓고 가곤 했었다. 원신은 까무

잡잡하게 조려서 식힌 닭 위에 오이와 다진 마늘을 잔뜩 올리고 겨자식초장, 땅콩기름과 라유를 뿌린 후 고수잎으로 마무리했다.

모리화차가 나왔고 기본 찬으로 볶은 땅콩, 오이무침인 량반황과(凉拌黃瓜), 자차이를 올려준다. 은은한 꽃향기를 마시며 위광은 음식을 기다렸다. 완성된 샤오지가 테이블에 도착했다. 간장에 조린 닭 한 마리를 듬성듬성 썰어냈다. 식초와 어우러진 향신채의 간장향이 솔솔 풍겼다. 제대로 된 배합이라는 것을 냄새만 맡아도 알 수 있다. 젓가락으로 한 점을 집어 먹는다. 잘 튀기고 적당히 삶아서 껍질이 쫀득하고 살이 부드럽다. 잔뜩 올린 마늘과 생강즙이 혹시 모를 닭의 비린맛을 잡아준다. 땅콩기름과 라유를 섞어냈는데 아마도 매운 것을 잘 먹지 못하는 자신을 위해서인 듯하다. 고소하면서 톡 쏘는 매운맛이 제대로 입맛을 돋운다.

원신이 근무했던 사천의 호텔 주방장이 말하길, 바다를 본 적 없는 사천 사람들이 바다를 그리며 만든 요리가 위샹러우쓰(魚香肉絲)와 위샹체즈(魚香茄子)라고 했다. 바다를 단 한 번 봤다는 그에게서 어향소스를 배웠다. 건담에서도 여름철마다 가지를 잔뜩 사다가 직원들에게 만들어 주기도 했었다. 위샹(魚香 어향)은 말 그대로 생선의 향, 바다의 향이 난다는 말이다. 민물 생선의 비린 맛을 감추기 위해 쓰던 소스인 만큼 달고 짜고 시고 맵고 얼얼한 소스의 강렬한 맛이 요리를 지배한다. 위광은 어향소스에 언제나 소금에 절인 붉은 고추를 썼다. 삭은 고추에서 나는 발효의 맛은 천연조미료의 역할을 하면서 동시에 다른 결의 매운맛을 낸다. 辛건담을 개업하면서 원신은 위광이 쓰던 향신 재료를 준비하는 데 많은 공을 들였다. 위광은 비법이 어딨냐고 말하곤 했지만 비법 아닌 비법이 이런 사소한 데서 나오는 법이라는 것을 그에게서 배웠다. 위광이 했듯이 직접 담근 고추절임으로 어향소스를 만들고 화자오로 辛건담의 트레이드마크인 매운맛을 첨가했다. 그리고 곧이어 탕수육을 만들기 시작했다.

위광은 갓 도착한 요리를 내려다본다. 원신의 어향가지는 새로운 모양이다. 토막 낸 가지에 찹쌀 반죽을 입혀서 튀기던 건담의 방식 대신, 칼집 낸 가지를 통으로 기름에 구워서 어향소스에 졸여냈다. 통가지 위에 얌전히 올린 어향소스가 보기에 좋다. 어향소스는 새콤달콤한 맛에 고추절임도 썰어 넣어 갖출 것을 갖췄다. 가지의 껍질은 쫀득하고 속살은 부드럽다. 생선처럼 비리거나 고기처럼 질겨질 염려도 없다. 잘만 튀기면 속살이 치즈나 두부보다 부드러운 식감을 낸다.

'어떻게 먹어도 가지는 맛있지…'

위광은 먹으면서도 계속 주방을 흘끗거린다.

'나올 때가 됐는데…'

홀직원이 쟁반을 들고 나온다.

'옳거니!'

기다리던 탕수육이다. 멀리서 내오는 모양새를 보니 한 그릇이다. 소스 그릇 따위는 딸려 있지 않다. 테이블에 올라온 탕수육은 고기 튀김이 당초즙을 몸에 착 감고 있다. 얇게 채 썬 생파도 올라가 있다. 김이 나는 튀김 하나를 와삭 베어 먹으며 위광이 웃는다.

'원신이가 머리가 나쁜 놈은 아니지.'

그동안 두 사람의 우정이라도 실험했던 것일까? 원신이 있는 주방을 향한 위광의 눈빛이 달라졌다.

원신에게 '개업'은 일생의 금지어였다. 절대, 혼잣말로도, 머릿속에 떠올리는 것조차도 염치없다고 못 박아 놓고 결국엔, 개업하고 말았다. 정판의 부추김이나 전부인의 느닷없는 격려 때문은 아니었다. 미슐랭과 건담의 이름을 빌렸지만 그것에 목을 맨 것도 아니다.

원신은 일생일대의 목표가 생겼다. 절대 성공!이 아니라, 절대 폐업하지 않겠다! 불운의 굴레를 끊어내고 저주의 늪을 제발, 반드시 벗어나겠다! 방송에 나가고 요리 클래스를 열고, 그 유명세로 돈을 벌고 있었지만 다 뜬구름 같았다. 원신은 요리하고 싶었다. 음식을 만드는 요리사로 땅을 디디고 서고 싶었다.

'혁명에 버금가는 변화가 필요하다!'

혁명 정신을 찾아 사천으로 다시 향했다. 원신은 매운맛으로 승부를 보기로 했다. 맛있는 매운맛, 온갖 종류의 매운맛을 찾아 사천을 헤매고 다녔다. 수자어는 그때 만난 요리 중 하나다. 물에 끓인 생선이라는 뜻과 다르게, 빨간 고추와 화자오, 후추 더미가 기름 위에 잔뜩 떠 있는 거대한 그릇에 눈이 휘둥그레졌다. 두 눈이 시릴 정도로 강렬한 향을 뿜어내는 고추 더미를 헤치고 기름 속에 잠겨있던 생선을 꺼내 올렸다. 그 한 점의 생선이야말로 혁명이자 광기의 전복이었다.

위광은 사천 출신의 스님이 만든 수자어 요리를 먹어본 적이 있었다. 민물 생선의 흙내를 감추기 위한 조리법이 꽤나 기발하고 대범했었다. 하지만 기름지고 복잡한 맛에 별 감동은 없었다.

'굳이 수자어를 하겠다고?'

드디어 기름에 빠진 생선이 도착했다. 맵고 아린 향신료 향이 멀리서부터 무섭게 풍겨온다. 고추와 후추 주변으로 끓어오르는 기름의 모양새가 쇠가 녹아드는 용로 같다. 매운 요리를 잘 먹지 못하는 위광은 덜컥 겁부터 난다. 식빵이 함께 나왔는데 기름 속에서 건져낸 생선살을 빵에다 닦아 먹으란다. 뭘 이렇게까지…. 창모가 향신료 더미에서 생선을 건져준다. 위광은 망설였다. 기름이 번들거리는 생선살을 보고만 있다가 빨리 끝내자는 심정으로 덥석 입으로 가져간다. 오물… 거릴 것도 없다. 혀에서 녹아 곧장 목구멍으로 넘어가버린다. 향긋하게 맵고 후추와 화자오도 기분 좋을 정도로 얼얼하다.

'이렇게 나긋한 맛일 줄이야…'

면판에게 면을 삶으라고 지시하고 원신은 탄탄면 준비에 들어갔다. 사랑했지만 미워했고 헤어졌다가 다시 만났다. 애증의 탄탄면. 사천에서 우연히 만나 지독하게 빠져들었고, 호텔을 때려치우고 함께 귀국했지만 화끈하게 말아먹은 후 결별했다. 그리고 4년 전,

운명의 장난으로 건담에서 재회했다. 인연이란 게 뭔지, 그때 잠깐 한시적으로 냈던 탄탄면에 반해 건담에서 일을 시작했으니….

사기로 된 큰 면식기에 면을 담았다. 두반장에 두치와 절인 야차이, 간고기 볶은 것, 다진 땅콩과 채 썬 대파를 차례로 올린다. 이제 추가되는 양념의 조화가 맛을 좌우하게 된다. 마자오가 들어간 라유 간장, 화자오 가루, 즈마장, 흑식초, 재료가 잘 섞이도록 소량의 닭고기 육수를 붓고 쪽파와 땅콩기름을 살짝 둘러주면 사천식 비빔면인 탄탄면이 완성된다.

위광의 테이블에 세숫대야만 한 면식기가 도착했다. 4년 전, 한여름에 탄탄면을 했었다. 손님들과 창모가 하도 중국식 냉면을 내자고 성화를 부려 냉면 대용으로 잠시 냈었다.

'단단미옌… 인천 시장바닥에서 막그릇에 막 비벼 팔던 비빔국수가 환골탈태했지.'

원신의 탄탄면은 꽤나 공들인 티가 났다. 묵직한 그릇에 담은 면에 다진 고기와 푸른 쪽파를 켜켜이 쌓고 노랗고 붉은 땅콩장과 고추기름을 뿌렸다. 비벼보니 육수가 살짝 고인다. 작은 종지에 내 온 밥은 남은 국물에 비벼먹으란 모양이다. 한 젓가락 크게 먹는다. 맵고 고소하다. 시고 고소하다. 짜고 고소하다. 감칠맛 도는 신맛이 보통이 아니다. 젓가락을 헤집어보니 절인 나물이 나온다.

'이놈이 마술을 부렸구만… 이게 바로 정통 탄탄면의 맛이다.'

원신은 한 가지 요리를 더 만들기로 했다. 매운 것을 잘 먹지 못

하는 위광에게 맵기를 가라앉혀 줄 맑은 탕이 필요했다. 마침 채소상에게 얻어 놓은 착채로 착채육사탕을 만들기로 했다. 착채는 흔히 자차이 혹은 짜사이라 부르는 중국집 밑반찬으로 알고 있지만 독특한 향이 있는 겨자과의 엄연한 채소다. 위광은 점심으로 주로 젠빙을 말아 먹었지만 가끔 명동에서 이 착채를 받아와 탕을 끓였다. 남대문 근처에 친구가 있다, 절에 간다는 말들이 분분했지만 그의 개인사를 아는 이는 없었다. 파기름에 돼지고기를 볶다가 간장으로 간을 하고 닭육수를 부어준다. 육수가 끓어 오를 때 얇게 채 썬 착채와 파, 생강을 넣어 마무리하면 착채탕이 된다. 마지막 요리가 나가고 원신은 의자에 털썩 주저앉았다. 온몸이 땀에 흠뻑 젖었다.

착채탕이 나왔다. 갓처럼 톡 쏘는 맛이 가끔 생각났다. 그럴 때면 명동에서 월병을 사오는 길에 남대문에 들러 착채를 샀다. 요리 말고는 기술도 취미도 없었지만, 시장을 돌아다니는 재미 덕에 그나마 세상 돌아가는 걸 알았다. 착채는 잎을 떼고 몸통만 옥상에 던져두었다가 꼬들해지면 탕도 끓이고 무쳐 먹기도 했다. 그것을 본 모양이다. 한입 떠먹으니 톡 쏘는 아린맛과 고깃국물이 시원했다.

주방에서 초조하게 상황을 기다리는 원신만큼이나 창모도 긴장하고 있었다. 워낙 예측이 힘든 사람들인 데다가 마지막이 험악했던 탓에 어떤 돌발 상황이 생길지 몰랐다. 드디어 위광의 식사가 끝났다. 가지런히 수저를 정리하고 앉은 위광에게 창모가 우롱차를 부어주었다. 위광은 뜨거운 김이 오르는 찻잔을 가만 바라보기만 했다.

'뭔 말을 하려고 이렇게 뜸을 들이나…'

사실 원신의 대응책이란… 위광이 달라는 대로 다 돌려주는 것이었다. 레시피 노트, 미슐랭 엠블럼, 辛건담의 이름까지도! 그런데도 죄지은 가슴은 하릴없이 벌렁거렸다. 홀에 들어올 때 위광의 걸음은 적진에 쳐들어온 군사의 진격이었다. 거칠게 의자를 빼서 앉을 때는 빚을 걷으러 온 추심원 같더니, 메뉴판에 코를 박고 들여다볼 때는 그림책을 보는 아이 같았다. 요리 모양을 살피고 냄새를 킁킁대던 깐깐한 심사위원은 어느덧 마음속의 번뇌를 털어낸 득도한 수행자가 되어 편안하게 찻잔을 응시한다.

무슨 헛생각이냐고 원신은 고개를 털었다. 그가 누구인가? 천하제일 독설가에 유아독존의 에고 덩어리, 건담의 두위광 아닌가? 질문은 다시 처음으로 돌아갔다. 도대체 왜 온 것일까? 원신의 머리가 터질 것 같았다. 더는 못 기다리겠다. 원신은 훔쳐온 노트와 미슐랭 엠블럼을 집어 들었다. 볼 때마다 속이 부대끼는 부끄러운 전리품들. 온갖 구실을 갖다 대며 정당화했지만 비겁한 짓이었다. 어느새 들어온 창모가 느닷없이 메뉴판을 내밀며,

"펼쳐 봐."

무슨 엉뚱한 장난이냐며 원신이 못마땅한 얼굴로 메뉴판을 펼쳤다. 辛건담이라는 글자 아래 손으로 그린 별이 3개. 마치 미슐랭의 별을 닮은 별이 반짝하고 빛났다. 눈을 비비고 봐도 별빛이 내린다.

"마빡에 박아주겠다더니 웬…."

"탄탄면은 싸부님 거보다 낫다고 하셨어. 남의 요리 좋단 말, 나도 첨 듣네. 그리고, 수자어는 내지 말래."

메뉴판의 수자어 옆에 X표가 그려져 있었다.

"맛있는데, 안 팔릴 거래."

원신은 다시 손이 떨렸다.

"싸부님, 건담을 주셰프한테 넘겨주려고 하셨어. 받을지 모르겠다 하시면서…."

금시초문의 말에 원신은 놀랍고 미안한 감정이 북받쳐 오른다.

"깁스는 팔에 했는데, 왜 입맛이 돌아온 거요?"

위광은 홀에 없었다. 원신은 곧장 가게 밖으로 뛰어나갔다.

"싸부님!"

저만치 걸어가는 위광을 크게 불렀다. 싸부님, 다시 부르면서 원신이 뛰어갔다. 천천히 위광이 몸을 돌렸다. 원신은 레시피 노트와 미슐랭 액자를 위광에게 내밀었다. 쥐구멍에라도 들어가고 싶었지만 그러면 너무 비겁할 것 같았다.

"죄송합니다 싸부님."

위광은 레시피 노트만 받아들었다.

"이름값 못하면 간판 내리게 할 거야."

원신은 목이 메어 말이 나오지 않았다.

"이놈이?"

"네!"

위광은 전담을 향해 걸어갔다. 원신은 훗날에도 사람들에게 종종 말하곤 했다.

"뭐라고 설명이 안 돼. 그때 심정이… 그러니까 가슴이… 여기 심장 부분이… 아, 정말 말로 설명을 못 하겠다. 그 상태에서 정말 힘들게, 간신히, 겨우겨우… 또 오세요, 손님. 내가, 그때 그랬다."

전담 vs. 辛건담 vs. 건담 재오픈

그날이었다.

베일에 가려져 있던 옛 건담의 가림막이 벗겨지는 날. 그리고 결전의 날이 되어버린 날. 원신이 숨바꼭질을 멈추자 원신과 위광은 자주 마주쳤다. 그럴 때면 원신은 들고 있던 비닐에서 주섬주섬 꺼낸 중국식 호떡을 수줍게 내놓거나 중국 출장서 사왔다며 작은 술병을 내밀기도 했다. 처음 몇 번은 머쓱했지만 갈수록 불쑥불쑥, 비닐째로, 병째로 잘도 건넸다. 그렇게 평화가 온다고 느꼈다.

그날도 오가다 만난 위광과 원신, 그리고 창모가 옛 건담의 골목 앞을 지나고 있었다. 여전히 가림막에 가려진 건물 앞에 방송국 차가 도착하고 장비를 든 사람들이 내렸다. 무슨 촬영이 있는 모양이다 생각하는데,

"아이고, 사제 간에 보기 좋습니다."

용이 그려진 황금색 치파오를 휘날리며 곡비소가 다가왔다. 손에는 냉면 개시를 알리는 붉은 깃발봉을 들고 배시시 웃으며,

"안 그래도 한번 뵈어야지 했는데, 약속이나 한 것처럼 다 만났네요."

원신이 머리카락을 쓸어 넘기며 시선을 피한다.

"제가 이번에 연남동 중화요리 화상협회 회장이 되었잖습니까. 차제에 여길 우리 화상들의 청요리 거리로 만들어 보자, 그런 생각을 하던 차에… 첸르어다티에! 쇠는 단김에 두드리라고…."

원신이 듣다못해 손가락으로 귓속을 긁어대면서,

"뭔 소리 하는 거예요, 지금? 좀 알아듣게 말해요."

"그러니까 뱉은 말도 있고 해서 어쩔 수 없이 또 하나를 오픈했지요."

곡비소가 옛 건담을 향해 손짓하자 인부들이 가림막을 걷었다. 드러난 건담의 모습에 모두가 제 눈을 의심했다. 새로운 가게는… 옛 건담 그대로였다. 허름한 외양에 한자로 쓴 옛 간판, 열쇠 구멍이 있는 옛날 문과 낡은 창, 마치 사진으로 찍어낸 듯 모든 것이 예전 판박이였다. 죽은 자식이 살아 돌아왔구만. 간판에는 원조, 정통을 뜻하는 '정중(正宗)' 글자를 건담 앞에 써넣었다.

인부들이 그 위로 '건담 재오픈 기념, 원조 중화냉면 반값'이라는 현수막을 걸었다. 위광이 혼비백산해서 몸을 떨었다. 파르르한 진동이 그대로 원신에게 전달되었다.

"미쳤어요? 원조도 모자라 재오픈? 아예 '내가 두위광이다' 그러지?"

"미슐랭 별 훔쳐다 걸 만큼은 안 미쳤지."

"별은… 나도 지분이 있으니까!"

"그럼 너도 원조 붙여라. 재오픈 갖다 써. 왜, 쫄리냐?"

곡비소에게 바싹 다가선 원신이 눈알을 부라리면서,

"쫄? 암만 그래도 재오픈은 사기지!"

창모가 원신의 팔을 잡고 말리는 틈에 위광이 발걸음을 돌렸다. 그 뒷모습을 보며 곡비소가 깐죽깐죽,

"싸부, 나 건담 원년 멤버요. 문 닫은 가게, 원조 멤버가 다시 열면 재오픈이지. 그걸 새 가게라 우기면, 그게 진짜 사기야. 안 그래요? 다 같이 잘 사는 세상 만듭시다. 나도 미슐랭 따고, 전설 소리도 좀 들어봅시다!"

"양심이 좀 있어요. 그러다 벌 받아요."

"양심? 빤진빠알량! 똑같이 지어줬으면 고맙다고는 못할망정, 행패 부리면 너야말로 벌 받아!"

"와, 진짜⋯ 말 안 통하네. 자존심도 없나?"

원신은 기가 차다는 표정으로 치파오를 아래위로 훑어보면서,

"화교인 척도 그만해요. 다 알잖아, 충청도 출신인 거! 그 중국 원피스는 왜 자꾸 입고 다니냐고. 얼마나 꼴같잖은 줄 알아요?"

"너도 입어! 왜, 한 벌 줘? 두 벌 줄까?"

곡비소가 다시 능글스레 깐죽거린다.

"인생이 전부 사기야. 가짜 화교에, 가짜 중국집! 그 팔목도 직접! 도마로 내려찍은 거 다들 알던데, 왜 그렇게 생짜를 부려요?"

"내⋯ 내가 왜 그랬겠어? 사람을 돌게 만드니, 어쩔 수 없이 그런 걸. 다 싸부 탓이야. 싸부가 그랬어!"

"그건 아.니.죠!"

우렁찬 창모의 목소리였다. 주문표를 부르던 그 청아한 목청, 한동안 길을 잃었던 그 소리가 힘찬 울림이 되어 나왔다.

"곡사장님, 그건 아닙니다. 아닌 거 아시잖아요!"

창모는 건담 재오픈이라는 플래카드를 가리키면서,

"저것도 아닙니다. 저게 뭡니까!"

곡비소가 갑자기 말을 더듬는다.

"고… 고매니저님… 배우신 분이 또, 또 왜 이러실까… 뭐가 아니라고…."

"곡사장님 사정 이해합니다. 이쯤 해서 그만하시죠."

"뭔 사정?"

"해.선. 누님!"

곡비소의 입 근육이 씰룩거렸다. 튀어나오려는 말을 꾸역꾸역 눌러 삼키느라 울대가 너울댔다. 위광은 훗날 그의 입꼬리에 흐릿하게 미소가 스치는 걸 봤다고 했다. 어쨌거나 그때, 곡비소가 입을 벌린 채 마른침을 삼키고 있었던 것만은 분명하다.

"싸부가 해선 누님을 칼판장한테 시집보냈다고, 자기 팔목도 분지르고, 40년이 다 되도록 이러는 거 아닙니까!"

명동의 건담 시절, 위광은 홀담당 직원 해선과 화교 출신의 면장 보조, 곡충선을 결혼시켰다. 공공연하게 해선 누님은 내 여자라고 떠들고 다니던 곡비소, 본명 정비소는 충격을 받았다. 곡비소는 목구멍을 타고 넘어간 말을 다시 끄집어 올렸다.

"왜 그랬수? 왜 충선이 놈한테 해선 누님을 시집보낸 거요? 나 밑다고 천륜을 끊어 놓으면 되는 거요? 날 그냥 나가라 내치지 왜 그딴 짓을 한 거요? 예? 싸부! 입 놔두고 뭐해요? 뭔 말이라도 해보세요!"

"망할 놈에 천륜은 무슨!"

학이 날개짓으로 위협하듯 창모가 양팔을 휘저으며,

"해선 누님 그때, 충선이 애를 배고 있었어요!"

곡비소는 할 말을 잃었다. 자신을 미워한 위광이 일부러 두 사람을 결혼시켰다는 철석같은 믿음이 산산조각 났다.

"틈만 나면 졸고, 냉면에 식초를 그렇게 타 먹는데도 그걸 몰라요? 충선이가 칼판에서 과일을 그렇게 썰어대는데도 그걸 몰라요?"

곡비소가 배시시 웃으며,

"그랬수? 나는 또 그건 몰랐네."

그러다가 다시,

"거짓말이쥬?"

길 잃은 증오는 불쑥 아이의 추임새가 되어 터져 나왔다. 혼잣말하듯 '거짓말이여'를 또 한 번 내뱉으며 곡비소가 뒤돌아섰다. 가는 걸음에 치파오 자락이 자꾸 다리를 휘감았다. 창모는 끝난 게 아니었다. 가다 서기를 반복하는 곡비소를 향해 기세등등한 목소리로 외쳤다.

"그래서 중국식 냉면까지 팔아넘긴 겁니까!"

곡비소는 가랑이 사이에 낀 치파오 자락을 빼내면서 뒤돌아섰다.

"뭐…시라고?"

그의 동공이 죽은 사람처럼 확 펴진다.

"그것도 모자라 중국식 냉면을 개발했다고 말을 짓고, 근처까지 쫓아와 가게를 열고, 남의 가게를 허락도 없이 재오픈하고. 도대체 이게 사람이 할 짓입니까!"

중국식 냉면의 탄생

열네 살.

또래들이 막 아이 티를 벗기 시작했을 때, 위광은 중국집 싸완이 자 나무통 배달 2년 차였다. 뼈대가 굵고 몸이 다부진 탓에 서너 살은 많게 보였지만 묵직한 나무함을 들고 다니기가 힘에 부치는 아이긴 마찬가지. 어린 위광은 항구에 내다 버린 외발 리어카 삼발이를 고쳐다가 나무배달통을 싣고 다녔다. 그 모습이 기특했는지 배달통을 리어카에 실어주는 일은 매번 마호 주방장이 직접 맡았다.

그렇게 어린 배달꾼은 인천 유명 중국집 명보원의 라면이 되고 남대문 중화루의 불판을 거쳐 칼판에 이르게 된다. 칼을 다루는 솜씨가 귀신이라는 소문에 25살의 위광은 여의도의 아서원으로 간다. 그의 인생을 바꾼 세 번의 스카웃 중 첫 번째. 당시에는 칼판이 불판보다 힘이 셌다. 재료 구입부터 관리뿐 아니라 칼판이 정해주고 썰어주는 대로 요리해야 했다. 그럼에도 위광은 웍을 잡는 불판을 자청했고 불판과 칼판을 오갔다. 웍을 맘대로 다루고 번개 같

이 볶아낸다고 웍귀신, 불귀신이라는 별명을 얻은 위광은 '대서양'
에 부주방장으로 스카웃된다. 국내 최대의 규모와 명성이 자자했
던 호텔에서 위광은 말 그대로 날아다녔다. 넓은 주방을 휘저으며
국빈까지 치러냈다.

그리고 몇 년 후 세 번째이자 마지막 스카웃이 된 로터리 호텔로
가게 된다. 훗날 유명세를 떨치게 된 노테호텔의 전신으로 31살 위
광은 그곳에서 드디어 주방장을 맡는다. 다른 큰 요리점과 호텔을
고사하고 작은 로터리 호텔을 선택한 이유가 바로 주방을 지휘하
며 마음껏 요리하고 싶었기 때문이었다. 그곳에서 그가 만들어낸
것이 바로 '중국식 냉면'이다.

중국식 냉면을 메뉴로 내놓았을 때 로터리 호텔의 사장은 호텔
을 살려낼 요리라며 극찬에 극찬을 했다. 어떻게 이런 요리를 만들
었냐고 물어왔을 때 위광은 답하기가 머쓱했다. 그건 개발을 위한
본격적 창작이라기보다 우연한 탄생품이었다. 그러니까 중국집 주
방의 잔반 모듬국수라고나 할까….

1980년대, 중국집에는 직원들의 점심시간 같은 건 따로 없었다.
직원들은 손님이 없는 틈을 타 구석 테이블에서 후다닥 끼니를 해
치워야 했고 그것도 여의치 않을 때는 보이는 대로 입안에 주워 넣
으며 허기를 달랬다. 호텔 주방의 사정 역시 크게 다르지 않았다.
위광은 바쁜 시간을 쪼개 주로 면에 장을 얹은 비빔면으로 한 끼를
해결했다.

그 시절 중국집에서는 콩국수를 팔았다. 결혼식 피로연이 있는
날, 올림픽 준비단의 회의가 있는 날, 저녁까지 한 끼도 먹지 못한

바쁜 날들 중 어느 하루, 위광은 여태 했듯이 남은 콩국수에, 남은 오향장육을 넣고, 남은 해파리냉채를 얹어 비벼 먹었다. 그 안에는 오향장육의 향신료 향과 콩국수의 대두콩과 땅콩, 해파리냉채에 든 겨자와 즈마장의 새콤, 달콤, 고소, 알싸한 맛이 모두 들어 있었다. 그게 바로 중국식 냉면의 시초다.

테이블에는 언제나 산둥의 것들이 올랐다. 김치 없이는 못 사는 한국인처럼 춘장과 파 없이 못 사는 것은 산둥인들도 마찬가지. 온갖 기름에 찌든 겉과 속을 시원하게 뚫어주는 건 오직 따총(대파)만이 할 수 있는 대업이다. 낙화생(땅콩)이 빠지면 또 섭섭하다. 땅콩은 어느 요리에나 들어갔고 하다못해 생땅콩이라도 까먹어야 직성이 풀렸다. 견과류의 기름맛, 고소미가 있어야 식사가 완성되는 것이다.

가죽나물은 그럼 어떻게 올라갔을까? 봄에는 샹춘(가죽나물)이다. 이른 봄에 잠깐 나오는 참죽나무의 새순으로 짜춘권을 말아먹고 장아찌를 담는다. 한철의 노동으로 사계절이 풍요로우니, 매 봄이면 이 산 저 산으로 다급한 발걸음이 이어지고, 담 밖을 타고 넘는 간장내가 벚꽃 내음 같다. 그 가죽나물 장아찌는 떨어질 때까지 아껴가며 상에 올랐다. 수두룩하던 화교 출신 요리사들은 누가 먼저랄 것 없이 이 나물을 국수에 얹어 먹었다. 쌉싸름한 맛이 고소한 맛과 어우러지며 고향을 부른다. 그 구성 안에 파가 없는 건 미스터리다. 훗날, 위광에게 왜 파는 안 넣었냐고 물었더니, "그럼 첨면장에는 뭘 찍어 먹어요?" 하고 되물어왔다.

그러니까 중국식 냉면은 주방에 남은 그날의 재료를 넣고 비벼

먹었던 잔반 국수에서 시작되었다. 막 만들고 막 비벼서 종업원들끼리 막 먹어치우던 그 요리를 어쩌다 식음료 담당 지배인이 먹었고, 호텔 총지배인이 먹었고, 어느새 호텔 사장에게까지 올라갔다. 급기야 호텔 사장의 장모가 나타나 직원들끼리 몰래 먹는다는 량몐을 맛보자면서, 잔반면은 요리로의 전환점을 맞게 된다.

위광은 격식을 차리기로 했다. 콩국수 위로 채소와 오향냉채를 새것으로 썰어 올렸고, 새우와 전복 같은 고급 재료도 더했다. 해파리와 겨자 냉채는 깔끔하게 따로 분리했고 땅콩은 갈아서 화생장으로, 가죽나물도 잘게 다져 올린 후 좋은 그릇에 보기 좋게 담았다. 용의 눈을 그려 넣듯 마지막으로 삶은 계란 반 점. 요리를 맛본 사장 장모의 명령에 따라 무명의 잔반 량몐은 하나의 요리로 당당히 메뉴판에 자리 잡는다. 그 이름은 중국식당에서 만든 차가운 면, '중국식 냉면'이다.

"콩국수 안 팔릴라…"

이후 사장 장모의 지나가는 걱정에 위광은 콩국물을 채소 육수로 바꾸고 대신 고소한 국물맛을 위해 화생장을 더 진하게 만들었다.

그해 여름, 중국식 냉면이 세상에 나왔다. 더위는 정신력으로 이기라던 시절, 차가운 냉면은 명동 시내의 열기를 뒤흔들었다. 주변의 직장인들이 점심시간마다 차가운 육수로 더운 몸을 식혔고 저녁이면 기름진 요리를 먹고 냉면으로 입가심을 했다. 호텔 주변으로 비슷비슷한 냉면들이 생겨났지만 위광의 냉면을 따라오지 못했다. 아무래도 향신료가 들어간 육수에 비법이 있나 보다, 고명으로 올라간 거무튀튀한 나물 때문이려나, 땅콩장이 다르잖어… 모두들 다르단 건 알았지만 왜 다른지 이유를 대지 못했다.

냉면의 성공을 맛본 로터리 호텔 사장도 점심마다 중식당을 찾기는 마찬가지. 그의 방문은 저녁, 주말 없이 이어졌고 개점 시간 이전에도 냉면을 말아먹고 사무실로 올라갔다. 윗선의 잦은 방문에 긴장을 풀 틈이 없었지만 위광은 개의치 않았다. 키가 크고 육중해 여름을 나기 힘든가 보다, 그렇게 생각하면서. 정작 문제는 밀린 월급이었다. 위광은 30만 원이라는 거금을 약속 받고 이직했지만 처음 석 달을 제외하고는 15만 원도 채 되지 않는 월급을 받고 있었다.

"직원들 월급이 넉 달이나 밀렸습니다."

사장은 호텔이 어렵다고 했다. 조금만 참아 달라면서, 중국식 냉면 덕에 호텔에 활기가 돈다고 위광을 추켜세웠다. 사업이 정상 궤도에 오르면 30만 원이 아니라 대상해나 실나호텔 주방장처럼 50만 원도 주겠노라고 큰소리를 쳤다. 알고 보니 그의 지극한 냉면 사랑은 속에서 끓어오르는 열불을 다스리기 위한 거였다. 문제는 자신의 월급이 아니었다. 처와 아이들이 달린 직원들, 특히 화교들은 당장 거리로 구걸을 하러 나갈 판이었다. 이윽고 하나둘 이탈이 시작되었다. 밀린 월급이 7개월째 되던 날, 위광은 나머지 직원들을 데리고 로터리 호텔을 나왔다.

위광은 명동에 생애 첫 중국집을 냈다. 처음 이름은 마호 싸부를 떠올리며 '산동반점'으로 했지만 주변 산둥반점들의 항의로 '건담'

이 됐다. 개점 후 몇 달 만에 대한민국 정, 재계 인사들의 집합지가 된 청요리집, 3년이라는 짧디 짧은 화양연화를 보내고 사라진 전설적 화상의 요릿집이 그렇게 탄생했다. 그 성공의 한 가운데 중국식 냉면이 있었음은 물론이요, 퇴장의 중심에도 다름 아닌 그 냉면이 있었다.

당시 위광의 요리솜씨는 최상에 이르렀다. 손맛과 기술뿐 아니라 에너지가 넘치고 머리가 휙휙 돌아가니 듣도 보도 못한 요리들이 나오는 건 순식간이었다. 잘 때도, 일할 때도 요리 생각뿐이었다. 심지어 요리 꿈을 꿨고 그즈음 조리법과 재료를 중얼거리는 버릇이 잠깐 나타나기도 했다.

중국식 냉면과 해삼요리, 동파육이 입소문을 타고 번졌다. 얼마나 잘하는지 맛이나 보자며 찾은 손님들이 하루가 멀다며 찾아와 단골이 되었고 특급호텔의 손님들이 몰리며 자연스럽게 유명인들을 불러들였다. 그들과 더불어 반갑지 않은 손님들도 찾아왔다. 로터리 호텔의 직원들이었다.

"직장에서 만든 요리는 그 직장에 소유권이 있어요. 직장을 나갈 때는 그 권리도 포기하는 겁니다."

호텔 사장 밑에서 시끄러운 일들을 맡아서 처리하는 부장과 실장들이 들이닥쳐 중국식 냉면을 메뉴에서 빼고 조리법을 내놓으라며 협박을 해왔다. 위광은 애당초 조리법을 그냥 알려줄 생각이었다. 호텔에 계속 근무했다면 아마 누군가에게 가르쳤을 것이다. 그런데도 어깃장을 놨다.

"직원들 밀린 월급 주세요. 그럼 조리법을 내놓겠습니다."

그들은 지능적이고 집요했다. 돌아가면서 쉬지 않고 나타나 음식에 트집을 잡고 중국에는 이런 요리 없다며 생짜를 부렸다. 그렇다고 호락호락 굽히고 들어갈 위광이 아니었다. 성깔을 드러내며 직접 대거리를 하는가 하면 건담 대 로터리 호텔의 대결로 일촉즉발의 상황까지 갔지만 묘수는 언제나 요리였다. 극상의 요리 한 상. 중국의 만한전석에 버금가는 거한 요리상을 차려내 그 추태를 머쓱하게 만들었다. 소동은 잦아드는 듯하다가 다시 시작되고 이내 잠잠해졌다가 삽시간에 들불처럼 일어나길 지루하게 반복했다. 경찰까지 출동하는 마지막 소동이 있고 나서 호텔 측의 방문이 뚝 끊겼다. 이제야 끝났나보다 여기던 어느 날이었다.

"저기….."

"왜?"

"저, 두싸부님….."

"말해. 뭔데 그래?"

모양뿐만 아니라 맛까지 똑같은 중국식 냉면의 등장이었다. 다른 곳도 아닌 로터리 호텔. 사람들은 이제 뭔지 몰라도 뭔가 다르다는 말을 하지 않았다. 그건 그냥 똑같은 모양에 똑같은 맛이었다. 확인차 호텔 중식당에 들른 위광은,

"다 봤구만."

한탄스러운 한마디를 내뱉었다. 중국식 냉면은 순식간에 전역으로 퍼져나갔다. 호텔마다, 중식당 어디서나 비슷한 냉면을 냈고 가죽나물과 화생장은 이제 건담만의 비법도 아니었다. 위광은 허탈했다. 조리법에 내 것, 네 것이 있는 시절도 아니었다. 그런데도

찬바람이 휑 하고 뒷목을 스쳤다.

원숭이

연이어 곡비소의 일이 터졌다.

홀직원인 해선을 좋아했던 정비소는 그녀가 깐귀 곡충선과 결혼한다는 말에 반쯤 미쳐 있다가 자신이 내심 기대하던 훠얼 자리까지 충선이 꿰찼다는 말에 정신줄을 놓았다. 정비소는 어느 밤, 만취한 채 나타나 주방을 난장판으로 만들며 행패를 부렸고 말리는 직원들에게 칼까지 들이댔다.

"니놈의 칼은 죽이는 칼이다. 것도 사람을 죽이는 칼! 너는 평생칼 잡을 생각은 하지도 마라. 그 칼로 누굴 죽이려고!"

곡비소는 괴성을 지르며 자해를 하려다가 칼을 뺏기자 도마를 내리쳐 자신의 팔목을 분지르고 주방에 불을 놓았다.

위광은 곡비소를 제대로 가르쳐보려고 했었다. 식광(食狂)에 성질이 사납고 잔머리를 굴렸지만 손이 빠르고 맛을 구분하는 혀가 있었다. 더 단단히 만들고자 밀어붙인 것이 실수였나… 정비소의 배신에 위광은 크게 상심했다. 사람을 키우기가 겁났고 방법도 틀린 듯했다. 그때부터 가르치는 것에서 일체 손을 뗐다. 배우고 익히는 것은 의지가 있는 자의 몫이 되었다.

엎친 데 덮친 격으로 직원들이 무더기로 건담을 나갔다. 원망을 쏟아냈고 돈 이야기를 했다. 그들은 자신들의 밀린 월급을 위광이 받아 챙겼다는 소문을 사실이라고 믿었다. 위광은 가슴이 쪼여 들었다. 머리가 핑 돌고 구토감에 바닥이 울렁거렸다. 걷는 모습도 변했다. 땅을 짓찧듯 밟아대는 이상한 걸음걸이가 그때 생겼다. 위광은 그 길로 냉면 개시라고 쓴 붉은 깃발을 걷고 중국식 냉면을 메뉴에서 지워버렸다.

여의도 호텔에서 면장으로 일하던 정비소는 1년 후 의정부에 자기 가게를 차리고 곡비소로 변신했다. 놀랍게도 건담을 관둔 직원들이 그 가게로 갔다. 위광이 로터리 호텔에서 밀린 월급을 받아 챙겼다는 괴소문은 곡비소가 만든 거였다. 사람들은 조리법을 빼돌린 이 역시 곡비소일 거라고 했다. 하지만 어떻게? 새벽에 위광이 혼자 만드는 육수와 화생장을 어떻게 봤던 걸까. 위광은 2년 후, 연희동으로 가게를 옮기면서 의문을 풀게 된다.

"그놈이 그 자식이란 거 어떻게 아셨어요?"

곡씨를 앞에 두고 원신이 물었다. 위광이 찌르는 시선으로 곡비소를 쳐다보면서,

"그 자식이 다 해진 티셔츠를 입고 다녔다. 그게 안돼 보여서, 남대문서 옷을 하나 사다 줬는데… 망할 놈의 원숭이…"

명동의 가게를 접고 연희동으로 이사하는 날 아침이었다. 위광이 천장에 달린 팬을 떼어내다가 배관에 걸린 얼룩덜룩한 천 조각을 발견한다. 그것은 정비소가 등에 구멍이 난지도 모르고 입고 다니던 화려한 티셔츠 조각이었다. 그제야, 냉면 조리법이 새어나간 이유를 알았다. 곡비소는 밤새 원숭이처럼 천장에 매달려 있었던

것이다.

샨뚱따한

───────────────────────────────

"알고 있었어요? 하기야, 모르면 바보지. 근데, 말은 똑바로 합시다. 가게야 내가 원하는 데 열 수 있고, 버린 가게도 주워서 다시 하면 되는 거고! 중국식 냉면 원조? 그 냉면에 무슨 주인이 있다고 그러시나? 가죽나물? 즈마장? 거기다 땅콩버터 좀 타는 거? 그거 원래 주방에서 그렇게 먹던 거잖아요. 미군부대서 나오는 땅콩버터, 콩국수에 넣어서 그렇게 냈잖아요? 근데 그게 비법? 개발? 조리법에 뭔 주인이 있냐고? 밤새 천장에 매달려 있다가, 아침에 그거 보구선 웃겨서 떨어질 뻔했어요!"

원신은 이제 제 일처럼 나서서 따진다.

"그것도 모자라 내가 개발자네 하면서 떠벌리고 다닌 거? 와…"

곡비소가 냉면 깃발을 흔들어댔다.

"어쩌나… 세상은 내가 중국식 냉면을 처음 만든 걸로 아는데…. 곡씨반점 중화냉면! 진실은 저 너머에 있거나 말거나. 다 늦게… 애처롭습니다요."

"사람 아닌 건 알았지만, 원숭이란 건 몰랐네. 그것도 도둑놈에 원숭이야! 그런데 또 냉면 하겠다고 깃발 들고 나온 거예요? 거기다가 원조? 정통?"

"해야지. 왜 못해? 왜, 너도 냉면 할라고? 참, 느네 사천식 전문이지? 근데 사천 어디? 저기 경상남도 사천 말하는 거야?"

곡비소가 낄낄거린다.

"왜, 내 사천식 냉면이 더 맛있을까봐?"

"쥐가 고양이 콧등을 핥는구만!"

"도둑고양이한테서 비린내가 아주 진동한다!"

위광이 고개를 숙인 채 뚜벅뚜벅 발걸음을 옮겼다.

'저 망할 놈을 안 볼 수만 있다면…'

모든 것을 바꾸겠다고 결심한 후로 위광은 곡비소를 향한 저주를 버렸다. 확 자빠지라는 마음의 노래도 끊었다. 곡씨반점 앞에 '원조 건담'이란 이름을 달고 건담을 우려먹을 때도 개의치 않았다.

'돈 놈 중에 젤로 돈 놈이고, 막돼 처먹은 종자 중에 일등 막놈이야. 저놈을 안 볼 수 있다면 내가 뭐든 할 거야! 저놈에 원숭이 자식…'

부르르, 다시 시작이었다. 속에서 끓던 열불이 노래가 되어 나오려고 했다. 참자, 참아야 한다. 어금니를 앙 깨물고 위광은 꾸역꾸역 가게를 향해 움직였다.

"그럼 한번 해볼까요? 어디 냉면이 더 맛있는지?"

원신이 소리쳤다.

"촌스럽게, 지금 대결이라도 하자는 거야?"

"왜요, 쫄리나 보네?"

"기가 차서 그러지! 느네 경남 사천식이라니까!"

원신이 쫓아가 위광을 잡았다.

"싸부님, 저렇게 시건방 떠는 거 그냥 보고 계실 거예요?"

위광은 원신을 올려다봤다.

'이놈아, 내가 지금 너희랑 맞짱 뜰 군번이냐…'

치받는 말을 꾸역꾸역 삼키자 속에 붙은 천불이 부르르 진동한다. 흥! 연기를 콧구멍으로 내뿜으며 다시 가던 길을 간다. 원신은 답답해서 미칠 지경이다. 살살 곡비소의 약을 올리며,

"봐, 끝까지 하잔 말 못하지. 왕쫄보 먹으셔!"

"왕쫄? 그래. 하자! 해!!"

"진 사람이 여기 뜨는 겁니다. 깨끗하게 눈앞에서 사라지는 걸로!!"

위광이 발걸음을 멈췄다.

"왜 대답 안 해요?"

곡비소는 우물쭈물 하다가,

"싸부는 자신 없어요? 여기 연희동 평정하실 때 기억이 생생한데… 처음 만들었다는 사람, 실력 좀 봅시다!"

위광은 천천히 몸을 돌려서 곡비소에게 다가갔다.

"여길 떠나겠다고?"

"그거야… 제가 졌을 때 말이죠."

"진다면, 니 곡씨반점하고 저 재오픈 건담하고, 싹 정리하겠단 거냐?"

"그거야… 제가….."

"네깟 놈이 그럼 그렇지. 원숭이 새끼가 어떻게 하루아침에 사람

이 되겠냐? 남의 거 훔쳐 팔고, 거짓부렁이나 해대는 네놈 수준이 어딜 가겠냔 말이다! 그런 추접스런 마음으로 뭔 음식을 만든다고! 더럽다 이놈아, 다 집어쳐!"

곡비소가 부르르 몸을 떨었다.

"해요. 합시다. 지면 여기 뜨는 거, 싸부도 마찬가지인 거요! 저 구멍가게 저거, 싹 정리하는 거요!"

"두말 하면 샨뚱따한이 아니다, 이놈아!"

곡비소가 가게 앞에 냉면 개시 깃발을 걸며 소리쳤다.

"누구 냉면이 진짠지, 어디가 최고인지, 한번 겨뤄봅시다, 그럼!"

위광은 고개를 끄덕해 보인다.

"원신이 너도 해야지. 한 골목에 건담이 몇 개씩 있을 순 없잖어?"

"내가 하겠는데 뭔 소리야? 이참에 진짜만 남기고 싹 정리하죠!"

다음날 곡비소는 중국식 냉면 하나로 승부를 가리는 건 애매할 수 있다며, 냉면과 어울리는 요리를 곁들여 내자고 다시 제안을 해왔다. 원신은 확률을 높인다는 측면에서 나쁠 게 없다고 봤다. 위광은 곡비소가 빠져나갈 수작을 쓰는 거라고 못마땅해 하면서도 머릿속으로는 함께 낼 요리를 구상하고 있었다.

7장. 전(戰)

레시피의 주인

세 가게의 이야기는 업계에 일대 사건이었다.

요리 대결로 가게의 존폐를 결정하다니! 그것도 미슐랭을 받은 전설의 요리사와 잘 나가는 대형 중식당 오너, 스타 셰프가 얽힌 삼자 대결! 각종 미디어에서 상황을 보도하기 시작했고 덩달아 하작가의 유튜브도 바빠졌다.

"냉면 대전입니다! 드라마 이야기 아니구요, 연희동 중국집 세 곳의 실제상황입니다! 대결종목이 중국식 냉면이에요. 간만에 재밌는 일이 생겼어요."

하작가는 광고하는 음료수를 쭉 마시고 세 가게의 이야기를 풀었다.

"요리사 두위광씨는 본인의 어릴 적 이름을 따서 지은 중국집 건담을 만든 장본인입니다. 4대 문파 이전, 청요리 화상의 전설적 존재로 전직 대통령들의 단골집이었던 건담을 40년 되도록 지켜오셨죠. 미슐랭 가이드를 두 번이나 거부했던 건 유명한 이야기이고요. 새로 시작한 전담은 건담을 쓰다가 점 하나를 잘못 찍었다는군요. 일식의 오마카세처럼, 요즘 중식에서는 '전담'이라는 용어를 사용하는데 그게 이 집 때문이죠. 이 두위광씨가 80년대 초반 로터리호텔에서, 처음으로 중국식 냉면을 만들었다는 게 다수설입니다. 제가 조사해본 바로도 이분이 시초가 맞아요.

곡씨반점의 곡비소 사장은 건담의 원조 창립 멤버로 7년을 월급 없이 일했고 건담의 이름을 짓는 데도 일조했기 때문에 '재오픈, 원조'를 붙이는 게 정당하다고 하더군요. 이분의 중국식 냉면은 의정부 곡씨반점 1호점에서부터 시작했습니다. 이름을 중화냉면이라고 했죠. 80년대 말인데, 그때는 이미 여기저기서 냉면을 내고 있었어요. 어쨌거나 본인은 냉면을 개발한 장본인이라고 주장해왔고 매스컴에서도 여러 번 보도가 되는 바람에, 많이들 그렇게 알고 있는 상황입니다.

주원신 셰프는 건담에서 부주방장으로 4년을 일했죠. 실질적으로 주방을 책임진 기간도 꽤 됩니다. 그래서 미슐랭 별을 받는데 지분이 있다는 게 틀린 말도 아니죠. 현재는 건담의 매운맛 버전, 辛건담을 운영 중입니다. 주원신 셰프하고 얘길 좀 해보니까, 냉면을 처음 만든 사람은 두위광 요리사가 맞고, 그건 곡비소씨도 인정을 했다고 하네요. 그렇지만 곡씨 왈, 레시피 주인이란 게 어딨냐고 했답니다. 그게 괘씸했다는 거죠. 그래서 냉면 지존을 가려서 '한 거리에 하나의 건담'을 남기는 거랍니다.

여러분, 근데 이 레시피라는 것에 주인이 있는 걸까요? 요리의 탄생은 종종 전설처럼 전해지곤 합니다. 서너 개의 탄생 설화가 따라다니는 요리도 있죠. 등장이 우연적이고 때론 동시다발적이며 기록 없이 기억에 의존하기 때문이에요. 인류 문명이 생존을 목적으로 발전했고, 살아남기에서 더 잘 살기의 흐름으로 변화하면서 음식은 배를 채우는 식량에서 정신의 허기까지 담당해야 하는 중책을 떠안았습니다. 모든 것이 먹고사는 문제이다 보니, 요리의 발전은 누군가의 일이 아닌 모두의 사업! 더 맛있게, 더 멋지게, 더 새롭게 탄생과 재탄생의 소용돌이 속에 자연스럽게 우후죽순으로 발생하는 요리의 탄생 기원을 따진다는 것은 특별한 경우를 제외하고는 불분명하고 그래서 무의미하며, 그렇게 전설이 되어 왔어요. 요리의 탄생은 그래서 창조설과 동시에 진화설을 따르죠.

중국식 냉면 역시 그 등장의 배경에 여러 설과 추측이 있죠. 한여름 땡볕에서도 버젓이 펄펄 끓는 어묵을 팔고, 찬물이라고는 질색하는 중국인들이 얼음 육수에 면을 말아 먹는 일은 좀체 없습니다. 이 비주류 랭면(冷麵) 중에 렁반몐(冷盤麵)과 간반몐이란 게 있는데, 이마저도 찬물에 면을 식혀서 야채와 고기, 장을 넣어 비벼먹는 비빔면 정도예요. 그러니까 중국인들에게 냉면이란 뜨겁지 않은 면에 더 가깝다고나 할까요. 아이스 아메리카노처럼 육수에 얼음을 띄우고 살얼음에 면을 말아 먹는 우리의 냉(冷) 문화를 보며 이가 시린 그런 괴식을 왜 먹는지 모르겠다고 말해요. 기록상으로도 1980년대 초반 대한민국 명동의 호텔에서 중국식 냉면이 정식 메뉴에 올라간 건 팩트예요. 요리사들이 바쁜 점심에 있는 거 없는 거 다 넣어서 비벼먹다가 탄생한 요리⋯. 어찌 보면 진화고 또 어찌 보면 탄생인데⋯ 애매하죠? 우리가 먹는 소위 요리라는 게 다 이런 거죠. 탄생이면서 진화예요. 뭐 어쨌거나, 연희동 중식거리에 아주 재밌는 일이 생겼어요."

산첨고랄의 맛

흩날리는 눈발 사이로 조그만 중국집이 보인다.

문에는 중국식 냉면이라고 적은 종이를 써 붙였다. 길 건너에서 한참을 서성이던 위광은 결심이 선 듯 길을 건넜다. 옛 건담만큼이나 낡은 가게 문틈에 고개만 집어넣고선,

"겨울인데 냉면을 하네요?"

"겨울이니까 냉면을 하죠!"

겨울 냉면 문의에 이력이 난 듯, 주인장은 건성으로 답한다. 문고리를 잡고 선 채 들어갈까 말까⋯ 위광의 갈등이 쇠구슬 튀듯 사납게 오갔다.

"냉면 해요."

찬바람에 온기를 뺏길까 주인장은 문을 확 열어젖히며 들어오라고 명했다.

"다음에 오지요."

그렇게 위광은 뒤돌아섰다. 그게 작년 겨울이었다.

위광은 다시 그 집을 찾았다. 활짝 열린 문으로 곧장 들어가 가운데 자리를 잡았다. 앉자마자 따끈한 모리화차가 나왔다. 조그만 집인데 모리화차를 내준다. 낡은 벽에는 맛집을 뽐내는 광고 같은 건 없고 숫자 달력과 뒤집은 복복자가 붙어 있다. 메뉴판에는 '부추잡체'가 보인다. 엊그제 배운 글자로는 잡'채'가 맞다. 그러나 분명 아는 글자 모양. 오래전에는 저 '체'자를 썼지 아마….

"부추잡체는 부추쫑을 쓰나요?"

"맞아요."

"호부추인가요?"

"맞아요."

"냉면하고 부추잡체 주세요."

"네."

마늘을 까던 주인장은 주방에 주문을 넣고 돌아와 앉더니 다시 마늘을 까면서,

"우리 집은 중국식 냉면을 사철 내요. 냉면은 원래 겨울이 제맛이죠. 아랫목이 뜨겁다보니 시원한 거 생각이 나지요. 딴 집들은 초여름에 시작들 하는데, 여름에는 시원한 맛 말고 별맛 있나요? 목구멍부터 배 속까지 쨍하게 얼려버리는 건데, 그 맛에 먹는 거죠. 이름도 차갑다고 랭면이잖아요. 뭐, 차가운 맛도 맛이에요. 그러고 보면 냉면은 여름에 먹어야 제맛이긴 합니다. 근데, 중국식 냉면은 경우가 좀 다른 게, 가죽나물 아시죠? 호부추 아시니까, 아실까 싶네요. 봄에 나오는 그 샹춘을 소금에 절여서 얹어내면, 그거야말로 중국식 냉면의 완성이죠. 새콤, 달콤, 고소하고 톡 쏘는 맛에 고 쓴

맛, 쌉싸름한 가죽나물 맛이 나야 세상맛 다 담은 중국식 냉면이 됩니다. 계절 넘어갈 때 까실한 입맛 살리는 데 또 이것만 한 게 없어요. 가을엔 뭐든 안 맛있겠어요. 샹춘이 떨어지면 매실 절임이나 송화단을 얹어내는데 둘 다 잘 어울리죠. 그것도 인기예요. 그래서 사철 내게 되었죠. 이젠 못 접어요. 난리 나요 접으면.”

오락가락 사철만능 냉면론이 꼬리를 문 우로보로스처럼 이어지는 사이 중국식 냉면이 나왔다. 위광은 세기가 바뀌고 강산이 두 번이나 변하고서야 중국식 냉면을 다시 마주했다. 그 긴 세월, 모양은 변한 게 없다. 짙은 색의 육수에 오이, 당근, 해파리, 오향 풍미의 채 썬 편육과 가죽나물도 잘게 썰어 얹었고 그릇에 발린 땅콩소스에 계란 반쪽이 딱 붙어있다. 겨자가… 하고 보는데,

“바이추(白醋 투명색 식초), 찌에모(芥末 겨자)는 끝에 있어요.”

어찌 알았을까… 테이블 끝에 식초와 겨자통이 보인다. 그렇게 썰을 풀던 주인장은 음식이 나오자 입을 닫는다. 국물맛을 보니 그냥 채소육수다. 노계나 양지를 쓰지 않고 채소 우린 물에다 설탕, 소금, 식초, 간장으로 간을 했다. 겨자와 땅콩소스를 풀고 고명과 섞어 젓가락으로 양껏 들어 올려 입에 넣었다. 21년 만에, 위광은 중국식 냉면을 먹는다.

시다 달다 쓰고 맵다 고소하고 향긋하며 쌉쌀 알싸 찡하고 차다. 냉면 한 그릇 안에 세상 온갖 풍상, 산첨고랄(酸甜苦辣)의 맛과 냉열의 기, 희로애락이 온전히 담겼다. 중국식 냉면은 고상한 음식이 아니다. 첫입부터 폭풍이 휘몰아치듯 별별 맛과 식감이 오감을 자극하며 전력 질주한다. 그리고 끝까지 멈추지 않는다. 위광은 그 맛을

다시 만났다.

"옛날하고 똑같네요."

"같아요. 그게 전통식이에요. 88올림픽 때 배워서 여태 똑같이 내요."

부추잡체가 나왔다. 지금이야 사철 나는 이 중국부추를 먹으러 눈길을 어지간히도 다녔다. 얇게 채 썬 돼지고기와 부추, 간장 그리고 20여 초의 시간이 전부. 치궈, 바오유, 뜨거운 기름에 고기를 볶다가 간장을 태우듯 두르고, 오르는 향 속에다 부추를 던져 넣고 고기와 후루룩 섞어준 담에, 겨우 익은 것을 재빨리 옮겨 담아야 아삭아삭 씹히는 부추잡체가 된다. 부추와 고기를 한 젓가락에 먹어 본다. 고기심과 부추 식감이 살아있고 기름과 간장, 불맛이 골고루 묻었다. '요리사 실력이 보통이 아니군.' 위광은 따끈하게 데운 소흥주를 한 잔 부탁했다. 식구끼리 먹는 거라며 내어온 호박색의 술에서 잘 익은 곡주향이 오른다. 차고 뜨거운 속으로 술이 들어간다. 인생의 비애와 환희는 이별과 만남에 있다고 했던가. 혼자 헤어지고 멋대로 찾아와 다시 만났다. 냉면과 보낸 그 유별난 세월에 털털 웃고 쓰게 울었다.

대결방법

대결은 일주일 후, 주말에 걸쳐 진행하기로 했다.

심사는 총 43명의 평가원이 신분을 밝히지 않은 채 요리를 먹고 인터넷에서 무기명으로 투표한다. 이들은 중화요리협회 등록 요리사 12명, 요리학교의 중국요리 전문 학생 20명과 8명의 교수, 관련 업계 전문가 3명으로 구성되었다. 직접 지원한 다른 이들과 달리 업계 전문가 3명은 각 가게가 추천한 사람들이다. 원신은 하작가에게 연락했다. 그의 유튜브 빛질에서 ‡건담에 꽤 후한 평을 했다는 이유였다. 하작가는 빛의 속도로 심사를 수락했다. 이 흥미진진한 이벤트를 어떻게 거절할 수 있단 말인가? 곡비소는 요리 프로 피디인 이무진을 추천했다. 곡비소와는 의형제라 할 정도로 친분이 두텁고 음식 경연대회 심사위원과 음식 다큐멘터리 제작자로 유명한 이였다. 아는 전문가가 없었던 전담에서는 유하국 교수에게 부탁했다. 한순간 너무 솔직해져 버리는 위험부담도 있었지만 그만큼 호의적인 인사도 없었다. 진행 과정은 엄중했다. 세 사람이 모여 서약서를 썼고 동네 변호사까지 입회했다. 미디어의 취재가 들어왔고 세 가게 이야기를 다큐멘터리나 영화로 만들어 보겠다는 감독과 피디까지 나타났다.

일을 키운 건 곡비소였다. 중화냉면 개발자가 거짓말이란 게 알려지게 된 마당에 눈에 뵈는 게 없었다. 다른 중국집을 없애버리겠다는 사생결단의 투지가 마치 결투를 앞둔 검객 같았다. 총책임자를 자임하며 의리 동생인 이무진 피디를 내세워 대결의 틀을 잡았다. 결투의 방식과 규칙, 심사위원의 구성, 투표방식까지 꼼꼼히 챙겼고 냉면에 곁들일 메뉴를 더하자며 마음대로 결투의 무기를 바꾸기까지 했다.

"진 사람은 실려 갈 관짝을 준비해 두는 게 좋을 거요."

껄껄껄, 자신감을 드러내며 크게 웃던 곡비소의 마른 입술이 쫙 갈라졌다.

사생결단

"콰이디얼, 콰이디얼!"

곡비소는 북경에서 온 수타장들을 다그쳤다. 그들은 거금을 들여 데려온 국수 장인으로 대단한 실력과 경력의 면기술자였다. 곡비소는 얼마 전 뉴건담에서 했던 것처럼 면부스를 가게 밖에 만들어 수타면 뽑는 과정을 보여주기로 했다. 도삭면과 고양이귀면, 납면 같은 희귀면도 직접 해보일 예정이다. 곡비소는 하루 종일 깐진, 콰이를 외치며 수타장들의 뒤꽁무니를 쫓아다녔다.

"녹색이 이게 아냐. 더 맑으면서 진해야지. 면 굵기도 이게 뭐냐고! 부시부시!"

그는 또 진귀한 해산물 재료도 닥치는 대로 사들였는데,

"이봐. 하루 이틀 거래해? 건패주가 색이 이게 뭐야? 건해삼은 왜 이렇게 잘아? 불려보니까 돌기도 하나 없어. 장난해 지금?"

물건이 성에 차지 않자 급기야 아들을 홍콩에 보내 건화를 기백만 원어치 사 왔고, 자연산 송이를 구하러 아내를 이 산에서 저 산으로, 고급 고량주를 구해 오라며 딸을 중국에 보냈다. 그는 영리

한 사업가였다. 고급화 전략을 택한 이유는 심사위원단의 구성을 철저히 분석한 결과였다. 20명의 학생을 제외하고는 40대 이후의 연령이 대다수. 최고급 육수와 고명에 손수 뽑은 면이라면, 승리는 따 놓은 당상이라고 자신했다.

중화냉면 육수는 노계와 사태, 하몽과 건패주, 진피와 황기 같은 온갖 고급 재료로 국물을 낸 상탕을 쓰고, 고명으로는 최고급 해산물과 귀한 버섯을 올릴 것이다. 거기다 다진 마늘겨자소스, 땅콩과 잣을 갈아 만든 뽀얀 우유빛 장을 따로 낸다. 그 장을 먹는 중간에 육수에 풀면 전통 한식의 임자수탕 같은 보양음식으로 변한다. 함께 내는 요리로는 오향장육을 선택했다. 냉면은 온전히 고급 해물로 구성하고 곁들임 요리는 오향의 풍미를 가득 머금은 우사태조림으로 중국의 맛을 가미할 계획이다.

곡비소는 치파오 위에 앞치마를 걸쳤다. 모양이 우스웠지만 바싹 마른 얼굴에 흰 거품이 괸 입으로 요리사들을 닦달하는 모습을 보면 웃음이 싹 달아났다. 곡비소는 겁이 났다. 대결에서 질까봐, 여태 계획이 모두 허사가 될까봐 노심초사했다. 장사는 호황이었지만 프랜차이즈와 건담 건물 구입, 리모델링 등으로 벌여놓은 일이 산더미였다. 연희동점을 폐업하면 돈이 마르지 않는 화수분을 잃어버리는 셈이다.

그럼에도, 대결하자고 도발한 것은 믿는 구석이 있기 때문이었다. 곡비소는 두 손을 모았다. 위광의 깁스한 팔과 맛을 잃은 혀, 그 결함이 회복되지 않기를 기도했다. 위광이 곡씨반점을 방문했던 날, 곡비소는 숨어서 그를 지켜봤다. 위광은 손을 떨고 행동이 굼

떴다. 허리띠를 땅에 끌며 헐레벌떡 출근하고, 앞치마를 맨 채로 퇴근하는가 하면, 이상한 소릴 중얼거리는 것을 지켜봐 왔다. 아프다는 소문이 사실일지도 모른다고 의심하던 차였다. 곡비소는 일부러 소금을 잔뜩 넣은 차를 냈다. 예상대로 위광은 짠 기운을 알아차리지 못했다.

그렇다고 승리를 확신할 수 없었다. 위광 같은 고수들은 맛보지 않는다. 그들은 감미와 짠기를 몸 저울로 계량한다. 그것은 오랜 세월로 터득한 기술이자 요리를 업으로 선택하게 한 재능의 영역이었다. 타고난 균형감각과 연습으로 날계란을 세우는 이치. 곡비소는 망가진 감각이 더 멀리 달아나라고 다시 두 손을 모았다.

비법 노트

'어쩌려고….'

원신은 충동적 결정을 후회했다. 어디서 나온 만용인지 도저히 이해할 수 없었다. 곡비소의 도발 때문이었을까, 스승에 대한 도리였을까, 아니면 폐업병이 도진 것일까…. 다섯 번째 폐업을 한다면, 최단기간 폐업왕에 등극하게 될 것이다. 그것도 세상이 다 아는 참패. 곡비소야 어떻게든 해 본다고 쳐도 무슨 수로 싸부를 이긴단 말인가!

"그런 거 왜 한다 했어요? 부끄럽잖아, 지면…."

정판이 난리를 쳤다.

"중국식 냉면도 모르면서!"

그랬다. 원신은 중국식 냉면을 몰랐다. 위광이 중국식 냉면을 만들지 않는 탓에 만드는 것을 본 적도 없다. 근무했던 호텔에 중국식 냉면이 있기는 했다. 중식당의 유일한 계절 메뉴로 여름보양식이라는 이름을 달고 육수며 고명에 이르기까지 최고급 재료를 사용했다. '셰프 특선'답게, 총주방장은 칼판장을 데리고 육수와 고명 준비를 비밀스럽게 진행했다. 특별한 레시피가 있는 것은 아니었고 맛도 평범했지만 유명한 총주방장이 손수 만든다는 이유로 3일 전에 예약해야 할 정도로 인기가 좋았다.

그렇다고 중국식 냉면 맛을 모르는 건 아니었다. 원신에게는 몇 년에 걸쳐 반복되는 냉면의 기억이 있었다. 고등학교 2학년, 습관성 무릎 탈골로 축구를 그만두게 되었을 때다. 코치에게 뒷덜미 잡혀서 시작한 운동이었다. 지겹고 고된 노동을 관둘 수 있어 기뻤지만 유일하게 잘하는 것을 관두자니 슬프기도 했다. 마지막 날, 운동부원들과 중국집에 갔다. 어딘지 복합적인 기분으로 누군가가 시킨 메뉴를 받아 든 게 중국식 냉면이었다. 자작하게 깔린 땅콩 국물에 갖가지 고명, 새콤달콤하면서도 짜고 매운맛. 생소한 모양과 맛에 처음 몇 입은 혼돈이었다. 그렇다고 멈출 수는 없었다. 흐르는 눈물을 숨기려고 고개를 처박고 그냥 입 속에 우겨넣었다. 기쁘기도 하고 슬프기도 한 기분처럼 맛난 듯 아닌 듯, 첫 중국식 냉면은 그렇게 오묘한 맛으로 기억에 남았다.

몇 년 뒤, 조리학교를 다닐 때였다. 아버지가 쓰러졌다는 연락을 받고 시골에 내려갔다. 농사일이 천직이라며 놀며 일한다던 아버지는 그을린 피부에 앙상한 손마디로 돌아가라며 손을 내저었다. 멀쩡하게 다니던 학교를 때려치우고 요리사가 되겠다고 학원을 다니고 호텔 주방에서 잡일을 하고 있었다. 허튼짓에 시간 낭비라는 생각에 가슴이 찌릿했다. 아버지와 함께 경운기를 타고 읍내 중국집에 갔다.

"나는 이거 좋아한다."

해맑게 웃으며 아버지는 냉면 국물을 시원하게 들이켰다. 아버지 뒤로 보이는 주렴 구슬이 오만 색으로 흐려 보였다. 그 웃음에 용기를 얻고 서울로 올라왔다.

다시 세월이 흘러 가게를 접을 때마다 이상하게도 중국식 냉면이 생각났다. 한 그릇을 시원하게 말아먹으면 패배의 우울감이 다소 달아났다. 그러니까 원신에게 중국식 냉면은 뭔가를 마무리하는 전환기 때마다 본능적으로 찾게 되는 그런 영혼의 음식이었다.

원신은 문득 싸부의 레시피 노트가 생각났다. 그 노트 첫 페이지에 중국식 냉면이 있었다. 알아볼 수 없는 글자투성이었지만 그림은 제대로였다. 글자를 해독하느라 한동안 들여다봤던 게 다행히 기억 속에 남아 있었다. 위광은 칼질한 재료 옆에 원재료의 한자명과 모양을 따로 그려 놓았다. 고명과 연결해 놓은 요리의 그림은 채 썬 야채를 둥글게 널어놓은 것으로 보아 해파리냉채나 양장피 같다. 五자는 오향장육, 春나물, 삶은 계란이 올라가 있고 육수는 별 모양의 팔각과 생강, 파 그림, 肉을 쓰고 X자 표시를 해 놓았다. 그리고 정체 모를 과일 그림이 있었는데 생각나지 않는다. 올린 즙에는 땅콩 모양과 화생(花生)이라는 한자. 그게 기억나는 전부다. 지금의 냉면과 비교하면 단출하기 그지없는 모양새. 살얼음도 없고, 비싼 해산물도 없다. 특이한 것은 기존의 고기육수가 아니라 향신채를 넣고 끓인 채소물이라는 사실이었다.

원신은 위광이 했던 것처럼 조리복을 직접 빨았다. 눈부시게 흰 조리복을 입고 칼을 갈고, 웍을 닦았다. 어차피 질 거라는 겸허한 마음도 버렸다. 그것마저도 스스로를 속이는 거짓 같았다. 대결은 어느덧 자신과 요리의 대면이 되었다. 원신이 크게 소리 질렀다.

"그래! 언젠가 요리대결 같은 걸 한번 해보고 싶었다고!"

기본 양념이 될 화생장은 땅콩에 소량의 호두를 같이 갈아 고소함을 더하고 면은 기존의 중화면보다 조금 더 얇은 면을 쓰기로 했다. 나는야 매운맛 도사! 辛건담에서 매운 게 빠질 순 없지. 원신은 겨자의 알싸한 맛과는 다른 매운맛을 더하기로 했다. 그것이 비장의 무기가 될 것이다. 올라갈 고명을 정하고, 재료를 사러 시장에 나가고, 가죽나물 절임을 구하러 다녔다. 요리가 이토록 재밌었던 게 얼마 만인가. 원신은 초심으로 돌아가 있었다. 처음으로 요리하던 순간을 떠올렸다. 요리를 직업으로 결정하고 학원을 찾아가던 발걸음을 기억해냈다. 떨리는 손으로 원서를 쓰고, 자격증 시험을 보고, 호텔에 입사하던 날들이 주마등처럼 스쳐 갔다. 말이 달리자 모든 것을 잊고 순간에 집중하는 몰입과 수양의 맘이 되살아났다.

완성된 냉면의 맛은 그냥, 냉면 맛이다. 새콤달콤 쨍한 육수에 기교가 없는 직선의 맛. 축구복을 로커에 버리고 왔던 날, 주렴을 가르고 들어가 빛바랜 의자에서 아버지와 같이 먹었던 슬프고 기쁜 맛의 그 냉면 맛이다.

'이만하면 됐다.'

자신을 원망했던 '어쩌려고'의 마음이 사라졌다. 원신은 다시 목
표를 바꿨다. 실패하지 않는 게 아니라 제대로 살아남아 보는 거다.
싸부의 인정을 받았듯 사람들에게도 인정받자. 또 다시 폐업하게
될지도 모르지만 상관없었다.

"부끄럽다고? 난 이제 그런 거 몰라. 망한 게 어디 한두 번이야?
근데, 내가 운 좋은 놈이잖아. 망하면 더 큰 가게를 내게 될 줄 어떻
게 알아? 응?"

요리대결

"냉면 대결이요?"

이야기를 처음 전해 들었을 때 본경과 나희는 믿을 수 없다는 표
정이었다. 만화책에서나 본 요리대결이 현실이 되었다는 사실도
그랬지만 그 대결의 당사자가 자신들이라는 말에 입을 다물지 못
했다.

"내가 어떻게 해?"

위광은 깁스한 팔을 번쩍 들어 보이며 어쩔 수 없는 결정이었음
을 강변했다.

"그래도… 저희가 무슨 수로… 만약 지기라도 하면…"

"여태 뭐 배웠어?"

"그래도….."

"걱정 말고, 니들 하던 대로 해."

"싸부님 가게 운명이 달린 일이잖아요!"

"우.리. 가게지!"

메뉴를 정하고 불굴의 진격을 하는 두 집과는 달리 전담은 차분했다. 평상시처럼 손님을 맞으며 조용히 영업을 이어갔다. 위광은 깁스한 팔을 아껴야 한다면서 요리에서 손을 뗐다. 목에 건 지지대에서 팔을 빼고 텃밭을 가꾸는 모습이 목격되기도 했지만 직접 요리하지 않았다.

중국식 냉면을 제대로 먹어 보지 못한 본경과 나희는 냉면 투어에 나섰다. 그들은 몇 년 전부터 광풍처럼 불어 닥친 평양냉면 세대였다. 지방까지 찾아가 평양냉면을 먹고 리뷰도 작성하며 냉면대전에 참전했지만 중국식 냉면은 알지 못했다.

"중국식 냉면이 뭐야?"

대결을 전해 듣고 서로를 향해 똑같은 질문을 했을 정도다. 무슨 생각이신지… 진짜 우리한테 맡기실 건가? 두 사람은 그날의 세 번째 냉면을 먹고 있었다.

"똑같아."

"그렇지?"

담음새와 고명은 제각각이었지만 중심이 되는 맛에는 큰 차이가 없었다. 그러니까 중국식 냉면은 '이래야 한다'는 기준이 없는 것이다.

"다행이라고 해야 할까…."

"그러게."

대결을 나흘 앞둔 저녁, 네 사람은 테이블에 모여 앉았다. 본경과 나희는 중국식 냉면 투어를 돌고 온 결과를 나눴다. 새콤달콤, 비슷한 육수맛에 겨자와 땅콩장을 내는 것도 같다. 얹어내느냐 따로 내느냐, 살얼음이 있느냐 없느냐 하는 육수의 온도 차이가 있으나 미미한 정도. 고급과 기본으로 극명하게 나뉘는 고명 정도가 차이라면 차이.

"결국 승리의 관건은 기존의 중국식 냉면과 얼마나 다르게 만드느냐에 달렸어요!"

"틀렸다!"

위광은 단호히 아니라고 했다.

"사람들이 아는 중국식 냉면의 맛과 모양이 있다. 그렇게 만들어야 다들 맛있다, 잘했다고 한다."

본경은 그 말에 수긍이 갔다. 대결에서는 기존의 맛에 충실한 요리에 점수를 줄 것이다. 변화는 그 다음이다.

"그런데… 나도 너희처럼 할 거다!"

위광의 말은 선언과 같았다.

"옛날식으로 하지 않고, 새롭게, 완전히 다르게 만들 거다. 재미와 감동! 먹는 사람도 그렇고, 만드는 사람도 신이 나야 해."

모두가 어리둥절했다.

"그 말씀은… 이기지 않아도 된다는 건가요?"

위광은 대답 없이 웃기만 했다. 승부에는 관심이 없었다. 그는 스스로에게 묻고 있었다. 너는 변할 수 있느냐! 새로운 것을 만들 수 있느냐! 그것에 만족하고 내 것이라 말할 수 있느냐! 그는 새로 태어난 두위광이었다.

'오직 변화!'

위광은 그 육수에 그 장이라고 했다. 중국식 냉면의 맛 요소에 더 이상 새로운 맛은 필요 없다는 것이다. 살얼음 같은 것도 아니라고 했다.

"너무 차면 맛을 깎아 먹는다."

"차가움도 맛이잖아요. 혀가 느끼는 맛은 아니지만 맛에 영향을 주는 맛이요."

"맞다. 찬 맛이 있다. 그러나 얼음은 아니다. 너무 차면 입과 혀를 마비시켜서 국수가락이 코로 들어가도 모른다. 맛있는 찬 맛, 시원한 온도를 맞춰내야 해."

나희도 본경과 생각이 같은 듯했다.

"냉면의 얼음은 차가운 맛을 넘어 고정된 기본 재료가 된 거 같아요."

위광은 고개를 끄덕거리더니 그러냐, 하고 갈무리하고 다른 이야기로 넘어간다. 꾸미는 해파리와 오이, 지단 거기다 해삼 정도면 충분하다는 데 의견이 모였다.

"대신 싀슈, 시절을 담아야지."

"제철 말씀이시죠?"

위광은 그게 먹이는 자의 일이라고 했다. 땅의 기운을 전해주고,

계절을 일러주는 게 요리사의 본분이라고 했다. 관건은 '어떻게'
였다.

"전에 만들었던 그 동그리 말이다…."

위광이 침묵을 깨고 본경에게 물었다.

"분자요리, 구체화 기법이요?"

"그 편자차이로 맛을 공 안에 가둘 수 있다고 했지?"

"네."

"뭐든, 그 안에 넣을 수 있는 거냐?"

"네. 뭐든 넣고 공처럼 만들 수 있어요."

기대하던 대답에 위광이 회심의 미소를 지었다.

"곁들임 요리로는 뭘 내실 거예요?"

"니 생각은 어떠냐?"

"튀김을 냈으면 해요. 냉면에 빠진 맛이 뜨거운 맛, 기름맛이잖
아요."

"그래서?"

"멘보샤나 짜춘권이요. 제대로 된 동물성 기름이 들어가야죠.
어떤 요리도 튀김을 이길 순 없으니까요."

본경은 자신만만했다. 위광은 고개를 끄덕이면서,

"차가운 걸 식히고 빠진 맛을 채운다… 니가 이제 맛을 짝지을
줄 아는구나. 나희 니 계획은 뭐냐?"

나희가 눈을 동그랗게 떴다.

"칵테일을 내시겠다는 거예요?"

"술 없는 잔치가 어딨냐!"

위광은 주먹을 불끈 쥐면서 소리쳤다. 자, 기름을 부어라!

붉은 깃발

위광은 서랍 깊숙이 넣어 두었던 상자를 꺼냈다.

안에는 아무렇게나 구겨 넣은 붉은색 천이 들어 있었다. 위광은 그날을 떠올렸다. 가게 앞에 걸린 냉면 깃발을 걷고 메뉴판에서 중국식 냉면을 지워버린 날. 배신감과 실망, 그것을 넘어서는 허무가 교차했던 날. 40여 년에 가까운 세월을 지나고 보니 그 나날은 희미해지고 깃발에 주름만 남았다. 위광은 전담 앞에 냉면 개시라는 붉은 깃발을 내걸었다. 바람에 깃발이 휘날렸다. 둥둥둥, 대전의 시작을 알리는 북소리가 귓전에 울렸다.

출정을 앞둔 세 가게에는 전운이 감돌았다. 집집마다 걸린 제각각의 깃발이 힘차게 나부낀다. 냉면 개전, 맞붙어 싸워라, 사생결단이다, 매운맛으로 총공격! 이른 아침부터 사람들이 모여들었다. 카메라를 든 유튜버와 손님들이 줄을 섰고 방송국 차량까지 나타났다.

중화냉면이라고 붉은색으로 적은 흰색 깃발 아래, 곡씨반점으로 각종 해산물이 배달되었다. 활어를 실은 수산물차가 오갔고 곡비소의 딸이 모태주와 오량액을 품에 안고 때맞춰 도착했다. 탕탕… 면부스 안에서 북경 면장이 반죽을 두들겨 댔다. 그 소리에 맞춰 곡비소가 황금색 유기그릇을 닦았다. 출정을 앞둔 병사는 사즉생의 결의를 다진다.

"필사즉생이고 필생즉사여. 죽기 아니면 까무러치기고, 달려가다가 죽으나 겨가다가 죽으나, 엎치나 메치나 매 일반. 지면은 꽉 디져 부릴 각오여."

꽉 깨문 이 사이로 불식간에 충청도 억양이 튀어나왔다. 탁탁… 반죽을 끝낸 면장이 손에 밀가루를 묻히고 면을 뽑을 차비를 했다. 녹색 반죽을 양손에 잡고 탕, 면판에 치고 감아 늘리고 탕. 꽈배기가 춤을 춘다. 한 줄이 두 줄이 되고, 두 줄이 네 줄이 되며 국수가락이 늘어갈 때였다. 우렁찬 탕, 소리와 함께 돌연 면판이 내려앉았다.

"이게 무슨 일이냐!!"

곡비소는 길길이 날뛰며 중국인 면장에게 윽박지르고 전화통을 집어삼킬 듯 소리를 지르며 업자를 불러들였다. 놀란 딸이 뛰어나와 곡비소를 진정시켰다.

"원래 좋은 일 있기 전에 험한 일 생기잖아요."

씩씩거리던 곡비소는 불린 전복을 보고서 알이 작다며 다시 뒤집어졌고, 행동이 굼뜨다며 중국 요리사들을 닦달하더니, 다시 뛰어나가 면장에게 알아듣지도 못할 말을 퍼부어댔다. 첫 손님이 들자 곡비소는 만쪼우, 하고 배웅 인사를 건네며 제정신이 돌아왔으니 걱정하지 말라면서 치파오 자락을 흔들어댔다.

붉은색에 검은색으로 쓴 냉면 개시 깃발 아래, 辛건담 밖으로 매콤하고 고소한 냄새가 솔솔 풍겼다. 원신은 고추기름을 준비했다. 중국에서는 요우포라즈(油泼辣子)라고 부르는 일종의 매운 양념장이다. 유채기름에 생강과 파, 마늘, 팔각, 계피, 월계수 잎과 같은 오향의 향신료와 화자오, 라자오를 넣고 끓인다. 향이 오르면 기름을 걸러, 준비해 둔 고춧가루와 소금, 깨 위로 천천히, 여러 번에 걸쳐 나눠 붓는다. 처음에는 갖가지 향신료의 향이 오르고 이내 기름 먹은 고춧가루가 짙게 물들며 서서히 매운 향을 발산한다. 그릇에 부어낸 선홍빛의 고추기름이 매혹적으로 영롱하다. 드디어 辛건담의 비기가 완성되었다. 한 방울이라도 흘릴라 원신은 조심조심 요우포라즈를 양념병에 옮겨 담았다.

사천의 호텔에서 근무할 때 우육면을 만들어 파는 시장 상인에게 만드는 법을 배웠다. 곧장 서울로 돌아와 탄탄면 전문점을 열었고, 자신 있게 요우포라즈를 면 위에 얹어냈다. 손님들은 향신료 향과 마라의 마한 맛이 너무 강하다고 했다.

"그게 정통이에요. 원래 그런 거라고요!"

원신은 우겨대며 핀잔을 줬다. 그랬으니 잘 될 리가 있나…. 원신은 건방을 버리고 어깨에 힘을 뺐다. 독한 향과 마한 정도를 줄이고 감칠맛과 고소한 맛을 더했다. 하루 종일 코밑이 헐 정도로 고추기름과 씨름했다. 온 세상이 벌겋게 보였지만 스스로가 대견했다. 훗날 원신은 이 고추기름의 성공으로 요우포라즈 아이스크림 디저트까지 만들게 된다.

辛건담은 차분했다. 고추기름 말고는 특별히 준비할 게 없었다.

원신은 가죽나물 절임을 썰며 평소처럼 손님 받을 준비를 했다. 참죽나무의 어린순이 가죽나물이다. 봄에 잠깐 나오는 이 나물로 장아찌를 만들어 올리면, 쌉쌀한 맛이 입맛을 돋우고 중국식 냉면에 빠진 맛을 채운다. 대결이 결정 난 날, 원신은 곧장 아버지에게 연락했다.

"그때, 경운기 타고 가서 먹었던 읍네 중국집 냉면 있잖아요. 그 위에 올라간 절임나물…."

"깨중가리 말이가? 올해 너거 엄마하고 장아찌로 담갔는데?"

그 귀한 나물이 냉장고에 한가득 있었다.

흰색으로 크게 냉면이라고 쓴 붉은 깃발이 펄럭인다. 벌써 며칠째 전담의 불빛이 밤거리를 밝혔다. 위광의 집에 있던 본경의 조리 도구가 고스란히 전담으로 옮겨왔다. 수비드 기계와 소형 가스통 같은 것들도 안으로 들어갔다. 밤마다 가게에서 이상한 소리가 나고 색색의 연기와 묘한 냄새가 풍긴다는 이도 있었다.

"세상에, 이제 마술사가 되려나 보군!"

누군가는 위광의 조리복에 마술봉이 꽂혀있는 걸 봤다고도 했고 마술사 모자를 쓰더란 이도 있었다.

결전의 날 아침, 제일 먼저 꽃이 배달되었다. 고수꽃, 보리지, 작고 앙증맞은 꽃들이 물에 담겼다. 본경이 오렌지와 레몬을 갖고 나타났고 나희가 제철을 맞은 민들레 나물을 꽃다발처럼 엮어 들고 들어갔다. 문이 열렸다. 흰색 조리복에 흰색 조리모자, 흰색 신발까지 맞춰 신은 위광이 나타났다. 그의 가슴에 반짝 하고 요리 핀셋이 빛났다. 위광이 우렁차게 소리쳤다.

"치궈, 샤오요우, 바오샹! 냉면을 만들자!"

세 가게 모두 영업을 시작했다. 매니저들은 매의 눈으로 홀을 주시하며 실수가 없도록 민첩하게 움직였다. 주방은 수술실 같았다. 가게의 생사가 걸린 만큼 농담이나 딴짓은 일체 없었다. 손님이 들고 중국식 냉면이 나갔지만 누가 평가단인지는 아무도 몰랐다. 심사를 맡은 이들은 세 가게와 개인적 친분이 없는 데다가 자신들의 신분을 드러낼 수도 없었다. 소정의 식사비와 차비를 미리 지급받은 이들은 주말 동안 세 가게에서 식사한 다음 최고의 요리에 투표한다. 마치 미슐랭 가이드의 평가원들처럼 비밀임무를 수행하는 것이다.

가로, 세로, 동그라미

세 가게의 냉면은 달라도 너무 달랐다.

가로와 세로, 동그라미의 대결이라고 할 정도로 담음새와 내는 방식이 각양각색이었고 짝을 맞춰 낸 요리도 제각각이었다.

곡비소의 냉면은 한눈에 보기에도 고급이었다. 은은한 금빛을 발하는 유기그릇에 살짝 얼린 고기 육수와 비취색의 수타면을 담고 전복과 해삼채, 새우, 관자, 송이버섯, 두릅나물에 수삼 한 뿌리를 올렸다. 종지에 땅콩과 깨, 잣을 갈아 만든 화생장, 마늘을 갈아 넣은 겨자장을 담고, 흑식초는 작은 호리병에, 곁들임 요리로 오향장육과 죽엽청주를 한 모금 잔에 담아냈다. 고량주에 여러 약재를 첨가한 술은 달달한 맛에 대나무향이 났다. 먹는 방식도 따로 적어 놓았다.

　1. 전복과 해삼을 시작으로 고명을 한 가지씩 음미하고 마무리로 쌉쌀한 삼을 먹은 후 육수로 입가심한다.

　2. 면과 남은 고명을 섞어 먹는다. 오향장육을 곁들이면 좋다.

　3. 면을 반쯤 먹었을 때 화생장과 겨자장을 풀어 고소하고 쩽한 맛을 추가한다. 더 이상 돌아올 수 없다. 극강의 맛으로 끝까지 몰아붙인다.

　4. 그 정점에 죽엽청주를 마신다. 대나무 꽃향기가 입안을 휘감는다.

　가격이 비싸다는 점 말고는 먹는 이들 대개가 만족이다. 오히려 가성비 면에서 이익이라는 이들도 있었다. 이야기를 듣고 찾아온 손님으로 하루 종일 가게가 북적거렸다. 뜨거운 반응에 곡비소가 치파오 자락을 펄럭이며 용처럼 날아오를 듯 기세등등했다고 전해진다.

　원신의 냉면은 어디서나 보던 평범한 중국식 냉면이었다. 채소 육수에 오이, 당근, 해파리, 가죽나물과 삶은 계란 같은 단출한 고명을 올린 냉면을 스테인리스 그릇에 담았다. 대신 辛건담의 트레이드마크인 매운맛을 전면에 내세워 고추기름 양념장이 따라 나왔다. 곁들인 요리는 깐풍기였다. 뼈째 튀긴 닭고기 토막을 새콤달콤한 양념으로 마르게 졸인 후 작은 고추를 수북이 올렸다. 고추더미를 헤집고 찾아 먹어야 하는 닭고기 한 점이 혁명정신을 고취시켰다. 음료수는 '그냥' 맥주를 냈다. 소박한 음식에 거창한 음료수는 필요 없었다. 매운 거 먹고 그냥 한 잔 쭉, 들이키면 충분한 거다. 원신은 이 소박한 음식들을 한 상 차림으로 냈다. 커다란 스테인리스의 원형쟁반에 스테인리스 냉면그릇과 형형색색의 장을 담은 스테인리스 종지들, 깐풍기와 맥주잔도 모두가 스테인리스다. 마치 인도의 탈리 식판을 떠올리게 하는 辛건담의 냉면 세트는 쟁반째로 테이블에 올랐고 원하면 어디든 갖고 가서 자리 잡고 앉아 먹으면 그만이었다. 오후가 되자 辛건담에 사람이 몰렸다. 홀에서 서빙을 보던 정판이 다시 주방으로 돌아가야 했다.

"아, 어떻게 나갔는데… 또 주방일이냐!"

고추기름을 다시 끓였고 중식면도 다시 주문을 넣었다. 원신은 처음 만든 냉면이 좋은 반응을 얻자 얼떨떨했다. 만약 이기기라도 하면 싸부에게 미안해서 어쩌지… 원신은 구레나룻을 소중하게 쓰다듬으며 스테인리스 사발째 벌컥벌컥 김칫국을 마셔댔다.

전담에서는 붉은색 술이 먼저 나왔다. 칵테일의 이름은 '추알'. 영화 〈붉은 수수밭〉의 여자주인공 이름이다. '당신들이 남자라면, 이 술을 마시고 복수해줘요!' 결의와 맹세를 호령하는 추알의 외침처럼 붉은색 칵테일에는 승리를 향한 염원이 담겼다. 고량주에 향신료 맛을 입힌 검붉은 오디즙으로 색을 내고 팔각을 띄워 쌉싸름하면서도 상큼한 맛이 식전주로 제격이다. 식사를 마치고 나머지를 마시면 짙게 우러난 향신료와 아래에 고여 있던 흑식초의 맛이 쨍하게 마무리를 해준다.

전담의 냉면이 나왔을 때 모두가 눈을 의심했다. 옛날식일 거라는 예상을 깨고 맛과 담음새 모두 실험과 파격 그 자체였다. 나팔꽃처럼 벌어진 나지막한 그릇에 면 주변으로 육수가 자작하다. 면 위에 오이, 해파리, 당근, 지단, 민들레 절임을 가지런히 쌓아 올리고 맨 위에는 앙증맞은 고수꽃을 심어 놓았다. 육수 위에는 흰색과 노란색, 검붉은 원형의 젤리 소스와 탁구공만 한 갈색구가 동서남북으로 놓여있다.

"저 동그리들은 터뜨리고, 요 공은 깨뜨려요."

무뚝뚝한 위광의 말투가 미세하게 떨렸다.

"민들레가 쌉싸름하니 지금이 제철이에요. 그 계절에 나는 걸 먹어야 좋은 거요."

그리고 그가 말했다.

"천리앙츠바(趁涼吃吧)! 차가울 때 드세요."

계란 노른자처럼 보이는 노란색 소스를 터뜨리자 겨자장이 흘러나왔다. 흰색의 젤리는 땅콩을 갈아 만든 화생장이다. 오렌지와 레몬 껍질조각이 보이는 검붉은색 젤리를 터뜨리자 흑식초가 흘러나오며 시큼한 식초 향과 시트러스 향이 확 퍼진다. 마지막 짙은 갈색의 구는 육수를 얼린 속 빈 얼음덩어리였다. 숟가락을 가볍게 갖다대자 육수구가 탁, 소리를 내며 부서졌다.

위광은 과학기구 같은 본경의 조리도구를 제 것인 양 다뤘다. 액체질소로 육수를 얼리고 수비드 기계를 조작해 닭가슴살을 삶았으며 타공스푼으로 조그마한 겔 알갱이를 만들어보였다. 위광이 윗주머니에서 핀셋을 빼 들었다. 손톱만 한 고수꽃을 냉면 고명 위에 얹을 때 모두가 숨을 죽이고 그 장면을 지켜봤다. 단골들은 주방을 나온 위광에 놀랐고, 처음 온 손님들은 분자요리를 하는 노인 요리사가 신기했다.

촤, 빗소리다. 본경이 준비한 멘보샤를 기름 웍에 넣는다. 식빵 사이에 새우를 다져 넣고 낮은 기름에서 튀겨내는 요리는 시간이 필요하다. 그러나 전담에서는 기다림도 즐거움이다. 바에 앉은 손님들은 빗소리 속에 냉면을 먹으며 나의 식빵이 갈색으로 변하는 것을 지켜본다. 튀김 냄새가 머릿속을 휘젓는다. 그 소리가 혈관을 타고 흐른다. 본경이 막 튀겨 나온 멘보샤 위에 화자오와 산초가루를 흩뿌려준다. 오매불망 기다리던 멘보샤를 받아 든 사람들의 표정이 잃어버린 강아지를 찾은 것처럼 행복하다. 와그작, 한입 베어 물면, 냉면으로 차가워진 입 안으로 뜨겁고 고소하고 향긋한 기름이 퍼져나가며 아… 정신이 아득해진다. 땅에 떨어진 씨앗과 나무 열매를 따먹고 동물을 사냥하던 시절부터 우리 몸은 기억한다. 생사를 걸고 얻은 육고기의 기름이 주는 오랜 포만의 맛, 바로 기름 맛이다. 그 고소하고 배부른 행복의 맛은 씹는 소리와 짝을 이뤄 진화하며 모든 종류의 식재료를 더 부드럽고, 더 향기로우며 더 재밌게 만들어버리는 비법을 터득했다. 튀김은 행복이다. 그것을 먹는 것은 놀이가 되고 영혼까지도 치유 받는다.

저녁에는 전담이 바빠졌다. 고량주 칵테일을 마시러 전담을 찾았던 손님들은 냉면 대결을 전해 듣고 심사위원이 된 것처럼 중냉 세트를 주문했다. 술을 마시고 요리를 먹고 이야기를 나눈다. 어느 새 전담에 잔치가 열렸다.

"먹을 만해요? 필요한 건?"

위광이 묻는다. 무뚝뚝하고 퉁명했던 위광이 손님들에게 음식에 대해 이야기한다. 요리가 변했고 인간 두위광이 변했다.

북경에서 온 요리사들은 요리하랴, 곡비소 눈치 보랴 정신이 없었다. 곡비소는 치파오 자락을 팔랑이며 주방을 휘젓고 다녔다. 온 갖 잔소리에 콰이디얼을 외치며 요리사들의 혼을 빼놓았다. 결국 머리 뚜껑이 열린 요리사들이 폭발했다.

"내 주방에서 나가!"

쫓겨난 곡비소는 발을 동동 굴렀지만 냉면은 계획했던 모양과 맛으로 완성되어 나왔다. 곡비소는 가슴을 쓸어내리면서도 주방 입구에 붙어 선 채 안절부절못했다.

원신도 가게 밖을 서성였다. 그 많던 참죽나물이 동이 나고 재료가 떨어져 냉면을 마감해야 했기 때문이다. 후… 안도의 한숨이 절로 나왔다. 수고했다고 원신은 스스로에게 말했다.

밤이 늦도록 전담의 불빛은 꺼질 줄 몰랐다. 위광과 본경, 나희는 밤새도록 소스젤리를 만들고, 멘보샤를 튀기고, 추알이 담긴 칵테일통을 흔들어댔다.

냉면지존

전담과 ㆍ건담의 공동 승리였다.

두 가게는 똑같이 16표를 얻어 11표를 얻는 데 그친 곡비소를 이겼다. 전담은 전문가 2표, 교수 2표, 중식요리사 2표, 20명의 조리학과 학생 중 과반의 지지를 받았다. 가장 혁신적이다! 학생들은 표를 준 이유로 창의성을 제 일의 이유로 들었고 재미와 감동, 맛이 뒤를 이었다. 더불어 차가운 냉면과 뜨거운 멘보샤의 조합이 가장 이상적이라고 답했다. 누군가는 유치한 플레이팅으로 어린 학생들의 호감을 샀다며 평가 절하했지만 누군가는 먹는 이의 입과 눈과 귀를 사로잡는 것이 바로 요리대결의 핵심이라고 했다. 전문가들로부터 받은 2표는 하작가와 이무진 피디에게서 나왔다. 하작가는 '재밌잖아요!'라고 한마디로 평했고 이무진 피디는 끝까지 표를 줬다는 사실을 공개하지 않았다. 유교수는 중국식 냉면 고유의 맛과 멋을 살린 원신에게 표를 던졌다. 그러나 그는 전담의 영원한 단골을 약속하며, 노병은 죽지 않았고 사라지지도 않았다며 두위광 요리사님의 도전정신에 경의를 표했다.

집계에는 포함되지 않지만 재미 삼아 참여했던 맛 블로거와 실시간 상황을 중계한 유튜버들은 원신에게 가장 많은 표를 줬다. 일반 손님과 동네 주민, 주변 상인들의 다수는 전담에 표를 줬는데 저녁 늦게까지 공짜 술을 얻어먹은 이들이었다.

"우와!"

창모와 본경은 손을 잡고 방방 뛰었다.

"우리 이긴 거 맞죠? 동률이라도, 이긴 건 이긴 거죠?"

본경은 꿈만 같았다. 승리보다 변화가 우선인 위광의 각오에 조마조마했다. 분자요리법을 제대로 활용하고 있는가 하는 의심으로 일주일이 일 년 같았다. 위광도 그랬다. 정말 이겼나? 실감 나지 않았다. 곡비소를 몰아내겠다는 일념으로 대결을 시작했지만 불현듯 의미 없었다. 잘한다고 이기는 것도 아니고, 열심히 한다고 상 주는 것도 아닌 세상사를 모르지 않았다. 어느 순간 위광은 대결이니, 승리니 하는 것들을 잊고 행운유수의 심정으로 만들기에 집중했다.

"재미났다."

위광의 첫마디였다. 요리로 맛과 감동을 주겠다는 위광과 본경의 요리 철학이 그렇게 첫걸음을 뗐다.

원신의 乺건담은 각 집단별로 골고루 표를 받아 총 16표를 기록했다. 전담이 쓸어가고 남은 학생들의 5표와 전문가 1표, 교수들의 2표를 받았다. 무엇보다 전문 중식요리사 12표 중 8표를 휩쓸었다. 중화요리협회에 등록된 요리사라면 원신이 아는 동료일 것이다. 알지 못한다 해도 같은 업에 종사하며 같은 일을 하는 사람들. 그들의 인정을 받은 것이다. 원신은 생각할수록 자꾸 눈썹이 씰룩거렸다.

연속된 폐업의 장점은 실패가 그리 대수로 여겨지지 않는다는 점이다. 첫 폐업 때에는 처음이라는 프리미엄 덕을 봤다. 크게 낙담하지 않았고 오히려 좋은 경험이라고 자신을 다독였다. 두 번째 폐업 때도 어딘지 자신의 실수가 아닌 것 같았다. 너무 앞서간 탄탄면 아이템 탓이지 자책해봐야 속만 다친다는 아Q식의 정신무장이 도움이 되었다. 본격적으로 실패가 인식된 것은 세 번째부터. 실력부족인 것 같았고, 뭘 해도 안 될 거라는 운명론적 좌절에 내몰렸다. 네 번째는 자타인정 '마이너스손'의 타이틀을 달았다. 대기업의 지원을 등에 업고 잘 차려진 한 상을 받아 놓고도 뉴건담이 실패했을 때, 원신은 벽에 머리를 찧고 싶었다. 반쯤 실성한 상황에서 辛건담을 열었고, 훔쳐온 미슐랭을 벽에 걸 수 있었던 것도 그 실성의 연장이었다. 성공은 언감생심, '실패하지 않기'가 오직 염원이었던 비루한 개업날이 자꾸만 떠올랐다. 쫄면 바보다. 이제 불운을 비켜간다. 마계의 늪을 벗어나 정상 궤도에 진입하는 것이다. 원신은 자신감을 되찾았다. 부모님과 냉면을 먹고 싶었다. 전 아내에게 전화해 으스대고 싶었고, 무엇보다도 위광이 보고 싶었다.

총 11표를 얻은 곡비소는 초라한 득표수에 불만을 품고 결과를 거부하려고 했다. 처음엔 컴퓨터 집계를 문제 삼더니 대결 기한과 심사위원까지 시비를 걸었다. 검표를 몇 번이나 다시 했고 프로그램 전문가를 찾아가기까지 했다. 그럴수록 곡비소의 모양만 우스워졌다. 대결 진행의 전반은 그와 의형제 이무진 피디의 작품이었기 때문이다. 사실 교수들도 거의가 이무진 피디와 개인적 친분이 있는 이들이었다. 그들이 자신의 제자들을 모았고 중화요리협회 요리사들도 이무진 피디가 다큐를 제작할 때 인맥을 쌓은 이들이었다. 그들은 이무진 피디의 힘을 알고 그의 이너써클을 동경하는 사람들로 '가게의 운명이 걸린 대결'이라는 의미를 이해하고도 남았을 것이다. 학생의 비율을 높인 것도 곡비소의 결정이었다. 수타면 뽑는 과정을 직접 시연해 보여 젊은이들의 호기심을 사로잡겠다는 계획은 위광의 파격 앞에서 무너져 버렸다. 안타깝지만 한국인은 면발보다는 국물과 소스. 온갖 진귀한 재료와 약초술의 조합은 훌륭했지만 몇몇 고령의 심사위원을 감동시키는 데 그쳤다. 의욕과잉이 실책을 낳은 셈이다.

무엇보다도 곡비소를 가장 어이없게 한 것은 이무진 피디였다. 전문가로부터 단 1표도 얻지 못했다는 사실은 이무진이 다른 가게에 표를 줬다는 의미였다. 한동안 연락이 없던 이무진을 우연히 만난 날, 곡비소의 첫마디가 "너 짜식 얻다 표 줬니?" 갑자기 터져 나온 말이 마치 중국말 같았다고 했다. 화교 행세를 하다가 진짜 화교가 되었나보다고 이무진이 말했다.

냉면송가

"더 맛있는 게 어딨어? 불로초를 갖다 올려봐. 그래봤자 냉면이지."
위광은 엄지손가락을 들어 올리며,
"배고플 때 제일 맛나지."

그는 배시시 웃으며 다시 두 번째 손가락 세운다.

"차가워야 맛있지. 살얼음은 이가 시려서 안 되고, 얼음이 둥둥 떠다녀도 국물이 흐려져서 별로야. 그걸 맞춰내야지. 짜장면도 마찬가지야. 뜨거울 때. 손가락이 델 정도로 뜨겁게, 끓인 춘장을 막 부어 나가야 손님 혀에 마침맞아. 뜨거우면 기름맛이 더 고소하지. 요리에는 맛있는 온도가 있어."

집에 가는 길, 위광은 어깨춤이 절로 났다.

"30년 묵은 체증이 쏙 내려갔지…."

가로등 불빛 아래서 앞치마를 휘휘 앞뒤로 흔들며 장단을 맞췄다. 별안간 팔이 나왔다. 배워 본 적도 없는 춤사위가 명무 저리 가라 싶게 나왔다. 덩실덩실, 덩실덩실, 돼지고기 예찬가 저육송(猪肉頌)을 지어 부른 소동파처럼 냉면송가를 지어야겠다.

'늙은 요리사가 거친 손으로 만들었지만

여태 본 것과 색이 다르고, 모양이 다르고

그 맛 또한 비길 데 없네.

나는 변했네.

냉면이 변했네.

그 바람을 맨손으로 잡았으니

이 삽상한 맛이 어찌 이리 좋으냐?'

곡비소는 눈이 시릴 정도로 더 화려한 치파오를 입고 나타났다. 가게 앞에는 더 큰 홍등을 내걸고 더 많은 매스컴을 불러들였다. 언제나처럼 오가는 손님을 맞고 위광에게도 꼬박꼬박 인사를 했다.

'저놈의 원숭이가 부끄러움을 알 턱이 없지.'

위광의 말대로였다. 그는 보란 듯이 영업을 이어가며 언제 대결을 했었냐는 식으로 굴었다. 그러나 그것도 잠깐이었다. 대결의 패배와 함께 건담의 재오픈이 사기극이란 게 알려졌다. 그의 가게는 서서히 손님이 줄었다. 재개업한 건담이 골골하면서 곡씨반점이 흔들리더니 의정부 본점까지 휘청거렸다. 과거 동료들이 나타나 그가 불을 지르고 자해를 했던 상황을 증언했고 청경채를 들여왔고 중국식 냉면을 개발했다는 말도 허위라고 쐐기를 박았다. 가장 결정적인 망신은 가짜 화교가 들통났을 때였다. 그럼에도 곡비소는 일체 아랑곳하지 않았다.

"나 화교 아닌 거 모르는 사람이 바보지!"

그는 울다 웃다, 닭똥 같은 눈물에 실실거리며,

"나 안 갈 거요. 못 가지. 여기 투자한 돈이 저 구멍가게들하고 비교가 돼요? 이게 바로 기울어진 운동장이야! 이건 첨부터 공정한 경기가 아니었어!"

그러나 종국엔 부랴부랴 연희동을 떠나게 된다. 곡비소의 퇴장은 대결의 결과에 승복했다거나 양심에 가책을 느꼈기 때문이 아니다. 그를 무너뜨린 건 중국에서 온 수타장들의 반란이었다. 약속과 다른 처우와 요리 간섭, 모욕적 언사에 불만을 품은 대륙의 요리사들이 옛날 곡비소가 했던 것처럼 칼과 웍을 들고 그에게 달려들었다. 불까지 지르진 않았지만 그에 준하는 난장을 피우며 세 가게를 초토화시키고 북경으로 돌아갔다. 그렇게 도둑 원숭이는 신경쇠약에 걸린 채 연희동을 떠났다.

정통 건담이 문을 닫으며 37년을 넘게 이어온 건담은 역사 속으로 사라졌다. 이야기를 전해 들은 투자자들이 나타나 갑을이 바뀐 파격적인 제안을 건넸지만 위광은 더 이상 건담에 미련이 없었다. 그는 지나간 일은 지나간 일, 변화하면서 앞으로 나가야 한다고 했다.

"거리가 깨끗해졌어. 그걸로 족하지."

덩실덩실, 덩실덩실, 절로 났던 어깨춤이 몸에 붙었다. 빙긋한 웃음이 위광의 입꼬리를 떠날 줄 몰랐다.

깁스 제거식

깁스 제거식에 모두가 같이 갔다.

위광은 정형외과 의사가 밥 먹으러 올 때만 지지대에 팔을 걸쳤다. 그것도 첨에만 그랬지 그가 단골이 되고부터는 척도 안 했다. 의사는 어쩔 수 없다며 날을 잡았다. 전자톱이 석고를 갈랐다. 쩍하고 갈라지는 틀을 보면서 위광은 텃밭 연장으로 안간힘을 썼던 기억이 스쳤다. 그렇게 그를 옥죄던 기억과 사람, 물건들이 하나둘 사라져갔다. 매일이 웃을 일 천지였다.

화르륵 불길이 치솟는다. 춤추는 불 위로 웍이 까분다. 화구에 엉덩이를 붙였다 뗐다, 가볍게 깃털처럼, 위아래를 오간다. 깔깔깔… 그 속에 쌀알이 춤춘다. 꺄르르… 소리를 지르며 이리로 저리로 미끄럼을 탄다.

"그래, 나도 반갑다."

신나는 놀이기구를 탄 밥알처럼 위광도 신이 났다. 물 만난 고기처럼 자유자재로 손목 기술을 선보인다. 주방을 나온 요리사는 손님 사이에 자리를 잡았다. 매일 불판을 지키며 맘껏 요리했다. 웍은 위광이 원하는 요리는 무엇이든 만들어냈다.

두위광은 생각했다. 변화가 만병통치약은 아니겠지. 오히려 기존의 질서를 깨고 혼란을 불러오지도 모른다. 갖고 있었던 것마저 거둬갈 수도 있겠지. 그러나 나는 모른다. 변화해본 적이 없으니 알 턱이 없다. 이렇다 할 정답을 말해주는 이도 없으니 변화해봐야 알 일. 그 길을 한번 가보기로 하자. 그러나 이제는 안다. 변화는 기회를 만든다. 그것만으로도 큰 수확이다.

부산

본경은 엄마와 형을 만나러 부산에 갔다.

조그맣다는 엄마의 말처럼 아담한 가게는 바다가 보이는 곳에 있었다. 가게명은 아버지의 이름을 따 '도사걸'이라고 지었다. 여자 중식 주방장을 낯설어하던 것도 잠깐, 도사걸은 동네 주민들의 아지트가 되어가고 있었다. 가게는 점심 장사만 했다. 11시부터 3시까지만 바짝 일하고 오후엔 논다고 했다.

"뭐하며 놀아요?"

"고기도 잡고, 서핑도 하고."

"아, 어쩐지…."

엄마의 피부는 태양빛에 그을려 구리처럼 빛났다.

"형은?"

"사업하지."

형은 편안해 보였다. 무슨 사업이냐고 묻자 연애사업이라며 활짝 웃는다. 형은 현실이 가끔 꿈같다고 했다. 어쩔 땐 꿈이 더 현실 같다고도 했다.

"참 신기해. 평생 서울을 벗어나 본 적 없던 사람이 부산에서 가게를 열었어. 부산 친구들이 생겼고 부산 여자를 만나. 여기가 원래 집 같아."

형은 달라져 있었다. 본경은 그제야 형이 보였다. 빨리 결정하고 실행하고, 뭐가 됐건 후회가 없는 사람이었다. 다시 그 생각이 스멀스멀 올라왔다. '도대체 뭘 안다고….'

"형, 그때 내가 미안했어. 아무것도 모르면서… 나 아니었으면 계속 서울에 있었겠지? 아버지도…."

"무슨 그런 말을 해…. 나 요즘 엄마한테 요리 배워. 이제서야… 그때 니가 했던 말들이 이해된다. 이제서야 말이지."

본경은 중국집에서 일한다는 사실을 알렸다.

"넌 요리를 잘했지."

엄마가 불쑥 한마디를 보냈다.

세 사람은 함께 요리를 했다. 본경이 부용게살을 만들고, 형이 볶음밥을 하는 동안 엄마는 몇 가지 요리를 뚝딱뚝딱 해냈다. 파래를 넣어 튀긴 멘보샤, 멍게 튀김, 해삼처럼 조린 군소조림 등 바다에서 나는 재료로 만든, 한 번도 본 적 없는 요리들이다.

　"요즘 이게 인기야."

　파래 멘보샤는 튀김향 사이로 파래의 바다향이 진하게 났다.

　"이건 뭐예요?"

　"군소라고, 해삼처럼 조려봤어."

　바다 달팽이라는 군소의 맛은 쏩쏠하면서도 독특한 씹는 질감이 있었다.

　"난, 마음대로 해. 그날 본영이가 재료 사오는 대로. 뭘 만들지 고민하면서 스트레스 받고 싶지 않아. 없는 재료 사러 다니는 것도 싫고, 맨날 같은 재료 사는 것도 지겨워."

　엄마는 위광과 같은 말을 했다. 저녁엔 이모들이 왔다. 근처에 사는 이모부와 아이들도 하나둘 모여들었다. 다 같이 종종 모여 식사한다고 했다. 중국집 주방에서 된장을 끓이고 상추쌈에 고등어를 구워 먹는 가족식당이 열렸다. 이때의 주방장은 작은 이모다.

　"할아버지 요리 솜씨 물려받은 건 니 엄마가 아니라 나야."

　큰 이모가 말을 받았다.

　"요리는 우리 피에 있는 거야. 잘하는 것도 그렇고, 좋아하는 것도. 사실, 요리 유전자는 모든 인간에게 있지. 사람은 요리를 해야 해. 오징어라도 불에 구워야 하는 거야."

　본경은 파도 소리를 들었다. 바다 짠내가 바람에 실려 왔다. 그

바람을 타고 온 포말의 거품이 자꾸만 볼을 간지럽힌다. 휴대폰 벨
이 울렸다.

"지금 어디야?"

나희의 목소리였다.

요리사들

_____

본경과 나희는 함께 태안으로 향했다.

가을 대하를 메인으로 한 새 메뉴를 위해 직접 산지를 찾아가는
길이다. 두 사람은 제철 재료를 구하기 위해 전국을 다녔다. 야생
대두콩을 사러 명지산에 오르고, 토종닭을 보러 제주도에도 갔다.
완도에서 어부를 만나고, 소와 돼지를 키우는 농장을 방문해 먹는
비료와 성장 환경까지 지켜봤다. 시간이 드는 작업이었지만 좋은
먹거리를 확보하고 재료를 익히는 데는 더없이 좋았다. 길게 봤을
때도 가장 합리적으로 식재료를 구입하는 데 필수적인 밑작업이
라 여겼다.

짝사랑의 상대는 어느새 믿음직한 동료가 되었다. 본경은 여전
히 나희에게 가슴 뛰었고 고백병을 애써 다스려야 했지만 서두르
지 않기로 했다. 그녀의 약혼과 결별 소식에 지옥과 천당을 오가며
맷집이 생겼고, 섣불리 움직였다가 일을 망치고 만다는 위광과 창
모의 조언을 따르기로 했다.

나희는 안정을 찾아갔다. 금정과 원만한 관계를 회복하면서 파혼의 아픔도 금방 털었다. 금정은 언제나처럼 나희를 지지했다. 그러나 방법은 예전과 달랐다. 금전적 투자나 인맥을 동원한 노골적인 유세를 멈췄고, 철없는 아이 보듯 무시하던 시선을 거뒀다. 너를 위한 '희생'이니 '감수' 같은 단어를 버리면서 어차피 내가 싫었으면 하지 않았을 것임을 인정했다.

　금정은 휴일을 이용해 홍콩으로, 상하이로 나희와 함께 짧은 여행을 떠났다. 현지에서 유행하는 차와 술을 찾아다니며 둘만의 시간을 즐겼다. 금정은 진심으로 나희가 일어서길 빌었고 그럴 거라고 확신했다. 전설의 화상 요리사와 요리로 예술을 하는 남자, 중국술을 만드는 여자의 조합에서 금정은 성공을 봤다.

　"이걸 당분간은, 계속해볼 거예요. 걱정 마세요, 이제."

　나희는 더 이상 계획 따위는 세우지 않는다. 적을 둔 곳에서 항상 딴 곳으로 눈을 돌리며 살아왔던 삶. 난관을 돌파하며 가운데로 들어가기보다 뒷걸음질 치며 가장자리를 겉돌다 스스로 떨어져 나왔다. 매번 더 나은 일, 새로운 일을 계획하고 찾아 헤매는 악순환의 연속. 전담에 머물기로 마음을 정하면서 모든 게 변했다. 내게 완벽한 어딘가를 찾지 말고 내가 있는 곳을 완벽하게 만들어 보자. 이제 닥치는 대로 살겠다. 미래 설계 따위는 거들떠보지도 않을 것이다.

　있을 곳에 제대로 있다는 소속감, 잘하고 있다는 만족으로 아침에 눈 뜨는 게 두렵지 않았다. 오늘 하루를 어떻게 견딜 것인가, 하는 근심이 사라졌다. 스스로를 소외시키는 침묵을 깨고 사람들과 말을 섞고, 내가 누군지 드러나는 것에 겁먹지 않았다. 둘러보니 주변에 사람들이 있었다. 나를 응원해주는 엄마와 위광, 창모 그리고 본경이 있었다. 아무라도 상관없던 연애를 끝내자 한층 더 홀가분했다. 산과 바다를 다니며 햇빛과 바람을 만났다. 빛을 본 적 없는 피부가 붉게 부풀어 올랐다. 눈 밑이 검게 패고 살이 빠졌지만 처음만 그랬다. 몸은 이내 변화에 적응했다. 피부가 태양을 받아들였고 새살이 차올랐으며 식욕을 찾았다. 가끔씩 심장에 피가 몰리고 박동수가 빨라졌다. 그건 행복의 느낌이었다. 내가 나에게 보내는 살아있다는 신호였다. 요리하는 사람은 결코 불행할 수 없다는 말을 심장과 몸이 증명해 보였다.

변화는 창모에게도 일어났다. 그것은 기적 같았다. 그러니까, 그 산이 팔렸다! 골프장을 만들겠다는 기업이 나타나 후한 값을 치르고 산을 사갔다. 그 돈으로 위광의 연희동 집을 다시 샀다. 아쉽게도 건담의 건물은 어찌할 수 없었다. 연희동의 건물값이 터무니없이 오른 탓이다. 반드시 되사겠다! 창모는 주먹을 불끈 쥐었다. 평생 속죄하면서 살겠다는 다짐대로 창모는 연희동 집에 쌍둥이 아들을 데려와 위광과 함께 살았다. 위광은 친손자처럼 아이들을 챙겼고 아이들도 창모보다 위광을 더 따랐다. 미움과 원망으로 널뛰던 감정도 점점 잦아들었다. 창모의 대담한 사기극이 아니었다면 이 모든 변화는 애당초 시작되지도 않았을 거라며 위광은 그에 대한 감정을 갈무리했다.

어느 점심을 먹다가 창모가 불쑥,

"전담에서 저도⋯."

"해 봐."

끝나지도 않은 문장을 위광이 알아들었다. 그렇게 창모는 요리사가 되었다. 어찌 보면 당연한 수순이었다. 수천 권의 책을 읽다가 소설을 쓰고 매일 달리다가 마라톤에 나가듯, 차곡차곡 세월 따라 쌓여가던 가슴의 불덩이가 폭발 직전에 돌파구를 찾았다.

전담의 주방에서 일하는 그에게 사람들은 누군가를 봤다. 그는 제2의 두위광이었다. 오랜 세월 눈에 익힌 위광의 몸놀림이 그의 몸속에 고스란히 들어가 있었다. 볶음밥에 능했고 젊은 시절의 위광처럼 간귀신이었다. 공들여 제대로 만든 볶음밥은 한 톨 한 톨이 계란옷을 입어 황금색으로 빛난다고 '황금복'이란 이름까지 얻었다. 창모는 한때 버릇처럼 뇌던 그의 노래를 되찾았다.

'나 고창모야! 평택 삼포상회 천재 아들, 경고 1등, 관악대학교 독문과 수석 입학한 고창모라고! 그러니 살아라. 기죽지 말고 살아.'

선물

───────────────────────────────

중국식 냉면은 이제 전담의 붙박이 메뉴가 되었다. 사철 냉면을 내기로 했고 고명도 계속 변한다.

"가죽나물 대신 민들레요."

"방풍나물로 담근 장아찌요."

이렇게 짧았던 위광의 말투가,

"이번에는 제철인 참나물로 한 장아찌요. 가죽나물처럼 쌉싸름한 맛은 덜해도, 고소한 맛이 더 있어요. 드셔보세요."

하루가 다르게 길어졌다. 투박하지만 마음이 담긴 위광의 말에 손님들이 귀를 기울였다. 냉면의 쓴맛은 곰취일 때도 있고, 민들레, 방풍나물일 때도 있다. 그 계절의 향이 나는 나물이면 무엇이든 가능하다. 이제 위광에겐 완성된 맛이란 없다. 요리는 계속 변한다. 그것이 요리하는 재미고, 요리하는 자의 일이다. 새로운 요리가 별의 발견보다 인간을 더 행복하게 만든다는 누군가의 말처럼, 요리는 계속 진화하고 탄생해야 한다.

영업이 끝난 어느 날, 위광은 본경과 나희 앞으로 상자를 하나씩 내밀었다. 각각의 상자 안에는 위광이 쓰던 낡은 중식도와 새 중식도가 두 자루씩 들어 있었다.

"싸부님, 이… 이 칼 진짜 저 주시는 거예요?"

본경이 위광의 이름이 있는 낡은 중식도를 꺼내며 물었다.

"그건 내가 평생 처음으로 산 칼이다. 나희 건, 건담 시작할 때 샀던 중식도."

본경과 나희는 새 칼을 꺼내 봤다. 같은 모양의 칼에는 각자의 이름이 새겨져 있었다. 빈손을 비비며 시선 둘 곳을 몰라 하던 창모에게 위광이 긴 상자를 내밀었다. 휘어진 국자와 새 칼을 꺼내는 창모의 눈시울이 붉어졌다.

"뭔지는 니가 더 잘 알 거다."

로터리 호텔을 나와 명동에 건담을 오픈하면서 샀던 주걱, 건담을 일으킨 물건이라며 천금을 줘도 못 판다던 바로 그 주걱이었다.

"일도주천하라고 했다. 칼 하나로 천하를 누빈단 말이지. 어딜 가든 살아남을 수 있다는 거다. 이 차이따오 하나로 100가지 칼질을 한다. 그러려면 연습해야지. 갈고 닦는다는 말이 그래서 나온 거야. 요리는 머리로 안다고 되는 게 아니다. 몸에 붙어서, 안에서 절로 나오는 거야. 내가 나를 가르쳐야 해…. 어렸을 적엔 굶어 죽을 일이 없다고 요리사가 쭈이빵이라고 했지. 짱깨 소리 들으면서 어디 가서 중국요리한다는 말은 꺼내지도 못하고 살았는데, 다시 요리사가 쭈이빵인 시절이 됐어. 이곳저곳 다니면서 먹어보고, 구경하고, 그러고 직접 해봐라. 처음에는 똑같이 만들어보고, 그게 되면 딴 걸 넣어서 바꿔 보고, 그래야 내 것이 된다. 여행도 다니고, 사람도 만나고, 그래도 늦지 않아. 세상 변하는 거 모르고 주방에만 갇혀 있으면… 고인물처럼 썩어버리는 거야."

펑즈!

"저 안 좋아하시는 거 알아요. 근데, 인간관계는 모르는 거잖아요? 제가 어느 날, 요리사님에게 콩팥 하나를 떼 주게 될지 어떻게 알아요?"

"원하는 게 뭐요?"

하작가와 함께 가끔 들러 요리를 먹고 갔던 금정은 정식 제안서를 들고 위광을 방문했다. 나희의 엄마라는 사실을 알고서도 금정을 향한 위광의 냉랭한 태도는 달라진 게 없다.

"'싸부의 집'이라는 요리 프로를 계획하고 있어요. 중식 대가가 나와서 젊은 요리사들에게 요리를 가르쳐주는 프로예요. 요리사님이 하시겠다면, '건담 싸부의 집'이 될 거예요."

"식기 전에 먹어요."

"하시겠단 말씀인가요?"

"얼른 먹어요!"

함께 온 하작가가 젓가락을 들라고 금정에게 눈치를 준다.

"네. 천러얼츠 해야죠!"

건담이 되어가는 전담의 간판 아래 붉은색 냉면 깃발이 펄럭였다. 위광이 빨간 의자에 앉았다. 흘러가는 먼 구름 뒤에 어렴풋한 달그림자를 보고 있었다.

전담은 옆 가게를 터서 두 배로 확장했다. 가게 밖으로 여러 개의 테이블을 놓았고 가게에는 언제나 손님이 넘쳐났다. 오픈 주방에는 여러 명의 요리사들이 일했고 그 중심에 창모와 본경이 있다. 본경은 긴 머리를 묶고 두건을 썼다. 창모는 체크무늬의 요리사복에 안경을 썼다. 나희는 벽을 터서 연장한 가게에서 튀김과 술을 내는 단독 바를 운영한다. 여전히 당겨 묶은 말총머리에 화장기 없는 말간 피부. 그녀가 움직일 때마다 묶은 머리가 경쾌하게 흔들렸다.

"자, 시작할까요?"

하작가가 위광을 인터뷰한다. 카메라가 설치되었고 사진사가 위광의 인터뷰 모습을 찍는다. 위광은 여전히 그 후줄근한 티셔츠에 앞치마를 매고 조리용 슬리퍼를 신었다. 인터뷰를 하는 와중에도 오가는 손님에게 인사를 건네고 문을 열어주기도 한다. 그에게는 언제나 손님이 먼저다. 지켜보는 본경과 창모, 나희가 재밌다고 웃는다.

"건담 싸부의 집 1회 두위광 요리사님 소개편입니다."

감독이 큐싸인을 준다. 위광이 정면을 응시하면서,

"내 이름은 두.위.광, 중화요리 요리삽니다."

"미슐랭 가이드는 어떤 의미인가요?"

"공짜라더군요. 주는 것도 맘대로, 거둬가는 것도 맘대로라네요."

"받으니 좋으신가요?"

"손님 늘어 좋네요."

"2년 연속 받으셨는데요."

"사람이 너무 몰려요. 기다리다 돌아가는 사람도 있고, 들어와도 마음껏 식사도 못해요. 저 별을 떼버릴까 합니다."

"아깝지 않으세요?"

"두 번 받았음 됐지. 욕심내다간 골병 나요."

하작가가 원고를 넘기며 자세를 고쳐 앉았다.

"냉면 얘기를 좀 해볼게요. 두위광 요리사님이 중국식 냉면을 젤 처음 만든 분이시죠?"

"만들었대도 맞고, 아니래도 맞아요."

"그게 무슨 말씀이죠?"

"원래 해 먹던 게 있었어요. 거기다 넣고 빼고 그러다가 생겨난 거지. 하늘에서 뚝 떨어진 건 아니란 말이요."

"뭘 넣고 뭘 빼셨나요?"

"날마다 다르지. 그날 남은 해파리냉채, 양장피 재료에다가 오향장육, 절임나물 올리고 화생장 얹고, 햄 같이 기름진 건 뺐지요. 그러고 비벼 먹은 거예요. 더 넣으면 안 돼. 그럼 그게 짬뽕이 되지."

"아… 그럼 육수는요?"

"콩국물이 남으면 그걸 넣거나 아님 맹물에 말아먹었죠. 싱거우면 간장, 설탕, 초를 더 쳤어요."

"원래 드시던 거라면 중국의 량몐이나 간반몐 같은데, 그럼 중국식 냉면은 중국에서 온 거네요?"

"아녜요. 그렇다기보단… 짜장면이나 짬뽕하고 같아요."

"그럼, 일본에서 왔단 말씀인가요?"

"무슨 소리?"

"그럼 어디서…."

"중국식 냉면은, 중국집에서 왔어요."

위광이 웃는다. 60년을 썰고 굽고 튀기는 동안 살갗도 그렇게 데고 베고 탔다. 한쪽의 팔목 뼈가 볼록 불거졌고 힘줄과 근육의 크기도 모두 제각각. 잦은 부상과 지난한 회복, 그 줄기찬 왕래에 손등과 팔뚝의 상흔은 이제 어디가 상처고 제피부인지 분간이 가지 않은 채 소나무의 송진처럼 굳어간다. 그 위에 세월 따라 검버섯이 피고 주름이 자라고 불과 기름, 칼에 다시 데고 튀고 베기를 되풀

436

이하면서 고목의 송진은 어느새 황금색 호박이 되어 빛을 발한다.

"펑즈! 펑즈? 웬 놈들이 날더러 펑즈라는데… 맞아. 나, 미친놈이야. 주방에서 고래고래 난리치는 펑즈, 시도 때도 없이 꽥꽥거리는 펑즈, 고집스럽고 괴팍하고 우악스러운 펑즈야. 죽으나 사나 요리만 잡고 사는, 요리에 미친 펑즈. 그게 나야. 건담 싸부 두위광이 펑즈 맞다고! 근데, 그 세월이 하나도 아깝지 않아. 다시 살래도 난 또 그 펑즈로 살 거야."

두위광.

그는 어쩌면 우리 주변에서 흔히 봐 온 어느 평범한 노인일지 모릅니다. 평생을 제 일에 매진해 왔고 다른 일은 거들떠본 적도 없는 이들 말이죠. 이제 고희를 훌쩍 넘긴 노인은 그 일을 마무리하려고 합니다. 그것은 자신의 결단일 수도 있고, 어쩔 수 없는 선택일 수도 있습니다. 그는 11살 주문동이부터 시작해 60년이 훌쩍 넘는 세월 동안 중국집 주방을 지켜온 현역 화교 요리사입니다.

저는 이 요리사의 이야기를 들려주고자 합니다.

그가 어떻게 중국식 냉면을 제일 처음 만들어냈고 또 빼앗겼으며, 명동 최고의 화상 주사의 청요리집에서 동네 중국집으로 쪼그라들었는지… 하는 과거의 이야기들. 하지만 저는 그의 현재, 그리고 미래에 대해 더 이야기하고 싶습니다. 그의 뜨거운 요리 열정과 그 일을 지키려는 집념, 변해야 한다는 각성, 그리고 그 과정에서 만나게 되는 이들과의 세대를 뛰어넘는 우정 같은 이야기 말이죠.

뜻이 길을 만든다는 의지에 관한 이야기지만 그것을 정답이라고 할 수 없다는 것을 압니다. 인생은 우연이 지배하는 불합리의 세상을 살아가는 것. 노력과 변화가 언제나 보상을 받는 것은 아니니까요. 다만 그 출렁다리를 건너는 과정에 누군가가 옆에 있다면, 그 누군가를 붙들 지혜와 용기를 낸다면 실패와 좌절을 견디고 의지를 발휘하는 게 좀 더 쉽지 않을까, 생각해봅니다.

'산다는 것은 힘겨운 일이지만, 소소한 낙(樂)을 잃어버리지 않는 한 삶은 이울지 않는다'는 어느 선인의 말처럼 사람들과 어울려 좋아하는 일을 하고 사소한 것에서 삶의 행복을 느끼며 살자는 그런 말을 전하고 싶었습니다.

첫 책이 나옵니다. 이 책을 아버지께 바칩니다. 부족한 자식에게 책의 완성이라는 기적까지 선물하고 가신 분. 너무나 그립습니다. 평생, 일용할 양식과 무한의 지지를 보내주신 어머니와 가족들에게도 진심의 감사를 전합니다. 고맙습니다.

원고의 완성부터는 매 순간이 첫걸음이었습니다. 그 낯선 길에 출판사 '해와달'(시월이일)이 함께 했습니다. 나의 첫 독자들이며 첫 출판사, 나의 불안까지 함께 하겠다던 분들, 여러분 덕에 책이 완성되었습니다. 감사합니다.

건담 싸부

초판 1쇄 발행 2022년 8월 17일

지은이   김자령
편집   김은지
디자인   형태와내용사이

펴낸 곳   (주)해와달콘텐츠그룹
브랜드   시월이일
출판등록   2019년 5월 9일 제2020-000272호
주소   서울특별시 마포구 양화로 183, 311호 (동교동)
E-mail   info@hwdbooks.com

ISBN   979-11-91560-26-8 03810